湖北省社会科学基金一般项目（后期资助项目）成果

宜昌市文艺精品扶持项目成果

新世纪小说中的
生活政治研究

李雪梅 著

中国社会科学出版社

图书在版编目（CIP）数据

新世纪小说中的生活政治研究／李雪梅著. —北京：中国社会科学出版社，2020.5
ISBN 978-7-5203-5959-7

Ⅰ.①新… Ⅱ.①李… Ⅲ.①小说研究—中国—当代 Ⅳ.①I207.42

中国版本图书馆CIP数据核字（2020）第025566号

出 版 人	赵剑英
责任编辑	刘志兵
责任校对	水　木
责任印制	李寡寡

出　　版	中国社会科学出版社
社　　址	北京鼓楼西大街甲158号
邮　　编	100720
网　　址	http://www.csspw.cn
发 行 部	010-84083685
门 市 部	010-84029450
经　　销	新华书店及其他书店

印　　刷	北京明恒达印务有限公司
装　　订	廊坊市广阳区广增装订厂
版　　次	2020年5月第1版
印　　次	2020年5月第1次印刷

开　　本	710×1000　1/16
印　　张	18
字　　数	261千字
定　　价	85.00元

凡购买中国社会科学出版社图书，如有质量问题请与本社营销中心联系调换
电话：010-84083683
版权所有　侵权必究

序

昌 切

身处疫难中心的武汉，闭锁家中已有五十多天。此时面屏敲字，不知是什么滋味。这本是一篇早就要写的文章，不料拖到疫难降临都未动手。疫期内好几次想写，却思绪纷乱，怎么也写不下去。重读李雪梅的书稿，没料到这一读竟读出点疫前绝不可能产生的心得来了。她从英国学者吉登斯那里借来"生活政治"这个概念，切入预设的研究对象，追溯1980年代以来的小说从解放政治向生活政治转化的缘由和轨迹，从认同困境、日常生活、私人生活、公共生活和道德重建五个方面概述和论析新世纪小说，多有创获，也不乏洞见。我想谈的两点，都与我在疫期的思考有关。

一点是生活政治与疫难这类突发事件的意义关联。

按李雪梅的理解，在吉登斯那里，生活政治是与解放政治相对应的一个概念。她说："所谓解放政治，主要关注国家、阶级和社会等宏观范畴，贯穿着'将个体和群体从对其生活机遇有不良影响的束缚中解放出来的一种观点'，'关心的是摆脱压迫的自由，社会正义以及消除社会经济的不平等'。"不同于解放政治，生活政治指的"是在现代化发展中解决其现代性后果的政治策略，生活政治'关注个体和集体水平上人类的自我实现'，它的目标是在高度发达的现代性基础上促进自我实现、道德上无可厚非的生活方式，在全球化语境中通过反思重新处理人与自己、他人及自然的关系"。其中所引吉登斯语见《现代性与自我认同》。吉登斯把现代化分成两个阶段，第一个阶段指的是社会财富持续增加和日益繁荣、安全性和生活质量不断提高的过程，第二个阶段"意味着对现代化的局限性、紧张和困难的缓解"。若依拙见，或可称第一个阶段为启蒙现代性阶段，第二个阶段为启蒙现代性出现"自反"现象的阶段，解放政治和生活政治分别适用于这两个阶段，具有强大的阐释功能。第二个阶段指向"后传统社会"，即"自反性现代化"的"晚期现代性"社会。吉登斯在《失控的世界》中解释："全球化和最传统的行动情境的撤离的双重过程是'自反性现代化'阶段的显著特征，这个阶段改变了传统与现代性之间的平衡。"全球化与传统退隐逆向而同步，现代性与传统的断裂必然产生负面效应，换句话说，启蒙现代性在促成人的解放的同时，也使人在全球化进程中失去传统社会秩序的依托而陷于自我认同、自我实现的困境之中。吉登斯引入生活政治这个概念考察和分析后传统社会的状况，缓解并调和现代性与传统之间的紧张关系，提醒人们警惕全球化可能带来的安全危险和社会风险，"重新处理人与自己、社会和自然的关系"，以期彻底解决人的自我认同和自我实现的难题，使人的解放真正能够抵达他所预想的理想境界。

当今世界，交通和通讯极其发达便利，各国之间在政治、经济和文化领域的联系空前紧密，形形色色的产业链、供应链环环相扣，信息交流网络如蛛丝密织联通五洲四海，各国彼此相依业已连成一个不容分割的整体。置身于全球化时代，恰如吉登斯所说："没有一个人能够轻而易举地保护一种世俗性的'当地生活'而不受较大的社会系统和组织的影响。"任何一个地方的任何一个群体和个体的活动都不再可能是封闭孤立的，注定会与这个地球上其他地方的人和事发生这样那样的联系，一个地方的事件可能一转眼就会转化为全球性事件。刚从拜仁官网上看到该俱乐部主教练弗里克就如何应对德国疫情趋紧时说的话："在如今这个时代，个人的生活也不可避免地会受到社会中集体事件的影响。"在因疫情严重恶化武汉和湖北省内外众多大中小城市接二连三地采取前所未有的封城措施后不久，德国的朋友传来齐泽克题为"清晰的种族主义元素到对新型冠状病毒的歇斯底里"的文章。他在文章中说："鉴于在现实中，一个中国大城市大概是世界上最安全的地方之一。但有一个更深层的悖论在起效：我们的世界联系得越是紧密，一个地区性灾难越是能引发全球性恐惧，最终导致一个大灾难。"他的担忧不久就得到证实。新冠病毒随后在全球扩散的速度异常惊人，势头十分强劲，覆盖范围相当广泛。到我转引齐泽克的话时，根据中国公布的统计数据，境外已有140多个国家及地区遭受疫魔的侵犯，染疫人数已突破10万，累计死亡3885人；灾情最为严重的意大利，连着两天新增3000多病例，累计达到27980例。意大利先是封了伦巴第等重灾区，进而封了全国。欧美各国相继宣布进入紧急状态，施行严格的边境管控，取消各种大型群聚活动，关闭除医院、药店和超市等以外的全部公共场所。欧洲五大联赛、欧冠、欧联的近期赛事全部中止顺延，欧足联作出决定将欧洲杯推迟到明年举行。此刻笔者仍困守蜗居，与这座千万人口的大城所有被隔离在家的人一起，似乎转眼间被彻底抹去社会角色或身份的差异，完全被同质化了。百业休歇，万物屏息，往日熙来攘往的街面上静得瘆人。李雪梅说得对，"传统的丧失和风险社会的到来使个人无法获得一种自然而然的安全感"。不只是在武汉，也不只是在中国，几乎在所有染疫国家及地区的上空都弥散着一种不可名状的恐怖气息。不是一个而是所有的个体，无一不被抛入风险社会之中。

全球化、现代性，与这两个相互关联的概念不可离弃的是风险社会。在全球这个超级链环上，无论哪一个环节出了问题，都会产生多米诺骨牌效应。这就是可能存在的风险，巨大的社会风险。"在现代性的许多方面业已全球化了的情势下，没有任何人能够选择完全置身于包含在现代制度中的抽象体系之外。就此而言，最明显的莫过于核战争和生态灾难的风险了。"吉登斯在这里所说的抽象体系，由庞大的符号象征（symbolic tokens）体系和专家体系构成。这两种体系都有着超越地域的限制即"脱域"的广延性，吉登斯称之为时间—空间的延展。身陷疫难中的人们，无论身在这个星球的哪个地方，对于他们来说，地方性，连同种族、民族和国家，一并变得毫无意义，因为疫魔疯狂地横扫全球，抹去了国界族别，成为殃及全人类生命安全的世界性事件。在全球性疫难的面前，亟须做的事情，毫无疑问，是尊重和遵循世界主义的基本原则，坚守人类道义的底线，消除政治和意识形态的偏见，公开透澈地协作，共同抵御疫魔。

"祸兮福之所倚，福兮祸之所伏。"摸索全球化和现代性的转化机制，思考并调理人与自我、自然和社会之间的关系，其实是为在更高的层次上促进人的自我实现探路。全球性的社会生态，在疫魔施虐前后实际上并不存在实质性的区别，无论是政治、经济还是文化的生态，无不是你中有我、我中有你，彼此依存和相互冲突的社会生态。一个地方的社会生态犯病失序，哪怕只是很小的一个方面，也有可能引起全球的连锁反应。此次疫情是否与野生动物或别的什么因素有关，迄今尚无定论。有关部门于疫期内紧急发出禁食野生动物的禁令，说明境内的防疫专家大都倾向于认为此次疫难的发生可能与食用野味有关。岂止是食用野味，如果人们无所畏惧、毫无节制地盘剥自然，破坏人与自然长期交际形成的伦理秩序，而屡遭虐待的自然出手反击，实在是再自然不过的事情。从事一切破坏自然和社会的生态、突破人伦底线的如克隆人之类的工作，都应该毫不犹豫地坚决加以制止。另外，我注意到，此次疫难的全球叙事，充斥着种种不谐和的声音。这并不奇怪，这些声音平时就常能听到，不过是全球性社会生态互涉冲突的一种反映，只是在疫期内被集中放大凸显了出来。若限于单一的社会生态，由全球性的社会生态反观，则不难发现久伏其身的顽疾及其代言人依然故我的姿态。

将残稿传给一位朋友，他提醒我留意"平等问题"。抱拳。录下他的文字："不知兄是否也在平等问题上着墨，每次大灾难都在提醒，自然威力并不承认社会等级。"千真万确。在全球化时代，"自然威力"不可能偏袒任何一个社会等级的成员。德国学者乌尔里希·贝克在1980年代出版的《风险社会》中指出，全球性的风险，不但不管富人与穷人、特权阶层与平民阶层之间的区别，而且不管这个世界上各个地区之间的区别。灾难面前，人人平等。生或死同此，无论什么人，一律平权。这是灾难无意识地馈赠给人类的生命意义或人道主义的启示。这种启示与生活政治密不可分，人在更高的层次上实现自我，肯定离不开人与自我、自然和社会的协商对话和协调发展。然而，现实并不以人的意志为转移，不遂人愿的现象无处不在。另一位朋友提示我注意："一方面病毒无差别攻击，无论种族、国别、社会地位的差别，大家在病毒面前的命运是'同质的'，但另一方面讨论病毒的人，又在不断地引入地位、身份、社会区隔与民族主义的话语来让'冲突'显形。"的确如此，疫难是一回事，疫难叙事则是另一回事。社会等级、族群和国家不同，意识形态和利益诉求有别，疫难叙事也就不会尽相一致，不断发生话语摩擦和冲突也就在所难免。前文提到疫期内疫难的全球叙事充斥不谐和音，就是指此而言，所考虑的正是在平等中存在的不平等的问题。权利的配置在不同的国家是不一样的，因而也就不难理解，为什么在某些国家，同样的灾难会区别对待不同社会等级的成员。我有一个强烈感觉，就是仅凭生活政治这一个概念还不足以解释上述现象。

这关系到我想谈的另一点，即生活政治和解放政治在具体社会条件下的适用性和有效性的问题。

人的解放或自我实现，用吉登斯的话说，就是"脱嵌"，意味着把人从传统社会等级秩序的捆缚中解脱出来，赋予人以选择各自生活方式和信仰的自由和权利。这是解放政治的核心内容，也是启蒙运动以来现代文明的伟大成就之一。吉登斯用生活政治诊查个人主义在后传统社会的诸种症状，是为了使个人"再嵌入"经他理论化和乌托邦化的现代社会秩序，丝毫没有背叛这项伟大成就的意思。他对于个人主义的隐忧与加拿大的社群主义代表人物泰勒不无相似之处。泰勒在其著作《现代性之隐忧》中认为，个人主义不乏阴暗的一面，脱嵌后的个人，往往以自我为中心，"不再有更高的目标感，不再感觉到有某种值得以死相趋的东西"，失落了"生命的英雄维度"和理想的激情，放任自流，沉溺于托克维尔所说的"渺小和粗鄙的快乐"之中。前几天在电视里看到美国某城市一大群年轻人在街头狂欢的场景。这帮人压根儿就没拿危险的疫情和当局控疫的措施当回事，"我的生命我作主"，照常在大街上扎堆取乐，相互拥抱调笑，饮酒打闹，怎么快活怎么来。还看过意大利某市市长向市民喊话的一个视频。这位市长苦口婆心地劝告市民不要搞什么野炊，不要总是跑超市，不要每天出门买烟，说你一次就不能多买一些，十天出来一次就不行吗；劝告市民不要一窝蜂地出来跑步健身，说平时本市出来跑步的不会超过两个人，好家伙，一下子这么多人都变成了健身达人……这个视频在一定程度上形象地说明了市民与市长的关系，或可视之为西方发达社会个人与政府关系的缩影：主动与被动，任性而为与好言相劝。这不难理解，政府没有任何权力干涉和限制法定的神圣不可侵犯的个人自由，政府所能做到的，不是发号施令，而是人性化的温情奉劝，若要采取强硬的手段，达到令行禁止的效果，除非宣布进入战时状态，或紧急动用严格的法定程序修（法）例。泰勒从理论上辨析这种关系，认定其实质是极端个人主义与软性专制主义的关系。在他看来，极端个人主义致使个人脱序（社会秩序），失去宏大目标，放弃应尽的社会义务和责任，把社会治理的权力甩手抛给政府，从而为"温和的"专制主义敞开了大门。这里的专制主义另有所指，没有历史先例可寻。欧美发达国家此次应对危险的疫情，受制于既定决策方式和程序，在疫情相对平缓时期大都出现过度轻视、反应迟缓、施策松弛和处置无力，而民众依然故我、我行无素的情况。前面说到脱域的专家体系，我以为也应该在其中起到不可忽视的关键作用。吉登斯在谈到专业知识的局限性时说："就采用专家原则的后果来看，没有任何一种专家系统能够称为全能的专家。"既然如此，一味信赖和依靠专家，完全依凭专家有限的专业知识决策，也就不可避免地要为不期而至的大灾难付出代价。可以举出的实例不少，恕不在此罗列。眼下美国日增病例连续两天上万，估计很快就将取代意大利攀居境外病例的首位。意大利和西班牙在此次疫难中遭到重创，撇开其族性不谈，恐怕是与医学专家的认知判断、民众的自由放任、"专制"政府的对策绵软乏力分不开的。大疫临爆的关口，西班牙的瓦伦西亚队还跑到意大利的亚特兰大队的家门口进行了欧冠次回合的比赛，赛后不久两队就接连有多名球员染疫……这场比赛仅仅过去15天，意大利染疫的人数就达到惊人的74386例，7503人不幸亡故；西班牙也有68855人染疫，死亡3434人。由此可见，泰勒的现代性隐忧，吉登斯的社会风险预警，绝非杞人忧天、毫无根据。

除了极端个人主义和软性专制主义，泰勒的另一大隐忧是工具理性。泰勒与吉登斯在同一语义上使用这一概念。据泰勒解释，工具理性"指的是我们在计算最经济地将手段运用于目的时所凭靠的合理性。最大的效益、最佳的支出收获比率，是工具主义理性成功的度量尺度"。工具理性当然也是解放政治的重要内容，也是自启蒙运动以来西方发达社会得以形成无可否认的助推剂。工具理性的伦理原则与边沁的功利主义或效益主义如出一辙。以结果论英雄，以目的判善恶，不择手段地追逐利益的最大化，这种排斥人类道义关切的功利主义与工具理性"本是同根生"的兄弟。泰勒的隐忧是："经济增长的要求用来为非常不平等的财富和收入分配辩护，同样的要求使得我们对环境的需要，甚至对潜在的灾难无动于衷……在像风险评估这类关键领域，大多也是被种种形式的代价—利益分析所左右，这类分析涉及一些荒诞不经的计算，用美元估算人命。"支配"为非常不平等的财富和收入分配辩护"的是什么？不用说，是绝对化的工具理性，它毁弃的是启蒙运动以来所弘扬和追求的平等即公平和正义的价值准则。"使得我们对环境的需要，甚至对潜在的灾难无动于衷"的根本因素是什么？还是绝对化的工具理性，如前所说，它毁弃的是人与自然在千百年来的交往中形成的谐振共生的伦理秩序。"用美元估算人命"，无异于拿金钱谋财害命。为追求利益的最大化而置自然和社会的生态风险或灾害于不顾，这是地道的反人道行径。当然，泰勒的现代性忧思针对的是西方发达国家，他所揭橥的只是西方发达国家面临的现代性危机。陷入现代性危机的西方社会，吉登斯称之为风险或危险社会。但是，泰勒和吉登斯对于风险社会的忧思，未必不可以为一直在加速现代化并早已加入地球村的中国提供借鉴和警示。

然而，我也知道，生活政治在中国不可能是一把万能的钥匙。中国社会与西方发达国家还存在相当明显的差异，这是不必讳言的事实。李雪梅对于中国社会的理解，就取了在国内学术界比较流行的一种说法。她说："中国目前的发展水平还很不均衡，前现代、现代、后现代等多种因素交织在一起，因此现代性的未完成性在中国更具典型意义。"这就是说，三重因素交织的中国社会还不能与西方发达国家等量齐观，还不足以反映西方现代性的典型特征。既然还存在前现代的因素，那么仅从与第二阶段西方社会"自反"现代性发生意义关联的生活政治切入中国社会，几乎是不可能获得满意的阐释效果的。如果强行切入，难免捉襟见肘，左右为难，不知从哪里下手。较好的解决办法是具体问题具体对待，引入解放政治这种更适于阐释中国问题的概念。李雪梅追溯探索1980年代中国文学中个性解放主题的来龙去脉，支配她运思的就是解放政治这个概念。受制于研究对象，她必须集中精力以生活政治解读新世纪的文学作品，但与此同时，她也不时地提醒自己注意，解放政治仍然是新世纪文学中一个不容忽视的主题。

解放政治，自晚清以来，与中国社会的变迁攸息相关，始终是一个悬而未决的问题。它在中国社会的现代化进程中反复出现，就是很好的证明。解放政治的要义是改变和调适人与社会的关系，将个体从不良的社会束缚中解放出来，索回个人自由选择自己的生存方式和信仰的不可让渡的权利。"自由"的首译者严复，就曾辩明过个体与群体、群体与国家之间的主仆关系，倡言"自由为体，民主为用"。"民主"另有"群治""众治""民治"等译名。梁启超等人说国家乃国民（citizen）之公产，摆明的同样是主权在民，主政者不过是经由国民授权代理公产的公仆（civic servant, public servant）的道理。梁启超于19世纪末年撰长文《爱国论》，称国家"积民而成"，国政为"民自治其事"。严译穆勒的《群己权界论》于上世纪初问世，影响不小，章太炎将新政的议员比作"蚁皇"，鲁迅说国会"必借众以陵寡，託言众治，压制乃尤烈于暴君"，恐怕就与严译的"社会暴虐"（"多数的暴虐""集体的暴虐"）一词有撇不清的关系。若干年后许宝骙据英文版译著者为密尔、书名为"论自由"。此书开宗明义，道明其主旨在"探讨社会所能合法施用于个人的权力的性质和限度"。不危害他人的自由和社会，是密尔为个人自由设定的不可逾越的权限，除此之外，个人有权拥有包括表达自己的思想感情、随自己的个性趣味选择生活方式和与他人联合的所有自由。他相信"人类一切其他福祉是有赖于精神福祉的"，而"意见自由和发表意见的自由"，便是人类不可或缺的精神福祉。其理由是："被迫缄默的意见"有可能是真确的，即使不是那么真确，也有可能含有"部分真理"，而公认的意见，即使是真确的，也应当允许质疑，何况它并不能保证永久的真确。

雅斯贝尔斯创有"轴心文明时期"说。仿此，将清末民初看成中国现代文明或新的轴心文明形成的发端，也未尝不妥。这是因为，自此以后，中国社会发生的任何一次重大的社会文化事件，追根溯源，都能轻而易举地从中发现清末民初生成的那些重大的思想文化命题，无论它们是以正题还是反题的形式出现。也不妨将这些命题比作叙述学中的母题，它们反复出现在后来的人们对于中国现代社会的叙事（述）之中，甚至作为基本的精神原则不断地被写入多种成文法的文本之中。

前些天德国的朋友传来《南风窗》刊发的一篇文章。该文是对由意大利哲学家阿甘本在疫期发表的言论所引发争议的综述。阿甘本斥责意大利政府采取的紧急措施"疯狂、不合理且毫无依据"，致使限制个人自由的"例外状态"（法外状态）出现在意大利一些地区。法国哲学家南希不同意他的看法，说这种"例外"实为当今世界通行的"规则"，意大利政府只是这种规则"可悲的执行者"。他认为，真正值得人们反思的倒不是"例外状态"，而是造成这场大灾难的原因，是人类"生活条件、食物品质和环境的有毒性"。很明显，阿甘本与南希有着不同的着眼点，但实际上，他们针对的都是与解放政治不乏历史联系的生活政治的问题。阿甘本的担忧是有根据的，吉登斯所谓包含在现代制度中的抽象体系，确实已经将个人的生命符号象征化了，倘若疫后在一定程度上沿袭疫期对人的监控方式，那将是对人道主义毁灭性的打击。无独有偶，以色列史学家赫拉利在《冠状病毒之后的世界》一文中，表达了与阿甘本几乎完全一样的担忧。我想用韩裔德籍学者韩炳哲的一段既与阿甘本也与南希的观点有关的话结束本文。他在刊于《世界报》的文章《我们不应将理性让渡给病毒》中说："让我们期待，一场人道的革命能在病毒之后到来。作为拥有理性的人，我们必须深思熟虑，并且从根本上彻底限制毁灭性的资本主义和我们无边界的、毁灭性的流动，从而拯救我们自己，拯救气候，和我们这颗美丽的星球。"

2020年3月15日至4月5日
湖北武汉

目 录

绪 论 ……………………………………………………… (1)
  第一节 生活政治的兴起 ……………………………………… (1)
    一 生活政治概念的提出 ………………………………… (2)
    二 生活政治的主要议题 ………………………………… (6)
    三 生活政治的现实语境 ………………………………… (10)
  第二节 研究现状、思路与方法 ……………………………… (14)
    一 研究现状 ……………………………………………… (14)
    二 研究思路和研究方法 ………………………………… (20)

第一章 个人的生长与流变：有限的突围 ………………… (25)
  第一节 《家庭问题》与"胡东渊来信" ……………………… (25)
    一 帽子问题与青年的幸福观 …………………………… (26)
    二 个人的脱嵌与再嵌入 ………………………………… (33)
  第二节 《北极光》与"潘晓讨论" …………………………… (37)
    一 选题的转换与自我的逸出 …………………………… (38)
    二 自我的困惑与救赎的虚妄 …………………………… (45)
  第三节 《你不可改变我》与"蛇口风波" …………………… (51)
    一 "淘金者"的宣言与正名 ……………………………… (51)
    二 青年导师的错位与失效 ……………………………… (54)

第二章 认同的困境："一切坚固的东西都烟消云散了" (61)
第一节 后传统社会：无根的漂泊 (62)
一 返乡的虚妄 (62)
二 乡村的现实困境 (68)
第二节 风险社会：信任缺失的隐忧 (75)
一 抽象系统的控制 (75)
二 同质化的宿命 (79)

第三章 日常生活的两副面孔：压抑和解放 (87)
第一节 日常生活："回到事物本身" (88)
一 日常叙事新常态 (88)
二 个人的裂变 (91)
第二节 另一种规训：欲望的陷阱 (96)
一 物质生活：丰富和丰富的痛苦 (96)
二 身体欲望：解放的快乐与隐忧 (106)

第四章 私人生活的转型：情感民主的可能与困境 (117)
第一节 亲密关系的变革 (118)
一 融汇之爱的理想 (118)
二 可望而不可即的爱欲 (137)
第二节 代际关系的重构 (148)
一 寻找父亲 (148)
二 "有毒的父母" (158)

第五章 公共生活的拓殖：反思与重构 (164)
第一节 底层叙事与现实主义的复兴 (165)
一 底层叙事的勃兴与困境 (165)
二 现实如何重新"主义" (175)
第二节 个人经验与中国故事 (180)

一　再历史化与后革命叙事 …………………………………（181）
　　二　当代生活的个人化演绎 …………………………………（194）
　第三节　文学想象与诗性正义 ……………………………………（202）
　　一　贫乏时代的"思"与"诗" …………………………………（202）
　　二　穿越现实的"雾霾" ………………………………………（211）
　　三　走出历史的迷失 …………………………………………（219）

第六章　重新道德化："返魅"与自我实现 ……………………（231）
　第一节　"返"传统："压抑的回潮" ………………………………（232）
　　一　作为道德资源的传统 ……………………………………（232）
　　二　本土化意识的兴起 ………………………………………（239）
　第二节　回到自然：生态意识的凸显 ……………………………（246）
　　一　反思人类中心主义价值观 ………………………………（247）
　　二　构建和谐社会生态 ………………………………………（253）

结　语 …………………………………………………………………（259）

参考文献 ………………………………………………………………（264）

后　记 …………………………………………………………………（271）

绪　　论

一般来说，我们对1980年代以来的文学有一个基本认识，认为它是一种逐渐疏离政治走向自主的文学。但是，我们要明确的是，这里被疏离的"政治"，是一个曾经携带过多粗暴、强制成分和过多暴力记忆的词语，文学曾经全面被它宰制而失去了本性，"那个控制中国文艺学知识生产的'政治'，并非一般意义上的政治"[1]。事实上，政治有着多样化的表现形态，祛政治本身无疑也是一种政治。政治无处不在，哪怕生活世界中看起来极其个人性的问题，其实也有着政治的意味，"疏离政治不过表明人们对原有政治模式的疏远而已，他们仍然致力于找寻新的政治生活模式"[2]。近年来，人们的政治生活模式和观念发生了变化，出现了全新的生活政治，文学也随之在表现形态上发生了重要转向，在新世纪形成一股强大的潮流，生活政治俨然成为文学的"新意识形态"，文学研究不能不面对这一新的课题。

第一节　生活政治的兴起

新世纪中国社会现实和文学自身的剧烈转型，促使文学不断滋生

---

[1] 陶东风：《论文学公共领域与文学理论的公共性》，《文艺争鸣》2009年第5期。
[2] 任剑涛：《政治的疏离与回归——近三十年中国政治观的演变与动力》，《天涯》2007年第6期。

新的内涵，尤其值得注意的是，生活世界的巨大变化及其现代性特征，凸显出种种生活政治问题，也为新世纪文学研究提供了新的可能途径。

一 生活政治概念的提出

生活政治这个概念对于很多人来说似乎是不可想象的。在一般意义上，人们总是认为，个人生活中再大的事情也不过是生活小事，不能提到政治的高度，政治只是政治家的事业，与日常生活有什么关联？但是，生活政治这一概念的出现本身就说明，变化中的日常生活隐含着特殊的政治内容，正如吉登斯借用桑多·罗扎克所言："我们生活在这样一个时代，个人认同的找寻及个人命运定向的私人体验本身，都变成一种主要的颠覆性政治力量。"[①]

生活政治理论源自西方学者对现代化过程及其现代性后果的思考。现代化过程主要表现为通过工业化、城市化实现物质财富的激增，现代性则是在这一变化过程中形成的与传统不同的现代观念和价值。发端于欧洲的现代性，最初主要致力于用理性将作为启蒙主体的人解放出来。人类追求解放的重要目标就是要把人类从对自然和传统的依附中解放出来，这种解放既是人类追求确定性的表现，也是追求自由、发挥个人潜能的体现。但人们很快发现，在追求物质进步和效率至上的工具理性取得长足发展的时候，以精神追求为旨归的价值理性却并未得到同步发展，在经济高速发展的同时却带来了道德的崩坏，加上以人类经济利益优先的原则处理人与自然的关系，带来自然灾害、贫富分化、道德沦陷等一系列问题。发展主义策动下的进步和繁荣并没有使人们获得更大的确定性、安全感和幸福感，科学的发展和人类知识的增长不但没有消除自然风险，反而不断制造出种种新的

[①] ［英］吉登斯：《现代性与自我认同》，赵旭东、方文译，生活·读书·新知三联书店1998年版，第246页。

"人为风险"①，再加上"历史进化论的终结，历史目的论的隐没，对现代一以贯之的结构性反思的认识，以及西方特权地位的消亡——把我们带入一个全新而纷乱的情境"②。解放的自由生发出的是更多的不自由，每一个进步都会制造一个反面的问题，这些问题直接与人的自我认同相连，造成种种认同危机，最后人们发现，突飞猛进的科学发展和前所未有的物质财富并没有促成最终的自我实现。

正是基于上述认识，吉登斯、鲍曼、贝克、拉什等学者作出这样的判断：现代化已从第一阶段的简单现代化发展到第二阶段的自反性现代化③，

---

① "风险社会"起初是贝克的用语，贝克和吉登斯对这一概念都非常重视，他们借助这个概念进一步阐明了自反性现代化的本质特征，即后传统社会并非比过去风险更大，而是说风险的性质已经发生改变。自然日益成为人类所干预的自然，我们的生活环境日益成为我们自己行动的产物，因而人们的生活很多时候就不是像过去那样受到外部不可知的自然力量的影响，反而受人类自身活动的影响更大。这种由人类自身的活动造成的风险就是"人为风险"，现代人正置身于以人为风险为重要特征的风险社会中。风险社会恰如一把双刃剑，因为风险既意味着可能的消极后果，又区别于危害和危险，人们总是想方设法试图避免其消极方面，而积极地承担和管理风险则是现代社会的核心，促进人们不断改进和完善自身。参见［德］贝克、［英］吉登斯、［英］拉什《自反性现代化：现代社会秩序中的政治、传统和美学》，赵文书译，商务印书馆2001年版。

② ［英］吉登斯：《现代性的后果》，田禾译，译林出版社2000年版，第46页。

③ 吉登斯将现代化发展分为两个阶段，"重要的是要认识到目前世界上有两种形式的现代化，在某些方面它们相互冲突"。"'第一阶段的现代化'指的是沿着直线推动社会财富增加的现代化过程，像过去发生的那样，在这个过程中繁荣、安全以及生活整体质量的改善会同步进行。当这些条件不存在时，'第二阶段的现代化'就发生了，在这个阶段中，现代化还意味着对现代化的局限性、紧张和困难的缓解。""不能用第一阶段的方法解决第二阶段出现的问题。"这里"第二阶段的现代化"即为"自反性现代化"。"自反性现代化"强调现代性的"自我对抗"和"现代化的基础与现代化的后果之间的冲突"，这一概念在吉登斯的《现代性的后果》《现代性与自我认同》和贝克的《风险社会：新现代性初探》及贝克、吉登斯、拉什的《自反性现代化》等著作中都有解释。"自反性现代化"指"创造地（自我）毁灭整整一个时代——工业社会时代——的可能性。这种创造性毁灭的'对象'不是西方现代化的革命，也不是西方现代化的危机，而是西方现代化的胜利成果"，即简单现代化的进一步发展造成了一些难以预见的副作用。贝克说："自反性现代化应该指这样的情形：工业社会变化悄无声息地在未经计划的情况下紧随着正常的、自主的现代化过程而来，社会秩序和经济秩序完好无损，这种社会变化意味着现代性的激进化，这种激进化打破了工业社会的前提并开辟了通向另一种现代性的道路。"吉登斯认为："全球化和最传统的行动情境的撤离的双重过程是'自反性现代化'阶段的显著特征，这个阶段改变了传统与现代性之间的平衡。"参见［英］吉登斯《失控的世界》，周红云译，江西人民出版社2001年版，第82—83页。［德］贝克、［英］吉登斯、［英］拉什《自反性现代化：现代社会秩序中的政治、传统和美学》，赵文书译，商务印书馆2001年版，第5、120页。

西方社会已进入晚期现代性或曰后传统社会①的发展阶段。第一阶段对应于工业社会，"工业化—物质繁荣"是其发展逻辑，表现为解放政治（emancipatory politics）的形态；第二阶段则对应于风险社会，解放政治引发的现代性后果日益凸显，这些问题不再能够像第一阶段那样凭借财富的增加而得以解决，表现为生活政治（life politics）的形态。

所谓解放政治，主要关注国家、阶级和社会等宏观范畴，贯穿着"将个体和群体从对其生活机遇有不良影响的束缚中解放出来的一种观点"②，"关心的是摆脱压迫的自由，社会正义以及消除社会经济的不平等"③。自由、平等和正义是解放政治期待实现的重要目标，"所有解放政治的目标，都是要把无特权群体从它们所不幸的状况中摆脱出去，或者是要消除他们之间相对的差别"，"解放政治是凭借一种权力的等级概念来运作的。在此，这种权力被理解成一个个体或群体将其意志加于他人之上的能力"④。具体说来，解放政治的目标一方面呈现为将人类从传统和自然的控制中解放出来，重视人类在历史进程中的主导性和控制能力，致力于消除传统对人们生活方式的影响，并以人类为中心来审视世界，另一方面表现为将人们从不平等和被剥削被奴役的状态中解放出来。人类在现代化过程中普遍实践的"解放政治"模式，以征服自然、消解传统、打破专制、寻求正义和自由为主要目标，在简单现代性阶段具有广泛影响，它着眼于正式的政治制度和体制，面对后传统社会里在生活领域中不断出现的新问题，解放

---

① 吉登斯弃用"后现代"而使用"后传统"或"晚期现代性"的原因在于，"'后现代'通常含有不可能对历史有秩序、有连续性的概括"，他认为现代性的发展方向并非最终将滑向虚无、终结的后现代性，他强调的反而是作为"现代性的后果"，"后传统社会"与现代性和传统双重的紧密联系。参见［英］吉登斯《现代性的后果》，田禾译，译林出版社2000年版，第40—46页。"现代性在其发展历史的大部分时期里，一方面它在消解传统；另一方面，它又在不断重建传统。在西方社会中，传统的存留和再造是权力合法化的核心内容。"参见［德］贝克、［英］吉登斯、［英］拉什《自反性现代化：现代社会秩序中的政治、传统和美学》，赵文书译，商务印书馆2001年版，第72—73页。

② ［英］吉登斯：《现代性与自我认同》，赵旭东、方文译，生活·读书·新知三联书店1998年版，第247—248页。

③ 同上书，第115页。

④ 同上书，第248页。

政治就无能为力了，因为它从根本上忽视了个体的、内在的微观解放。晚期现代性阶段出现的问题无法按照解放政治的思路来解决。"今天，政治取向调整的总方向是，应对我们所讨论的社会生活环境的变动。这就是从解放政治向生活政治的转变。"①

生活政治是在反思解放政治的基础上形成的新型政治模式，是在现代化发展中解决其现代性后果的政治策略，生活政治"关注个体和集体水平上人类的自我实现"②，它的目标是在高度发达的现代性基础上促进自我实现、道德上无可厚非的生活方式，在全球化语境中通过反思重新处理人与自己、他人及自然的关系。吉登斯对此有明确表述："'生活政治'中的'政治'的含义是什么呢？在政治学理论中，习惯上都承认存在狭义和广义的政治概念。前者指的是国家的政府领域中的决策过程；后者则把用以解决趣味对立和价值观抵触上的争论和冲突的任何决策方式，都看作是政治性的。生活政治所包含的意义兼及此二者意义上的政治。"③虽然"兼及此二者意义"，但生活政治更多从自我层面切入，也就是说，哪怕是前者，也重在考察政府领域的决策对个人自我实现的影响。因此，生活政治关涉的对象主要是自我实现、日常生活中的秩序规范以及道德困境的形成等。换言之，在生活政治中，"权力是一种产生式的而不是等级式的"④，"解放政治是一种生活机遇的政治，而生活政治便是一种生活方式的政治"⑤。与简单现代化阶段不同，在自反性现代化阶段，全球化和城市化在带来物质世界深刻变化的同时，也带来了人类新的风险和矛盾，时时刻刻重构和形塑着新的个人，生活政治的问题显得越来越突出。"解放"产生了新的个人、新的生活，也产生了日益深重的危机。在吉登斯等人那里，克服现代性危机的出路不在于消极地摧毁现代性，而在

---

① [英]吉登斯：《失控的世界》，周红云译，江西人民出版社2001年版，第115页。
② [英]吉登斯：《现代性与自我认同》，赵旭东、方文译，生活·读书·新知三联书店1998年版，第10页。
③ 同上书，第265页。
④ 同上书，第252页。
⑤ 同上书，第251页。

于积极地重建现代性。生活政治就是吉登斯针对晚期现代性的社会现实提出的一种重建现代性的理论构想。生活政治的提出，旨在培育对话民主的协商机制，以面对日益严重的现代性的后果。现代社会存在的问题单凭经济增长和知识创新是解决不了的，现代人必须重新审视现代性，重新思考和协调人与自然、传统与现代、物质进步与精神追求、工具理性与价值理性之间的关系。因此，生活政治的兴起反映了时代发展的主旨已经由经济发展主义主导的现代化模式转向注重微观世界的个人自我实现的揭示。

二 生活政治的主要议题

生活政治改变了人们的生活方式和生活态度，在每个人最细微的现代性体验中呈现出来，它的议题包括自我认同、亲密关系、性别政治、生态政治、身体政治等。显然，新世纪小说对当下社会的思考和描写与这些生活政治议题有着密切关系。

首先，生活政治的核心议题是在后传统社会的自我实现问题。这个问题既关系到人们切身的吃喝拉撒睡的日常生活，也关系到个体存在的意义等终极关怀。"我是谁""我从哪里来，要到哪里去""我为什么如此生活"之类的古老问题，在新的社会形态中被重新提了出来。回答这些问题，意味着"一种对我们来说是最为重要的东西的理解"，也意味着"在其中，我能够采取一种立场"[1]。在传统社会，这都不会成为一个问题，因为每个人理所当然镶嵌在一种固定的社会结构中，但在以全球化为特征的后传统社会，"没有一个人能够轻而易举地保护一种世俗性的'当地生活'而不受较大的社会系统和组织的影响"[2]，传统的丧失和风险社会的到来使个人无法获得一种自然而然的安全感。吉登斯从社会结构转型进入个体心理结构变化的研

---

[1] [加]泰勒：《自我的根源：现代认同的形成》，韩震等译，译林出版社2004年版，第2页。
[2] [英]吉登斯：《现代性与自我认同》，赵旭东、方文译，生活·读书·新知三联书店1998年版，第216页。

究，指出现代社会生活的变化如何引起个体自我意识的深刻变化，然后变化了的个体又反过来去重构现代社会："生活政治关涉的是来自后传统背景下，在自我实现过程中所引发的政治问题，在那里全球化的影响深深地侵入自我的反思性投射中，反过来自我实现的过程又会影响到全球化的策略。"① 从这个意义上说，中国2003年爆发的"非典"就是一个典型的生活政治事件，"非典"发生的原因、传播的途径、对社会和人们心理的影响及其后的反思都不是传统社会伦理和秩序能够解释的。例如源自动物的病毒传播给人类与人的生活习惯有关；病情在全球的迅速蔓延则是因为现代人流动的生活方式；"非典"过后人们的饮食结构和休闲方式的变化则是人们反思的结果。人们以往对人对世界某些深信不疑的观念开始发生变化，这种变化已经深入个体生活和自我实现中，直接影响到自我认同。这类事件无疑昭示着"在传统和自然界终结之后，我们如何生活"② 这个核心问题，不能用传统的方式来应对，生活政治则可以提供另一种全新的视角。

第二，生活政治强调"个人的伦理"。"正如那业已牢固建立起来的公正与平等属于解放政治的理念一样，'个人的伦理'是生活政治的基本特征。"③ 生活在高度现代化条件下，传统生活方式的丧失也意味着失去一种权威的控制，此时的个体也就会被迫面对多样化的选择，个人的选择此时就不仅仅关涉个体本身，而且有可能关涉全球范围内每一个体和整个人类的发展方向。这种"个人的伦理"明显有别于解放政治打破被压迫和被奴役状态的个人解放，它把解放后的个体的生活方式选择作为首要的考虑对象，注重私人生活的品质，尤其关注那些曾经被忽略的边缘和底层人物的生活状态，因为"生活政治的根本着眼点在于边缘和底层，在于个体的生存感受和生存质

---

① ［英］吉登斯：《现代性与自我认同》，赵旭东、方文译，生活·读书·新知三联书店1998年版，第252页。
② ［英］吉登斯、皮尔森：《现代性——吉登斯访谈录》，尹宏毅译，新华出版社2001年版，第129页。
③ ［英］吉登斯：《现代性的后果》，田禾译，译林出版社2000年版，第137页。

量"①。当然，强调个人伦理并不意味着排斥公共生活与国家。那些表面看来不过是私人性质的问题，很有可能成为公共领域中共同讨论的议题。譬如女性主义运动就被吉登斯视为生活政治的先驱，女性从最私密的个人经验出发寻求解放的实践将性别这一曾经被解放政治遮蔽的问题揭示出来，越来越引起人们的重视。1990年代以来女性写作蔚为风潮，以林白、陈染为代表的女性写作中反复出现的身体问题、认同问题、同性恋问题、生殖问题等，都是重要的生活政治主题。2004年以来至今方兴未艾的底层叙事热潮，关注中国大地上沉默的大多数，从历史资源与现实问题多层面探讨改革进程中的结构性问题，复活了现实主义介入现实的公共关怀，也是生活政治的重要体现。

第三，生活政治是基于对话民主的协商政治。吉登斯架构了一个基于"纯粹关系"的自我规划的理论模型，以实现个人生活的民主化，这是将政治的民主原则运用到日常生活中来的一种积极尝试。在理想情况下，这种亲密关系不仅在性的领域，而且在亲情及友谊等关系领域中出现，进而自下而上促成整个社会民主机制的建立。当然，在现实生活中，总会有各种因素制约着这种亲密关系的发展，新世纪小说中大量探讨两性关系及父子关系的作品就在这一问题上呈现出相当驳杂的面貌。整体上来看，曾经被父权和夫权压抑的女性与子一辈更容易进入协商关系，但人口的流动、商业的侵袭等种种现实困境又制约着这种新型伦理关系的进一步发展。

第四，生活政治是没有他者的政治。生活政治的基本宗旨是在后匮乏社会里不再把经济增长作为唯一的追求，以注重生活质量的自我实现为最终目标。生活政治仍然重视解放政治的自由、平等、正义等核心价值，但显著的区别在于，这些价值不再从与他者的对立和冲突的角度去寻求。因为在全球化背景下，每一个体共同面对世界的开放性和无限可能性，也要面对共同的风险，需要促进联合来化解纷争和

---

① 红苇：《"生活政治"是一种什么政治》，《读书》2002年第6期。

矛盾，处理好人与自然、传统、历史和他人的关系，在此基础上才能获得自我认同，这也是重构现代性的重要动力。吉登斯称之为"重新道德化"，在这个过程中，那些曾经被视为压抑的因素作为道德源泉重新得到正视，这也是新世纪小说的一个重要主题。在这一主题下，"压抑的回潮"变成现代人寻求自我认同的重要途径。于是，自然不再作为单一被改造的对象，生态环境问题凸显，重新构建人与自然和谐共生的关系成为人们的共识，新世纪文学中的生态意识异军突起；传统也并非面目可憎的现代化障碍，反而是现代人自我认同的重要源泉，复兴传统成为新世纪文学的自觉追求；历史的总体性和连续性并非不能接受，也可能是现代自我前行的动力，20世纪中国革命的经验和反思成为新世纪文学的重要主题。

最后，生活政治本质上是一种"乌托邦的现实主义"。它立足于现实世界，主张用积极的眼光看待人类在风险社会面临的困境，暗含对未来社会的乐观想象。与前人不同的是，它不是像尼采那样寄希望于超人，也不是像海德格尔那样求助于上帝，更不是像胡塞尔的先验性分析，它既不同意哈贝马斯所言生活世界已完全被殖民化，更不同意后现代的相对主义和虚无主义，而是力主从积极乐观的视野去看待现代性的后果及其困境，既不讳言后传统社会的风险，直面社会存在的问题，又要以面向未来的姿态保持乌托邦式的理想，这就是吉登斯所谓的"乌托邦的现实主义"，他认为"我们必须用一种比马克思所处的时代更有说服力的方式，使乌托邦的理想与现实保持平衡"①。吉登斯显然也意识到其中暗含的矛盾，但他更想强调的是理想与现实间的"平衡"，他相信现代人具有足够的反思能力和行动能力调整自己的生活方式，在与世界的积极互动中达成自我实现。吉登斯当然是乐观的，但他的乐观并非虚妄，而是建基于他对现代制度周密分析的基础之上的。

---

① ［英］吉登斯：《现代性的后果》，田禾译，译林出版社2000年版，第136页。

三 生活政治的现实语境

强调生活政治并非否认解放政治的重要性，解放政治与生活政治并非是对立的，因为一种新的政治形态的兴起并不意味着旧有的政治形态彻底消除影响，尤其是那些有关自由、平等和民主等解放政治的问题对仍在探索途中的地区来说，生活政治常常与解放政治相互缠绕，共同作用于现代化进程。中国就正处在这样一种复杂的情境之中，毫无疑问，那些传统的解放政治目标很长一段时间内仍将在很多领域作为主导型价值标准而存在，此时生活政治的提前"登场"则主要是为了发出"预警"，试图解决那些在解放政治框架内不是问题却不能解决的问题。

吉登斯使用"后传统社会"对生活政治产生的背景加以阐释，其中"后匮乏经济"这一概念是其重要基础，意味着是在晚期现代性物质的极大丰富后，再思考人的生活方式的选择和生活质量问题。而中国目前的发展水平还不均衡，前现代、现代、后现代等多种因素交织在一起，因此现代性的未完成性在中国更具典型意义。那么"生活政治"这一概念是否适合谈论中国问题？显然，在中国现实情境中对生活政治的思考和西方发达国家的生活政治的思考是不可同日而语的，因为中国的现代化发展进程显然与吉登斯构想的高度现代性社会之间存在差异。但是，"后匮乏经济"所指并非整个社会完全消除了匮乏，而是指某些领域在发展中产生的问题并不能由于更加富裕而得到解决，意味着财富积累的过程变得事与愿违，常常威胁和毁灭有价值的生活方式，正是在这种状况下出现了生活政治。在生活政治的领域里，人们有关生活方式的决定有可能限制或积极地反对经济收益的最大化以避免这种后果。[①] 从这一思路出发，当下中国社会的很多领域都已出现类似问题，譬如生态、道德、性别等问题，都不能以解放

[①] [英]吉登斯：《超越左与右——激进政治的未来》，李惠斌、杨雪冬译，社会科学文献出版社2000年版，第105页。

政治模式下经济和物质的进一步丰富来解决，必须转换思路，生活政治模式的出现就成为必然。

生活政治的另一个不言自明的前提是个人的高度解放和自由。1949年之后，中华人民共和国一度以诉诸群众运动的方式来开展政治运动，号召每一个人行动起来，抹平差异，批判传统，以"敢教日月换新天"的豪情壮志建设人化自然。小说中则以二元对立模式和社会主义新人的塑造为其呼应，梁生宝（《创业史》）、萧长春（《艳阳天》）、福新（《家庭问题》）都是典型的社会主义新人，而像福民（《家庭问题》）这样的青年则作为被改造的对象最终纳入和哥哥福新同一队伍。1980年代以来，在思想解放和改革开放的潮流中，过去那种政治高于一切的社会运行模式发生了很大变化，个人具有了更多的选择和可能性，1980年的"潘晓讨论"就出现了"主观为自己，客观为别人""只有自我是绝对的"这样关于个人的强势话语，虽然最后"潘晓"的困惑仍被导向现代民族国家的建构之中寻求答案，但"自我"第一次如此显眼地出现在当代思想史上，令潘晓讨论在一定意义上具有了里程碑意义。张抗抗的《北极光》中陆芩芩关于人生意义的追问正是潘晓困惑的文学演绎，而她最终找到的领路人曾储作为一个理想主义青年，与梁生宝、萧长春、福新在本质上并无区别，那些在过去的政治信仰坍塌之后寻求新的共同体的努力被成功纳入国家改变积弱贫穷状态的现代化建设之中。随着改革的不断深入，发展经济成为人们的普遍共识，1986年底刘西鸿的小说《你不可改变我》和1988年初的"蛇口风波"毫不掩饰地为"淘金者"正名，就是在改革的前沿地带发出的重要信号，个人自我实现的愿望成为改革最大的动力。历史进入1990年代以后，随着市场经济的迅速崛起，个人欲望被最大限度激发出来，经济逐渐成为最有力的杠杆，无论是极"左"时期的政治理想还是1980年代的现代化宏图，对于个人来说，都因强大的个人欲望而有所变化。此时的个人看似获得最大限度的解放，但无限膨胀的欲望又将个人纳入无形的控制体系，远离真正的自我实现。

从以上简单的梳理可以发现,社会中的个人面临一种结构性残缺所带来的问题,亦即表面上高度自由的个人实际上被控制在一个有限的范围。在集体主义年代,相对于集体的个人是一种无差别的存在,它存在于每个人都要遵循的大一统规约之中。1980年代以后,从集体中解放出来的个人逐渐成为单纯的经济动物,构成高度同质化社会,此时真正的个人仍然处于一种消隐状态,过去政治对人的压抑转移到经济社会里永无止境的欲望对个人的另一种规训。这就造成当下社会一种奇怪的组合:一方面,自由、平等、正义等解放政治的诉求依然存在;另一方面,由单一的经济发展思路而导致的一系列现代性后果,如环境污染、高风险社会、自我认同危机等生活政治问题又集中爆发出来。也就是说,在当下复杂的现代化处境中,解放政治和生活政治是相互依存、相互缠绕的关系。

但是,不容置疑的是,现代化始终是自晚清以来中国社会发展的不竭动力,到目前为止,高度发达的现代性社会仍然还是我们追求的目标,因此,现代性问题就不仅仅是西方社会的问题,反思我们追求自由和解放的方式,并在此基础上调整我们面向未来的发展方式就很有必要。中国社会的真正良性发展不仅依赖于现代化的推动,而且依赖于对现代性的充分认识和反思,因此,作为一种应对现代性问题的方式,生活政治对于思考中国已经出现的现代性问题的借鉴意义是不可忽视的。同时,虽然中国和西方的社会形态目前仍存在很大的差异,但是日常生活的兴起和个人伦理的凸显是一个全球性的变化,宏大政治转向微观形态也是一个普遍存在的现象,也就是说,虽然中国现代社会的发展与西方路径和进度并不完全相同,但吉登斯论述中的有关社会条件在1990年代以来的中国已经逐步展开,也为生活政治在新的历史阶段的兴起提供了某种契机。因为中国同样走在现代性的进路上,中国已经取得的经济建设成果及其相伴生的问题同样存在,也要面对同样的现代性后果,现代性的"通病"依然存在,现代性后果越来越引起人们的重视。

因此,虽然解放政治主题仍旧具有重要指导意义,经济的发展仍然是重要的改革目标，但现在人们已经开始反思解放政治的得失。它首先体现在发展理念上的变化。政治经济学者早在1980年代后期就已经发现了问题所在，何博传在《山坳上的中国》中倡议建立一门与"全球问题学"相对应的"中国问题学"专门学科，讨论中国发展中可能面临的诸多危机①，后来何清涟在《现代化的陷阱》中对当代中国经济社会问题的深刻见解，也是对解放政治化的运动型市场经济的批评和反思②。在经济高速发展的同时，当下社会也日益陷入人与自然、物质与精神、效率与公平等二元关系的尖锐对立，似乎社会每前进一步，对立冲突的风险也就进一步加剧，个体的恐慌日益加剧，并逐步上升为全社会的普遍焦虑。现代性怀有强烈的秩序和确定性情结，而科技进步和经济发展则极大缩短了社会变革周期并使社会结构持续处在不确定和失序状态；现代性反抗传统和专制，而进步的野心和理性的傲慢却导致了新的霸权和专制；现代性强调生产，发达的生产造就了丰裕的物质消费，而消费文化导致了意义的消逝。人们曾经乐观地想象现代性的高度发达将会导向一种更幸福、更安全的社会秩序，人们曾经以为可以主导自然和世界，进而完全把握自己的命运，但事实上这些有时不过是奢望，尤其在现代社会风险日益增加的情形下，就会看到人类曾经的狂妄自大是多么无知的表现，现代人的真实处境已经充分证明了这一谬误的可笑。在"致富"这一经济理性支配的单一想象的现代性乐观图景中，一些始料未及的现代性后果总是不期而至，人们往往对这种种后果既无防范、也无力应对，人性深处的恶与现实生活的悲常常被无限激发出来，超出既有的生活秩序和道德规范。从经济领域的生活政治理念扩展开来，生态问题也越来越引人重视，一味向自然索取的经济发展主义随时都有可能引发自然的报复，中国已经从国家战略层面改变经济发展模式，提倡在生态大保护的前提下促发展。性别问题也日益成为人们关注的一个话题，政

---

① 何博传：《山坳上的中国》，贵州人民出版社1988年版。
② 何清涟：《现代化的陷阱》，今日中国出版社1998年版。

治、经济、文化各领域中都涉及因为性别不平等而产生的一些新问题，1990年代以来女性主义的发展则直接推动了中国人两性关系的重建。近年来政府大力推行的一些民生工程，都以人民的幸福生活为最终目标，明确显示出生活政治的内涵，这些问题都构成我们谈论生活政治问题的重要语境。

在以生活政治的兴起为重要标志的现代性转换历程中，新世纪的中国文学也随之在表现形态上发生重要位移。如果说相当长的时间里，文学在很大程度上都是配合解放政治的宏伟愿景的话，那么，新世纪文学中的生活政治问题则被置于显著的前景。

第二节 研究现状、思路与方法

一 研究现状

（一）新世纪小说的"新质"研究

论题是在"新世纪文学"范畴内讨论小说领域的新变，首先要辨析的就是关于"新世纪文学"的概念问题。"新世纪文学"这一名称在历史进入21世纪前后就已经开始出现了，但其内涵却在不断演变之中。

1. 新世纪文学的时间范畴

"新世纪文学"最初主要是作为文学发展的时间概念来使用，但目前对"新世纪文学"这一概念的使用已然超出作为一个自然时间对现实文学的描述性范畴，而是作为一个具有文学"新质"的文学史概念被建构起来，以这种新质为核心再来讨论新世纪文学的时间范畴，是研究者们一个共同的趋向，因为单纯以时间起点为标准来描述虽然是最便捷的一种表述方式，但有时也是最无效的一种表述。张未民、雷达、於可训、张颐武、陈晓明、程光炜、白烨等都对这一问题进行了辨析。以某些明显不同于新时期的文学"新质"出现为标准，不以新世纪的自然时间范畴讨论新世纪文学的，主要有如下几种有代表性的时间界定：雷达将"新世纪文学"的发生定在1992年①，於可训也认为新世纪文学应从1990年代初开始②，张未民则认为"新世纪文学"的提出并不是对"新时期文学"概念的反动和抛弃，而是将二者看作一体生长的两面，所以将"新世纪文学"的起点前移与新时期文学同时发生③。

2. 新世纪文学的现代性新质

显然，"新世纪文学"作为一个文学史概念提出，关键在于如何辨识其"新"。雷达认为当前文学普遍进入都市化情境，同时又体现出新型的民族主义倾向，再加上文学观念不再强求整齐划一，以及审美形式的新变等方面是"新世纪文学"的审美特征出现的"新质"④。於可训强调要从文学实践本身寻找建构"新世纪文学"作为文学史研究的逻辑和秩序，认为从1990年代初开始，标志新世纪文学的各种"新的要素"已经出现，主要表现在社会主义市场经济体制的实行带来的文学体制的"根本性变革"、文学理论思想"获得前所未有的自由"、总体出现的"多元格局"、逐步进入一个"脚踏实地注重原创"积累"中国经验"的沉稳平实的发展轨道四个方面⑤。张未民则从现代性理论出发，通过对20世纪中国的三型现代性的辨析，认为作为一种自晚清以来一直为启蒙现代性和民族国家现代性所压抑而处于潜流的"生活现代性"⑥，可以视作"中国新现代性"，这种"新现代性"从改革开放以来获得解放，自新时期以来逐渐成长为占据主导地位的价值观。"生活现代性"首先便意味着物质的现代性、经济的现代性，而新世纪文学开拓了文学表现的新对象，新的生活形态、日常欲望和散发巨大能量的物质生活正是"生活现代性"的重要内

---

① 雷达：《新世纪文学：概念生成，关联性及审美特征》，《文艺争鸣》2006年第4期。
② 於可训：《从"新时期文学"到"新世纪文学"》，《文艺争鸣》2007年第2期。
③ 张未民：《中国"新现代性"与新世纪文学的兴起》，《文艺争鸣》2008年第2期。
④ 雷达：《新世纪文学：概念生成，关联性及审美特征》，《文艺争鸣》2006年第4期。
⑤ 於可训：《从"新时期文学"到"新世纪文学"》，《文艺争鸣》2007年第2期。
⑥ 张未民：《对新世纪文学特征的几点认识》，《东岳论丛》2011年第9期。

涵。以新世纪展开的自然时段为考察对象的研究中，孟繁华认为新世纪文学从"历史主义与史传传统的终结""没有文学经典的时代""边缘群体的崛起"[1]三个方面区别于此前的文学。张颐武则从历史意识和现实观念的变化上强调"新世纪文学"相对于80年代的"新时期"和90年代的"后新时期"发生的重要转型，提供了"新的可能性"的展开，即80年代和90年代基于"五四"以来新文学的精英文学观分别在两个时代对未来呈现出理想主义和悲观主义两种预测，而新世纪以来"和平崛起"的中国则以"历史的反讽"反证了以消费主义和日常生活为主要特征的90年代以来的中国社会蕴含着"远比我们所看到的更为积极的意义"，而这一特征在新世纪以来已经全面展开[2]。

上述学者从不同角度敏锐地发现了新世纪文学的"新质"，奠定了"新世纪文学"作为文学史研究的合法性基础。但问题在于，新的历史叙述在建立的过程中会不会对别的历史叙述产生压抑？程光炜的担忧不无道理，"如何解决在新的历史建构中的历史遗忘问题，如何在提出新的问题时，也能保持应有的警觉，尤其是那种将历史'重新'简单化的警觉"[3]，是非常重要的。的确，新世纪文学所赖以产生的语境及其生产与消费的方式都产生了变化："从总体上看，中国文学在一个新的全球化和市场化的环境下的'常态化'运行，是今天和未来中国文学的基本形态。"[4] 面对这些新的变化，曾经通行的那些文学史概念已经很难准确呈现当下文学的复杂面貌了，亟须获得新的突破。问题是在讨论新世纪以来的文学中那些已经充分展开的特征时，"'新时期文学'所讲述的知识者精神的痛苦、探索和心灵史，有可能被挤压和占用，被解释成了建立'现代民族国家'，为了历史

---

[1] 孟繁华：《坚韧的叙事：新世纪文学真相》，福建教育出版社2008年版，第3—16页。
[2] 张颐武：《新世纪文学：跨出新文学之后的思考》，《文艺争鸣》2005年第4期。
[3] 程光炜：《新世纪文学"建构"所隐含的诸多问题》，《文艺争鸣》2007年第2期。
[4] 张颐武：《重新想象中国——新世纪文学的新空间》，《文艺争鸣》2011年第2期。

的'合理性'而做出的牺牲；当年为恢复文学正当权利的斗争，在这种'现代性'的必然模式中，也变成了可有可无的东西，失去了应有的重量。在这种情况下，那曾经充满了曲折、复杂的历史迂回的'80年代'，也可能将在'新世纪'意义上的新的当代文学史中被缩写，被削减了历史容量"①。

的确，当我们用当下普遍流行的个人生活视野回望过去的1980年代时，很容易以当下的合理性去批判或者忽略过去的某些重要特征，制造出新的盲点，因此我们在讨论新世纪文学新质的同时，必须具备一种对全球化时代的复杂生活样态有效的阐释能力。本书采用生活政治视角讨论新世纪小说，正是将上述因素考虑进来的一种策略。

(二) 从生活政治视野出发的文学研究

目前从生活政治视野出发的文学研究，主要有蔡翔以生活政治视角研究1960年代的社会主义文学，翟文铖和陈小碧分别在有关新生代小说和新写实小说的研究中部分运用了生活政治理论，另外有部分单篇论文从生活政治角度切入女性解放、自我认同、生态政治等生活政治议程，从整体上讨论新世纪小说的生活政治特征并不多见。蔡翔的论文《1960年代的文学、社会主义和生活政治》②将1960年代视为一个物质相对丰富的消费时代，讨论《年轻的一代》等作品中由生活趣味不同而导致的生活方式的不同选择，以及由此呈现出来的生活政治，摆脱了对"十七年"文学"个人/集体"的习惯性阐释方式，颇有深意，但生活政治的兴起以"后匮乏经济"和"后传统社会"为重要背景，以此讨论1960年代的中国社会不免牵强。陈小碧的著作《回到事物本身——重读"新写实"小说兼论1990年代文学转型》③中"'生活政治'和'微观权力'的浮现"一节内容讨论新写实小说中的权力问题，是对新写实小说研究的一个重要补充。但是

---

① 程光炜：《新世纪文学"建构"所隐含的诸多问题》，《文艺争鸣》2007年第2期。
② 蔡翔：《1960年代的文学、社会主义和生活政治》，《文艺争鸣》2009年第8期。
③ 陈小碧：《回到事物本身——重读"新写实"小说兼论1990年代文学转型》，复旦大学出版社2016年版。

新写实小说涉及的主要是一种匮乏时代的自我关注，缺乏自我反思，并非典型的生活政治，应是一种过渡形态。翟文铖的《生活世界的喧嚣——新生代小说研究》①在讨论新生代小说时，将生活政治视作新生代小说的日常叙事深度所在，主要从身体政治、亲密关系以及认同危机等层面讨论新生代小说的贡献，认为它们从全新的角度创造了另一种深度，是对新生代小说研究的重要推进。

此外，新世纪以来"日常生活审美化"和"生活论转向"等相关讨论虽然并非在生活政治理论范畴展开，但也都是在现代性视野中对当下文学新质研究的重要拓展。"日常生活审美化"最初出现在周宪和陶东风等人的文章中，他们这一时期的研究文章分别从文化研究和文艺研究的角度讨论新形势下"日常生活审美化"的意义和启示，提出文化研究的可行性和文艺学必须正视审美泛化的事实②。大约2003年后，在全国范围内展开了有关"日常生活审美化"的研究，许多媒体和刊物都加入进来讨论，一时之间形成一股流行的热潮。譬如《文艺争鸣》和《文艺研究》等刊物就都曾推出专栏讨论这一问题。所有这些讨论都有一个明确的指向，那就是面对当下社会转型文学应该如何应对的问题，是推动文学走出封闭的状态回到日常生活的重要动力。这场声势浩大的讨论为新世纪文学的发展提供了更多思路，最重要的价值在于使高高在上的理论话语直面实用性的生活领域，拓宽了文艺学的边界和文化研究的可能性，"日常生活审美化"以及相关问题也得以广泛而持久地讨论。但必须指出的是，本书并非在这个理论脉络之中考察新世纪小说中的日常生活叙事，而是从个人伦理和自我实现层面展开讨论，认为人的最终解放归根到底是落实体现在日常生活中，日常生活是个人解放的重要领域，但另一方面，日常生活领域又并非没有意识形态、没有秩序权力的真空地带，文学与政治曾经的休戚与共正在以另一种隐而不彰的线索继续延伸。正是基

---

① 翟文铖：《生活世界的喧嚣——新生代小说研究》，人民文学出版社2008年版。
② 周宪：《文化表征与文化研究》（修订版），上海人民出版社2015年版。

于这种文学和社会现实的复杂状态,有必要深入日常叙事的内部肌理,探讨这样一种而今已然成为文学创作常态的"日常生活"是以怎样删繁就简的方式进驻文学并一路高歌猛进的,在"日常生活叙事"构成对以往"宏大叙事"的颠覆与反叛的同时,又有哪些固有的意识形态因素被文学批评和文学史叙述有意无意遮蔽了。

所谓"生活论转向",主要是以立足当下的视野,充分考虑到现有文学中已经出现且已充分展开的特征而提出来的,是对此前文学史叙述中相对被压抑的有关"生活"的理解的一种纠偏,而且将这一特征上溯到更久远的文学发展历史中以获得其合法性。张未民所强调的是"生活论"在整个中国文学发展中具有的"整体性"和"本土性"意义,他认为重要的是"生活",不是"日常生活",也不是"审美化"①。《文艺争鸣》在 2010 年推出了一个名为"新世纪中国文艺学美学范式的生活论转向"的新栏目,此后不断集中编发相关研究文章,提出将"生活论美学"定义为中国特色的整体性文艺思想:"我们的新现代性,是全面而综合的'生活解决'的'生活现代性'。"② 这种"生活现代性"中的"生活",虽然强调了精神和物质两个层面的协调,但更强调的是其物质性层面,亦即在以往的现代性进程中被忽略和被压抑的这一层面。这种视点下移的变化,是由当下社会转型直接催生的,看似合情合理,但这种观点的一个重要前提是将当下合理化,在此基础上再重新评价此前的社会和生活。这种分析方式的缺陷也是显而易见的:一是缺乏一种历史性视野中的公正和客观,对历史中合乎此观点的内容一一收编,而对其他问题则视而不见;二是容易导致对当下现实的简单化理解,一味以"存在便是合理"的逻辑为当下寻找合法性存在的理由。

由上述有关研究成果的粗略梳理来看,相关研究以各种面目不断被置于文学和文化研究的前沿地带,这无疑为本课题的研究增加了难

---

① 张未民:《回家的路,生活的心——新世纪中国文艺学美学的"生活论转向"》,《文艺争鸣》2010 年第 11 期。
② 张未民:《对新世纪文学特征的几点认识》,《东岳论丛》2011 年第 9 期。

度,当然也提供了新的突破的可能。

二 研究思路和研究方法

在研究对象上,参考前述学者对新世纪文学的界定,本书主要以新世纪以来书写现实的小说(因背景探源,涉及此前少量文本)为研究对象,探讨当下文学在对个人生活的追求和表达趋于常态之后呈现出来的崭新面貌,即在全球化和市场经济的作用下,新世纪小说对当下生活的书写中所呈现出来的现代性"新质"——"生活政治"。

性别问题、生态问题、亲密关系问题、道德困境问题、身体政治问题……面对新世纪小说中呈现的这些与个人生活密切相关的崭新的现实问题,生活政治及其主要议题不失为一种有效的理论框架。"生活政治"既重视个人的突围和自我认同问题,也重视个体在自我实现的过程中走向他者的必要性;既注意到传统的坍塌和风险社会的到来引发的自我的困境,也对这种不确定带来的各种可能性怀抱审慎乐观的想象;既重视日常生活的敞开带来的种种小叙事的繁荣,也重视曾经被抛弃的种种大叙事的回归;既强调私人生活的变革,也强调公共生活的拓殖。这些都给运用生活政治观点解读新世纪小说提供了理论起点。这样,将生活政治这一概念引入当下的文学研究,将不仅仅停留在全球化时代那些浮光掠影的新变中,而是试图以书写当下生活的新世纪小说为研究对象,探讨中国社会中个人话语确立后的"个人"在自我实现层面遭遇的问题及可能的解决途径。

这里探讨新世纪小说中的生活政治表征,是基于一个预设:虚构的文学其实暗藏着最真实的社会生活。"文学形式不仅是单纯的语言结构,权力、欲望或者意识形态隐秘地交织在语言内部,或显或隐地介入文学形式。"[1] 从文学社会学的角度研究文学渊源已久,曾经因其对文本内部研究的漠视而饱受诟病,但在当下文学日益边缘化、越来越难以针对现实发言的困境下,重启这一视角,无疑会带来更丰富

---

[1] 南帆:《历史与语言:文学的四个层面》,《文艺争鸣》2007年第11期。

的文学感受。也就是说,文学作为一种有意义的结构,文学社会学研究仍然具有强大的生命力,尤其在面对当下复杂的社会面貌时,也许可以更加有效地阐释文学。

需要说明的是,本书尽管是一种整体性研究,但无意把生活政治作为统摄一个时代所有文学的唯一特征加以论述,实际上这既不符合复杂多样的新世纪文学实情,也增加了研究的理论风险。本书讨论新世纪小说中的生活政治,无意简单否认解放政治的存在。作为一种历史的延续性体现,解放政治在中国仍然具有重要的地位,有关自由、正义和平等的诉求和将个人从历史与现实的遮蔽中解放出来的主题仍然是文学非常重要的思考对象,但这一现实并不能掩盖生活政治的强势崛起。一方面,生活政治的理想本来就包含解放政治的这些目标,只是在策略上产生了区别,是从微观角度以自我实现为最高目标并自下而上带动整个社会的转型;另一方面,相对于那些解放政治主题的持续性表达,生活政治在新世纪文学中作为一种新质的出现是更吸引本研究的兴趣所在,即个人在解放以后怎么生活的问题是本书最关心的问题。当然,任何一种知识的产生都必须突出一些范畴,抑制另外一些范畴。当本书将生活政治作为中心范畴来探讨新世纪文学的转型时,可能仍然无法避免对其他一些因素的"不见"。另外,对于新世纪小说而言,任何一部著作都无法做到总览全局、包罗万象,因此本书主要选择一些典型的生活政治范畴和具有代表性的个案进行讨论与研究,以突出新世纪小说中的生活政治主题。

生活政治的核心议题是个人在后传统社会的自我实现问题,本书主要围绕现代人以自我实现为旨归的生活实践这一核心问题,讨论个人解放之后如何生活的问题,包括自我认同的困境、日常生活的压抑和解放、私人生活的变革、公共生活的拓殖以及重新道德化等新世纪小说在关注自我实现层面的重要生活政治主题,力求从生活政治这一角度把握文学的转型,在既立足当下又反观历史的视野中对新世纪小说提出个人的理解。各章主要内容如下:

绪论首先探讨生活政治理论的缘起及其主要内涵,然后在正视当下中国前现代、现代与后现代社会并置的社会现实这一前提下，辨析新世纪小说解放政治与生活政治相互缠绕的中国语境，认为生活政治可视为从整体上把握新世纪小说的现代性新质。

第一章和第二章从历时性探讨当代文学中个人的自我实现面临的困境。

第一章辨析从集体主义到个人主义价值观的转移。在个人观念泛滥的今天，回望和反思个人主义话语在集体/个人的解释框架中从被遮蔽到逐渐被释放出来的过程及其问题。在讨论新世纪小说中以自我实现为重要特征的生活政治问题之前，有必要重新回顾这个过程。以"胡东渊来信""潘晓来信""蛇口风波"为中心，突破"个人/集体"的二元解释框架，辨析当代个人话语变化的轨迹，可以发现集体化时期意外加速了个人的原子化过程，集体逐步解体后的个人主义话语看似走强，实际上仍然受制于主流意识形态形塑，这一过程在胡万春的《家庭问题》、张抗抗的《北极光》和刘西鸿的《你不可改变我》中，与前述三个当代思想史上的重要讨论以互文性的方式呈现出来。

第二章论述新世纪小说中自我认同的困境。传统丧失和风险社会来临的生存现实使现代人面临自我认同的危机。个体在欢呼解放或自由的时候，突然发现失去了其存在的社会根基和文化依托，故乡的消逝和历史的迷失分别从空间和时间意义上破坏了自我认同的同一性与连续性。知识者返乡和农民进城两种主题共同揭示出的故乡的沦陷是传统消失的最直接感受，这里的"故乡"既是精神意义上消逝的家园感和归宿感，也是现实生活中溃败的乡村，二者一虚一实，共同勾画出传统不可抗拒的消逝。城市题材的小说则深入陌生人社会，发现在风险到来和信任缺失的现代社会，人们大都已被抽象化系统和同质化社会所控制，在获得现代生活种种便利的同时也不断产生新的风险和认同危机。

第三、四、五章分别从日常生活、私人生活和公共生活的书写探讨新世纪小说中的生活政治主题。

第三章探讨新世纪小说中日常生活的压抑与解放。日常生活叙事已经成为新世纪文学常态化的书写方式，是疏离解放政治宏大叙事的审美策略。这一变化一方面突出了长期受到压抑和漠视的个人价值，并将个人伦理以裂变的方式传导开来；另一方面也催生出由个人话语的膨胀引起的价值危机，被刺激出来的无比强大的个人欲望，既可以成为国家经济发展重要的动力，也可以成为个人实现"尊严、自主、隐私和自我发展"的障碍。

第四章讨论新世纪小说中私人生活的变革。主要从新世纪小说中的性别关系和代际关系两个方面加以讨论，大量探讨两性关系及父子关系的作品在这一问题上呈现出相当驳杂的面貌。亲密关系的理想是两性交往不再看重经济、地位等外在条件，而是注重开诚布公的交流和彼此的信任，父母子女之间的关系也不再顺从传统的父权制或等级制，而是遵从相互信任的平等相处。这是生活政治从微观层面为现代人应对认同危机和生存困境寻求努力的一种策略，它的理想是可以自下而上形成整个社会生活的民主氛围，但亲密关系对"纯粹关系"的设定显然具有理想化色彩，爱欲因而面临可望而不可即的困境，代际关系的民主也面临重重困难。

第五章讨论新世纪小说中公共生活的拓殖。纯粹个人的解放，充其量只能说是暂时的解脱。对每一个个体而言，面对世界的开放性和无限可能性，需要促进联合来化解纷争和矛盾，走向他者，敞开心扉，是在现代社会里获得自我救赎，进而走向自我认同和自我实现的重要策略。基于上述反思，新世纪小说在底层叙事和现实主义的复兴、个人经验与中国故事的融合、让诗性正义重回文学想象等层面重构文学世界，在走向他者的视域中重回公共生活，开启了文学新的可能性。

第六章探讨反思与重建的路径。要突破后传统社会自我实现的种种困境，一个有效的途径是重新道德化。重新道德化即重新整合后传统秩序下的道德秩序。在正视个人主义的前提下，才能真正启动道德转型，而重建道德秩序，则需要个人与曾经被视为他者和障碍的传统和自然、历史和现实之间进行长期的沟通、协商和努力。新世纪小说中传统的复兴、生态意识的兴起正是从文学层面对这些生活政治问题的回应。

结语辨析当代中国个人话语的生成及其影响，进一步明确从前三十年着重书写政治生活到近四十年来逐渐转向日常生活乃至私人生活，以及近年来公共生活的拓殖，文学的观念和面貌发生了巨大的变化，即从政治生活到生活政治的转变。

第一章

个人的生长与流变：有限的突围

人们常常习惯于在"个人/集体"的二元框架中认识当代中国个人的变化，认为前三十年的个人被集体遮蔽，1980年代以来的个人逐渐获得解放。事实可能并非这么泾渭分明，"个人/集体"这一二元框架和单一的进化论思路可能将问题简单化，并遮蔽了真实的个人话语。1950—1990年代个人的变迁构成新世纪小说个人话语的一个重要前提，从中可以窥见当代个人话语的复杂面貌，这种面貌也直接影响了新世纪小说中个人的走向。因此，在讨论新世纪小说中以自我实现为重要特征的生活政治问题之前，有必要重新回顾这一历程。胡万春的《家庭问题》、张抗抗的《北极光》、刘西鸿的《你不可改变我》分别在不同的历史节点呈现出当代小说中个人话语的变迁。为了更全面地把握当代中国社会中个人的走向，将分别结合1960年代的"胡东渊来信"、1980年代的"潘晓讨论"和"蛇口风波"，讨论当代中国个人的生长与流变，并可发现前三十年与1980年代以来的中国社会并非割裂对立的两个时代，而是有其内在发展逻辑的连续性和一致性。

第一节 《家庭问题》与"胡东渊来信"

胡万春的短篇小说《家庭问题》原载于《上海文学》1963年第4期[①]，后由傅超武改编为同名电影并于1964年上映，产生了广泛影

---

① 下文引自《家庭问题》的内容均出于此，不再注释。

响。小说的故事很简单,老钳工杜师傅有两个儿子,大儿子福新一心扑在工厂的生产上,小儿子福民刚从技校毕业,本来被分配到技术组,杜师傅却坚持要求车间主任安排福民当工人,母亲因为心疼小儿子埋怨杜师傅,福民还是极不情愿地接受了这个安排。最后在杜师傅和福新的帮助下,福民认识到自己的思想错误,彻底转变成和哥哥一样的社会主义接班人,一家人的矛盾也就此化解,小说结尾,杜师傅一家人都沉浸在社会主义的幸福生活中。1963年7月《中国青年》刊发的"胡东渊来信"及其讨论中蕴含的矛盾性和悖论在此以一个家庭中的父子矛盾及其和解传递出来,对二者进行互文性解读,可以更全面地分析当代个人话语的发生及其结构性问题。

一 帽子问题与青年的幸福观

或许《家庭问题》可以加一个副标题"一顶帽子的故事",因为小说就是以杜师傅为大儿子福新买帽子开始,以小儿子从不情愿到高兴地接受这顶帽子结束。33岁的大儿子福新"生性笃实,是一个连刮胡子也不积极的人,时髦的帽子是不会喜欢的",每天都"穿着一套棉的旧列宁装",他艰苦朴素,是厂里的技术骨干,连星期天也不休息;19岁的小儿子福民从技校冶金机械专业毕业,追求发型和服饰的新潮,"他刚剃好的青年式头发,油光水滑",满口都是"爱克司""未知数""代数";杜师傅这个55岁的老钳工,"生活过得很简朴,他头上的那顶罗宋帽,戴得连绒毛都磨光了,还舍不得买一顶新的",他"不喜欢福民那种略带书生气的、卖弄的言谈",感觉自己和福新更亲近些。杜师傅心疼大儿子一心扑在工作上,抽空给福新买了一顶带护耳的制服呢帽子,不料尺寸小了,满心欢喜转送给福民时却遭到冷遇,福民"竟毫不在意地将帽子往椅子上一放",还认为这帽子"太俗气了",不适合他。听小儿子这么说,杜师傅很意外,就"像挨了一记鞭子似的痛苦,他的自尊心受到了伤害","气愤得连手也微微颤抖了"。福民娘拿钱让福民做新衣服,杜师傅也感到不安,因为他觉得"福民身上缺少的并不是衣服之类"。后来,杜师傅这些朦朦胧胧意识到的东西渐渐明朗起来，认为福民身上缺少的就是"福新所具有的一个工人的朴实"，直到福民穿上车间工人的工作服后看起来才"顺眼一些"。显然，福民的学生背景、知识追求和外貌服饰的讲究，在此都构成审视和批判的对象。经过父亲和哥哥的改造及自我改造，福民最后再次面对杜师傅递过来的帽子时，"噙着晶莹的泪花"，心里"感到无比的温暖"。

帽子事小，折射出的问题却很重要。在任何时代，服饰都不是一个单纯的物质问题，而是包含着多重价值指向。在 1960 年代的物质生活和精神生活的权衡中，是没有物质生活的地位的，一旦和物质追求有关，就会被认为是追求资产阶级生活方式遭到批判。福民正是在这种观念中露面的，他的长毛绒翻领夹克衫和咖啡色西装裤都和福新的粗糙工作服相去甚远，他的所有装扮和神情都不像一个工人家庭的孩子。福民亲热地叫了声"爹"，然而杜师傅却有一种"陌生的感觉"。儿子的"亲热"与杜师傅的"陌生"无形间构成了一种对峙。这种对峙导致父子之间的亲情被杜师傅坚信的某种价值理念硬生生地拆解掉了。服饰其实只是一种生活趣味的选择问题，但对杜师傅而言却是阶级斗争的战场。福民、嫂子秀英和福民娘都对福民买回的一斤丝棉和一块绸料子爱不释手，甚至一向艰苦朴素的福新也加入进来赞赏有加。爱美之心，人皆有之。这种发自内心的趣味选择是自然形成的，然而在杜师傅那里，却认为是自己没有教育好儿子，他感到深深的不安。正因为如此，杜师傅才坚持要求儿子调换到工人岗位接受锻炼，直到福民白皙的手也变得像福新一样粗糙，心甘情愿地接受那顶他曾经认为"俗气"的帽子，符合社会主义接班人的属性，才意味着杜师傅对福民的改造完成。此时，生活趣味的差异被一股脑儿地塞进同一条生产线，"物"的焦虑也被更宏大的精神追求所缓解，但问题其实一直没有得到解决。福民的帽子折射出的巨大时代焦虑，被小说结尾看似温馨的画面掩盖了："两个儿子走了后，杜师傅和福民娘一起站在窗前看。他们看见，两个儿子戴着同样的帽子，步伐轻捷地向远处走去……"这里的"远处"既是兄弟二人前行的方向，更是杜师傅心中的理想主义信念，是对共产主义理想的真心向往和深信不疑。在这一宏大愿景面前，由帽子、布料所牵引出来的种种"物"的欲望和趣味都显得如此不合时宜。

"帽子问题"同时也包含对城市日常生活的批判。诸如追求舒适工作环境以及物质享用等城市日常生活都被视为资产阶级思想加以批判和改造。杜师傅和大儿子福新都是一心扑在工作上的，福新连星期天都还忙着研究图纸，杜师傅就连买帽子也是好不容易在星期天抽空去了一趟商店。他们的生活空间固定在工厂和家之间，没有休闲，没有娱乐，这是杜师傅看来最正常的生活，而福民上街理发、买布料等休闲生活方式则成为让他不安的因素，是需要改造和祛除的。日常生活是极其敏感的，常常附着重大政治问题，以取消或漠视城市生活形态为前提，城市的日常性则是最易遭受恶谥的。在这种趋势中，生活常常是政治化的生活，而普通的日常生活一直都被认为不但不能表现主流意识形态内核，甚至还有可能瓦解既定规范的危险，因此必须被坚决抵制或彻底改造。这些问题其实都不是在1960年代的《家庭问题》中才出现，早在1950年代萧也牧的《我们夫妇之间》就已经呈现出来，但两部作品对这些问题的处理方式大有异趣，或许这种不同也正体现出50年代文学迈向60年代文学的重要变化。萧也牧详细描述了夫妇二人"进城"后的日常生活，夫妻之间因生活趣味相异而引发的矛盾和最终的妥协构成小说的基本框架。服饰、化妆、餐饮、娱乐、小保姆等，这些琐细而乏味的城市日常生活，构成这篇小说最大的特色，也成为小说遭到批判的重要原因。但此时，"物"还是相对中性的概念[①]，生活方式也还在调整之中，知识分子出身的丈夫和农村出身的妻子在城市日常生活中的改造是相互的，最终的结果是互相妥协，尽管如此，萧也牧这种对城市日常生活的处理却被批判为"丑化干部"，批判纷至沓来。可以说，《我们夫妇之间》将城市日常生活引入小说的同时也终止了这一叙述。到了《家庭问题》，小说里

[①] 蔡翔：《1960年代的文学、社会主义和生活政治》，《文艺争鸣》2009年第8期。

关于城市日常生活的描写已经被最大限度挤压，仅仅从福民的一些生活方式透露一二，且直接被安排为单向接受改造的对象，改编后的电影更是借助增加姨妈等有产阶级的方式，强化批判了他的资产阶级享乐主义思想。此时不再有《我们夫妇之间》的相互妥协，城市日常生活完全被置于意识形态规约之下进行重新组织，加入两条路线的斗争之中，真实的城市日常生活隐没了。

关于60年代"物"的焦虑与日常休闲生活的隐退，唐小兵[1]和蔡翔[2]都曾有过深入分析，并在1963年《中国青年》关于"胡东渊来信"的讨论中发现了种种症候，从不同层面探讨社会的危机问题。以此为基础，立足于个人话语已经成为常态的当下语境，可以发现"胡东渊来信"在个人价值观念上的丰富性与多重可能性，以及在讨论中被导向单一结论的过程，这种对个人的生产与抑制几乎同时进行的社会进程，是当代个人话语结构性残缺的根源所在。

1963年第7期的《中国青年》以青年学生胡东渊的来信为契机，发起了一场关于"幸福观"的大讨论，题为"青年应该有什么样的幸福观？——向雷锋同志学习应解决的一个重要问题"。这次讨论主要是为配合当时如火如荼开展的学雷锋活动，教育青年要以雷锋式的幸福观，投入火热的社会主义建设中去。编者按指出，讨论主要涉及以下方面："青年应该有什么样的幸福观？应该怎样看待物质生活和精神生活？人生最大的幸福是否就是吃得好，穿得好，住得好，物质生活享受好？一个革命青年应不应该追求物质享受？为什么说为了别人生活得更好才是最大的快乐和幸福？可不可以说为自己生活得更好也是最大的幸福？"[3] 胡东渊的来信紧接着这篇编者按一同刊出，引导读者思考和讨论什么是真正的幸福观。

---

[1] 唐小兵：《〈千万不要忘记〉的历史意义——关于日常生活的焦虑及其历史意义》，《再解读：大众文艺与意识形态》，北京大学出版社2007年版。

[2] 蔡翔：《1960年代的文学、社会主义和生活政治》，《文艺争鸣》2009年第8期。

[3] 《青年应该有什么样的幸福观？——向雷锋同志学习应解决的一个重要问题》编者按，《中国青年》1963年第7期。

当时在校读书的胡东渊在来信中首先以雷锋同志的日记作为幸福的标准："我觉得人生在世，只有勤劳、发奋图强，用自己的双手创造财富，为人类的解放事业——共产主义贡献自己的一切，这才是最幸福的。""能使人民群众更加热爱党，热爱毛主席，热爱解放军，这就是我感到最幸福的。""一个共产党员是人民的勤务员，应该把别人的困难当成自己的困难，把同志的愉快看成自己的幸福。"[1] 等等。此处雷锋所言的种种幸福观正是当时的青年们所接受的普遍教育。但胡东渊在热情地谈论到这种"大多数同学"的幸福观后，着重谈到了一些问题和困惑。这些问题主要集中在：在"什么是幸福"的问题上，有部分同学认为"幸福＝吃得好＋穿得好＋住得好"；在物质生活同精神生活的关系上，一些同学认为"物质生活是第一位的，精神生活是来源于物质生活的，物质生活的好坏，是是否幸福的第一标志"；在为什么而活的问题上，有的同学认为既然人民的幸福生活就是革命的最终目标，每个人及其家庭中的每一个成员自然都要共同分享这一革命成果，"那么说我们为自己生活得更好也是最大幸福，又有什么不对呢？"[2] 这些困惑显然昭示着某种价值观念上的紧张，也透露出当时的社会中可能存在的不同声音，吸引了上万件读者来信参加讨论。

事实上，在这次规模浩大的讨论之前，《中国青年》已经有过类似的一次讨论。1960 年，湖北读者肖文曾给《中国青年》编辑部来信说："如果建设社会主义、共产主义只是为了别人，共产主义者每天只是劳动和学习，把生活搞得干巴巴的，那还要建设社会主义共产主义做什么呢？"[3]《中国青年》借此展开了"什么是革命青年的理想生活？"的大讨论，"在差不多只倡导精神生活的建国后十年，肖文

---

[1] 胡东渊：《青年应该有什么样的幸福观？——向雷锋同志学习应解决的一个重要问题》，《中国青年》1963 年第 7 期。
[2] 同上。
[3] 肖文：《什么是革命青年的理想生活？》，《中国青年》1960 年第 5 期。

恐怕可以算作公开道出青年也需要注重物质生活的第一人"①，但在当年，肖文的观点在讨论后毫无悬念地被否定了②。

连续几次讨论中青年的困惑说明一个长期被忽略的事实，那就是过于关注青年"无我"的革命精神，而忽略了同时滋生出来的"自我"念头和日常生活诉求。在相当长时间的历史语境中，集体对个人欲望的控制具有无可置疑的合法性，并以此重新组织社会乃至个人生活。但问题是，正是在这种控制过程中，它的反面也不断被生产出来。胡东渊在来信中提到的"有的同学""部分同学""有些同学"虽然没有明确指向，却又无疑表明这样的"同学"有很多，他们关于个人幸福和物质享受的观念也很普遍，甚至胡东渊自己也有可能被说服，不然怎么会有困惑要倾诉？但在讨论中，这些普通学生的观点被导向"资产阶级的幸福观"，当个人的幸福观被整合进阶级斗争的敌对面时，批判这一假想的敌对思想则成为教育青年的有效方式。蔡翔对此有清醒的反思："我们不能因为中国的社会主义强调集体而认为个人在这一时代已经消失，情况可能相反，社会主义在生产集体的时候，同时也在生产个人。问题只是，这一被社会主义生产出来的'个人'并没有获得相应的合法性。因此，一方面社会主义在源源不绝地生产'个人'，同时在另一方面又通过对'个人主义'的批评抑

---

① 韩春丽：《思想的足音（二）——〈中国青年〉思想变迁史（上）》，《中国青年》2012年第11期。

② 在最初刊登的讨论中，有支持与反对两种观点。《中国青年》1960年第6期"问题讨论"栏目发表了《可怜而危险的幸福》，谈到"看了肖文同志给编辑部的信，感到她所追求的'幸福'非常可怜，进而一想，又感到很危险。她那么近视，把'工资除了生活费用外还有点结余'、'住在几间漂亮的洋房子里'、'有收音机和电视机'、'星期天带孩子到公园去'就当做理想的幸福生活……""问题讨论"栏目还刊登了《也谈"老兵新传"中的老战》《应有个人生活的位置》《希望安闲是人之常情》，这些文章主要是支持肖文关于个人幸福的认识的。讨论中能有不同的声音出现，说明人们的认识本身并不统一，但这样的讨论更重要的一个意义在于，可以将之视为面向青年的很好的一个教育机会。因此最后的总结文章《论革命青年的理想生活》直接将肖文关于个人幸福的认识视为彻底错误的观点加以批判。参见韩春丽《思想的足音（二）——〈中国青年〉思想变迁史（上）》，《中国青年》2012年第11期。

制着这一被自己生产出来的'个人'。"[1] 胡东渊来信讨论最后的定论正是遵循这一逻辑，将社会中已经出现的不同声音和情绪加以整合，统一为一个声音，而这一整合的方式就是通过意识形态形成乌托邦式的解决方案，原本具有丰富现实意义和未来指向的"个人"被简单排除在思想史的视野之外，却显然又潜伏着重重危机。历经两年之后讨论结束，但问题并没有从根本上得以解决，不过暂时"悬置"而已。

在这次长达两年时间的讨论中，青年的幸福观在主流意识形态的引导下回避了已然滋生的个人危机。这种看似存疑实则结论明确的讨论所构建的模式，基本控制了当时文学作品的写作，其中的矛盾和悖论在大一统的答案中被完全遮蔽了。胡东渊信中所谈到的那些青年的困惑所包蕴的复杂性与结论明确的倾向性，可以视为当时文学中关于青年形象塑造的重要前提。小说《家庭问题》非常明确地对这一主流观点进行了阐释，杜师傅一家人的幸福生活就是投身于国家和集体的生活赋予他们的幸福，这也是一种在当时社会中普遍被认可的幸福观。

60年代生产社会的节俭型消费直接导致对休闲日常生活的漠视，但80年代以后消费社会的形成则构成彻底的翻转。在80年代物质逐渐丰裕后的语境中，我们常常批判前三十年对个人的漠视及其对中国现代化进程的阻碍，欢呼改革开放对个人的解放及其明显的现代化成果。但是，从生产社会到消费社会，从物的焦虑到享乐主义盛行，看似换了人间，其实并非截然对立。在一个长时段的观察中，可以发现无论前者还是后者，都是基于主流意识形态的倡导，其内在逻辑都是一致的，即个人对主流意识形态的顺应。对于前者，我们已经谈得太多；对于后者，我们却常常视而不见。后文关于"蛇口风波"的解读中将对这一问题进一步展开分析。

---

[1] 蔡翔：《革命/叙述：中国社会主义文学—文化想象（1949—1966）》，北京大学出版社2010年版，第20页。

二 个人的脱嵌与再嵌入

《家庭问题》讨论的绝不仅仅是家庭问题本身,而是关乎无产阶级接班人的重大社会问题。传统的"个人—家庭"模式为新型的"个人—国家"模式所取代,是20世纪五六十年代小说设置人物关系时的普遍选择,《家庭问题》则因聚焦于八小时之外的家庭生活,尤其明确地表达了这种新型伦理关系,"家庭"这一最具私密性的个人空间,在《家庭问题》中扮演的是路线斗争的政治空间。延续几千年的日常生活伦理和情感维系被打断,传统的人伦亲子关系转移到国家话语体系中,人与人的亲情关系也变为人与国家的政治关系。

导演傅超武曾经谈道:"胡万春同志的短篇小说《家庭问题》,提出了一个富有现实教育意义的重要主题,它告诉我们:必须用革命的思想教育青年一代,使他们成为革命的接班人,这才是对子女真正的爱护。"[1] 正因如此,小说中杜师傅和妻子、小儿子福民之间的矛盾,就"不仅仅是父子或夫妻的矛盾,而是两种阶级思想的矛盾"[2],家庭琐事关涉革命接班人的大是大非问题。此时的父子关系不是家庭亲情伦理意义上的亲疏远近,而是各自都被置于严格的组织系统中来处理人物关系,杜师傅首先是作为这个组织的领头人和坚决的捍卫者而存在,福新首先是作为这个组织的楷模和学习榜样而存在,福民首先是作为这个组织改造并吸纳的对象而存在,至于"父亲""哥哥"和"弟弟"这样的家庭角色则是退居其次的。当福民的手在工作中被榔头砸中后,福民娘心疼儿子,埋怨杜师傅把福民从技术员调到工人岗位,是不想儿子"成龙"倒要儿子"成虫",杜师傅却教训福民娘说她是想将福民培养成"大少爷""小开"。"技术员"和"工人"原本只是分工不同,但在此亦被奇怪地冠之以"资产阶级"和"无产阶级"的阶级符号。为了深挖思想根源,改编后的电影中又增加了大姨妈、小姨

---

[1] 傅超武:《学习与探求——〈家庭问题〉创作中的一些体会》,《电影艺术》1964年第4期。

[2] 同上。

妈、外婆等人物，她们出身于旧的小有产者，而正是这种背景成为诱使福民堕落的阶级原因，她们和福民娘结成统一战线"围攻"杜师傅，试图说服杜师傅让儿子从事技术员工作。正如电影中这些小有产者是被凭空生造出来的一样，这个被批判的有产阶级或资产阶级，也是基于阶级斗争的现实生造出来的，而"不断制造敌人的意义，一是可以在社会中制造紧张状态，为那些似乎是不符合常规的统治措施提供依据；二是可以在内部制造紧张感，从而强化内部的整合"①。这样，家庭这一私密场所迅速与主流意识形态达成一致，福民也在父亲和哥哥的影响下自我改造，从瞧不起哥哥"没文化、粗里粗气"到佩服哥哥成为厂里"不可缺少"的"小杜师傅"，从图省事去其他车间"捡来"皮带盘到在家苦苦钻研图纸，福民焕然一新，成长为一个理想的社会主义接班人。父子冲突最终以子认同父结束，但并非血缘亲情的自然生成，而是主流意识形态以父权的方式渗透到家庭生活对子一辈进行教育和改造的结果，亲情不过是生产关系的附属物。

"五四"以来的年轻人以反抗家庭和离家出走作为反传统的重要策略和实践，走出家庭的个人大胆追求恋爱和婚姻自主，热切向往自由和民主，个人主义思想得到长足的发展，就像子君所宣称的那样，"我是我自己的，他们谁也没有干涉我的权利"成为年轻人追求自我的最强音，但无论如何，在高调的抗争中，作为藩篱的家庭依然是有效的存在。进入20世纪五六十年代，家庭则在主流意识形态的全面介入中被轻松瓦解掉了，很多矛盾和斗争虽然仍在家庭内部展开，但是却以超越血缘亲情的集体和国家利益作为判定的依据。《家庭生活》中无论是福民，还是福新和杜师傅，最终都是发自内心认同在国家和集体中的身份，家庭亲情退居幕后。这一现象表面看是集体对个人的遮蔽和压抑，从深层次分析则会发现它恰恰以原子化的方式催生了中国式的个人。

---

① 孙立平：《极权主义杂谈》（之二），载2013年6月19日爱思想网（http://www.aisixiang.com/data/64949.html）。

阎云翔在对中国农村家庭的研究中发现，传统中国家庭中已经约定俗成的那一套运转体系正是在集体化时期从根本上被瓦解掉了，而这一摧毁性力量主要来自国家意志，因为国家需要个人直接投身于家庭之外的集体建设，家庭亲情伦理和孝道原则都要服从于这一最高利益，在这一转换过程中，农民对集体主义生产方式所指向的共产主义信念及其最终实现成为最高处事原则。这样，家庭原本作为维系人与人关系最基础单位的功能就逐步被取代了，原本存在于家庭中的等级秩序和道德要求都在无形中被替换了，从家庭中脱离出来的个人就变成原子化公民①。这一论断同样适用于杜师傅这样的工人家庭，甚至因为在传统更为淡漠的城市，杜师傅家庭成员的原子化过程可能会更为彻底。也就是说，激进思想影响下的中国反而有可能推动某种形式的个体化进程，促使个人从家庭及其传统脱嵌。当然，此时的脱嵌是为了另一种嵌入，即成为革命机器上的一颗永不生锈的螺丝钉再次无缝嵌入，正如当福民娘因为母子情深心疼福民时，她被杜师傅批评说："儿子不是我们的私有财产，他是国家的……"换言之，国家将个人从个体—家庭的轴线上抽离出来而嵌入在个体—党/国家的轴线上②，而这种再次嵌入的精神资源则是基于共产主义的理想主义信念。

如果将视野放开至1980年代集体解体后的中国现实，这一改变的另一未能预见的影响会更加凸显出来，因为当集体在80年代逐渐消隐之后，"个人"再也回不到早已被破坏的传统意义上的家庭和社会关系。80年代"潘晓"的困惑因此无法诉诸家庭，因为传统和家庭皈依已在"十七年"以来的集体化生产和历次运动中被不断拆解掉了，而当时曾经促成另一种嵌入的革命理想主义资源则在经历了挫败后也不再具有天然的合法性，此时的"潘晓"自然就会陷入一种无解的困惑之中③。

---

① 阎云翔：《私人生活的变革：一个中国村庄里的爱情、家庭和亲密关系》，上海书店出版社2006年版，第257页。
② 阎云翔：《中国社会的个体化》，上海译文出版社2012年版，第356页。
③ 关于"潘晓讨论"与1980年代个人的变迁将在后文进一步分析。

由以上分析可以看出，社会主义新人和革命接班人的塑造是如何被整合进入一体化叙述的，也可以窥见"个人"身上发生了怎样戏剧性的转换，其中包含着青年们怎样的困惑和个人危机。首先，将家庭这一日常生活场所的私密性解除，作为教育下一代的思想阵地，成为主流意识形态的最有效实践场所。这种教育方式也就是要求人们超越传统的亲情伦理全心投入社会主义建设事业，而各种关系的处理则都要以集体道德观念为准则。传统以血缘为纽带形成的人际关系被新生的阶级关系所取代，家庭的意义发生了显著位移。当家庭作为政治动员的最小单位被组织起来之后，家庭的传统功能就一一被消解了，国家有意识地引导个人从家庭中脱嵌，同时阻隔了公共社会作为缓冲地带的建设，个人直接与主流意识形态保持高度一致，1980年代以后的个人正是在这种原子化个人的意义上展开的。其次，除了工作岗位被阶级标签化，服装、帽子这些日常生活物品和城市生活方式在《家庭问题》中也具有明显的阶级意味，成为改造对象的象征性载体，呈现出某种焦虑，而焦虑的解除则是与生活方式的合法性选择联系在一起的。正如汪晖所指出的那样，此时推行的其实是一种悖论式的发展思路，即在坚决反对资本主义生活作风和思想观念的前提下实现经济现代化目标[①]，因此一方面个人不断生出对"物"的欲望和对日常生活的个人趣味选择，另一方面却通通被解释为"资产阶级的幸福观"加以批判，掩盖了青年一代生活原本的丰富性，直接促成了社会主义新人形象千篇一律的刻板化模式。蔡翔也发现："在'革命后'的语境中，'革命'和'建设'之间，似乎存在着一种天然的悖论，一方面，革命要求建设一个物质丰裕的社会，而另一方面，这个物质丰裕的社会却又令人产生某种恐惧，因为某种摧毁性力量正孕育其中。"[②] 历史进入80年代后，曾经只是假想的敌对思想"资产阶级幸福观"享乐主义却日渐深入人心，"主观为自己，客观为别人"的

---

① 汪晖：《当代中国的思想状况和现代性问题》，《天涯》1997年第5期。
② 蔡翔：《革命／叙述：中国社会主义文学—文化想象（1949—1966）》，北京大学出版社2010年版，第21页。

自我观念大行其道,"潘晓"要寻找新的精神共同体由此也变得更加困难重重,"北极光"的救赎也注定是无效的。因为当代个人话语的结构性残缺已然生成,并将持续发生影响,"潘晓"的困惑,"蛇口青年"①的金钱观,都被囿于其中。前三十年和后四十年并非截然对立,而是自有内在逻辑。

第二节 《北极光》与"潘晓讨论"

张抗抗的小说《北极光》于 1981 年在《收获》上发表,备受争议,当时的争鸣主要集中在女主人公陆芩芩对爱情的态度上。陆芩芩还有两个月就要和未婚夫傅云祥结婚了,可是她却一直都试图逃避婚礼,在逃避中又先后与大学生费渊和电暖工曾储两位男性产生感情纠葛。现在看来,如果将这篇小说的意义局限于对一个在感情上朝三暮四的女性形象的塑造和批判,那是远远不够的。正如有学者指出的那样,1980 年代上半叶中国大陆关于爱情的描写是"对人生提供着最根本支撑性意义的热烈赋予与想象"②,张抗抗本人则曾经直接谈到她创作《北极光》的主旨:"由于席卷全国的人生观的讨论,以及我周围的青年们对这场讨论的态度,使我萌发了要写一部探索当代青年如何生活更有意义的小说。"③ 张抗抗的这个自白明确道出了她的构思缘起,她是以写小说的方式加入那场由"潘晓来信"引发的"席卷全国的人生观的讨论",试图对"潘晓"的困惑做出自己的解答。从小说的结局来看,导向性也是非常明确的,与几乎同时发表的《献给人生意义的思考者》给出的引导性答案不谋而合。如此看来,《北极光》的创作与"潘晓讨论"的关系是非常密切的,将之作为刚刚走出革命年代的 80 年代初期塑造理想主义青年和探讨人生意义的典

---

① 马立诚:《"蛇口风波"始末》,《文汇月刊》1989 年第 3 期。
② 贺照田:《从"潘晓讨论"看当代中国大陆虚无主义的历史与观念成因》,《开放时代》2010 年第 7 期。
③ 张抗抗:《我写〈北极光〉》,《文汇月刊》1982 年第 4 期。

型个案来分析可能更接近作品的本义。

一 选题的转换与自我的逸出

《中国青年》1980年第5期发表"潘晓来信"——《人生的路啊,为什么越走越窄?》[①],引起巨大轰动。这场讨论创下《中国青年》历次大讨论的数个纪录[②]。近年来,在"重写八十年代"的旗号下,"潘晓来信"不断被提起,作为80年代重要的思想史事件和文学事件反复被阐释。贺照田从当代社会日益蔓延的虚无主义出发,回望并反思"潘晓讨论",试图发掘克服这种普遍的虚无主义的理想主义资源[③],吕永林视"潘晓来信"为书信体文学,探讨80年代文学个人主义话语的起源问题,强调这一虚构文本的文学史意义[④],朱杰将"潘晓"视为80年代小说的原型,分析缺乏"引导者"的精神困境[⑤],王钦从"寓言化叙事"的角度解读"潘晓来信",讨论80年代"社会主义新人"产生的条件及其失效的原因[⑥]。本书论及"潘晓讨论",将从"潘晓来信"的产生过程、明确的引导意图和最终针对来信相对简化的结论,从"来信"本身的分裂性出发,结合小说《北极光》中陆芩芩的人生选择,探讨80年代的青年人如何接受意识形态的引导获取关于人生的意义。

---

① 下文中有关"潘晓来信"的引文均出自该文,不再注释。
② 规模最大,参与读者有6万之众;信函最多,收到57000多件信稿;编发最多,共编发111位读者十七八万字的稿件。多个第一:第一次有国家领导人(时任中央书记处书记胡乔木)亲临杂志社详细了解讨论情况,第一次有香港读者参与,第一次有美国华裔青年(杨燕子)发表看法,第一次最后没有给出统一答案。时间之久,表面上是大半年,实际上,在此后的几十年,时常被提及、被回顾、被引用,"潘晓"的名字为几代中国青年耳熟能详,成为不是名人的名人。参见韩春丽《思想的足音(二):〈中国青年〉思想变迁史(下)》,《中国青年》2012年第12期。
③ 贺照田:《从"潘晓讨论"看当代中国大陆虚无主义的历史与观念成因》,《开放时代》2010年第7期。
④ 吕永林:《重温那个"个人"》,《上海文学》2008年第2期。
⑤ 朱杰:《人生意义的重建及其限制:"潘晓难题"的文学展现(1980—1985)》,社会科学文献出版社2014年版。
⑥ 王钦:《"潘晓来信"的叙事与修辞》,《现代中文学刊》2010年第5期。

彭明榜在《"潘晓讨论"始末》一文中详细介绍了这场讨论的缘起：

> 当时青年中流行着一句很有名的口号"一切向钱看"，"讲实惠"成为一种时尚。刚刚改革开放的中国，青年人从自身生活实际中滋生出来的这种观点很值得讨论，具有广泛的群众基础。于是，讨论"讲实惠"被作为一个选题定了下来。但是，在真正着手做准备的过程中，编辑却觉得这个选题并没有想象中那么简单。因为这个问题既是普通青年观众的话题，更涉及当时的干部特殊化问题，这是一个敏感问题，不能轻易触碰，但是讨论一旦展开，势必不可避免会涉及这个问题。经过一番考虑，她想推翻这个选题。但要推翻这个选题，就必须要提出新的选题。一天，她突然想到自己的抽屉里有一摞信，共35封。那是她在一个下午到群工部看信的两小时中挑出来的，说的都是关于人生苦恼、看透了社会、找不到出路等，其中一封讲述自己不断追求并引用了屈原名句"路漫漫其修远兮，吾将上下而求索"的信尤其给她留下了印象。当时她觉得或许可以提炼出一个选题，就专门收起来放在了抽屉里。这一下，这些信果然派上了用场。①

"人生观讨论"就这样成为杂志的选题。摒弃"一切向钱看""讲实惠"②的选题而转换为"人生观讨论"，本身就颇有意味。这种决策显然有某种惯性在推动。20世纪五六十年代，《中国青年》数次组织关于人生观、幸福观以及理想主义的讨论，都极好地配合了全社会对社会主义新人的塑造。因此，《中国青年》的这次讨论也就自然

---

① 彭明榜：《"潘晓讨论"始末》，《中国青年》编辑部编《潘晓讨论：一代中国青年的思想初恋》，南开大学出版社2000年版，第10—11页。
② 这场讨论结束后的1983年，张维迎给《中国青年报》的一封信题为"为'钱'正名"，引发了一场迟到的讨论，但随后在"反精神污染"中遭到批判。1988年的"蛇口风波"里，"金钱观"再次被置于讨论的前沿，并真正得以"正名"。

接续了此前肖文、胡东渊等来信讨论的思路。问题是，被这种惯性推动的讨论摒弃掉的"一切向钱看"这样一个非常现实的问题错过了被讨论和引导的机会。今天再回头看被《中国青年》抛弃的选题，就会发现这被称为"一代中国青年的思想初恋"的讨论是怎样错过了面对现实的可能性。无论是作为刚刚滋生的世俗性需求，还是有可能触碰的特权问题，都被有意忽略了，而这些问题在此后的中国社会转型中都是最能牵扯社会最敏感的那根神经的。

"潘晓"显然是在"重建信仰"的意义上被建构起来的，也是试图将从以革命理想主义为核心构成的精神共同体脱嵌的"个人"重新嵌入一个新的共同体的努力。在组织者看来，在过去的革命年代中，青年人一直忠诚于他们单纯的革命信仰，但历史的错误彻底摧毁了他们的这种真诚，时间进入崭新的80年代，应该理所当然地引导他们在新时代重建信仰。正是基于这一理念，编辑部以青年女工黄晓菊的来信为主，又融合了一个在读大学生潘祎的思想，从两人的名字中各取一字署名"潘晓"编发来信。也就是说，这封来信是编辑部有意识组织的一个讨论文稿，他们首先已经形成了一种具有导向性的认识和观念，然后再按照他们的认识拼接了一个典型形象"潘晓"。从组织者来说，"潘晓讨论"中始终贯穿着一个基本逻辑，那就是"潘晓"的问题源自过去那段史无前例的错误历史，而现在历史的车轮已经行进在正确的轨道上，那么她应该义不容辞献身于现时代的社会主义建设。这个逻辑里蕴含了某种不证自明的"真理"，即随着国家政治层面拨乱反正工作的推进，人们自然就可以祛除思想上的迷雾，在新的时代获得新的自我认同。但问题是，虽然"潘晓"的困惑源于历史的错误，难道当历史再次回到所谓"正确"的轨道时，"潘晓"的人生意义真的就可以自然获得？答案显然是存疑的。也就是说在"潘晓讨论"中，组织者从一开始就选择了一种无效的或者说效果非常有限的方式，"重建信仰"或者"重新嵌入"也就困难重重。

事实上，也正是这种内在的悖论和矛盾使讨论渐渐偏离了原本的设计——作为一项例行思想政治教育工作，"潘晓讨论"原本是要凝聚共识号召青年以更大的热情投入80年代的"四化"建设，不料讨论中却强化了另一种逸出规范的价值观念，组织者显然没有意识到这种新的价值观念已经产生，即对自我价值和个人利益的肯定，讨论中青年人对"主观为自己，客观为别人"观点的热议，讨论后期赵林因为《只有自我才是绝对的》一文而成为新的主角，这一切都逸出了事先设定的路线。正如亲历者多年后回望这次讨论时所说："当年《中国青年》杂志开展这场人生观大讨论，恐怕主要是从工作的角度（即青年思想政治教育工作的角度）出发，至于讨论中出现的对个人价值和个人利益的肯定对后来的年轻人乃至全社会产生的巨大影响，在当时恐怕还很少有人能意识到，哪怕我们这些主要从事理论研究的也没有真正认识到这一点。"① 在替换上去的人生观选题中，青年人原本已经滋生的个人观念中最可贵的那些因素也一再遭到打压，以体制内僵化的思想来驯服现实中的不同声音。有意识的引导和简单化的结论试图在青年们已经失望的旧瓶中装上新酒以引导他们，失去了一种引导青年成熟的机会，他们可能一时会为这香味而迷惑，一旦清醒过来，就会有更大的失望和不满。当黄晓菊以"潘晓"的身份在中央电视台与观众见面后，这种情绪就爆发出来了。而黄晓菊、潘祎此后曲折坎坷的人生之路则以事实的代价回应了当初过于理想化和简单化的处理方式。②

---

① 李春玲：《潘晓讨论是非功过评说——访关志豪、谢昌逵、魏群》，《青年研究》1993年第6期。

② 黄晓菊在讨论热潮过后做过社科院的资料员，这是人们普遍认为可以汲取更多精神食粮的一个工作岗位，那么多的经典名著和那么浓厚的学术氛围应该足以使这个困惑中的年轻人获得理想的支撑和内心的充实。但是现实很快粉碎了人们的期待，拮据的经济收入使黄晓菊不满足于这种纯粹的精神生活，她辞去工作南下寻找发展的机遇，做过各种工作，家政、电台主持人、采购员等工作都未能给她带来生活的转机，后来再次返回北京，以做服装生意结束了多年来不稳定的生活状态。潘祎1982年被北京经济学院劝告"自动退学"。此前，他曾因不满世态炎凉而服毒自杀，又因个性倔强与同学、老师乃至父母格格不入。退学后，家里断绝了经济来源，他四处流浪，晚上就睡在北京火车站候车室的长椅上。为了生计，他给人看过大门，当过搬运工，刷过瓶子。但终究没有自暴自弃。通过三年苦行僧般的自学，他逐渐获得了人生的转机，先后担任过北京企业管理研究所所长，中国卓越出版公司发行部主任，《人民日报》和《大地》月刊发行人，参与主编了多套丛书。参见周彦文主编《改革20年焦点论争（1978—1998）》（广州出版社1998年版），《中国青年》编辑部编《潘晓讨论：一代中国青年的思想初恋》（南开大学出版社2000年版）。

潘晓首先苦恼的是"我成了双重性格的人",她把自己的这种矛盾心理尽情地倾诉出来:"我在的那个厂的工人大部分是家庭妇女,年轻姑娘除了谈论烫发就是穿戴,我和她们很难有共同语言……我嫌她们俗气……当我感到孤独得可怕时,我就想马上加入到人们的谈笑中去;可一接近那些粗俗的谈笑,又觉得还不如躲进自己的孤独中。"潘晓的年轻工友们大多沉溺于烫发、穿戴等日常乐趣之中,恰恰证明现实生活中种种"小叙事"正在兴起,然而在当时仍然以社会性视野衡量个人价值,这一重要变化并未引起足够的正面注视。显然,潘晓的这种困惑,也正是当时很多青年共同面临的苦恼,"潘晓来信"讨论的重要社会基础正在于此。潘晓谈论"家庭妇女"时显然具有一种居高临下的视角,同时认定与那些谈论烫发和穿戴的年轻姑娘没有共同语言,心灵上不能沟通,事实上,这些都是一种先入为主的主观设定。潘晓认为周围女工都是令人不屑的家庭妇女,谈论发型等生活方式与自己的精神追求不在一个档次上,由此,排斥日常生活和个体的实在生活,成为潘晓人生困惑的一个重要原因。与此相关的另一个问题是,潘晓一方面鄙弃工人妇女的"俗气",另一方面她从小到大的经历恰恰说明了经济和物质在个人生活中的重要性[①],但潘晓本人偏偏对此是盲视的。

以往人们对革命和政治的信仰都是外在于人的,但随着社会政治的变化,此时潘晓仍然拒绝对个体生活实在的关注,也就不可避免感到"孤独"。进入80年代的潘晓仍在无意识中延续了某种革命年代的精神方式,这也注定了潘晓自我困惑的无解。潘晓对自我意义的追寻是与贬抑日常生活和世俗欲望同步进行的,其直接后果就是将精神困惑始终高悬于上,无力在现实中寻找解决的途径,而一旦不得不遭遇

[①] 有研究者将"潘晓"视为一个类似理性经济人形象,认为"潘晓来信"的叙事线索除了"潘晓"自己叙述她在日常生活中遭遇到的不幸和困惑之外,还有一条与之紧密相连但又不完全一致的"经济"线索,这是一个很重要的发现,但作者据此认为"'潘晓'围绕理性经济人形象组织的整个人生经历的故事,也成为八十年代以后各种'财富叙事'的原型模式",未免牵强,因为此时的"潘晓"并无如此清晰的理性认识,甚至完全没有意识到此一问题。参见王钦《潘晓来信的叙事与修辞》,《现代中文学刊》2010年第5期。

现实就会迅速陷入虚无。从某种意义上说,"潘晓"原型之一黄晓菊的婚姻也正是基于这一悖论的悲剧①。五六十年代以来那种习惯于从革命观念中寻找生命意义感的青年"胡东渊"们发展至80年代的"潘晓"们时,已然失去了革命的强大支撑,但又因为自视甚高不能在日常工作和日常交往中建立新型交流空间,因此,虽然潘晓不断寻找自我,但是她从来没有清醒地将对自我的理解从过去的革命年代真正分离出来,更没有一种在新时代重新建构自我的能力,困惑自然而然就无法避免了。

因此,潘晓对"自我"的强调并没在事实上导向真正的自我实现,仍然习惯性地采用流行的外在视点来判定自我的价值。潘晓原本就是受此前理想主义和集体主义教育成长起来的青年,此时寻找新的出路时仍无法跳脱这一历史性限制。这也正是贺照田所分析的"潘晓"们谈论自我问题先天不足②的原因所在。本来潘晓的"主观为自我,客观为别人"的主张,是要扭转先前忽略个人的观念,但问题在于这一主张并未落实到行动上来。例如,当外在的组织、亲情、友情、爱情都不能抚慰孤独的自我时,潘晓转向自救。潘晓选择了文学这一指向内心的方式,并明确表示她的目的是要以文学这种形式来表达对自我的追求,书写内心最隐秘的困惑。这样看来,"写作"与"自我"应该可以达成内在的一致,从而缓解内心的焦虑。但问题在于潘晓紧接着又说,这种文学创作的最终目的是要向社会证明她的存在,一种迫切需要得到承认的焦灼心态溢于言表。原来选择写作内在的动力只是为了不让社会看轻这一外在主流视点,对自我的追寻却在

---

① 黄晓菊在这场讨论后和一个崇拜她的小伙子结婚了,但婚姻持续时间很短,丈夫不解的是:你不是潘晓么?你怎么和一个普通妇女一样?参见周彦文主编《改革20年焦点论争(1978—1998)》,广州出版社1998年版。

② 贺照田认为"潘晓"针对人生意义危机的反应不能不受此前革命所带给他们的视野和习惯反应方式的影响。"潘晓"因此陷入一个无法冲破的怪圈:一方面是他们迫切需要在短时期内获得有力支撑自我、安稳充实自我的精神资源;另一方面,他们自我过去的条件使他们很难在短时期内自己解决自我支撑、自我充实的问题。也就是说在这种情况下强调自我,自我的条件是先天不足的。参见贺照田《从"潘晓讨论"看当代中国大陆虚无主义的历史与观念成因》,《开放时代》2010年第7期。

无意中又回到根深蒂固的老路上去了，从而失却了"个人"真正的内涵。她从向外界求助未果到折返内心的自救，本来是一个认识和反省自我的绝佳机会，但遗憾的是，她并没有真正走上反思的道路，而是仍旧惯性地迎合时代的潮流。也正因为这样，潘晓越是致力于对自我的追寻，就越是无法获得期待的答案，因为已经偏离了真正的自我轴线。这也是自我实现最容易出现的弊端，即在主体外化的过程中重新丧失自我，过度看重社会承认和他人评价的结果就是对主体自由的破坏。

从讨论的组织者而言，他们也试图重建理想主义，引导潘晓们走出精神困境。《献给人生意义的思考者》是讨论后期具有明显引导意义和总结意味的文章，以"本刊编辑部"的名义在《中国青年》1981年第6期刊出，其时距离大规模的群众讨论结束已达半年之久，文章当然是综合权衡各种因素后的产物。文中从多方面分析这次讨论的价值和意义，更重要的是提出了一些重要的引导性意见，要求青年们能够正确对待当下的社会变化，树立正确的人生态度，大力倡导"革命人生观"，鼓励青年投身当下正确的历史进程，并视之为解决人生困惑的唯一正确途径："年轻的朋友，急流勇进吧！投身到历史前进的潮流中去，做新时期建设的生力军，改革的促进派，安定团结的模范，振兴民族的中坚。人生的真谛，不在'自我归宿中'，'自我'的实现，应该在振兴祖国的神圣事业里！"[①] 这番言辞饱含对青年的期待，也充满了理想主义激情，并不乏对自我实现的肯定，可是历史已经前行到80年代，而引导者和教育者仍然操持他们熟悉的那一套话语体系来教育青年。潘晓在信中宣称："有人说，时代在前进，可我触不到它有力的臂膀。"显然，潘晓在旧的理想主义遭受重挫后的无力感，仅仅依靠新时期政治经济发展的洪流是很难拯救的。前三十年的理想主义资源在没有与新时代里的"自我"这一核心问题

[①] 郭楠柠、陈汉涛：《献给人生意义的思考者》，见《中国青年》编辑部《潘晓讨论：一代中国青年的思想初恋》，南开大学出版社2000年版，第57页。

有效结合起来时便成为一种陈腐的说教，不能从根本上转化为自我实现的动力。当理想主义未能有效展开时，潘晓困惑的自我问题就会更加凸显，此后个人主义话语逐渐导向以个人私利为核心的原子化倾向也就在所难免，因为"此种自我强调反而导致堕入此种个人主义的个人缺少真正思考自我、充实自我、保护自我、承受自我的能力，而更容易受到各种社会逻辑、商业、大众文化等所挑动的氛围、欲望、矛盾的冲击与塑造"①。1990年代以来的社会现实正是这一逻辑的明证。我们当然不能要求三十多年前的一场讨论提供一个在今天看来十全十美的答案，但回望和反思是很有必要的，这种反思将会有助于我们理清1980年代以来个人主义话语的源流。

二 自我的困惑与救赎的虚妄

现在回到小说《北极光》，会发现主人公陆芩芩正是文学中的"潘晓"，但她的人生困惑被作者以极其概念化的方式做了简单化处理，失去了潘晓本身的丰富性。小说围绕陆芩芩的恋爱问题，塑造了三个性格各异的男性形象。傅云祥是芩芩的未婚夫，费渊是芩芩巧遇的大学生，曾储则是一个乐观热情的电暖工，小说通过芩芩与他们的对话和他们彼此之间的争论，讨论人生意义问题，为芩芩这个困惑中的女青年提供各异的人生答案。傅云祥因为"文化大革命"破坏了他的人生规划，陷入另一个极端，以世俗生活的快乐为生活最大的满足；费渊同样曾经遭受历史的不幸，堕入什么都不相信的虚无主义；曾储则在历经生活磨难后，依然有着仙人掌般顽强的生命力和乐观的生活态度。小说的结局让芩芩选择了曾储，暗示芩芩的人生困惑得以解开。但小说显然因为追求理想化结局而显得过于仓促，曾储这一形象则被认为理想化得有失真实。1983年8月，《中国青年》刊发了一篇《从潘晓到张海迪》的文章，认为张海迪的事迹"从一个方面反

---

① 贺照田：《从"潘晓讨论"看当代中国大陆虚无主义的历史与观念成因》，《开放时代》2010年第7期。

映了三年来青年的成长和进步"。这样一种简单的时间进步论下的划分，让人明显感到，作者是急于要寻找社会思想进步的"样板"，当时曾引发大量争论。事实上，也正是因为作者急于为芩芩寻找一个正面引导者的迫切心情使曾储过于简单化了。

曾储这一形象的争议颇能展现当时社会观念的变化，这个形象非常正面，无论是他的劳动热情，还是他的善良乐观，从某种意义上说，曾储都像是"潘晓讨论"的总结性文章《献给人生意义的思考者》所呼吁的青年形象，但正如前文所分析的，这种受意识形态惯性规约而塑造的青年形象已经不能适应新的社会氛围了。张抗抗曾自述《收获》编辑部"希望我把曾储改得更真实可信些"，"却是'心有余而力不足'"[①]。为什么会"心有余而力不足"？张抗抗没有进一步阐释，但经过三十多年的历史发展后回望当年的曾储，我们可以更清楚地看到问题所在。那就是被所谓正确观念所塑造的曾储是脱离当时真正的社会现实的，他不过是五六十年代社会主义新人"胡东渊"们的翻版。芩芩的困惑在于，她从小说中找到了一种理想人生的样板，那就是"十七年"时期那些全身心投入社会主义建设的青年形象，他们乐观昂扬的生活让80年代的芩芩感受到一种无与伦比的幸福感，引发了她内心强烈的共鸣。然而那个时代已经远去，芩芩要面对的是80年代这一崭新的历史时刻，此时，我们就可以发现芩芩的困惑是必然的，一方面她已经深处80年代思想解放的潮流中，另一方面她内心仍然向往五六十年代那些理想的社会主义新人形象，也就正如她自己发出的疑问，她无法把握"八十年代的时代性"[②]。当陆芩芩怀着和"潘晓"一样的困惑寻求人生的意义时，曾储以其"高大全"式的形象吸引了陆芩芩，这是"十七年"文学中典型的社会主义新人形象；但历史却已走进80年代，面对更为多元的思想和复杂局面，像曾储这种过去行之有效的引导者和榜样的力量在现实中已经"力不

[①] 张抗抗：《塔·后记》，四川文艺出版社1985年版，第359页。
[②] 张抗抗：《北极光》，《收获》1981年第3期。以下引自此文内容不再作注。

从心"了。旧的集体主义时代的榜样力量已经改变，而新的个人主义绽放的生机却又被或漠视或抵制，曾储这一形象作为芩芩理想和爱情的双重着陆点被读者诟病就是必然的了。

小说树立曾储的形象是以否定傅云祥和费渊的人生道路为前提的。在陆芩芩眼里，未婚夫傅云祥是一个庸俗不堪的俗人，大学生费渊是一个"什么都不相信"的虚无主义者，而曾储却是一个能将对"北极光"的美好向往和"修暖气管"的具体劳动生活等量齐观的理想主义者。芩芩选择了曾储，也就意味着她的理想主义情怀在曾储身上得到了实现，但问题是，傅云祥和费渊的人生就这样完全被否定是否过于简单化？若是，这种简单化处理是否从另一个角度暗示着芩芩在曾储那里寻找理想的虚妄？

陆芩芩一直在现实中寻找那道暗藏心中很久的"北极光"，因为据说看到这种美丽的景象，就意味着幸福生活的到来，对单纯的芩芩而言，早年种下的这颗种子一直在心中生长，是她人生的支点。在对北极光的憧憬中，陆芩芩分别在傅云祥、费渊和曾储那里得到了不一样的答案。傅云祥认为芩芩完全是不着边际的胡思乱想，而且在他看来，那个遥不可及的北极光就算再美也不能帮他解决现实问题，所以全然无用。傅云祥的这种态度让芩芩感觉这个未婚夫就像个陌生人，一个现实主义者的功利生活观让芩芩失望至极。与傅云祥对待北极光的现实态度相对应，陆芩芩眼中傅云祥的生活也是极其庸俗可笑的，就像那个四不像的书橱。这是芩芩唯一要求的结婚新家具，其中的象征意义不言而喻，它是芩芩注重精神生活的现实投射，然而现在这个书柜里的大杂烩陈列品却只能让她觉得可笑，当哲学、菜谱、通俗小说、科普读物这些完全不同类型的书籍放在同一个书架上时，芩芩知道这已经不是她想要的那个精神食粮储藏地了，她从心底感到滑稽。傅云祥和朋友们谈论的话题也无非是麻将、芭蕾舞演员、三洋录音机和高级进口烟，在芩芩看来都是俗不可耐的。按流行的那些标准，傅云祥从家庭、工资、长相、人品各方面来说都要比厂里其他熟识的小伙子强，但是，芩芩眼里的傅云祥身上处处透出实用主义的俗气，这是理想主义青年芩芩始终无法从内心接受傅云祥的根本原因。傅云祥曾不无愤激地谈起自己的经历，认为是"文化大革命"那段是非颠倒的混乱时期耽误了他的前程，所以现在他要努力在现实中找补回他的损失。他也曾坦言，自私是每个人与生俱来的本能，人尊重和顺应这种本能并不是什么见不得人的坏事情。结合傅云祥的经历和心路历程，可以发现，傅云祥是因为历史的错误而遭受生活的重挫，从而将人生的意义定位于现世生活的安稳，基于日常生活的简单快乐成为傅云祥的人生选择。但在芩芩眼中，这些日常生活都被归为"可笑"和"不伦不类"。事实上，正如傅云祥那个书柜，芩芩从心底看不起它的驳杂，然而却漠视其本身的丰富性。其实，日常生活的繁复正如这个书柜，包蕴万千。芩芩总是思绪飘忽不定，不食人间烟火般的生活方式是完全脱离现实的，弃傅云祥而去也就意味着弃日常生活而去，没有现实的基础，这样的人生果真能获得如"北极光"般的幸福美丽吗？答案显然是存疑的。此时的芩芩正如视谈论发型和服饰的工友为家庭妇女般"俗气"的潘晓一样，她的"自我"仍旧是悬空的。

　　再看费渊。当芩芩热切地和费渊谈起北极光的美丽时，费渊并不否认"北极光"之美，但在他看来，就算再美他也不相信，他是一个彻底的虚无主义者，完全不相信世界上还会有理想的存在。芩芩已经对傅云祥失望，转而向费渊寻求答案。费渊的学识和风度曾经很吸引她，她满以为会得到与傅云祥迥异的答案，不料费渊对待北极光的态度竟与傅云祥如出一辙，他不仅否认现时代的理想存在，更是连"十七年"时期那些理想主义青年的人生观都完全否定了，称其为"盲目"，这就是一种"彻底"看透一切后的虚无主义。这里费渊身上理想主义与虚无主义的转换，在 80 年代初是颇有代表性的。费渊父亲曾是驻东欧国家的大使，他原本有一个幸福的童年，长大了加入红卫兵、参加上山下乡运动，那时他一定相信自己是在捍卫真理。甚至连父亲死在监狱时，费渊还正在县里参加知青积极分子代表大会。所以费渊是从自己经历中的切肤之痛发现了历史的可笑之处，认识到个人不过是在翻手为云、覆手为雨的时代洪流中被玩弄于股掌之间的牺牲品。在既往的理想主义信念受到现实社会的重创后，费渊谈政治色变，他以一种彻底舍弃过去那个狂热的理想自我的方式表达他的彻悟，甚至否认任何信仰的存在，就算有，只有自我是他最大的信仰。因此，虽然出发点不同，但他和傅云祥都得出相同的结论，傅云祥是从现实利益出发的一种庸俗的利己和自私，而费渊则是从哲学的角度肯定自私和利己，二者一虚一实，都与芩芩所追寻的理想主义相去甚远，更无法解决芩芩心中的困惑。芩芩喜欢泰戈尔的诗，傅云祥却称诗人为"梦游患者"，分歧显而易见。费渊虽然和芩芩一样也喜欢泰戈尔的诗，但两人仍是旨趣各异的，因为芩芩更向往的是那些乐观明朗的诗句，而费渊欣赏的却是那些虚无忧伤的诗句，二者一为积极向上、温暖乐观，一为苦闷求索、孤独消极，芩芩和费渊也注定不是同路人，在芩芩试图逃婚向费渊寻求支持时，费渊甚至明确拒绝了她。事实上，对这样一个崇尚自我的虚无主义者，单纯的芩芩也没有足够的思想准备参透他，关于自我的问题根本就无法深入对话，这其实也是当时整个时代的迷雾。

最后我们再看主人公陆芩芩。《北极光》通篇以芩芩的视点切入，以芩芩的人生困惑及其开解为线索，分别呈现出傅云祥、费渊和曾储三种人生态度。但是当我们将视线聚焦在追寻理想主义的芩芩身上时，就会发现芩芩恰恰是在追寻自我的过程中丢失了自我而不自觉。

芩芩一直在寻找象征着幸福和美好的"北极光"，既有寻而不得的困惑，也有坚持不懈的不放弃、不妥协，最终在曾储身上实现了理想。曾储首先不像傅云祥和费渊那样否认北极光的存在，而是以自己的亲身经历肯定北极光确实出现过，非常神奇而美丽，但曾储的兴趣显然并不在北极光本身，而在现实的工作中。在他看来，尽管他的工作只是一名普通的暖气管修理工，但他从这份普通的工作中找到的是个人价值和理想抱负的实现。他用马克思主义思想引导芩芩思考人与社会的关系，原本一再寻求自我答案的芩芩也认可了他的生活逻辑，对芩芩而言，美丽无比而又虚幻难寻的北极光在曾储这里就直接落实到在普通工作中的发光发热做贡献。但问题是，芩芩果真就因此而找到了"自我"吗？当傅云祥问她"希望生活是什么样子"时，芩芩却不知怎么回答，一时说不上来，她脱口而出的是"反正不是现在这个样子"，原因就在于她根本就没有厘清何为真正的自我。小说中描写费渊和曾储争论人生的意义与价值时，芩芩完全是一个局外人，她无法发出自己的声音。的确，无论是费渊的"自我"，还是曾储的"社会性"，芩芩都无力插言加入，她能做的也就是帮曾储钉上扣子，而在曾储那里，哪怕就是钉扣子这样的事也不用她插手，芩芩彻底多余了。也就是说，满脑子理想主义的芩芩根本就无力把握自我，更不知何为真正的自我。小说结尾处，陆芩芩和曾储在江边看雪时，曾储那枚曾经吸引芩芩的小鹿纪念章发生了奇异的变形，一只原本灵动无比的小鹿幻化成一匹壮实的枣红马。这里有深刻的现实隐喻，芩芩的追寻其实是不着边际的浪漫遐想，到了曾储这里就直接落入现实中的奉献精神，芩芩纯粹从个人情感出发的选择，到了曾储这里就直接被收编为新形势下的新人，而她内心真正的困惑却始终没有解开，虚幻然而美丽的北极光在此遭遇的是强大的意识形态逻辑，当然不堪一击碎落了一地，"北极光"式的救赎注定是虚妄的，现实中"潘晓"的命运也许正预示着芩芩同样坎坷的未来[①]。

芩芩的这一生活抉择也正是80年代主流话语规训的结果。正如李杨所说："为什么一提起'规训与惩罚'，我们就会想到50—70年代文学呢？这是因为50—70年代的'规训'采用的都是看得见的外在的力量，比如开批斗会啊，把作家批评家投进监狱啊等等。这些都是外在的暴力，一目了然。80年代的'规训'为什么不容易辨析呢？那是因为80年代的'规训'主要采取的不是这种外在的暴力形式，而是采取内在的方式实施的。通过言说和语言的运作，通过记忆和遗忘的选择，

---

① 黄晓菊和潘祎两位主角的真实生活并未因"讨论"而将"人生的路"越走越宽，反而是挫折不断，反证了当时潘晓讨论中以"真实"样貌出现的"虚假"叙事。参见黄晓菊《笑着哭着唱着骂着走过来》，潘祎《那场讨论改变了我几乎全部的人生》，载《中国青年》编辑部编《潘晓讨论：一代中国青年的思想初恋》，南开大学出版社2000年版，第61—74、75—100页。

让外在的知识、思想、意识形态与政治转化为你的内在的要求。"① 蔡翔曾将60年代的"胡东渊来信"视为"潘晓来信"的"史前史"②，也是颇有启示意义的。无论是胡东渊还是潘晓，福民还是芩芩，身处其中的他们都未能穿透这一现实，要么深陷困惑不能自拔，要么自觉顺应内在的规训，都在追寻自我的途中失掉了真正的自我。

第三节 《你不可改变我》与"蛇口风波"

在《深圳读本：感动一座城市的文字》③ 中，"小说·报告文学卷"收录的第一篇是刘西鸿的《你不可改变我》，同卷也收入马立诚的《"蛇口风波"始末》④。虽然两者一为小说，一为报告文学，最初发表时间也有差异，但在这一卷中二者却形成某种互文关系，呈现出1980年代中后期改革开放前沿地带青年人的特殊风貌，也预示着90年代以来中国加大改革步伐后的整体精神价值取向。在改革开放四十年之际，重温曾经激荡一个时代的文字和事件，不仅是一种纪念，更是一种反思，借以更清楚地看清今天的来路。

一 "淘金者"的宣言与正名

"你不可改变我"这个标题本身就是一种特立独行的宣言。"我"以一种前所未有的姿态宣告之前作为引导者和榜样的"你"的无效，个人以一种不容置疑的姿态爆发出非凡的力量。孔令凯，一个十六岁的少女，就是这种力量的承载者，全然没有潘晓式的历史阴影和精神重负，以独立不羁的姿态选择自己想要的生活；而药剂师刘姐姐，一

---

① 李杨：《重返80年代：为何重返以及如何重返——就"80年代文学"研究与人大研究生对话》，《当代作家评论》2007年第1期。
② 蔡翔：《1960年代的文学、社会主义和生活政治》，《文艺争鸣》2009年第8期。
③ 姜威：《深圳读本：感动一座城市的文字》，海天出版社2010年版。
④ 刘西鸿的《你不可改变我》最初刊于《人民文学》1986年第9期；"蛇口风波"发生于1988年1月；马立诚的《"蛇口风波"始末》最早刊于《文汇月刊》1989年第3期。

个知心姐姐般的引导者和教育者，却在孔令凯面前一再溃败。孔令凯以其世俗化的人生选择向道德理想主义者刘姐姐高调宣告"你不可改变我"，恰好与一年多后"蛇口风波"中的"蛇口青年"面对青年导师们毫不畏缩地为"淘金者"正名形成一种呼应，率先以小说的方式捕捉到中国社会即将汹涌而至的世俗化大潮。

若说"潘晓讨论"是"一代人的思想初恋"，那么八年后的"蛇口风波"则堪称一场在改革开放前沿地带的"思想地震"。1988年1月13日，蛇口工业区团委请时任中国青年思想教育研究中心报告员的曲啸、李燕杰、彭清一到蛇口与部分青年代表进行座谈，不料发生了激烈的思想交锋。2月1日，《蛇口通讯报》以显著篇幅刊发《蛇口青年与曲啸李燕杰坦率对话——青年教育家遇到青年人挑战》首先披露了论辩的详情。3月28日和4月11日，又推出《蛇口：陈腐说教与现代意识的一次激烈交锋》和《蛇口青年和曲啸等同志还有哪些分歧?》，引发广泛讨论。其后，《人民日报》于8月6日刊出的《"蛇口风波"答问录》则将这场讨论波及全国，8月8日，《人民日报》开辟专栏"关于'蛇口风波'的议论"，收到读者来信和稿件1531篇[1]。一次座谈会为什么会引发如此广泛的关注？"蛇口青年"在中国社会的改革进程中又扮演了什么角色？对此后中国社会的走向尤其是个人价值观又有怎样的启示？三十年后再回到这场论辩，会有多层面的不同发现。

"蛇口风波"首先引人关注的就是思想政治教育专家与蛇口青年在个人价值观上的分歧，这也是当初引发社会关注的重要原因。据马立诚《"蛇口风波"始末》记载，座谈会原本一切顺利，意外的交锋在关于"淘金者"的认识上发生了：曲啸等人从集体主义立场出发，欢迎到深圳来进行社会主义建设的"创业者"，批评为了个人私欲来到深圳的"淘金者"；但在经济改革中已经切实尝到甜头的蛇口青年看来，他们肯定"淘金者"绝不仅仅是获得了个人利益最大化，重

---

[1] 马立诚：《"蛇口风波"始末》，《文汇月刊》1989年第3期。

要的是，他们同时促进了社会进步，认为创业和享受不能截然分开，更不能僵化地以此划分姓社姓资。显然，在曲啸们的观念中，纯正高尚的道德动机是区分"淘金者"和"创业者"的首要标准，个人一定首先属于集体，对金钱和物欲的追求不符合社会主义青年的价值观。而在蛇口青年身上，一种打破传统价值观的个人选择正在形成，曾经被压抑的个人欲望理直气壮地呈现出来，这是与以前通行的道德教育理念完全不同的自我实现主张，他们已经完全跳出了种种对个人的规定和限制，形成了一套崭新的个人价值观念。此时的深圳，已历经近十年时间的改革开放，作为改革开放的前沿地带，深圳以经济建设的显著成果撬动了人们长期以来形成的价值观，蛇口这个名不见经传的小地方，最早成为这一轮改革的试验田，带动深圳成长为一个现代化大都市。改革实践取得的成果以最直接的方式教育青年形成迥异于以前的生活观念，当内地的青年可能还在为向往金钱的想法而感到不安的时候，蛇口青年对个体自身利益的追求和维护已经非常自觉。

这也正是《你不可改变我》中的孔令凯与刘姐姐之间的分歧所在。叙述者姐姐一心要做一个事业有成的药剂师，为此不惜付出一辈子的代价，这种理想主义是她最重要的生活支撑，也是她通往自我实现的重要途径，是任何奢侈的物质享受都无法替代的。她有一整套已经定型的价值观，认为令凯"当模特儿"虽然挣钱，但和"拉大板车""去街边卖酸杨桃"一样都不是"高尚的人"，她重"精神"轻"物质"的观念正是我们曾经大力提倡的价值观，但在《你不可改变我》中却不再是被讴歌的对象，而是孔令凯奉行的个人价值观的对立面。刘姐姐可能足够优秀，却根本无法抗衡孔令凯强大的自我意识。对孔令凯而言，刘姐姐循规蹈矩一眼就能看到终老的生活丝毫没有吸引力，她更看重自己内心的兴趣和感受，她留着寸头，抽着烟，一副叛逆不羁的模样，她从兼职模特干到专业模特，在业界混得风生水起，把自我实现的重心放在此岸和现在，追求自我选择的自由度，也不避讳享乐主义的生活态度。这种无害的快乐原则，作为对曾经全面压抑世俗快乐的人生态度的反动，多少就具有了开新的意味。也正是在这个意义上，孔令凯们正在赢得新的权威，90年代以来大行其道的世俗化潮流无疑就是一个重要佐证。事实上，改革的动力最初就是源自人们想要改变自己的朴素愿望，而个人生活的改善则是每个人心中的念想，因此，个人的欲望同时也推动了改革的进程。

二 青年导师的错位与失效

有意味的是，三位专家都是80年代相继以有关青年教育的演说成名的，他们在内地的多次演讲都广受好评，受到从上至下的充分肯定。但在这次与蛇口青年的座谈中，他们遭遇了滑铁卢，这些名重一时的思想教育家从此就很少公开露面了。为什么一个普普通通的座谈会，一场坦率真诚的对话，居然使几位被誉为青年教育专家的同志如此不堪？显然，用一种陈腐的思想观念来面对日渐复杂的社会现实，注定会走向尴尬。当曲啸要求青年们怀抱对祖国的爱而不是赚钱的目的来蛇口时，有青年直言不讳说："三位老师的思想在蛇口是没有市场的。"对蛇口青年而言，他们彻底拒绝那些脱离实际的假大空言说方式，曾经的"青年导师"彻底失效。

这种"失效"显然是由某种错位而生。曲啸们的思想教育并非一无是处，集体主义和爱国主义教育当然是必要的，但当他们对蛇口青年已经觉醒的个人意识视而不见时，他们的教育方式就与蛇口青年的生活和思想严重脱节，进而导致其教育无效，这种教育就变成了让人反感的说教。为了给这种说教找到恰当的理由，他们进一步强调蛇口青年们的个人价值观都是资本主义思想与生活方式入侵的结果，急欲挽救青年们的道德与生活。但这种逻辑不再像此前那样有效，而是遭遇到现实生活的强力狙击。走在改革大道上的青年们期望与"导师"分享交流关于改革的最新体验，而"导师"的思想却循着完全不同甚至相反的路径，力图以陈腐的道德理想主义批判"淘金者"的拜金主义和个人主义思想，却无视青年们此刻心中正洋溢着改革带来的另一种理想的激情，权威自然瓦解了。教育专家摆出一副悲天悯人高高在上的姿态，试图拯救这些他们认为已经堕落的年轻人，却遭遇完全在另一频道的对话。一方面，潘晓"主观为自己，客观为别人"的观点已经较普遍地为青年所接受，正在重新设计自我与社会的关系坐标；另一方面，思想教育却极力回避"自我"，依然一厢情愿地用传统的集体主义关怀感召个人主义的欲望，现实的尴尬就不可避免。这里展示出80年代中后期的人们精神状态的变化轨迹。训导者所要求的道德与纯洁遭遇强烈的不信任，被认为是虚伪和陈腐的，以道德宣讲、批判运动等形式所进行的训导已然没有实践的支撑，只能成为口号的存在。随着这种不信任的加深与普遍化，人们对所有那些具有更宽广意义的精神存在都持一种否定态度，除去了笼罩在革命、现代化、启蒙等权威话语头上的道德面纱后，调侃和讽刺成为最为基本的生活态度。

恰如教育专家与蛇口青年之间的错位，《你不可改变我》中刘姐姐和孔令凯之间的矛盾也正源于此。小说中关于"俗气"的阐释颇有意味，其中正好预示着青年导师的陈腐说教与蛇口青年的大胆僭越之间的鸿沟。当高中生孔令凯决定不再继续读书要去当模特时，刘姐姐不同意，并认为她的艺名"咪咪"就和"大野猫"之类一样是"不三不四的丑名字"，令凯不高兴，连刘姐姐的男朋友亦东也一副把刘姐姐"当市场上的俗女人看"的表情。人们的观念似乎发生了不可思议的反转，"这里对'俗气'的理解已经有了变化，不是沉溺尘世是俗气，而是沉溺于陈规，没有个人意志才是俗气"。[①] 如果说对于"潘晓"们来说，陷入日常琐事不得超拔就是"俗气"的话，那么，现在重精神轻物质墨守成规的刘姐姐才是"俗女人"。对于孔令凯的"不走寻常路"，刘姐姐满腹担忧，可是孔令凯是快乐的，潇洒不羁的生活状态是她追求自我的真实呈现，没有丝毫的勉强。显然刘姐姐和孔令凯对生活和人生的理解出现了错位，刘姐姐仍执着于已

---

① 毛浩、李师东：《刘西鸿给我们带来了什么——对当代文学中一种精神文化现象的分析》，《当代作家评论》1989年第2期。

经规划好的理想人生，而孔令凯却不断求新求异。所谓"你不可改变我"，宣告的也正是"潘晓"们的"俗气"和"蛇口青年"们的理直气壮。

对孔令凯而言，刘姐姐这样的教育者是完全失效的。这是真正卸掉精神重负的一代人，他们抛弃成规，享受生活。这是一种新气象，即便是徐星的《无主题变奏》、刘索拉的《你别无选择》这些被称为"垮掉的一代"小说，虽然表达出强烈的个人主义思想，却仍透出痛苦的理想主义气息，是对世俗的否定和嘲弄，更不用说在此之前的那些张扬革命理想主义的小说了。这些所谓"垮掉的一代"青年，并非真的自甘堕落，反而是一种努力想要改变现状的极端表现。那些"无主题"的混乱生活，潜隐的是对既往成规和体制的一种叛逆精神，他们既不甘于平庸的世俗生活，也不愿意在循规蹈矩中敷衍人生，既无法从以往的生活中获取生活的意义，也不能看清前行的路在何方。正因为如此，阅读《无主题变奏》《你别无选择》和读《你不可改变我》的感受是全然不同的，前者带来压抑感和焦灼感，后者却让人感觉明快乐观。徐星或刘索拉笔下的人物更注重精神或人格的圆满，远离物质生活和世俗世界，从而产生某种优越感，但是刘西鸿笔下的人物却彻底走向世俗，拥抱现实，享受生活。

"你不可改变我"这六个字凸显的是一种极具叛逆性的思想观念，这是个人主义的强烈彰显。当时作为特区的深圳，没有任何经验可以照搬，巨大的风险性和不可预期性，迫使每一个来到深圳的人都要走一条全新的道路，个人话语的空间就在这种"不走寻常路"的探索中生成，那种竭力想将个人稳妥地安置于既往共同体之中的努力（如潘晓），也就此告一段落了。从此，追求个人幸福生活成为最普遍的意识形态，在日常生活中发挥着巨大的价值导向作用。人们从以往那些既定的秩序和规范中获得解放，回到实实在在的世俗人生，专注于个人幸福和个人价值的实现。随着这种社会转型的到来，文学也相应发生了变化，在表现对象上不再固执地聚焦于英雄人物形象和重大题材，开始下移到人们最普通的日常生活，在个人的吃喝拉撒和喜怒哀乐中捕捉时代前行的步伐，为个人的合理欲望提供表达的阵地。

值得注意的是，计划经济抑或商品经济，思想教育家的爱国主义抑或蛇口青年的金钱观与效率观，其实都并非泾渭分明、水火不容，并非处于截然不同的立场。它们不过是社会转型时期内部不同观念的冲突，是由意识形态内部的分裂产生的，是国家意识形态不同层面的显现。但一个意味深长的事实是，坚持集体主义价值观的曲啸、李燕杰们被个人主义的捍卫者"蛇口青年"嘲弄和反对时，主流意识形态并没有对后者进行打压。"在经济实利主义被提升为新的国家意识形态的特定情况下，'蛇口青年'被赋予的正当性其实源于与国家意识形态重塑的呼应。"① 此中正彰显了意识形态的变化，"蛇口青年"所反抗的，正是主流意识形态在发展过程中试图剥离出来的东西。虽然中国的市场经济体制直到1992年才逐步确立，但邓小平早在1979年就在《社会主义也可以搞市场经济》一文中表达过对市场经济的明确认识，此后又不断推动市场经济建设的步伐。就在论辩后的记者采访中，时任蛇口招商局董事长的袁庚同志明确表态"不欢迎教师爷式的空洞说教"，他意志坚定地保护蛇口青年自由言说的权利，也是主流意识形态的风向标。正是在他的带领下，特区商品经济的大力发展引发了世俗化思潮，在颠覆等级、打破偶像崇拜上发挥了重要作用，通过这样一种解放与自由的话语，主流话语顺畅地完成了华丽转身。当然，这一分析并非否定青年"叛逆"所拥有的根本意义，也并不是否定中国现代化转型的复杂性，而是要强调在改革推进的过程中，所谓的个性和自由的生成背后有与主流意识形态复杂的缠合，而不是截然的对立。

蛇口青年们的大胆僭越无疑是个人主义思想观念的一次重要突

---

① 李云：《"范导者"的失效——当文本遭遇历史：〈顽主〉与"蛇口风波"》，《当代作家评论》2010年第1期。

破。但问题的另一方面是，提倡个人主义时，有关社会责任和理想主义在此要么被忽略（如有青年谈到个人淘金的同时也在为社会做贡献，并没有得到深入讨论），要么以一种陈腐的方式进行批判性说教（如三位专家），所有关于爱、责任、崇高、献身等正面词语都被政治化、符号化，抽干了其中更为丰富与广阔的含义。三十年后的今天再次回望这次"风波"，此中遗憾是不可弥补的。尤其是当下社会中个人私欲无限膨胀时，更能看到这种简单化处理方式的弊端，当曲啸们的话语权完全被剥夺被嘲笑时，另一种新兴的观念却完全不受任何约束，这无论如何不是一种正常的交流状态。回望"你不可改变我"这句80年代的"个人宣言"，也会发现暗藏的另一种危险。刘姐姐以自己的成长经历和惯常的思维方式试图改变孔令凯而遭遇溃败，说明刘姐姐的思想观念一定存在致命的问题。但问题是，刘姐姐喜欢张爱玲的小说，她努力读书进修，要成为一个成功的药剂师，她对孔令凯说大学要读复旦天文、有空要多看功课、有钱要买自学读物……这样的生活方式和生活趣味又有何不妥？孔令凯，这一新型青年形象对个人价值的认识主要由挣钱多少来决定，难道不是另一种极端？如何引导孔令凯这样的青年真正实现个人价值就是一个新课题。"蛇口风波"的确彰显了个人价值，进一步推动了经济改革，但它同时传递了另一个信号，亦即面对复杂而又极具挑战的新型价值观，思想教育者应该及时更新观念，寻找更契合时代和尊重个人的教育方式。遗憾的是，这一信号并未引起足够重视，而是在最初的难堪和愤懑后，在无奈中接受了世风日下的现实，所有人都以更大的热情投入世俗生活中去了。在相当长的时期里，孔令凯所代表的这股力量不断增长，直至在全社会膨胀。时至今日，问题终于明朗起来，那就是当人的价值完全用金钱衡量时，既无法达到真正的个人实现，更无力建设一个理想的社会。危机其实早已埋下。个人主义显然不仅仅是对个人利益的主张，在私欲泛滥的情势下，个人主体性要真正确立还有很长的路要走。

1963年，《中国青年》围绕"胡东渊来信"展开关于幸福观的全国性讨论，初显个人意识的胡东渊们在主流意识形态的引导下，个人和家庭的私域迅速被阶级话语淹没，日常生活中的物质欲望和趣味选择都被视为资产阶级幸福观而摒弃。作为社会主义新人的胡东渊们（如《家庭问题》中的福民），一方面很快摆脱内心的困惑，投入社会主义建设中去，在获得意识形态认可的幸福生活中回避了已然产生的个人危机，另一方面在取消了家庭的传统功能后，个人生活高度政治化，个人与国家保持高度一致，也在潜隐而不易为人发现的层面埋下了一旦主流意识形态松动个人便迅速原子化的诱因。到80年代初的"潘晓"身上，胡东渊们的个人危机再一次以更大的规模爆发出来。1980年，《中国青年》围绕"潘晓来信"《人生的路啊，为什么越走越窄》展开关于人生观的全国性讨论，一方面，从"讲实惠"到"人生意义"的选题变化再一次遮蔽了真实的现实生活情境，另一方面，一场关于人生意义的讨论意外产生了诸如"只有自我是绝对的"这样关于自我的强势话语。当潘晓的自我从原有的阶级和集体中解放出来，却仍遵循原有逻辑试图寻找一个新的共同体嵌入时，主导话语趁势引导潘晓们（如《北极光》里的芩芩）成为新时代的新人，个人日常生活仍然处于被遮蔽的状态，徒然无果的寻找和失效的引导使80年代的理想主义青年陷入深深的困惑，但讨论的展开却为自我打开了无限的可能性。1988年初，发生在改革前沿地带的"蛇口风波"无疑开启了一个新的时代，此时的"蛇口青年"们已经完全摆脱"潘晓"们历史和道德的重负，赋予"淘金者"以正面形象，直接开启了90年代以来席卷全中国的世俗化潮流，世俗文化的壮大迅速催生了个人的生成。90年代以来的个人话语从根本上来说就是遵循着"蛇口青年"开启的"淘金者—自我"这一单一逻辑，踏上个人欲望的高速列车疾驰向前。但是，在个人获得解放的同时也伴随着新的危机，"蛇口青年"们曾经明朗乐观的生活态度如今渐渐为种种不确定的阴霾和无所不在的焦虑所替代，自我实现依然悬而未决。更有甚者，全然漠视蛇口青年当年造福社会的激情，而将金钱至上观念发挥到极致，以个人私利作为最高且唯一的追求。传统价值观被彻底抛弃，新崛起的现代社会又伴随着始料未及的各种风险。因此，一方面是无法停歇的欲望列车不断呼啸前行，产生了巨大的物质财富，另一方面又出现了许多仅凭更加富裕不能解决的问题，自我认同陷入巨大困境。在生活政治视野下，这些问题直接与个人的自我实现相关。

第二章

认同的困境:"一切坚固的东西都烟消云散了"

自我认同是生活政治的实质问题,它"在自我的层面上包含了各种各样独特的紧张和艰辛"①。新世纪文学面对的是整体转换的全球化语境,作家们也在写作中回应着剧变的中国现实,"一切坚固的东西都烟消云散了",这样一幅"现代主义的'融化'图景"②,蕴含着虽然含糊却极其丰富的内涵,因为"那种摧毁性的热力同时也是极大的能量和一种生命的外溢"③,现代社会生产力的高速发展使得人类拥有前所未有的能力去追逐自己想要的生活,但也以前所未有的力度摧毁着现代人的自我认同。面临社会转型期的种种自我认同危机,新世纪小说对此做出了多方面的探讨,直面传统的消解和风险社会的来临。故乡的沦陷是传统消解的重要表现,这里的"故乡"既是精神意义上消逝的家园,也是现实生活中溃败的乡村,二者一虚一实,共同勾画出传统不可抗拒的远去。现代城市的陌生人社会最需要的是信任,然而人们越来越被抽象化系统和同质化社会所控制,人与人、人与社会的信任缺失普遍存在,让人们在获得现代生活种种便利的同时也不断遭遇新的风险。

---

① [英]吉登斯:《现代性与自我认同》,赵旭东、方文译,生活·读书·新知三联书店1998年版,第222页。
② [美]伯曼:《一切坚固的东西都烟消云散了》,徐大建、张辑译,商务印书馆2013年版,第115页。
③ 同上书,第114页。

第一节　后传统社会：无根的漂泊

虽然在后传统社会，现代性在侵蚀传统的同时也在重建传统，但面对这种复杂的生存情境，人们常常更多直接感受到的是传统的断裂及其后果，并因此无法获得本体安全感，产生自我认同的焦虑。故乡的消逝从横向空间上打破了自我认同的同一性，历史的迷失则从纵向时间上截断了自我认同的连续性，二者催生的无根的漂泊感共同促成了现代人自我认同的困境。

一　返乡的虚妄

2015年春节期间的"博士返乡笔记"《近年情更怯，春节回家看什么》成为社交媒体上的热门话题，正是故乡的消逝引发现代人自我认同困境的现实显影。其中谈到当下农村生活中情感的衰败、文化的衰败、知识的无力感等问题一石激起千层浪，引发诸多共鸣和讨论[①]。事实上，这些问题早已存在，也不断为人所提及，为什么此时引发众多关注？王磊光自认为是"不小心被卷了进去"[②]，之所以有那么多人关注和讨论它，说明其中的文字深入现代人的心灵深处，也真正触摸到这个时代的病症。每天生活在快节奏中的现代人甚至都腾不出一点时间整理一下自己内心的情感，现在借由这篇文章喷涌而出。因为这篇文章与当下人们生活中的精神困境密切相关，戳到了时代的痛点。认同无门正是这篇"博士返乡笔记"的内在逻辑，其中暗藏的既是一个从农村走出去的知识分子对"老家"的复杂情绪，也是现代人在精神层面无法安放的"乡愁"，这种情绪投射在新世纪小说中

[①]　其中《文科博士，回家能不能别装》（刘连泰，厦门大学法学院教授、博士生导师，法学博士）、《又一篇博士生返乡笔记：从一而终的稳定生活更可怕》（古鱼）、《一位从农村走出的博士后：请不要叫我们凤凰男》（常培杰）这几篇讨论文章分别出自博士生导师和博士、博士后的思考，另有大量媒体参加讨论，百度上搜"博士返乡笔记"，出现245万个相关结果。

[②]　王磊光：《〈博士返乡笔记〉作者的最后回应》，《文学报》2015年3月26日。

第二章　认同的困境："一切坚固的东西都烟消云散了"

的返乡、怀乡和离乡书写中，映现出现代社会里故乡的沦陷和认同的困境。

游子还乡是中国文学的一个古老主题，就像马尔科姆·考利所说的："即使家乡将我们流放，我们仍然对它忠诚不变，我们把家乡的形象从一个城市带到另一个城市，就像随身必带的行李一样。"① 只要人类的家园感存在，这种回归冲动就是一个诉说不尽的话题。"五四"以来的返乡叙事主要有两种形态：一种以鲁迅开创的乡土小说为代表，重在启蒙和批判。侨寓都市的知识分子四处辗转，在更开阔的视野中回望乡土、重组记忆。这类叙事隐含着强烈的现实批判内容，清醒的认识使他们在城市以现代的眼光审视故乡，更真切地感受到那里愚昧封闭、贫穷落后、麻木奴化的状态，以及由此而造成的种种陋习和悲剧。他们一方面对此进行揭示和批判，控诉黑暗的社会，试图唤醒沉睡的国民；另一方面又因对故乡的天然的亲近感，真切同情和理解那片土地上的人和事。这种返乡叙事包蕴着知识分子明确的文化立场，即在传统和现代的抉择中，虽然感情上对传统仍有依恋，但从理性上却充分肯定现代文明。"五四"以来另一种还乡叙事形态，自废名起，至集大成者沈从文，而后像汪曾祺这样的继承者薪火传承，重在以故乡山水人事寄托田园理想，具有乌托邦气质。因为现代都市的种种城市病以及知识分子在城市遭遇的种种挫折，使他们更多体味到现代性的弊端，转而返回故乡，在充满人情美与人性美的诗意想象中慰藉在城市找不到归宿的灵魂，寄托他们人生和艺术的理想。他们深知现实中的故乡带来的大概只是梦境的幻灭与深深的失望，因此在那和谐静穆、淳朴美好的人生场景与充满诗情画意的自然风光中总是萦绕着淡淡的哀愁和伤感，但无论如何，批判不断堕落日益物化的现代城市文明，推崇自然之美（包括乡村自然风光和自然人性），是这类返乡叙事明确的文化选择。

---

① ［美］马尔科姆·考利：《流放者归来：二十年代的文学流浪生涯》，张承谟译，重庆出版社2006年版，第13页。

虽然返乡叙事背后隐藏着纷繁复杂的意义，但无论何种意义上的还乡，都蕴藏了丰富的精神图景。乡土作为想象的他者，镶嵌着一种认识装置，是以城市为核心的现代性将乡村和农民的生活他者化的结果。这种乡土想象的产生机制源于知识分子秉持的现代性参照系，勾勒出现代知识分子参与社会、关注人生和自我完善的心路历程。面对城市化进程快速推进的当下中国，城乡二元对立的思维方式已很难面对现实的乡土，因为乡土文明的整体性日渐消弭，费孝通所言的乡土中国正以前所未有的速度瓦解，变动中的乡土充满了不确定性，我们习惯的乡土想象模式已经陷入失语的尴尬，返乡叙事也不再能够指认知识分子对世界的明确性认识，反而充满了无所适从的挫败感，陷入自我认同的困境。

阎连科的长篇小说《风雅颂》就讲述了一个当代知识者返乡的故事，但返乡的意义在阎连科笔下悄然被改写了，返乡叙事的丰富内涵和种种经典意义被解构，最终走向虚无之路，这种蜕变暗示出现代社会知识分子的精神流变和认同危机。阎连科在后记中曾提到《风雅颂》"原有的名字就叫《回家》"[①]，他有意借杨科的逃回故乡，反省从农村出来的知识分子在城市闯荡终归全然溃败的经过。副教授杨科带着历时五载完成的《风雅之颂》憧憬着从此扬名立万，当上教授的大好前程，不料走入家门映入眼帘的却是妻子赵茹萍与副校长李广智偷情的场景，随后又阴差阳错被学校领导集体表决送入京郊精神病院，最后只能逃回故乡耙耧山村。正是在这个意义上，现代文学史上曾被赋予多重内涵的还乡被置换成被迫逃离城市的无奈之举。在京城不断遭受屈辱的杨科选择了一味地退让、自欺和逃避，故乡是最后一个可能的理想庇护之所。因为对于杨科来说，故乡耙耧山村不仅有童年的记忆、纯真的初恋，更重要的是它可能给予杨科在充分现代化的京城和清燕大学里得不到的温暖、信任和尊严："你茹萍不爱我，清燕大学不爱我，京城不爱我，甚至连京郊的精神病院也不爱我杨科杨

[①] 阎连科：《风雅颂》，江苏人民出版社2008年版，第328页。

教授，可玲珍爱我呀，耙耧山脉爱我呀，县城和城里的天堂街那儿的每一个人都在爱我呀。"[①] 然而这一切只不过是杨科为自己打造的一种假象。因为他是以瞒和骗的方式编造显示自己地位和尊严的谎言，声称自己是来自京城大学的教授，回到故乡从事《诗经》的调查研究工作。真正的悲剧从这里开始。如果说杨科在清燕大学的遭遇多少都会引起读者的同情和怜悯，油然而生对大学黑暗体制的愤怒，那么杨科回到故乡前寺村后的一系列举动，他的虚伪与脆弱、卑劣与虚张声势则渐渐将这种同情和愤怒化解，转而对他作为知识分子的精神人格产生更多的怀疑。原来杨科不过是一个一直在逃的知识分子，他用学识与修养的伪装掩盖了自己的懦弱以及对权力的屈服，遇事则逃是他的法宝，也是贯穿他行动的线索。

小说花费了大量笔墨描写杨科在县城天堂街的启蒙和拯救行动。在势不可挡的现代化进程中，耙耧山脉的田园风光不可避免地发生了变异，乡村伦理中至关重要的贞洁观也已经被经济实利彻底摧毁。于是知识分子杨科试图拯救故乡和故乡的人们，开始对妓女们的改造，杨科似乎延续了自鲁迅以来知识分子启蒙和改造国民性的使命。他试图通过情感关怀和经济支援使这些女孩子回到她们原本朴素安宁的生活中去，但她们都已沉溺其中而不愿自拔。当一群赤身裸体的少女围着杨科听课时，这一场景最大限度地讽喻了知识分子心中的精神迷梦。杨科在天堂街的拯救一方面表明杨科童年时期的家乡已经一去不复返了，回家的选择已经变得毫无意义，另一方面也暗示出杨科对姑娘们的拯救不过是他善良而软弱的内心的慰藉。他将在强者面前的失败转化为对弱者的施舍，天堂街的拯救行为无疑只是一次内心软弱的外化。更具讽刺意义的是，杨科最终从启蒙走向纵欲，因为这里所谓知识的启蒙即是对肉体的操纵和占有，如讲课后在女孩裸体的敏感部位签名及其进行的性游戏等（这一潜在欲望在后来的诗经古城中则表现为男女群居杂交的狂欢），真正需要拯救的其实是杨科本人那脆弱

---

① 阎连科：《风雅颂》，江苏人民出版社 2008 年版，第 139—140 页。

无所依的心灵。

可见,《风雅颂》中杨科"回家"的经历中既有充满幻想的田园想象,亦有传统知识分子启蒙的欲望,但无论在何种层面上,还乡的经典意义在这里都已然被消解,杨科最后走上杀人逃亡之路则是其人格缺陷进一步的恶变。在玲珍病亡之后,杨科将自己被压抑的感情转移到她女儿小敏身上,他幻想能和小敏结婚,但是小敏却与李木匠结婚了,这激起了他强烈的愤怒。回想杨科在清燕大学的家里撞见妻子赵茹萍和李广智在家中偷情的场景,杨科完全两样的表现尤其令人深思。当初他泪流满面地以知识分子的名誉下跪请求两人下不为例,不厌其烦地向赵茹萍解释自己并没有藏起李广智的裤头,浮想联翩地将李广智的行为解释成对自己的谄媚。而这次面对小敏和李木匠洞房花烛,杨科却近乎疯狂地闯入新房扼死了李木匠,杨科与李木匠的矛盾实质上是与李广智们矛盾的延续,杨科杀人不过是内心怯弱下的继续逃避,这种逃避从自欺恶变为残杀比自己弱小的无辜者。李广智是拥有权力的名牌大学副校长,而李木匠是不识几个大字的弱势者。杨科不过是把自己从强者那里遭受的迫害转嫁给比自己更弱势的人,这样一种反差极大的本能反应,将杨科向强者屈服向弱者施暴的人格缺陷显露无遗,一个软弱、奴性十足的当代知识分子跃然纸上。作品的章节标题里也多次涉及类似的说法,如"硬学问软膝盖""膝盖又发软了"等,在不断的退让与逃离中,杨科们的人格一点点被蚕食,最终只留下一种猥琐懦弱的形象。

在后记《飘浮与回家》中,阎连科写道:"我只是描写了我自己飘浮的内心;只是对自己做人的无能与无力,常常会感到一种来自心底的恶心。……我懦弱、浮夸、崇拜权力,很少承担,躲闪落下的灾难,逃避应有的责任,甚至对生活中那些敢作敢为的嫖客和盗贼,都怀有一份敬畏之心。……我从心里相信,自己是一个无能无用的人,闲余多余的人。"[①] 阎连科这种认同困境直接投射到主人公杨科身上。

---

① 阎连科:《风雅颂》,江苏人民出版社2008年版,第327页。

第二章　认同的困境："一切坚固的东西都烟消云散了"

小说特意为杨科研究《诗经》的行为赋予了寻找心灵归宿的意义，杨科的全部尊严都建立在所谓的《风雅之颂》的出版上，他一再强调《诗经》代表着终极性的民族理想与精神，但反讽的是，杨科的《诗经》课堂一点也不受学生待见，《诗经》文本在《风雅颂》里唯一残存的痕迹，只是各个段落所引用的《诗经》各篇的篇名。可见，虽然扯出《诗经》为精神归宿，杨科依然找不到精神的寄托，在批判现实的过程中走向虚无。

还乡作为杨科寻找内心家园、获得自我救赎的重要途径，也一直缺乏某种坚实的信念。从清燕大学到耙耧山脉再到诗经古城，逃离永远是他面对挫败时的选择。因为玲珍的逝去和天堂街的出现，已经清楚地预示了耙耧山脉作为知识分子精神归宿的虚幻，可是他仍然不愿意放弃耙耧山脉，于是蕴含着复杂意味的乡村有了一个乌托邦重构，在耙耧山脉边缘，阎连科安放了桃花源式的"诗经古城"。但是，"诗经古城"作为最后的归宿也不过是一种虚妄。在这里，杨科试图建立一个没有压迫、自由自在、群起群居的世外桃源。这个乌托邦的世界，显然只是杨科在想象中进行自我救赎的一种方式，是他面对恶俗世界所建构出来的一处世外桃源。诚如弗洛伊德所言："一个幸福的人从不幻想，只有未得到满足的人才这样做。幻想的动力是未被满足的愿望，每一个单一的幻想都是愿望的满足，都是对令人不满意的现实的纠正。"[①]"诗经古城"这个乌托邦式的符号是对现存知识分子生存状态的终极否定，但它事实上不过是一个性的乌托邦，性的支配权则由杨科掌握，不过是杨科在现实世界被权力和金钱压抑后一种反向的自我满足。这尖锐地触摸到知识分子道德世界和心灵世界的深处，揭示了知识分子集体的病象，在不断的逃离中，知识分子的现代人格也因此而步步失守。

阎连科在后记所说的对自己的反省，无疑也暗含对包括他自己在

---

① [德]弗洛伊德：《论文学与艺术》，常宏等译，国际文化出版公司2001年版，第101—102页。

内的当代所有知识分子的批判。但阎连科的批判和抵抗充满着矛盾和无奈：杨科这种人格软弱的知识分子是作者所鄙弃的，却又把重建精神家园的重任交给他。这种近年来小说写作中出现的价值漂移趋向，实际上是作家内心挥之不去的种种困惑和自我认同危机所致。

二 乡村的现实困境

如果说阎连科的《风雅颂》以一种迂回曲折的寓言方式表达返乡之虚妄，那么方方的《涂自强的个人悲伤》则以正面强攻的方式写出故乡在现代人决绝的出走中被抛弃的背影。现实的情形是，一方面，知识分子的乡村想象不断被物质化欲望化的乡村社会所击溃；另一方面，乡村出身的人们不断走向虽不无艰难却坚定的离乡之旅。这种离乡大体上有两种类型：一是大量的进城农民工，二是通过上大学改变身份进城的知识分子。无论是农民工还是知识分子，明知会有种种磨难，他们在抛却乡村时更多的还是一种对未来城市生活的美好期许，因为"现代社会日新月异的变化中蕴藏着各种崭新的生机，这对人们来说意味着摆脱过去朝向未来的一种动力"[①]。

对于真正的农村人而言，农村其实并非那么不能割舍。涂自强的"悲伤"自然是当下社会阶层固化后底层命运的悲剧，这一问题其实在 1990 年代就已经初现端倪，到了 21 世纪的涂自强身上则以一种极端的方式集中爆发出来。但从另一个角度看，涂自强从乡村传统和伦理走出，却无法如传统预期那样改变自己的命运，也折射出传统秩序解体后个体的无所适从。在这部小说里其实一直隐藏着传统与现代、本土化与全球化之间的矛盾。当涂自强考上大学，从乡村来到现代化城市的时候，无论是亲人的喜悦与期待，还是乡亲和路人的祝福与羡慕，都是来自传统伦理的现实表现，暗含的是对未来的确信，是对改变自己和家人命运的确信。当涂自强来到城市，进入一个与传统乡村

[①] 张璐诗访谈：《吉登斯：我已不再提"第三条道路"》，《新京报》2007 年 12 月 4 日。

第二章　认同的困境："一切坚固的东西都烟消云散了"

迥异的现代生活世界时，他惯常的思维方式和处事原则都受到前所未有的挑战。在他当众从腰包里掏出一堆脏乱的零钱交学费时，众人的笑声瞬间就瓦解了他一路来的信心。此时他所面对的世界已经发生了天翻地覆的变化，然而他自己却永远无法跟上节奏。即便如此，涂自强仍然坚信凭借自己的努力一定可以在这个城市扎下根来，对那个上学时给过自己一路温暖的乡村则从未有过怀念，为父亲奔丧不得不返乡时，才发现原来自己已经与这个山村处处格格不入。他在那一瞬间看到了最真实的自己：上学几年不回家其实不仅仅是路费问题，更重要的是内心里一直都想要逃离乡村。正如90年代初《一地鸡毛》中上大学后留京工作的小林，在他看来"老家如同一个大尾巴"，实在不是什么荣光的事情，老家人引以为傲的也是他"北京人"的身份，并非养育小林和众多乡民的"老家"。二十多年后的涂自强依然本能地要逃离乡村，哪怕是住在城中村最糟糕的地方，母亲也会被人夸赞儿子孝顺有本事。小说最后，涂自强患上不治之症明白无误地昭示他在城市"徒自强"的悲剧，在寺院里安顿好母亲后，他朝着故乡的方向消失了。显然，朝向故乡对已患上癌症的涂自强来说是一条不归路，他既无法在城市立足，又无力返回故乡，这其中透出的是现代人真实的生存困境。

乡村曾经是传统最稳定的载体。传统代表的实际上是一种固定的结构，这种结构使得每个个体的思想和行为都被限定在这一框架中。生活在传统社会中的人们，有一套共同遵循的固定秩序，这套秩序对生活在其中的每个人来说是一种获得安全感的源泉，因为人们对自己的社会角色和行为规范有一种比较确定的认知，当个体生活在传统结构中时，他拥有安全感和稳定生活的意义。而日渐成型的个体化社会把个体从这个框架中脱嵌出来，此时传统的解体也意味着生活的确定性的丧失，个人生活的安全感随之消散，认同就会陷入危机，因为传统的丧失意味着这种稳定意义不再起到权威的作用，而是让个人面临更多的选择，在不断的调整中去建构新的身份。正如吉登斯指出的那样："传统已经丧失了控制力，不再为个人或制度的可靠性或可信性提供担保,在这种情况下,每个人在怎样生活的问题上,都面临着一系列公开的抉择。"① 在传统的权威丧失之后多样化的选择,既意味着人们为自我实现打开更多的通道,获得更加丰富的知识和更加多样的人生,但同时也意味着人们将自己放逐到一个不受传统庇护的新秩序中。这是一个两难困境,我们曾经以为旧的秩序藩篱被冲破后,可以凭借人类的知识更好地把握世界,而且相信,知识的增长必将导致对自己更确定的自信,涂自强正是凭借这一信念不断给自己前行的动力。但现实远比这一乐观的认识复杂,因为现在困扰人类的那些危险恰好是人类在进步中衍生而来的,在知识的增长和世界之间并不必然存在一种控制和被控制的关系②。以自我为根基寻求确定性的现代生活实践,并没有顺利地向着人们预期的目标前进,反而不断生发出种种不确定性,无根基的焦虑感与日俱增。等到人们意识到这一危机,想要再次返回传统已然不可能,涂自强在生命的最后一刻朝向故乡的努力注定是虚妄的。相较而言,方方远比其他作家绝望,她将涂自强放在一个彻底绝望的世界里,没有一点光亮,在巨大的城乡差距中,在弥漫着风险的现代社会中,涂自强终归是"徒自强"。涂自强逆势而行,他坚信凭借自己的努力足以改变自己的命运,也带给母亲幸福的生活,可终究是连身后的归处都难以确定,因为"生活在高度现代性世界里,便是生活在一种机遇与风险的世界中","在这样一个体系当中,命运和命运定向并不在其中起什么正式的作用"③。在城市化的强力推进中,这种个人在乡村与城市之间进退失据的生存状态比比皆是。

何为城市化,乡村又如何现代化?我们常常以为这些问题是不言自明的,但若进一步追问,却会发现这些关乎时代发展的大问题,答

---

① [英]吉登斯、皮尔森:《现代性——吉登斯访谈录》,尹宏毅译,新华出版社2000年版,第23页。
② [德]贝克、[英]吉登斯、[英]拉什:《自反性现代化——现代社会秩序中的政治、传统与美学》,赵文书译,商务印书馆2014年版,第234—235页。
③ [英]吉登斯:《现代性与自我认同》,赵旭东、方文等译,生活·读书·新知三联书店1998年版,第125页。

案常常似是而非。韩永明的中篇小说《无边无岸的高楼》中,许佳红一家大起大落的戏剧性命运,折射出的就是这样的大问题。

许佳红接续母亲未完成的进城梦,靠读书升学进城无望,又试图以婚姻当跳板,仍然未能如愿。现在遇上城市扩建拆迁,许佳红一家不但住上了城里的小区,还得到了十套房子的补偿,一夜间坐拥千万家产。但始料未及的新问题接踵而至。虽然磨湖村摇身一变为城市里的湖景小区,可在许佳红看来,它"既是城市又是乡村,既不是城市又不是乡村,这既是她想要的城市,又不是她想要的",因为这个还建房小区里的生活方式并非许佳红想象的城市生活。磨湖村的村民华丽变身为市民后,依然会大声喧哗,乱搭乱建,小区"就像一个大杂烩,一个升级版的城中村,就像一个邋遢的人换了一件时尚华丽的衣裳"。极速推进的城市化,把磨湖村变成环境优美的湖景小区,把村民变成财大气粗的市民,却无法注入现代的灵魂。勤扒苦做的村民开始不务正业,争相吃喝嫖赌。许佳红老实上进的女儿开始沉迷游戏,辍学在家争房产;一无所成的儿子开始摆阔气,游手好闲,挥霍无度;原本勤俭的丈夫也应了那句俗话,有钱就变坏,出轨包养小情人,直至所有家产被卷走。如果说进城方式和小区面貌与许佳红理想的城市生活之间的差距还只是让她感觉有些茫然不适的话,那么她处心积虑挣得的拆迁补偿在让她一夜暴富的同时也将她的家庭迅速推向崩溃的悲剧,则让她彻底否定了自己曾经向往的城市梦。

许佳红的城市梦,先是以和中心城区的距离衡量,后以掌握的财富多少衡量,继之以居住环境衡量,始终缺乏人的现代化。这样的城市化,只是给乡村披上了现代化城市的外壳,内里仍然抱持前现代的观念。这种被动的现代化是缺乏现代化主体的,当他们遭遇到前所未见的财富时,也必将因为现代财富观的缺失导致人的异化。长期处在生存困境的人,一旦暴富,并没有能力让财富产生良性循环,往往不是变成守财奴就是变成败家子。正如丹尼尔·贝尔所说的那样,所有的问题都产生于革命的第二天,如何支配财富的问题是比如何增加财富更难解决的一个问题。富起来的磨湖村人就是富起来的部分人的一个缩影，那些游走在世界名胜和各地奢侈品店却素质低下的有钱人与他们并无二致。近些年来，我们一直强调以"政府主导、农民主体、社会参与"的模式推动乡村变革，但往往发挥作用的只是政府主导，农民的主体性和社会的参与都是匮乏的。农民改变生存境遇的要求是乡村变革最大的动力，正如许佳红对城市的向往成为她生活中最大的动力。但是，歧途也在此产生，激进现代化过程让他们既在对进步的向往中摒弃了传统的伦理价值观，又因缺乏真正的现代性素养而迅速染上种种城市病。现代性主体的缺乏导致乡村现代化建设的动力不足，也无法推动城乡一体化发展，是当前乡村现代化面临的巨大困境。这里的首要问题就在于将乡村现代化理解为经济现代化，这种单一的现代化模式具有典型的意识形态引导性，曾经极大地推动了中国社会的经济发展，但也容易放纵个体因眼前的经济利益而不择手段，成为非人的存在。乡村当然需要现代化，但同时需要重视的是农民能否真正从传统中获得解放，解放后又是否有能力应对现代性问题。有学者曾把发展中国家的"现代人"定义为"能够欣然接受在他周围发生的社会变迁过程，能够更自由地接受别人现在正享有的变化了的机会"[①]，但对许佳红和家人来说，变化带来的却是焦虑和放纵，与现代人格南辕北辙。

在这种单一经济发展模式中，农民被动现代化的不适感一方面造成他们新的精神困境，另一方面也容易强化城乡对立的二元思维。许佳红将所有不幸归于城市，无边无际的高楼就像"浑身是眼的怪物"，每一个窗口"都是一张吃人的大嘴"，这样的城市"就是一个一望无际、深不可测的陷阱"。小说结尾，许佳红一家重新回到一无所有，家人也都悔过自新。但是，重返贫困真的能拯救这些堕落的灵魂吗？回到从前就能让许佳红得到想要的幸福吗？答案显然是存疑的，只是有些理想化的一厢情愿。在此，城市和财富成为罪恶的渊

[①] ［美］阿列克斯·英克尔斯、戴维·H. 史密斯：《从传统人到现代人——六个发展中国家中的个人变化》，顾昕译，中国人民大学出版社1992年版，第26页。

数，也呈现出传统城乡关系模式的强大惯性。对乡村来说，既没有一个理想的过去时光，它的现代化过程也是不可阻挡的，许佳红注定再也回不去了，任何简单的逃避都不可能真正解决问题。城市和乡村虽然时有对立，但也互为镜像，透过这对镜像，可以发现那些被忽略的复杂现实。雷蒙·威廉斯在《乡村与城市》一书中指出，文学中普遍存在的田园主义思想和城市进步主义观念都未能正视乡村真实的历史、现实和未来，要么"把那些'过去的好日子'当作一种手杖，来敲打现在"[①]，要么基于对城市工业化的信心蔑视乡村社会，二者都是误导历史的意识形态神话。前者是对前现代社会的选择性美化，以自然的名义抗衡社会的变化和资本主义的发展，形成文学的田园怀旧传统；后者则正好相反，因为对城市工业化前景的绝对信心，鼓励资本主义的扩张，认为乡村作为落后的形态必将被淘汰，形成文学的乡村批判传统。威廉斯虽然是围绕英国经验展开讨论的，但也指出英国经验已然越过国界，影响了整个世界的现代化模式，这一思路也有助于我们理解当下中国的城乡关系，城市并非如许佳红说的那样"坏得不可想象"，乡村也未必如人们想象的那样宁静和纯真。

韩永明的《无神村》以一个傻子的视角写雨村人完全失却了对自然和生命的敬畏之心，他们打鸟抓蛇，虐待老人，赖账不还，沉迷麻将任由农事荒芜。宝儿以能够"看见鬼"的超能力扭转了这种不正之风，村里一度秩序井然，还被评为"文明村"。但在"文明"的名义下，宝儿的超能力被视为装神弄鬼的封建迷信，必须祛除。当专家解释他是因脑部受过伤产生的幻觉后，"文明村"的牌子是保住了，但没有了"鬼"的制约，村民变得更加肆无忌惮，所有问题卷土重来。文明与愚昧，清醒与混沌，在此构成一种巨大的讽刺。韩永明的另一篇小说《顺子》关注留守儿童和乡村空心化问题。"我"的父母

[①] [英]雷蒙·威廉斯：《乡村与城市》，韩子满、刘戈、徐珊珊译，商务印书馆2013年版，第15页。

常年在外打工，顺子是"我"捡回来的一条小狗，也是"我"最好的朋友，却成了家运不济的替罪羊被遗弃，最后却奇迹般成了村里的保护神，它救落水儿童，抓小偷，甚至能给警察提供猥亵女童案的关键线索。人心道德崩坏，狗却忠诚如一，又是一种不无痛心的讽刺。乡村在集体化时期实行的是高度组织化管理模式，在超稳定结构中实现国家意志，推行一整套严格的伦理秩序；现在的乡村却在很多方面都进入空心化模式，重建乡村秩序还有很长的路要走，这不单单是雨村的问题。

乡村的问题不仅仅在于经济意义上农业发展的落后，更在于政治、文化和生态等多层面的整体性变化，尤其是伦理秩序的崩坏和价值观的改变让人触目惊心。刘庆邦的小说《我们的村庄》中叶海阳随着"村庄"的敞开而发生的命运变化也传递出乡村权力结构的变化与内在精神的沦落。从旧秩序里的特权富裕户到新时代里的流氓无产者，破碎的村庄里因为乡村伦理与秩序的失范，"恶"的欲望和"破坏"的能量迅速膨胀起来。"我们的村庄"这个标题本身就暗含着对村庄无限复杂的情感，其复数的修辞所映射的正是乡村社会的变迁和伦理的崩坏带给每一个人的叹息声。在农民世世代代曾经耕种和丰收的土地上，现在只剩下空荡荡的村庄。村里的青壮年劳力大都选择外出打工，剩下的就是老弱妇孺。正因为如此，传统的人伦规范和乡村的行政力量都无法管束恶棍叶海阳，他靠一身蛮力和人性之恶就可以横行乡里。而黄正梅进城后从事的暧昧职业，叶海阳对待亲人的暴戾态度，都昭示着乡村传统道德的瓦解。当然，村庄的变化与外面的世界是紧密相关的。黄正梅在城里以身体交易换来家中父兄一跃而成为村里让人眼热的富裕人家，乡村传统道德就在这种势不可挡的城乡生活方式和观念的变化中被财富标准置换。以物质和金钱的力量，人们常常轻易就获得身份的反转，正说明这种力量在普通老百姓生活中的强大影响。吉登斯也注意到底层的这种生活状况："'创造自己的生活'这种要求越强烈，物质贫困越是会变成双重歧视。物质贫困不但表现在缺乏获取物质报偿的途径，对贫困者而言，也表现在他人所享有的自律能力也会破灭。"① 我们的村庄虽然空荡荡，可村口有朝天的路，这正是当下乡村发展的悖论所在，人们在朝向现代化的努力中不断打破传统的束缚，抛弃道德的规约，却又在现代风险社会中缺乏应有的反思和应对策略，再加上权力和资本的共同作用，乡村的困境越来越突出地横亘在我们的现代化之路上。

无论是精神意义上的故乡还是现实生活中的乡村，都不再能够给予人们心灵的慰藉和生存的保障，无论是返回故乡还是远离故乡，面对的都是一个改变了的世界。在这个世界中，人们传统的生活方式和精神寄托都一一被拆解，自我认同和自我实现也越来越遥不可及。

第二节　风险社会：信任缺失的隐忧

现代社会已难寻故乡那个安妥灵魂的地方，不再有传统的权威可以信赖和提供保护，人们之间也不再具有紧密而自然的联系纽带，更多时候面对的是临时性的陌生人。在这个充满风险的现代社会中，信任是人们抵抗风险保护自我的重要源泉，然而，在迅疾变化的社会中，流动的生活成为越来越多人的选择，传统的熟人社会逐渐瓦解，新的社会机制还没有健全，人们在工作和生活的紧张节奏中，总是习惯以戒备的眼神、怀疑的心态来对待陌生人。最需要的是信任，最匮乏的也是信任。抽象系统的控制和社会同质化的影响，使人们常常生活在焦虑之中，如何发展信任关系日益成为一个严重的问题。

一　抽象系统的控制

现代社会的一个重要特征就是人们生活在各种抽象系统中，亦即象征系统和专家系统越来越多地控制着现代人的生活。这些抽象系统使人们从时空的限制中解放出来，获得更为宽广也相对安全的活动场

---

① ［德］贝克、［英］吉登斯、［英］拉什：《自反性现代化：现代社会秩序中的政治、传统与美学》，赵文书译，商务印书馆2014年版，第239页。

域，可以免受前现代时期的人们常常所面对的危险，但这些抽象系统在带来种种生活的便利时，新的风险和危险也一并被诱发出来。

一个健全的现代社会里，抽象系统应是能够在全社会达成共识并受到充分信任的。中国崛起的速度前所未有，这种发展一方面推动中国迅速成为一个现代化强国，另一方面也注定了会产生一些不协调、不平衡的情况，抽象系统在全社会的普遍使用就会带来一些意想不到的问题。当下社会中不断爆出类似证明"我妈是我妈""我是我"之类看起来匪夷所思的新闻，其根本原因就是现代社会一整套无孔不入的抽象系统摧毁了传统社会人与人最基本的信任。东西《不要问我》就探讨了这一问题。卫国在二十八岁的时候就破格成为一名物理学副教授，原本前途无量，因为一次意外事件从大学辞职后，准备到南方另找工作。但是在火车上他又弄丢了随身携带的箱子，他的所有身份证件全都不知去向，从此他变成一个没有身份的人，寸步难行。考公务员、应聘新教职、谈恋爱等事情无不因此告吹，最后在一次不需要身份证明的酒量比拼中醉酒而死。在传统社会中，人们因为很少流动，大都彼此熟悉，互相保护，自己的身体和熟人社会足以证明自己的身份，不会产生身份认同问题。卫国南下后所处的是一个只有陌生人的现代社会，他要证明他是他自己，就必须以身体以外的抽象系统来确认身份。当所有的身份证件丢失之后，他无法证明自己，就遭到了社会的拒斥。因此，他无法与他人和世界发展信任关系，只有在身体和心灵的双重漂泊中丧生，其中隐喻的是现代人漂泊不定的生存处境和自我认同的危机。身份证明隶属于一个抽象系统，本身没有任何价值和意义，却与具体的人的生存息息相关，让原本生活体面的卫国无法立足于社会。在被抽象系统所控制的现代社会里，人们获得的便利和承担的风险是等同的。

如果说卫国的遭遇说明一个现代人在陌生社会里会碰到信任的难题的话，鬼子《瓦城上空的麦田》就表明即使在一个熟悉的圈子比如家庭里也会碰到信任危机。父亲李四引以为豪的两儿一女先后在瓦城安家落户，却都不记得父亲六十岁的生日。李四这天从农村老家来到瓦城，他先后来到大儿子李瓦、女儿李香和小儿子李城家里，可他们忙着请局长吃饭，忙着开的士挣钱，忙着谈恋爱，带有赌气性质的见面仍然没有让一个孩子记起他的生日。李四在万般失落中独自离去，正好碰见"我"父亲胡来，两人一起喝掉一整坛他在一年前就为自己的六十岁生日准备的黑米酒，"我"父亲在第二天早上就因为醉酒出车祸死亡。李四为了惩罚儿女，将胡来的骨灰和自己的身份证一起交给孩子们，他要以死亡的方式提醒儿女们注意到自己的存在，却没料到儿女都确信无疑，老伴也因伤心悲愤而亡。此后所有的故事都围绕拿着胡来身份证的李四如何向儿女证明自己就是他们的父亲这一事实而展开。无论李四如何暗示，无论"我"怎样居中调停，三个儿女始终认为李四是一个想要冒充他们的父亲以摆脱捡垃圾生活的冒牌货。"父亲"始终在那里，可儿女们已经在生命中将他删除了。李四把最后的希望寄予法律，希望能找回他的"父亲"身份，却又被视为"疯子"而拒之门外，走投无路的李四一头撞向疾驰的汽车。然而死亡并未唤醒儿女的亲情，李四最终只能以"捡垃圾"的胡来这一身份被"我"认领。小说不无荒诞，却写出了现代社会人们的某种真实处境。传统的自我确认方式遭到极大挑战，人们战战兢兢，如履薄冰地生活着。

范小青近年来有多部作品持续探索和反思现代社会人们被抽象系统所控制而异化的生活方式。《JB游戏》的标题就颇具反讽笔调，小说的主人公小林在JB公司上班，主要工作就是维修电脑。从他的维修经历中不难发现，无论是大妈，还是美女，抑或老板，他们的生活都已完全被电脑及其他现代科技控制，人与人的交往也摒除了情感的因素变得冷漠。小林后来应老板要求开发了一款公司管理员工的游戏软件，每个人都用一个虚拟的游戏名对应真实的履历资料，奖惩去留全由软件说了算，以至于到小说结尾主人公说"我已经不是我了"。现代科技及其发展既给人的生活带来便利，另一方面又无所不在控制人的一切。《现形记》也是一个人无法确认"我是我"的荒诞故事。因为频频跳槽，主人公王炯为了找到原单位的档案，费尽周折，辗转往复多次，最后终于找到档案，但档案袋的名称却是"王大同"，王炯还是无法确认"我是我"。原单位的档案管理员故意将原电话停机，想试试自己能不能失踪，最后却沮丧地发现就算是刚换的电话号码也能出卖自己。一方面是人们被抽象系统全面控制带来的异化，另一方面是人们的生活越来越离不开这些抽象系统。《我们都在服务区》就集中笔力描写现代人为手机奴役的生活状态。在机关工作的桂平厌倦了手机里不断要应付的短信和电话，想要关机省事，结果落得领导、下属和老婆人人埋怨，只好继续人不离机、机不离人。不料请托的麻烦事越惹越多，无奈下决心换了新号码，可看着老没动静的手机，心里总不免发慌。最后还是换上了老号码，手机从早到晚忙个不停，恢复到正常生活。这就是现代社会的怪现状，无论是想要寻找自己的王炯，还是想要隐身自己的档案管理员，或者要摆脱复杂人事关系的桂平，他们都无法达成自己的意愿，因为这个社会中的每个人都已经被输入一整套复杂的抽象系统，自己根本就无法做自己的主。

"对抽象体系的信任既是时—空伸延的条件，也是现代制度（而非传统世界）所提供的日常生活中的安全的普遍性条件。"[①] 于是，在现代性充分发展的当下，抽象体系不断扩张。但是传统世界生活方式更倾向于个人信任关系，而抽象体系的"性质本身决定了它不可能满足个人信任关系所提供的相互性和亲密性的需要"[②]，于是，那些难以与抽象系统建立基本信任的人们要么无所适从，要么狼狈不堪。另外，抽象系统还在完善之中，并将随着科技的进步不断演变，尤其是当下的飞速发展常常以现实倒逼改革，这些巨大的不确定性也给人们带来种种焦虑和不适感。以上诸多因素的共同作用，使得原本以实现确定性和秩序化社会为目的的抽象系统反而生发出更多的不安全感。

---

① ［英］吉登斯：《现代性的后果》，田禾译，译林出版社2000年版，第99页。
② 同上书，第100页。

二 同质化的宿命

现代人一方面极力追求个性化发展，另一方面又总要寻找最能获取安全感的捷径，"不走寻常路"是人们对"个性化"追求的极简说明，然而人们常常在最后发现原来这条路有无数人正在走。有学者将当下中国社会的这种情形称为"社会同质化"[①]，相对于异质化社会的多元化生活方式而言，这种同质化社会很容易就将所有人的生活趣味导向一个方向，所谓的个性化追求和差异性选择都被强大的同质性消解。

具体到当下社会人们的生活状态，最明显的一个现象是，当所有人都以挣更多的钱为生活目标时，那么无论生活小事还是重大人生抉择都会朝向一个方向制造热点和流行事件，区别只是每个人能够支配的物质财富多少程度不同而已。这样的社会看起来每个人都有选择的自由，事实上更多的是不自由的生活状态，只是随潮流而动的被动生活状态。这实在是一个人们始料未及的结果。在传统趋于解体后，每个人本应具有更多发展的可能性，而且任何一种生活方式理应受到尊重。但现实并非如此，对于每一个体而言，个性化的追求常常自觉不自觉就陷入同质化的千篇一律中，成为一种"伪个性化"。在一个一切向钱看的社会中，无论你穿上怎样独特的服饰，或拥有怎样异想天开的生活方式，本质上并没有创造一种真正个性化的生活，而只不过是在社会潮流中有可能稍稍领先一点而已。立于潮头本质上并不优于那些正在迎头赶上的人，因为他们遵循的都是同一套生活逻辑，以金钱或权力来衡量自己的位置。在这种你追我赶的热潮中，许多原本应该具有的个性化情感和生活趣味反而被抽空了。因此，现代社会虽然看似有丰富的可能性供人们自由选择，但这种选择并非完全个性化的结果，因为无处不在的风险迫使个人的选择有可能放弃原本的丰富性，而追求同一种更安全、更便捷的生活方式。"在这样一个过程中，

---

① 翟学伟：《同质化社会诱生信用危机》，《北京日报》2015年9月7日。

每个个体都要比别人'先进'一点,才能证明'自己的生活'是一种更好的生活方式,通过控制来塑造'个人自己的生活',也就是说对选择、自由和个性的推崇,并不一定会使得每个人具有个体独特性,相反的,因为决定的作出是有赖于社会机制的,因此当代人并不能自由地成为你想成为的那种人,甚至有可能失去个性。"[1]

  东西《双份老赵》里的老赵,只是一个普通工薪阶层,但什么事情都要备双份。钱要分存在不同的银行里,怕哪家银行不知什么时候就倒闭了;给女朋友的镯子要买双份,怕哪一只说不定哪天就碎了;避孕套要戴两个,怕一个不保险;家里的菜和牛奶饮品都要买双份,吃不了就随便送人或者扔了;孩子想要一个双胞胎,怕一个遭遇不测……直到最后,妻子小夏发现他在新买的房子里另安了一个家,房子的装修风格、家具陈设、冰箱电视所有的东西都和自己那个家一模一样,甚至还有一个长得和小夏像亲姐妹的女人,原来老赵照原样复制了另外一个家。这个看起来不无夸张的故事其实正是根植于现代人生活的真实情境,故事背后,是人们对未来的不确定感与如影随形的焦虑感。显而易见,物质的丰富并未提供一种必要的安全感,这种感觉随时都会失去一切的焦虑感,正是因为传统秩序的丧失而导致的,在这种传统秩序中有一种主导性的道德源泉,让人清楚自己所处的位置。但是,在现代社会中,这种由传统权威秩序提供的确定性不再存在,内心的必然信念遭到瓦解,所以只能以更多的"身外之物"来确认自己的存在。小说中有一个细节,结婚前老赵不愿意把钱全部存在小夏工作的银行里。他不愿意,就打了个比方"就像一个人不能只有一个信仰,否则,委屈的时候你都找不到安慰的理由"[2]。此处可以看到,老赵坚持"双份"生活方式是坚信可以给自己买个保险,而当他可以随口以信仰打比方时,我们可以清楚地看到,物质上的"双份"其实并不能拯救他,他的焦虑从根本上说来自心理和精神上

---

[1] [英] 伊恩·P. 瓦特:《小说的兴起》,高原、董红钧译,生活·读书·新知三联书店1992年版,第62页。
[2] 东西:《双份老赵》,《作家》2011年第1期。

第二章 认同的困境:"一切坚固的东西都烟消云散了"

的无可寄托,于是物质上越是准备得充分,他精神上焦虑的空洞越大,直至最后不惜以重婚罪将自己送进监狱。邱华栋的《代孕人》中写一对夫妻不愿意生小孩,并非因为不喜欢孩子,他们甚至还在电脑上领养了一个孩子,在虚拟空间里承担养育之苦也享受天伦之乐。他们不愿意自己生育的原因主要在于现代社会中的各种风险,在电视台工作的妻子,常常带回一些不好的消息,诸如禽流感这样的人兽共患病、癌症村、地下水铅超标等问题,"从教育到医疗,从环境污染到食品安全,所有的信心都在告诉我们这些小康之家,你要孩子的风险和压力将是无比巨大"[①]。个人与社会之间是如此不信任,连人类自身的繁衍都遭到巨大挑战。

同质化社会的盛行直接导致浪漫爱情故事的坍塌,这是新世纪小说的一个重要的叙事模式。许多原本浪漫的爱情故事常常因为种种理由使浪漫之爱变味或终结。浪漫之爱对世俗常规的超越和对未来幸福生活的许诺,是人们从心底深处的渴念,天长地久、独一无二是每一对恋人对彼此的期许,不过,浪漫之爱也许会因为征服世俗的陈规陋习而辉煌,也许会因为拒绝折中和解而显得悲壮,但更多的时候也许结束于"无事的悲剧"。现代人在巨大的现实生存压力下,已经无力承担这种悲剧性,更多的是以现实原则为主导来衡量情感关系,大多隐藏了个性化的情感需求,以冷漠的立场换取最低的生活成本。刘庆邦《合作》里写的是一对生活在北京的"北漂"。男女主人公各取所需,同在一个屋檐下生活。贺品刚为了省下外出租房的钱,以每月三千块的价格寄住在金子华家里,以一种最经济的方式解决了住房、吃饭甚至做爱的问题;而离异后的金子华既需要那三千块钱维持她和女儿的生活,从生理上也需要贺品刚这个精力旺盛的小伙子。这种毫无感情基础的逢场作戏认真到甚至会让人觉得他们真的是幸福的三口之家,然而在现实的压迫和无奈显影下,人性的虚伪与贪婪暴露无遗,商品社会的交换原则在感情世界里终究是行不通的,合作关系也很快结

---

① 邱华栋:《代孕人》,《作家》2006年第1期。

束。社会越发展，表面上看选择的余地越来越大，但事实上，这种多样性最后的导向越来越趋向于单向度。吕志青的中篇小说《爱智者的晚年》里的何为，讲过海德格尔，熟悉荷尔德林，向往"诗意的栖居"，更因一次浪漫而惊险的邂逅，执着地将长达七年的迷恋和牵挂寄予那个叫梁可的女子。然而待七年后第一次正式见面时才知道彼此不过是两条道上跑的车，各自生活在不同的语言系统里，不可调和的对抗和冲突无处不在。小说中何为写散文的朋友老常、治失眠症的医生老费、让人迷恋的秘书科长梁可，他们都有两副面孔。他们都拥有受人尊敬的职业，可事实上那个老费只对病人的老婆感兴趣，老常已习惯于花钱轻松解决性问题，而梁可，那个何为曾寄予无限遐想的女人，张口便是官场理论，最后还和令他鄙夷的老费走到了一起。在这个分裂的现代世界，像何为这样的失眠者和心灵的漂泊者随处可见，他们终日碌碌，冠冕堂皇，却找不到心灵的停靠地。而让何为没料到的是，那个神秘而诗意的献花人原来就是一墙之隔被自己称为没有职业道德的性工作者，她让无声的花语表达了一切，这个性工作者反而还能给何为的生活带来一点诗意的可能，治疗了他的失眠症，难道这不是现实世界的悖谬与荒诞？

家庭亲情也在这个同质化社会里产生了变异。范小青《我在小区遇见谁》中，"我"在一家代理公司上班，接到一单代望老人的工作。当"我"找到老人所在小区后，一系列颇具荒诞色彩的巧遇发生了。先是一个老太太在小区门口主动告诉"我"她就是要代为看望的老人，热心地把"我"迎进房里，聊了很久以后"我"才知道其实老太太既没有儿子也没有女儿，只是因为寂寞想找个人聊聊天。接下来"我"好不容易找到委托单上正确的楼栋，可这次联系上的一位教授老人却对"我"态度极为恶劣，他大骂自己的儿子是"黄鼠狼"，说自己是"鸡"。直到最后"我"才明白教授的儿子不光啃老，还不敬老孝老，父子之间已经水火不容。"我"要代望的老人其实是租住在这位教授家里的一对租客，巧的是，他们竟然和"我"的父母有同样的名字、同样的工作经历和同样的手机号码，而且

"我"也和他们的儿子同名。这显然是一个十分荒诞的结局,却折射出当下家庭关系的冷漠和无情。"我"在小区几位老人之间走马灯似的穿梭时,也不时会想到"我"的父母,却很明白地告诉读者,"我"绝不会因为很久没联系和见过他们了,就会自己赶回去或者找代理公司去看望他们。"我"的这些毫无愧疚之心的自白其实是当下很多子女辈的真实写照,他们是家庭生活的中心,父母总是为他们提供全部的支持,而子女却总会因为工作或其他种种理由不履行对父母的义务。于是原本联系人们最牢固的血缘亲情都变得那么不可靠,在"代望"所固有的商业社会的交换法则下,每个人都成了无所依靠的孤独者。

站在超越或者抵制的立场上反对同质化或者平均状态,在常人看来是荒诞不经的。胡发云的《射日》写的是一个中风患者抵抗现代化城市消费娱乐方式的故事。在城市的快速发展中,娱乐城成为人们狂欢的地方,是一个城市现代化的重要标志。小说中写金太阳娱乐城中央歌舞厅的幕墙玻璃连续多日在深夜十二点崩裂,警察和娱乐城老板想尽办法都没有找到罪魁祸首。于是人们传言是娱乐城做过的恶事导致冤魂闹鬼,一时间人心惶惶。这个娱乐城的确遇到过很多麻烦,是城市里最藏污纳垢的地方,类似保安打人、公款消费、色情服务、噪声、光污染等投诉不断,但总是很快平息事端,照旧热闹着。娱乐城租的是一栋技校的教学楼,租金让这个濒临崩溃的技校有了些经济保障。但是建成后,它巨大的玻璃幕墙汇聚的光芒却让老宿舍楼的住户苦不堪言,大家抗争多年却没有任何结果。其中一个叫蔡老师的中风卧床,而妻子也因心肌梗死去世,都与这十八块玻璃幕墙有关。于是,蔡老师凝聚了他最后的生命能量,运用专业知识制作了剩饭炮弹,将那些玻璃幕墙一一射下来。然而,到了精心挑选的日子要射下最后一块玻璃时,蔡老师力不能支,含恨身亡。这一结局也正说明抵抗城市现代化和消费主义的虚妄。格非《春尽江南》中的谭端午抵制日常生活的同质化,却只能是最后的乌托邦幻想。庞家玉常常以一个"非人"的面目出现,她为家庭创造了巨大财富,也让自己成为世人眼中的成功人士。然而在她看似风光无限的律师从业生涯中,她的内心一直没有丧失道德的底线与良知,看案卷材料时总是忍不住要哭的家玉终于抛下了这个冷漠的职业,做回那个天真的秀蓉,复归她"人"的本性。然而现实绝没有这么温情,所以秀蓉只能要么是在记忆中,要么是在虚拟的QQ聊天界面存在,她的羞涩和天真与这个世界格格不入。"她的名字由秀蓉变更为家玉,恰如其分地区分了两个时代,像白天和夜晚那样泾渭分明"①,秀蓉已经彻底消失在过去,而家玉却在现实中处处可见。"现代人的生活处境提供了多种改变世界的可能性,人们拥有前所未有的机会实现自己的梦想,但同时这些机会和可能性又随时面临被摧毁的危险,为了回避这可能的危险,人们必然调整自己的选择。"② 在这种选择中,趋利避害是共同遵循的原则,于是,看似有很多选择,其实不过都在一条路上争先恐后而已。

在同质化社会中,人们不得不放弃对独特个性的追求,常常陷入一种"无意义感"的包围之中。这种无意义感将现代个体推进各种孤独体验中,既无法从传统中寻找依靠,也不能从现实中生发力量,更不可能对未来产生希望。因此,"无意义感"常常与"虚无感"相连。周嘉宁的《我是怎样一步步毁掉了我的生活的》这篇小说一如标题所揭示的那样,"我"在常人眼里本应无限风光的中产人生却蜕变为无边的孤独和无力感,甚至具体到"爱无力"。"我"去跟一个各方面条件都不错的男人相亲,两三句话后"我"就知道彼此是两条平行线,就这么有一搭没一搭地聊着。恰好碰上情人来电,于是又去酒店跟情人做爱,配合着发出呻吟声。生活看似丰富多彩,却始终透出一种无力和虚无。东西的《救命》中,一个重要的主题就是寻找"人为什么活着"的答案。麦可可坚持活着是为了爱情,因为这爱情的投射对象郑石油不肯给她婚姻,找不到活着的意义,于是就不

---

① 格非:《春尽江南》,上海文艺出版社2011年版,第240页。
② [美]伯曼:《一切坚固的东西都烟消云散了》,徐大建、张辑译,商务印书馆2013年版,第15页。

断寻死。中学语文老师孙畅和当妇科大夫的妻子小玲恰好住在麦可可跳楼平台的正对面，于是被迫卷入拯救可可的行动。为了打消麦可可寻死的念头，孙畅不断编造谎言。先是承诺郑石油一定会给她婚姻，等到郑石油悄悄消失后，又承诺一定要找到他拯救再次寻死的麦可可，直至最后，不得不让自己承担起给麦可可婚姻的方式拯救她。这个看似荒谬的故事折射的是现实生活中人们生活普遍无意义的状态。麦可可执拗地追求心中理想的爱情和婚姻，无疑已是当下这个社会的奢侈品，可可应该是一个有信仰的理想主义者。问题是她固执等待的那个郑石油，其实是个骗子，连名字和身份证都是假的。再看她的经历，大学一毕业就被郑石油买房买车请阿姨养起来了，因此没有郑石油，她就"没有氧气"一般绝望。麦可可的生活其实全无寄托，所谓的爱情是她抓住的最后一根救命稻草，但这全然不是理想的爱情所在。再看孙畅和小玲，每次在紧急情况下救下麦可可后，他们就会情不自禁地亲热起来，恰好反衬出中规中矩的两个人平时生活的刻板单调无趣，倒是在帮助麦可可寻找生活的意义时，他们才发现自己生命的意义所在。无奈这种意义很快就被迫中止了，因为孙畅为了救麦可可不得不和小玲分开。人就是生活在这种悖论中，一旦开始追寻生活的意义就会发现又将陷入永久的痛苦中。

1990年代以来，个体从多方面欢呼着个人的解放或自由，独立自主的个体意识逐渐清晰；同时，旧有的社会秩序和文化规范因失去了其存在的社会基础而逐渐被抛弃。对于脱嵌的个体来讲，既彰显着一种解放的自由，也暗含着自我认同的隐忧，并因此在风险社会里面临自我的两难困境，构成当下社会中普遍存在的认同危机。一方面，传统的消逝导致权威和控制的丧失，摧毁了人们从前获得的生活意义感，那种在传统中保存下来的信任机制也被普遍的怀疑和所取代。另一方面，在新生的现代化情境中，人们还远未找到一条解决危机的坦途。当然，传统的消失和风险社会的到来并不意味着对未来的悲观想象，相反，清醒地认识到这一现代性社会特征，意识到风险社会的来临不是要听天由命，而是对未来前途更加积极的一种把握。生活的无意义感和无力感也不会必然导向坠落,而很有可能是"个人无力的感受'向上'蔓延而朝向更大的关怀"①,因为无力感总是个体在朝向既定的目标和设想前行的路上产生的,是在积极行动中受挫而产生的一种心理现象,但它的总体方向是前行的,所以伴随着这种无力感的产生的常常是新的关怀和能力。也就是说,传统权威的丧失、信任的缺失和风险的加剧本质上并不必然导向一种堕落,其正面意义在于这种打破传统的社会可以提供一种潜在的动力,因为人是有反思性的,面对每一种变化都会做出相应的调整,其克服种种两难困境的过程也是一种推动社会前行的重要力量。例如,一个经历过自然灾害的人会明白人在自然面前的渺小和无力,会因此关注生态问题和其他面对同样问题的人,一种更大的悲悯就可能扩散开来。重新思考现代人的生存处境,那些曾经被抛弃的压抑性因素或许可以生发出新的道德源泉,促进个人的自我实现。这些思考在日常生活叙事、私人生活的转型和公共生活的拓殖中得到充分体现,也是新世纪小说关注的生活政治主题。

---

① [英]吉登斯:《现代性与自我认同》,赵旭东、方文译,生活·读书·新知三联书店1998年版,第227页。

第三章

日常生活的两副面孔：压抑和解放

近三十年来小说中的日常生活转向是生活政治最直接的美学表现。进入新世纪，在祛除了新写实小说和新生代小说反抗政治话语及其宏大叙事的成规之后，文学中的日常生活书写已经成为一种"新常态"。但是，当文学越来越只关注一地鸡毛似的琐碎生活，越来越只与私人性和欲望化有关，一种反思性的视野就成为必然的要求。我们常常在肯定日常叙事构成对既往宏大叙事的革命性的颠覆意义的同时，却忽略了其中新的意识形态策略。事实上，日常生活既包含着解放的因素，也包括压抑的因素："一部人类日常生活的历史，就是一部压制与抵抗之间不停顿的斗争的历史。这种发生在压迫与逃避、强制与适应之间的不断的冲突，就是日常生活的历史。"[①] 一方面，日常生活本体性地位的获得使个人获得前所未有的关注，但另一方面，日常生活又暗含着丰富的意识形态力量并借以形塑个人与现代社会。欲望就是一种强大的意识形态力量，欲望的释放促进个人的解放，也推动社会的进步，但也可能成为恶的原动力，阻碍真正的自我实现和社会进步。虽然每一个体的日常生活体验和个体欲望都有可能获得最大限度的满足，但这种满足并不能直接达成自我实现的要求，因为自我实现是一个从物质到精神获得全面发展的心理圆满状态，并非单一

---

① 刘怀玉：《现代性的平庸与神奇——列斐伏尔日常生活批判哲学的文本学解读》，中央编译出版社2006年版，第326—327页。

的欲望满足。面对日常生活压抑和解放的双重力量，人们往往为解放的力量欢欣鼓舞，却有意无意忽略其无形的压抑存在。正因为如此，与期待中在日常生活觉醒中实现自我的目标相悖，进入日常叙事大潮中的个人常常呈现出模糊不清的面目。

第一节 日常生活："回到事物本身"

正如吉登斯所说，"现代性完全改变了日常社会生活的实质，影响到了我们的经历中最为个人化的那些方面"，"现代性的显著特征之一在于外延性和意向性这两'极'之间不断增长的交互关联：一极是全球化的诸多影响，另一极是个人素质的改变"①。随着中国社会转型的到来，曾经被遮蔽的日常生活开始得到文学持久的正面关注，个人终于成为实实在在的存在。日常生活的转型映现出整个社会全方位秩序的转型，尤其是个人以前所未有的姿态凸显出来。个人日常生活被如此显眼地置于前景，人们似乎突然发现了生活的真谛，多年的困惑至此有了一个明确的答案，日常的登场正是个人的意义所在。日常生活叙事正是个人解放意识在文学中的真实写照，因为只有在一个个人觉醒的年代，以日常生活为中心关注自我、反省自我、书写自我才会成为可能。

一 日常叙事新常态

当代文学史上，新写实小说首先以"宣言"的方式确立了日常生活写作伦理，在反叛当代文学此前宏大叙事传统的背景下确立其文学史意义，第一次大规模地引进小人物的日常生活，第一次如此集中地正视世俗化精神，传统现实主义的意识形态要求被坚实细密的日常生活细节消解，为当代文学开创了一条新路。此后的新生代小说则在祛

---

① ［英］吉登斯：《现代性与自我认同》，赵旭东、方文译，生活·读书·新知三联书店1998年版，第1页。

除了意识形态的遮蔽后进一步反叛传统,以个人欲望的张扬猛烈冲击着传统道德观念和叙事成规。日常生活写作因此在1990年代成为一个新的神话。它首先意味着一种最有效、最及时地再现当代生活的书写方式。其次,也是最重要的意义在于,因其日常性而被视为个人化写作的重要支点,这种个人化写作姿态在90年代的写作中用以表达其与此前写作传统的断裂。

新写实小说和新生代小说催生了日常生活叙事的重大转型,但其日常生活更多是作为一种反叛既有规范的武器,无论是新写实小说的"宣言",还是新生代小说的"断裂",都更多限制在一种反叛的意义上,也就是程光炜所说的"姿态写作"[①]。他们所要竭力解构的既包括1950年代以来的革命现实主义创作及其余绪对中国文学的影响,也包括80年代以来被纳入现代民族国家建构中的文学叙事,这样做的目的就是彻底打破成规,成就另一种完全基于个人价值的新型话语体系。这种努力明显具有一种功利性特征,而正是这种功利性导致文学对日常生活这座文学宝藏的阐释要么停留在生活表象而失之肤浅,要么急于标榜断裂而导向极端的欲望化书写,无疑都对日常生活叙事的深度和广度造成了挫伤。

新世纪以来,伴随着商业社会突飞猛进的发展,世俗化和欲望化进一步普遍化,此前新写实小说和新生代小说反抗的对象自动瓦解,日常生活叙事成为一种"新常态",成为新世纪小说书写现实和历史的自然方式。除去观念的遮蔽后,就有可能更加逼真地切近当代人的生活本质,唯其如此,才能以更加从容和稳健的心态在日常生活中发掘更深层次的能量。西方早就有学者指出:"小说对普通日常生活的深切关注,似乎依赖于两个重要的基本条件——社会必须高度重视每一个人的价值,由此将其视为严肃文学的合适的主体;普通人的信念和行为必须有足够充分的多样性,对其所作的详细解释应能引起另一

---

① 程光炜:《姿态写作的终结与无姿态写作的浮现:新世纪文学读记》,《文艺争鸣》2005年第4期。

些普通人——小说的读者——的兴趣。"① 80年代以来的小说以反抗性姿态见证了这种个人对独立与多样性的追求,新世纪小说中的日常生活祛除掉反抗性的姿态之后,在个人价值和普通人性的开掘上都达到了难得的高度。恰如泰勒所言:"这种人类生命的日常生活的重要性,连同其关于忍受痛苦的重要性的推论结果,改变着我们有关什么是对人类生命和完整性的尊重的全部理解的色彩。"②

艾伟的《爱人同志》就是一部探讨人物从"英雄""圣女"到普通日常男女生活的小说。小说的标题本身是一个极其矛盾的组合:"爱人"原本是蕴含私密情感的一个称谓,而"同志"则是最具代表性的革命年代人与人之间的关系称谓,二者奇妙地组合在一起,透露的是复杂的人性纠缠。艾伟的小说常常有意识地"考察意识形态下人性的状况和人的复杂处境"③,刘亚军和张小影正是这种考察的产物。小说中写到一个细节,说的就是我们一贯被规训的单一思维方式是怎样摧毁真诚的日常生活的。张小影读小学的时候,有一个女同学天天能捡到东西交给老师,总是被老师表扬。张小影也很想得到表扬,就向女同学询问怎么才能天天捡到东西。女同学告诉她就是在走路的时候,眼睛一直盯着地面,专心致志,像工兵扫雷一样就可以捡到。张小影于是严格照做,可是哪怕打着手电筒也不能找到一点东西交给学校,她很沮丧。同样作为老师的父亲张青松知道,那个女同学其实上交的都是从自己家里拿来的小东西,但是老师们既不能不表扬女同学拾金不昧,也不能阻止张小影学雷锋。长大后,张小影作为师范学校的学生在慰问战争归来的英雄时,爱上了失去双腿的刘亚军,从此一切都脱离了她自己的控制。刘亚军和张小影在医院的时候当着记者的面打架,但人们看到的报道仍是一对正在热恋的甜蜜情侣,媒体上的

---

① [美]伊恩·P. 瓦特:《小说的兴起》,高原、董红钧译,生活·读书·新知三联书店1992年版,第62页。
② [加]泰勒:《自我的根源:现代认同的形成》,韩震等译,译林出版社2001年版,第19页。
③ 艾伟、姜广平:《关系:小说成立的基本常识》,《西湖》2007年第7期。

张小影让她自己都感到陌生。张小影其实还没有认真思考过和刘亚军的关系问题,更没想过结婚的事情,可是学校和部队都已经安排好他们在张小影毕业那天结婚,因为"全国人民都需要看到他们圆满的爱情故事结局"。刘亚军和张小影就这样被架上了神坛。神坛上的生活光鲜亮丽,英模报告会、各种荣誉纷至沓来,但是"日常生活是善良生活的真正核心"①,小说的重点并非仰视这对神坛上的英雄圣女,艾伟要做的恰恰是从这一公众和媒体眼中刻板印象的反面,从他们最琐碎的日常生活中探查人性的奥秘。在"英雄"和"圣女"走向日常生活的过程中,这种无比隐秘的人性的可能成为叙述的内在动力。查尔斯·泰勒认为,"日常生活的重要性和普遍仁慈的理想"应该构成一种合力,"前者形成了生活自身问题和避免痛苦的极端重要性;后者形成了对它们进行普遍保护的义务"②,二者共同促成人们作为人的正常生活状态。对张小影和刘亚军而言,前者的重要性日益凸显,而后者的匮乏则使人性以一种扭曲的方式呈现。无论外面的世界怎样不及物地歌颂,也无论好奇者怎样不怀好意地窥视,张小影和刘亚军的日子是要他们自己一天天过下来的,这种日常生活才构成他们最重要的生活意义。但是,他们所生活的世界却缺乏一种"普遍仁慈的理想",无法给予他们的日常生活一种"保护",这样,无论是张小影的圣母形象还是刘亚军的英雄形象,就都成了人性的一种反讽。也正因为如此,刘亚军的英雄生涯同时也伴随着他自己以各种方式破坏头顶的光环,以期回到日常生活的本真状态。

二 个人的裂变

个人观念一旦确立,必将生成更丰富的个人。真正的个人站立起来之后,也必然会推动社会的良性发展。正是在这双重意义上,产生了个人的裂变。

---

① [加]泰勒:《自我的根源:现代认同的形成》,韩震等译,译林出版社2001年版,第18页。
② 同上书,第610页。

以林白和陈染为代表的女性写作，被视为1990年代最激进的女性叙事，也在这股热潮中被贴上"私人化写作"的标签。但一个不容置疑的事实是，张扬女性意识的一个重要前提在于个人的确立，因此也可以说，林白们的女性写作中的日常叙事发出了1990年代个人观念的最强音。但林白的《长江为何如此远》却呈现出一种个人意识的清晰转变，甚至可以说这部小说在林白迄今为止的小说创作中具有某种隐喻的意味，是对曾经与"世界"为敌的个人主义立场的自省和反转。小说主人公今红因个人生活的挫伤长期远离人群，对外面的世界关上了心扉。直到大学毕业三十年同学聚会时，才发现现实世界中一直有一份温暖守候着她。此时她狭隘的个人记忆在现实面前瞬间现出自私和冷漠的底色。她饱含忏悔和自责地诘问自己：长江为何如此远？此处的长江其实就是外面世界的象征。《长江为何如此远》中穿插三十年前的大学生活，依然是林白最钟情的"回忆"，却分明呈现出某种异质的理念。也就是说，这次林白不仅是写个人记忆，更是在对往昔三十年生活的回溯中审视和反省自我，即那个曾经封闭心扉、不关心更不屑于去关心他人的那个自我。

林白借今红之口发出的慨叹在其创作中其实是有清晰可见的轨迹的。《长江为何如此远》写于2009年，发在《收获》2010年第2期上。其实，林白此前的小说已出现这种变化。从《万物花开》到《妇女闲聊录》，已清楚表明她从孤立的个人世界走向更加宽阔的生活世界，《长江为何如此远》只是把这个过程中的自我反省更为坦诚地呈现出来而已。林白曾经执迷于个人记忆带给她的创作源泉，"集体的记忆常常使我窒息"，而个人化写作则使她"获得前所未有的解放"[①]。《一个人的战争》中的多米一直紧张地封闭自己，一切妨碍自己的东西都要与之进行战争。到了《万物花开》和《妇女闲聊录》，林白开始在自己的作品中加入民间元素，林白对底层社会开始挖掘探索，开始关注底层人物的生活百态。她坦诚地说："多年来我把自己

[①] 林白：《记忆与个人化写作》，《花城》1996年第5期。

第三章　日常生活的两副面孔：压抑和解放

隔绝在世界之外，内心阴暗阴冷，充满焦虑和不安，对他人强烈不信任。我和世界之间的通道就这样被我关闭了。许多年来，我只热爱纸上的生活，对许多东西视而不见。"① 正是基于这一反思，《妇女闲聊录》最大限度地压缩了她自己曾经高扬的个人化姿态，以"低于大地"的姿态进入另一个世界。在《妇女闲聊录》中，作者与王榨村的妇女木珍闲聊，听木珍说起村子里的琐碎事情，了解到乡村落后无知、伦理缺失的现状。当林白终于从"纸上的世界"抬头倾听木珍们的声音时，她内心的震撼和惊喜无与伦比，她完全没有料到，他人的生活是如此驳杂和阔大："人世的一切会从这个声音中汹涌而来，带着世俗生活的全部声色与热闹，它把我席卷而去，把我带到一个辽阔光明的世界，使我重新感到山河日月，千湖浩荡。"② 这无疑是一次全新的发现，当林白沉浸在自己的文字中和整个世界对抗的时候，她是不可能感受到如此丰富的外在世界的，一旦敞开个人空间，广阔的社会生活便开始出现在其作品中。《致一九七五》则以极具个人特色的碎片式回忆呈现出独特的历史经验。一切都以革命的名义，但一切都充满了自我消解和反讽的意味。小说对民间大地的关注及其朴素的叙述方式，都与早年崇尚个人的激进叙述形成鲜明的对比，虽仍然极具林白的个人特色，却不再有《一个人的战争》中那种无处不在的紧张和焦灼，叙述更加行云流水、从容舒缓。走出自我，走向生活，再走向历史，视野更加开阔，这一扇历史的记忆之门打开后也显示出前所未有的蓬勃的生机，因为林白发现的是远比她先前那个幽闭世界精彩得多的丰富世界，那里让她看到了更多"生命伦理中的善良和美好"③。《北去来辞》是林白的创作中具有总结意义的一部长篇小说。知识分子海红是《一个人的战争》里多米的延续，她敏感多思，其寻找归宿的过程有着鲜明的个人化风格；而乡村妇女银禾身上则洋溢着《万物花开》和《妇女闲聊录》里王榨村的勃勃生机，温热的人

---

① 林白：《低于大地——关于〈妇女闲聊录〉》，《当代作家评论》2005 年第 1 期。
② 同上。
③ 贺绍俊：《向生命伦理中的善良和美好致意》，《长篇小说选刊》2008 年第 2 期。

间烟火和鲜活的普通人生打开的是另一个世界的大门,从知识分子和进城农民工两个层面开掘到历史和现实的纵深处。"个人化叙事"有意识地疏离以往盛行的宏大叙事,对政治、革命、阶级等词汇避之唯恐不及,但路却越走越逼仄,既遮蔽了现实生活中更丰富的内容,个人的地位和尊严也并未树立起来。何以如此?一个重要原因在于忽略了个人与社会、与历史政治之间的联系。缺乏整体意识,个人生活缺少道德制约,没有信任与尊重,"这正是个体自我衰弱的征兆"①。林白从独语转向对话,正是觉醒的标志,当然更是自信的一种表现。过去的自我封闭是为了自我保护,如今的敞开,则表现了走出个人空间的胸怀和自信,走向他者并不意味着泯灭个人,反而更有助于自我实现。

走向他者的愿望其实深藏在每一个体内心深处,我们需要的仅仅是某种方式的重新激发。在这个时代里,每一个体都需要与他者相互依存,共同面对生存现实。正是基于这一逻辑,在建立自足的个人体系之后,新世纪女性小说从"一个人的房间"拓展到众声喧哗的现实。相对于1990年代,新世纪的女性小说发生了显著的转向,突破了"身体写作""欲望化写作"和"私人化写作"等狭隘的标签,直面城市化进程中复杂的女性生存现状。视线下移关心底层民众和当下生活,由专注自我经验的书写向外融入社会和现实,由原来男性社会的他者变为和男性一起关注现代化进程中的民生和大地,是对此前女性写作格局的一种突破。当然,关注现实并不意味着女性意识的退场。如果说1990年代的女性写作以包括身体在内的个人生活的描写构成对权威的主流话语的挑战,使女性的身体经验从宏大叙事中脱离出来,那么,近年来的女性写作则将女性的身体重新放回到宏大叙事之中,因为身体本身便是社会的产物,蕴含丰富社会文化密码的身体空间,使女性写作和现实世界建立起真正有效的联系。

新世纪女性小说的现实书写,淡化了性别对立,不但表达了对女

---

① [德]雅斯贝尔斯:《时代的精神状况》,王德峰译,上海译文出版社1997年版,第130页。

性的眷顾和关怀，也写出了男性的真实生存状态，通过对男性人物处境的描绘，写出了以往没有表达的女性经验和社会观察。她们没有因为虚妄的男性神话的遮蔽而把男性放逐在一个被遗忘或被敌视的荒原，而是在对男性性别神话解构的同时，体现出一种更为阔大的人文情怀。这是一种寓解构于关怀之中的独特言说，一种超越性别的文学书写。这种超越更近于人类终极意义的关怀，是对 1990 年代女性主义文学中刻意贬低乃至放逐男性的极端性别意识的一种反思和修正，也是对个人在普遍意义上的一种强化。文珍的《普通青年宋笑在大雨天决定去死》里就写了这样一个故事。助理律师宋笑一直按规定好的剧本演绎自己乏味无趣的人生，读书上大学留北京后，一份没有成就感的工作，一个爱唠叨的太太，一套需要还贷的房子……这些其实是现实生活中大多数人的生活状态，他们也没有勇气去改写这个剧本，"就这样吧"是他们无奈然而最省事的决定，因为他们已经看到自己未来生活的模样，就是没有激情、没有任何新意的日复一日。看着妻女在客厅玩耍，宋笑却感觉不到丝毫温暖，这两个原本应该是最亲近的人却像是一点关系都没有的陌生人。这个世界太不友好，自己永远找不到安身立命之所，对于他们来说，哪怕世界末日也没什么可怕的了。于是在一个大雨倾盆的日子，宋笑突然决定去死。意外的是，在被水淹没的小商店里，宋笑偶遇一个七岁小孩乐乐，改变了自己的人生进程。在乐乐面前，宋笑发现自己是被需要的，还是舍不得告别这个世界的。在宋笑以前的生活中，他总觉得老板不器重自己，同事不在乎自己，太太看不起自己一直不能升职，孩子也和自己没有亲近感，这些和他关系最密切的人却无一能让他找到存在感，直到在生死一线中乐乐的出现拯救了他。到小说最后，宋笑遍寻不见小卖部和小男孩，或许暗示这一次偶遇不过是宋笑自己的一种心理暗示，他需要一个节点来改变自己的人生。走向他者的一小步让宋笑的人生迈开了一大步，希望和光亮就会照进那刻板无趣的生活，家庭和婚姻自会露出温情的一面，在千人一面、千篇一律的凡俗生活中，埋藏着经久绵长的情感，自我救赎就这样水到渠成。

第二节 另一种规训：欲望的陷阱

毫无疑问，个人在日常生活叙事中的凸显是令人惊喜的转变，但是当日常生活正名后进而被推到至高无上的地位，变为"判断世界的标准，也成了我们赖以生存和进行生存证明的标志"① 时，问题紧随而至。首先是日常生活自身的惰性和藏污纳垢的特性很容易被忽略，停留在表层日常生活的简单描摹中，无力触及日常生活背后的深层问题，缺乏现实的穿透力；另一个更大的问题是，当日常生活写作被视为一种独立的写作方式反抗和抵制此前的宏大叙事时，却又难以超越新兴的市场意识形态的强大影响，缺乏足够的反省，从而产生了新的遮蔽，和日常生活的崛起相伴生的个人也再次陷入面目模糊的尴尬。在日常生活叙事成为新世纪小说的新常态后，其中的个人却发生了意想不到的转向。一个显而易见的事实是，推动市场经济向前发展的，除了国家层面的规划和设计，最重要的力量就是每个人内心深处被激发的欲望。新世纪小说中丰富的欲望叙述充分展现了这一变化。欲望叙述当然不应止步于欲望本身，在程文超看来，"欲望的叙述要达到两个目的：给心灵以家园，给社会以秩序"。他在对中外欲望叙述进行辨析后发现，要达到这样的目的，"其主要策略是：话语转移——对欲望进行话语转移"，而"所谓对欲望的话语转移，就是通过话语的叙述，用一套价值与意义引导人们，使其对欲望注意的重心发生转移，或者说，使其转移欲望发展的方向，使人、人群走向心灵具有家园、社会具有秩序的轨道"②。正是在这一意义上，新世纪小说的欲望书写在正视欲望正能量的同时，更多是在以欲望的冲突表达某种价值观的紧张。

一 物质生活：丰富和丰富的痛苦

当旧有的意识形态丧失对人的控制之后，财富成为最大的意识

---

① 刘震云：《磨损与丧失》，《中篇小说选刊》1991年第2期。
② 程文超：《欲望叙述与当下文化难题》，《花城》2003年第5期。

形态，主导着人们前进的方向。"任何社会变革都会通过其中人与物关系的变化而昭显出来"①，中国改革开放以来的现实充分说明了这一问题。以丰裕的物质生活为指标的世俗幸福生活已经成为人们的普遍共识，传统义利观普遍被人抛弃且并不会有任何道德上的违和感，针对这种观念的变迁进行阐释和表达也成为作家们不约而同的选择。

1980年代的人们大多还生活在一个物质相对匮乏的时代，但物质的力量已经凸显出来。《太阳出世》里大哥赵胜才在弟弟赵胜天的婚事上的大包大揽，不是传统长兄如父式的家庭伦理的自然显现，而是金钱至上的观念赋予那个曾经偷奸耍滑而今财大气粗的赵胜才"家长"的地位。比起以往确立的神圣然而空洞的乌托邦理想，人们更愿意相信现实中直接的利益，更愿意相信自己手中的财富。

在1990年代以来日渐形成的消费社会中，人与物之间不再是简单的使用关系，而是物开始控制人的生活。《来来往往》中康伟业随着时代变化迅疾改变身份，从一个普通工人华丽变身为一个可以打飞的异地约会的新富人，他的服饰装扮、消费场所和生活方式都随之发生变化。康伟业本来只是一个工厂的普通工人，在与军区高干之女段莉娜结婚之后开始改变生活轨迹：先是在段莉娜的运作下入党提干，后来又辞职下海经商，成为先富起来的那一类人，家庭生活得到巨大改善，康伟业和段莉娜在家庭中的地位也发生了变化。本来一开始是段莉娜占据绝对优势，在婚姻选择上段莉娜就已经有了很精明的盘算，婚后又有娘家的福利物资源源不断地为她挣得话语权。而康伟业一直是被帮助的那一方，直到他下海经商，情形开始反转：首先是家里的主要经济来源从段莉娜转移到了康伟业，继而是在感情的天平上段莉娜也渐渐失去她的支配地位。林珠在与康伟业交往之初，随手就送出价值几万元的珠宝，让康伟业顿时感觉到林珠情谊的分量，此时

---

① ［美］梅内纳·威内斯：《令人着迷的物》，见孟悦、罗钢编《物质文化读本》，北京大学出版社2008年版，第486页。

虽有所谓爱情，但关键一刻仍是用金钱来确定感情分量的。在结束与康伟业的感情后，林珠也可以心安理得将康伟业送她的房子变现带走，从此两不相欠。在不确定的情感面前，坚实的总是物质与金钱。从康伟业、段莉娜和林珠三者的关系中可以发现，"物"的作用是巨大的，它既可以改善段莉娜的生活条件，也可以引导康伟业轻易背离家庭，既可以增加康伟业和林珠之间关系的浪漫成分，又可以让林珠轻易了结一段情感。

在新生代小说中，酒吧、舞厅、咖啡厅、霓虹灯、奢侈品牌等物质生活和商业意味更是大肆侵入人们的生活。这种生活方式背后的价值观念就是日益高涨的消费主义观念，既颠覆了几千年来的传统道德观念，也对长期束缚人们的意识形态虚假宣传嗤之以鼻。邱华栋的小说常常沉醉于都市物质生活的铺排性叙事，他曾经非常坦诚地谈到这种写作的由来："我表达了我们这一代青年人中很大一群的共同想法：既然机会这么多，那么赶紧捞上几把吧，否则，在利益分化期结束以后，社会重新稳固，社会分层时期结束，下层人就很难跃入上层阶层了。"[①] 这种观念曾经遭到严重的非议，但现在来看，邱华栋的这个"代言"虽然暗含某种自得和张狂的情绪，但不得不说他敏锐地把握了这个时代的普遍病症。其后卫慧、棉棉在小说中更是毫无顾忌大肆书写各种物的世界，人的生活方式和价值理念已经完全为物左右。卫慧的《上海宝贝》散发出强烈的物质气息，主人公倪可的英文名叫"CoCo"，是因为法国奢侈品牌香奈儿的创始人 CoCo. Chanel 是她心目中排名第二的偶像，而排名第一的则是美国作家亨利·米勒。这个关于名字的自白颇有意味。姑且不论亨利·米勒声明远扬的"垮掉"派影响，单看倪可将分别作为物质和精神的两个符号并列在一起，而且是以完全漫不经心的口吻自述，就可以看出这一代"新新人类"的全新生活理念。小说中处处可见"物"或高调或低调的奢华，房间里有"从 IKEA 买来的布沙发"（此处不无炫耀的 IKEA 如今已为更

[①] 邱华栋、刘心武：《在多元文学格局中寻找定位》，《上海文学》1995 年第 8 期。

多国人所熟悉，不过是一个大众化的家居连锁店），钢琴是施特劳斯牌，早上的第一根香烟是七星牌，还有淮海路上巴黎春天百货的琳琅满目……这是一个物品极其丰富的世界，可可就在这样的"物"的堆积中亲吻、做爱和写作。消费主义文化就这样以无比强势的力量渗透到人们生活中的每一个角落，可可和天天的生活方式及其自我认同都对物质和金钱具有极大的依赖性，这个由丰盛的物品构成的世界显然迥异于传统生活的方式。

历史进入新世纪，这种生活方式和消费观念已经逐步为人们普遍接受，所以当我们看到张欣《浮华背后》里上流社会的物质生活时，激发的是谁都艳羡、谁都渴望拥有的本能。小说开头，莫亿亿就以一个外来者的眼光将这种物质和欲望交织在一起的浮华世界呈现出来。莫亿亿本来是个不出名的演艺新人，在酒吧里认识海关关长杜党生的儿子彭卓童不到一星期，就被带去买了一件价值十二万元的阿曼尼晚礼服，小说开头就写到这间让莫亿亿眩晕的维多利亚式试衣间。此后的生活中，既能在大排档吃到穿山甲等野味，也可以在家中品尝人间极品的香槟，更可以在总造价三亿五千万美元的顶级豪华游轮上享用富丽堂皇的船长晚宴，周围的朋友则都是家里"只有两架直升机"的"简朴"商人……这些让莫亿亿震惊的物质生活也将普通读者带到另一个世界，在这个世界里，物质标示着人们的全部生活，每一个人的欲望都不能不被激发出来。

对物质生活的正视无疑是对个人生活的重新发现。"十七年"中胡东渊们对生活的疑问在此得到肯定性的回答，物质的丰富也会创造幸福的生活，个人日常生活的意义也在此获得现实合理性。但是，在物质世界里取消了精神维度之后，现代人成为挣钱的机器，刚刚从意识形态束缚中解放出来的个人迅速沦为金钱和物质的奴隶，当物欲的膨胀变成个人生活的最高目标时，问题也就产生了。因此，在肯定个人物质欲求合理性的同时，许多作家也对其保持高度的警惕。因为在这"浮华背后"隐藏的却是权力的腐败和人性的堕落，莫亿亿最后成为利益博弈的牺牲品，而杜党生和彭卓童都逃不掉法律的惩罚。

新世纪小说中有大量作品反思这种被欲望驱使的现代生活，很多小说中的人物在获得物质欲望极大的满足后或变得疯狂，或锒铛入狱，或以不同方式死去。格非《春尽江南》中谭端午的小家一天天丰裕起来，是因为家玉准确地触摸到了时代跳动的隐秘脉搏。家玉毕业于船舶制造专业却热衷于摆地摊、开小店，最后如愿取得律师资格，成为律师所合伙人，开始源源不断地挣钱，家里很快就富裕到"需要两台冰箱"（其中一台为储存茶叶和咖啡专用），开上了本田轿车，请上了保姆，只用矿泉水泡茶，并买上了花园洋房。谭端午"以一种冷眼旁观的态度被动地接受这一切"，认为家玉"在追赶成功人士的道路上跑得太快了"①，而他自己则在地方志办公室过着被家玉称为"正在一点点烂掉"的生活。他的红颜知己绿珠则感慨"这个世界的贫瘠，正是通过过剩表现出来的，所以说丰盛就是贫瘠"，物质的突飞猛进正一点点蚕食着精神的世界，"一点点烂下去"的是世道人心，是社会公义。按绿珠将人分为"人"和"非人"两类的说法，这世上的人大多是以"非人"的面目出现的。在端午眼里，家玉就一直是以"非人"的状态生活着，只有那个羞涩而又天真的秀蓉是真正的"人"的存在。遗憾的是，那个招隐寺的诗意时代一去不复返，家玉再次变身为秀蓉则是在罹患不治之症离家出走之后，她隐身于虚拟的网络空间和端午推心置腹，这种在虚拟的网络空间里浮现的真诚和单纯越是动人，便越是反衬出现实世界的不堪。正如伯曼所言，"新发现的财富源泉，由于某种奇怪的、不可思议的魔力而变成了贫困的根源。技术的胜利，似乎是以道德的败坏为代价换来的"，"我们的一切发现和进步，似乎结果是使物质力量具有理智生命，而使人的生命化为愚钝的物质力量"②。与《春尽江南》中的庞家玉类似，溪晗《颤动的日光》中的鲍玲，大学和研究生学的是中文和英

---

① 格非：《春尽江南》，上海文艺出版社2011年版，第6—7页。
② ［美］伯曼：《一切坚固的东西都烟消云散了》，徐大建、张辑译，商务印书馆2013年版，第21页。

语专业，但对生意和投资却有浓厚的兴趣与天生的敏感，在生意场上如鱼得水，家里的物质生活蒸蒸日上。但在大学教哲学的丈夫陈曙晖则是全然不同的价值取向，他对物质和金钱都没兴趣，喜欢简单的生活，而且慢慢对性和财富都产生了深刻的厌倦。二人貌合神离，婚姻在两人默契的配合中相安无事，但是当陈曙晖和儿子遭遇车祸去世后，鲍玲对自己曾经那么热衷的生活方式进行了深刻的反思。她曾经无数次来到海岛，可总是以生意为主，和家人的交流倒是见缝插针，更从未好好欣赏景色之美。她的全部生活内容和自信都来自对财富的绝对把握，在高速运转的社会机器中，她"心甘情愿成为其中的一个零部件"，直到丈夫和儿子以生命为代价给出警告，她才明白"她被这个世界的欲望卷走了"[1]。

现代社会生产力的高速发展使得人类拥有前所未有的能力去追逐自己想要的生活，这也造成一种两难困境，即人们"发现自己处于一种价值的巨大缺失和空虚的境地，同时又发现自己处于极其丰富的各种可能性之中"，"各种可能性一下子显得光辉灿烂而又不祥逼人"[2]，占有的欲望和"各种可能性"都被最大限度地激发起来，然而内心深处的无力感却常常如影随形。走走的《什色》看似都市悬疑小说，但其中却暗藏着现代人生隐喻。富商汤力水有一个同性伴侣海狸，妻子喜客则与保安阿旦私通，夫妻俩各自暗通款曲，对彼此都听之任之。初看这是现代社会里一种常见的病态婚姻，不足为奇。随后在类似悬疑小说的情节推演中，意外发生了。喜客一心要与阿旦私奔，暗示可以将丈夫每月按时神秘送出的一个装满人民币的箱子挪走，足够两人未来的生活费用；与此同时，海狸也发现了汤力水的这一神秘举动，和另一个同性伴侣大象密谋用仿真手枪劫持汤力水。这天早上，汤力水按惯例准备送走箱子的时候，被海狸和大象劫持，不料这一切都轻而易举被"黄雀在后"的阿旦劫走箱子而打

---

[1] 徯晗：《颤动的日光》，《长江文艺》2014年第3期。
[2] ［美］伯曼：《一切坚固的东西都烟消云散了》，徐大建、张辑译，商务印书馆2013年版，第23—24页。

破。意外还没结束,阿旦带着箱子逃到一个偏远的旅馆,打开后却发现只是一堆卫生巾。原来头天晚上喜客已借助安眠药的药效将箱子调包。携带巨款的喜客在去往机场的路上遭遇突如其来的车祸,装满现金的箱子落入一个偶然经过的陌生人之手。所有人都对这个箱子志在必得,不料每个人的如意算盘都落空了。小说结尾汤力水、海狸和大象联合起来寻找线索,当他们召开第十一次会议时,从喜客遗物中发现了阿旦的线索,小说至此戛然而止。对汤力水三人来说,找到阿旦的线索就找到了箱子的线索,焉知阿旦指向的根本就是一个假象——一箱卫生巾。这没有写出的结局依然在强调前面的故事已经反复表达的主题:每个人都以为自己可以占有一切,到头来却全部落空。伯曼认为,无止境的欲望"促进了我们的世界分裂为一群私人的物质利益集团和精神利益集团,全都生活在孤立的无窗户的单子里,远远超过了我们所需要的孤立"[1]。那个箱子无疑正是人们无止境的欲望的象征。现代社会里,人们追逐各种欲望的满足,像汤力水和喜客这样生活在社会上层的人群,他们以不同的方式可以轻易占有一切,无论是性还是金钱,却又会在他们也不知道的某个时刻陷入巨大的空洞,甚至要付出生命的代价;像海狸、大象和阿旦这些生活在社会底层的人,也试图占有更多的资源,到头来却连原有的一切都化为乌有。"本体安全的个体感受是通过一种支配幻觉而被获得的,而现象的世界看起来像是由一个操弄木偶的人所把持的"[2],那些看似可以拥有并支配一切的幻觉让现代人堕入更深刻的虚无之中。

物质欲望常常和权力相伴生,共同撕毁原本就脆弱不堪的个人尊严。阎连科的短篇小说《黑猪毛,白猪毛》在不无荒诞的故事中直接写出了乡村的困境。李屠户家里两间客房在门口醒目处分别挂着招

---

[1] [美]伯曼:《一切坚固的东西都烟消云散了》,徐大建、张辑译,商务印书馆2013年版,第41—42页。
[2] [英]吉登斯:《现代性与自我认同》,赵旭东、方文译,生活·读书·新知三联书店1998年版,第228页。

牌"县里马县长曾在此住宿"和"县委赵书记曾在此住宿",就因为这些"贵人"光临过,客房住宿费马上就涨价,而且生意还越来越兴旺。更离奇的是,镇长开车撞死了人,村民争相替镇长蹲监。因无法抉择,就用抓阄的方法,谁抓到黑猪毛就算是求得了这个"别人烧香都求不到"的机会。抓到白猪毛的根宝给柱子下跪求他让出这个机会后,先前一直娶不上媳妇而今已经二十九岁的根宝连夜里定上了亲,而那场比参军入伍还"喜庆繁闹"的送行场景更是令人匪夷所思,所有人都赶来道喜,眼里闪出"惊羡的光"。一夜之间根宝在村民眼里发生的巨大变化,是因为所有人都认为这是要做镇长的"恩人",日后必定"前程无量"。镇长并未出场,然而镇长所代表的权力非常自然被村民安放到根宝身上。这一事件凸显的是传统社会长期存在的日常权威①,而乡村尤其盛行。李屠户和根宝都是普通的村民,但有了县上和镇上领导的庇佑,头上也会生出权力的灵光。然而根宝最终没能获得这个荣光,丧命于镇长车轮之下的孩子家长根本就不想找镇长麻烦,反而认为找到了一个天大的好机会结识镇长,镇长还做了这家另一个孩子的干爹。根宝替人坐牢的荒诞事件就这样经过得而复失,最后泡沫般的幻灭,在让人欲哭无泪、欲笑不能的氛围中结束了。替人蹲监事件让我们体会到了小人物内心世界攀权的悲喜和小民无权的酸涩。所有的亲情伦理在权力面前都消隐无形,而底层弱者越想改变自己的命运,便越是表现出对权力的顶礼膜拜。在发展主义理念的指引下,财富和权力纠结在一起,所有的伦理道德和秩序规范都让位于利益最大化。《炸裂志》中老村长朱庆方的死以令人极其恶心的方式将人们心中的恶欲激发出来,孔明亮用十块钱一口痰的方式鼓励村民向仇家朱庆方身上吐痰,金钱的诱惑瞬间就瓦解了村民心中的良知。一开始没人敢做这恶心事,可当孔明亮手中的钱不断挥舞时,首先是二狗试探性地吐了两口痰,见到二狗真的得到了二十块钱,所有的村民争先恐后向朱庆方吐痰,直到再也吐不出来,朱庆方死后光

---

① 翟学伟:《面子、人情和关系》,河南人民出版社1994年版,第299—300页。

是清洗身上的痰就用了五担水，足见金钱的魔力和欲望的强大。正是在这一逻辑下，无论是孔明亮扒火车成了万元户受到县里致富模范的嘉奖，还是此后带领村民一起扒火车让整个炸裂村迅速富裕起来，都表明这种单一的发展主义思路已然成为上下一致认可的致富策略。孔明亮将因扒火车摔死的村民树为"烈士"并给予其家属丰厚的"烈士"待遇时，其中价值观的扭曲实在是令人咋舌，但这正是现实中人们正在遵循的致富逻辑，亦即财富不问出处。

知识分子在欲望诱惑下的变异更是新世纪小说中着力表现的一个重要主题。刘志钊有一篇名为《物质生活》的小说，标题就直接表明小说意在探讨当下人们的"物质生活"。小说的主人公韩若东原本是一个出色的校园诗人，那时"诗歌和爱情，是他的宗教和信仰"。可是当他的诗歌遭遇爱情时，却遇到了巨大的现实阻力。韩若东带着老师的女儿乔其私奔，过上流浪诗人的日子，最后却陷入卖书为生的落魄，乔其也返回父亲身边准备和厅长之子蒋运满结婚。在乔其举行婚礼的前一刻，韩若东带着她再次私奔。这次为了爱情的生存，韩若东开始经商，十年时间，他就从一个"行云流水的孤傲诗人"变成一个"肥头胀脑的大款商人"，同时也变成一个近乎疯狂的魔鬼。在嫉妒的驱使和欲望的推动下，他独断专行，肆意践踏他人的尊严，直到最终失去所有他爱的人。韩若东在最后的疯狂中杀死了乔其，也把自己送上了死路，他疯狂获得的巨大物质财富无法拯救他和乔其的爱情，反而葬送了乔其和自己的性命。韩若东最后被宣判死刑，在剥除了所有物质欲望和人事纠葛后，他在狂想中再次回到大学时代的那片山坡和石头边，等候着清纯美丽的爱情到来，然而一切都已不可能回到从前。在这个笼罩着浓厚的"诗人之死"气息的小说中，隐喻的无疑就是功利的现实社会。张者的《桃李》中邵景文也有一个从校园诗人走向毁灭的过程。大学法律专业教授邵景文偶然间结识了民营企业家宋总，很快就在专业知识和市场之间建立了合作。宋总将公司的公关小姐梦欣派到北京，名为法律联络员，实为送上门的情人。和梦欣同时送来的还有整整一箱子的现金。从此以后，"邵教授"变身为"邵老板",豪华别墅、香车美人一应俱全。可是物质的丰富和欲望的满足并不是生活的全部。打官司变成了生意,在这个生意场,他表面上应对自如,名利双收,其实内心始终还存有一些梦想。譬如,他果断拿出一万块钱资助歌厅小姐帮她父亲出书,劝她返回校园,又比如,他坚持不和老婆离婚,试图将爱情和逢场作戏区分开来。内心种种矛盾将他最后推向死地,无法得到婚姻承诺的梦欣在车祸毁容后,在老板的身体上捅了一百零八刀,使其以极其怪异的状态死去。知识分子因其身份所固有的批判性而理应成为社会中的异质因素,然而在消费主义盛行和利益至上的观念主导下,知识分子的沦陷成为一个普遍现象。正如蔡翔早在二十多年前就做出的一个判断:"一个粗鄙化的时代业已来临。对私利的追逐复活了最原始的拜金主义,各个人因为利益而重新纽结在一起,并无情地拆除着政治、道德、伦理、情感等等的传统关系。"① 胡发云笔下也有对当代知识分子在现实物质利益中沦陷的思考。《思想最后的飞跃》里,孟凡欢喜地乔迁新居,却不断因为那只名为"思想"的猫生出事端。曾经荣辱与共的猫与孟凡产生了巨大分歧。孟凡因为现实生活困境不断妥协,曾经认为一去报社"思想便堕落,笔头便愚钝",可还是从清苦的高校到了他曾经很不屑的报社,又因为利益的诱惑配合投资商师总化解了一场烂尾楼危机,从此工作生活都混得风生水起。只是先祖的精神品格渐渐在记忆中隐没,选择在现实面前妥协的孟凡永远无法走进先辈们的精神世界。身为"武昌巨富"的祖父在民国前毅然为民主革命而献身的精神品格,被孟凡有意遗忘了。但"御猫之后"思想却固守其高贵的传统,许多古老又顽固的习性让它与这不接地气的高层楼房格格不入,最后思想"发出一声长长的嘶鸣",烈士般坚定地向窗外一跃。对思想来说,这是一种决绝的告别,更是一种记忆的坚守。小说将那只有着贵族血统的猫命名为"思想"实为神来之笔。"思想"与"孟凡",一个深刻,一个平庸;一个坚持,一个妥协;一个慷慨赴

---

① 蔡翔:《日常生活的诗情消解》,学林出版社1994年版,第215页。

死,一个苟活于世。最反讽的是,前者是猫,后者是人;当曾经的"思想者"孟凡日渐堕入庸常时,"御猫之后"却仍在坚守"思想"。《如焉@sars.come》中达摩和毛子都在年轻时就开始思考中国的历史、现状和未来,却在此后逐渐分化。达摩化成散落民间的草根知识分子,无论世事怎样变化,达摩的精神情怀始终没有改变,而毛子显然已经走上另外一条路径,那里充满了现实的诱惑和利益的算计。毛子是一个现实感很强的人物,用达摩的话说是一个当今知识分子的活标本。他并非一个道德败坏、十恶不赦的典型,医生说他是精神失常并发失忆症。毛子的"失忆"显然并非仅仅是生理上的疾病,更重要的是他从此成了一个"思想史上的失踪者"。"失忆"后的毛子完全变了一个人,诸如高雅的文章行贿、滥用理论以赶政治潮流等等达摩所不齿的一次又一次"失贞",换来的是职称、房子、名誉的全面丰收。虽然仍有卫老师那样坚定而又理性的理想主义者和达摩那样清醒而又达观的民间知识分子,然而当越来越多失忆的毛子大行其道时,那实在是令人忧心的现实。

吉登斯指出,现代国家同以往国家形态的不同,它能更突出地渗进人们的日常生活,在无形中制约着人们日常生活。这种方式,看似传统政治已经消失了,但还是在不断地以不可见的方式生产着自己的能量。很多人误以为日常生活叙事是去政治、去意识形态的,其实这种说法是欠妥的。因为政治有很多表现的形态,如从生活政治角度看,日常生活叙事中的人物关注日常生活的境况,着眼于改变生活的质量而奔波,引导人们为了满足更高的物质欲望而有力地配合国家的经济建设,这种日常生活中的权力渗透恰恰是更为有效的。

二 身体欲望:解放的快乐与隐忧

身体的欲望历来是文明压抑最为厉害的领域。道德的崇高、情感的升华、艺术的永恒,这些超越于肉体之上的东西,都在某种程度上形成对欲望的威压。欲望要变得自由不羁,首先就要对这些神圣的东西——亵渎。

第三章 日常生活的两副面孔：压抑和解放

在新时期小说中，对身体的认识是与认识人自身同步深化与成熟起来的，一开始从极"左"思潮的禁锢中挣脱出来的时候，连爱情都只能写成柏拉图式的。最典型的是张洁的《爱，是不能忘记的》，但就是这样的爱情在当时也不是被顺利接受的，因为它涉及婚外恋以及道德禁区。后来逐渐出现有爱的欲望，有性的欲望，但仍然是小心翼翼地躲藏在政治社会的盾牌后面。像张贤亮的《男人的一半是女人》中的性，是在不正常的政治背景下被扭曲的性，这里的性只是当年社会政治生活的隐喻，而不是性本身。直到王安忆，她提供了一系列的写性的文本：《小城之恋》《荒山之恋》《岗上的世纪》《米尼》《我爱比尔》等，都是正视"欲望的本能"的表达，是"到起源的地方去找，找那些最初状态的，以感官冲动为形态的爱情，是企图摆脱现实的羁绊，同时，回到原地，是为了重新出发，走得更远"[①]，原始的性欲冲动此时成了王安忆小说的一个重要主题。《小城之恋》写男女主人公在远离文明的欲望世界里寻找自我存在的意义。王安忆借此写出了性的伟力，我们应该都不会忘记，那一对外形极不谐调的"他"和"她"在第一次的偷情之后所发生的谁都不能明白的变化。从"他"和"她"身上，我们可以感受到人类那种像地下熔岩一样强劲的生命力，人类正是靠了它的推动，才生生不息，发展到今天。经过情欲狂暴的洗涤，他们比以往任何时候都更干净、更纯洁。这人性中的美好作为全知的叙事人是一览无余的，性不再是丑恶的现象，而是从生命本体价值上去肯定性的存在。不过，小说最后为"她"找到的救赎之路——母性成为洗涤肮脏欲望的清泉——也分明显示出某种道德上的考量。因为在中国的传统观念中，虽然人类的繁衍与性密不可分，但性的面目一向是丑陋可憎的，而孩子对"妈妈"的呼唤却能令母亲感到"一种博大的神圣的庄严"。在《岗上的世纪》中，王安忆拒绝了以往的拯救企图。李小琴和杨绪国拒绝忏悔，一任自己在无限的快感中飞升。李、

---

① 王安忆：《无韵的韵事——关于爱情的小说文本》，见《重建象牙塔》，上海远东出版社1997年版，第7页。

杨在"地狱"中的七天七夜,是双方在摈除了一切顾虑之后的狂欢,那七天情欲的狂暴倾泄让他们似乎经历了一个世纪之久的交欢,而我们不难从中读出对性爱美的礼赞。可以说,在当代作家中,王安忆是最早从性爱这个角度诠释尊重人及人的世俗欲望的人文传统的,王安忆因而开创了中国当代性爱小说的新纪元。

1990年代以来,以城市为主要叙事对象的新生代作家在他们的创作中高扬欲望的大旗,在对欲望的张扬与描述中突出现代社会中青年人的生活形态与人生观念,欲望法则以空前的无羁与活跃生成着新的生存方式。"性"成为小说情节不可或缺的基本因素。相对于宏大叙事的微言大义和洞察一切,相对于王安忆对"性"不无矛盾的顾虑,新生代的欲望叙事远离主流意识形态,书写庸众日常沉沦的芜杂琐屑,将解构之刀伸向传统的爱情、亲情、友情等最幽深隐微而又细枝末节的地方,具有极强的颠覆性和反叛性,赤裸裸地表露了对性欲和物欲的渴求。在新生代作家中,朱文的欲望叙事无疑是最具有冲击力和颠覆性的。朱文正是运用"性"这个微观力量达到了颠覆和反叛的目的。正如陈晓明所说:"性对于朱文是一个支点,一个阿基米德式的支点,他只需要这个支点"就能把我们的世界颠覆,他"不是在呈现性,而是在撕破这个东西(这是他与贾平凹的描写相区别之处)"[1]。类似的观念在新生代小说中大量出现,韩东、何顿、鲁羊、张旻、邱华栋等作家都有大量作品不厌其烦书写欲望,借以反抗以往的叙事成规。

在众声喧哗而文学日渐式微的边缘化语境中,1990年代以来的欲望叙事有其合理的一面,它通过生机勃勃的感性欲望的张扬对理性专制和其所代表的传统伦理秩序、价值观进行了一次无畏的反叛和颠覆,给低迷衰微的文坛注入了活力。但是,欲望叙事也有其限度,当人的欲望回复到生物性的存在时,就要引起我们足够的警醒了。"用'性'来寻求针对当今中国政治思想禁锢的解放之道,给人一种饥不

---

[1] 陈晓明:《异类的尖叫——断裂与新的符号秩序》,《大家》1999年第5期。

择食、药不对症的感觉"[①]。譬如在新生代作家那里,起初具有反叛意味的"欲望书写"很快就沦为虚无主义的阵地,当性的书写从其反抗性和革命性中再次获得解放,成为人们生活中的确认自我存在的一种隐秘途径时,本该回归它作为生活常态的本来面目,但是,在现实无意义的生活中,它却变得要么轻飘、要么怪异。黄咏梅《蜻蜓点水》中老曾退休后种种不甘与烦闷,对初恋情人"两包鼓鼓的胸脯"尤其怀念。他在晨练时对一个60岁女人"鼓鼓的胸脯"进行"蜻蜓点水"般的袭击,其内在逻辑就是,欲望还在,便证明生命力还在。陈希我的长篇小说《抓痒》以第二人称讲述了嵇康和乐果在八年婚姻之后的极致(性)生活,欲望成了他们确认自我的唯一方式。从结婚的那天起,嵇康就没了恋爱时的感觉,婚后八年来日渐空虚无聊又疲惫不堪。这是现实中很多夫妻生活的常态,在文艺作品中也并不少见。但陈希我的小说从来就不满足于平面的生活,他极善于在极致情境中探讨人性的弱点和存在的困境。经商发达后的房地产商嵇康虽然早已厌倦了作为中学老师的妻子乐果,但他没有外遇,也坚拒"小姐"的诱惑,每晚仍然按时回家(到最后我们才知道其实嵇康对这个家及其女主人有多厌恶就有多爱),但和妻子分房入睡。网络则给了嵇康打发时间、释放压力的重要渠道,面对虚拟空间,虐恋、自慰等非常规生活几乎每一天都在上演。超出一般人生活经验的是,嵇康和乐果先后发现在网络上交往的正是他们现实中的另一半,在同一个屋顶下,只是一扇房门为彼此提供了完全隔绝的安全空间,他们以窥视的方式敞开最真实的自我和欲望。更重要的是,他们并没有揭穿对方,相反,他们很享受这种交流方式,尤其是妻子的欲望不断壮大,迸发出令人吃惊的力量,嵇康在虚拟空间里看到妻子的淫荡和放纵,与其为人师表和贤妻良母的日常形象大相径庭。这种彼此慰藉和依恋对方的方式对常人来说多少有些不可理喻,但却直抵人性深处,道出现代人生存的精神困境。值得注意的是,《抓痒》采用第二人称叙

[①] 徐贲:《什么是好的公共生活》,吉林出版集团有限责任公司2011年版,第132页。

述。读者的阅读必然在潜意识产生与叙述人的对话，这时第二人称"你"便时时提醒自己切身体验主人公的种种心理，去直面这种非常态化的性爱关系。人们对小说里的露骨描写和黑暗人性多有批判，但陈希我却说他写的其实是一个有关坚持的故事，而坚持的动力就是不断重新激发的欲望。

女性的身体在1990年代以来小说中意义的变迁更显示出极其复杂的面貌。女性的身体及其欲望是90年代以来小说中一个重要主题。在女性主义批评家看来，女性的身体感觉，以及女性被压抑的潜意识冲动的释放本身就是对男权象征秩序的反抗。因此，女性要发出自己的声音，就必须用"身体写作"。正是在这种西方女性主义理论直接或间接的启示下，90年代以来许多女作家用"以血为墨"的方式尝试"身体写作"，涌现出一批新女性小说：林白的《一个人的战争》《回廊之椅》，陈染的《私人生活》《与往事干杯》，海男的《我的情人们》，徐小斌的《迷幻花园》《双鱼星座》等都是被反复提及的经典文本，稍后出现的卫慧的《上海宝贝》，棉棉的《糖》……这些小说中的女人都聪明洒脱、自由不羁，服从自己的感觉，尊重自己的欲望。这类反日常生活平庸性的女性形象，是新女性小说中最有魅力、最光彩四射的形象。这股女性主义写作热潮似乎表明女性这一长期被压抑的群体终于"浮出历史地表"，但是在一个各种权力交织的文学场域，这样一种自觉的女性主义写作姿态真能使她们摆脱"被看"的命运、冲出男权文化的藩篱吗？答案是可疑的。

欲望获得合法性的同时也意味着新的危机的到来，当女性作家们蓄势而发彰显自觉的女性立场时，许多小说中充满快感的撕毁和颠覆则是以女性的物化为基础的，男性中心主义文化价值观依然主宰着当下的写作，欲望解放的宣言沦为个人欲望宣泄的幌子，而女性则被欲望对象化。无论是欲望的投射还是权力的投射，女性都不再是"她"自己，而成为一个物化的"他者"。当女性作为一种炫耀性消费品受到普遍认可的时候，它就可能建立起新的标准和潜规则，使得婚姻、家庭、幸福等概念受到重新审视。时间行进到新世纪，这种将女性"物化"的观念有过之而无不及，甚至有不少女性以自我物化来换取更小的生活成本。女性的身体已经成为物品，被"当成最美的物品，当成最珍贵的交换材料"，从而"使一种效益经济程式得以在与被解构了的身体、被解构了的性欲相适应的基础上建立起来"①。在这种对身体奇观与欲望表演的狂欢化叙事中，传统文化惯例与道德规范都被解构了，因而身体奇观叙事所展示的狂欢中的荒诞不经身体，变成了费瑟斯通所说的"不纯洁的低级身体"和"物质的身体"②。在农民工题材的小说中，女性的身体往往是作为商品来获得在城市立足的资本（不管是被动还是主动），大量的底层小说中都触及这一现实。田耳的短篇小说《寻找采芹》中，五十岁的廖老板看上了十六七岁的牙刷推销员采芹，从采芹那儿真正体会到"女人的滋味儿"，自是无限疼惜采芹，采芹也对他以"老公"相称，俨然一对恩爱佳人。可是当朋友无耻地提出要他把采芹"让"出几天时，他毫不犹豫把钥匙交给朋友。这一次他既在朋友面前维持了他的"江湖义气"，又从采芹"死活不肯"的固执中获得某种快感。采芹对他来说不过是一个随时可以赠送的可爱玩物而已。不仅仅有钱的老板玩着这样的游戏，连采芹乡下的未婚夫李叔生也是这游戏中的一个。采芹不告而别之后，廖老板想办法找到采芹老家，住在李叔生家里。这么一个有钱的老板住到自己家里，李叔生顿觉荣耀，大方邀请廖老板可以趴在窗口看他和未婚妻做爱，甚至最后以十万的价格再次将未婚妻出让给廖老板。再次得到采芹后，廖老板却发现那个让他花了半年工夫寻回来的采芹已经不是那个让他心动的单纯姑娘了。采芹已经从这"半年的波折"中意识到"李叔生遍地都有，而真正有钱的老板难得碰上几个"，开始费尽心思抓住廖老板的钱和人。也就是说，在采芹被当作玩物和商品被转让的几个回合中，她自己也在不知

---

① [法] 鲍德里亚：《消费社会》，刘成富、全志钢译，南京大学出版社2008年版，第127页。
② [英] 费瑟斯通：《消费文化与后现代主义》，刘精明译，译林出版社2000年版，第115页。

不觉中认同了被"物化"的身份，失却了做人的尊严。

阎连科的《炸裂志》中，"炸裂"不仅是一个村庄成为一个超级大都市的发展方式，也是欲望被最大限度激发之后的无限飞升。小说中的朱颖以出卖自己的方式获得财富，并获得话语权。在炸裂村村长选举、由县改市再变成超级大都市的过程中，她始终拥有最后的决定权，翻云覆雨，而她的资本就是女人的身体。女人的身体既能换来钱，也能撼动权。在父亲被村民的痰淹死呛死之后，朱颖离家从一个理发店的洗头工干起，仅仅两年时间就给乡里捐了小汽车，还在省里开了一家娱乐城，成为新的致富榜样。于是乡里为朱颖立碑嘉奖，碑上刻的是"致富学炸裂，榜样看朱颖"。村长改选时，朱颖带了一套钱衣回来，所有的图案和底色都是真的钱币制作裱贴上去的，一下就吸引了村民的选票，二十几年后，这套钱衣成为炸裂发展博物馆的镇馆之宝。孔明亮和朱颖这两个以非常规手段获得财富和权力的人，就这样以"榜样"的力量带领着炸裂村的男男女女在欲望的快车上飞速前进。小说中胡乡长把村民送往外地从事偷盗和妓女营生的方式看起来不无荒诞，但其实正是孔明亮和朱颖这两个"榜样"的力量在人心内部起着推动作用。火车提速后，孔明亮扒火车"勤劳"致富的道路被封死，村民一下失去了方向。此时胡乡长亲自出面，以安排工作为由用大卡车把村里的青壮年男女都拉到城里，要求他们至少半年不能回家。这些一无所长的村民大都成了"贼"和"鸡"。当他们被警察抓住要胡乡长去领人的时候，胡乡长当着警察面狠狠骂着村民，可是一旦离开派出所，胡乡长就以各种方式驱赶村民继续他们男盗女娼的生活，不让他们回家，而这正是炸裂村两个能人的看家本领：孔明亮以"盗"致富，朱颖以"娼"起家。炸裂的繁华不单是工业的兴起和土地的消失，"那特殊行业的发达，才是炸裂综合经济大厦的脚手架"，而炸裂申请"现代化都市"时，能让专家教授一会儿弃权转眼又投赞成票的也是女人的身体，因为朱颖早已派了八百多女孩拿下了那些握有表决权的专家教授。这些细节或许在现实生活中不可能真实发生，但其内在的逻辑其实是每个人都心知肚明的。不少研究者曾谈到当下女性的地位较之过去在大踏步后退①，这的确是令人忧心的现实。"五四"时期的女性解放是与建构现代民族国家的宏伟事业密切相关的，革命年代里"妇女能顶半边天"也是一种自上而下的妇女解放，都不是立足于女性自觉的个体自由和身心解放。一到商品社会，女性所谓跟男性的平等地位，显得格外脆弱，不堪一击，中国传统的大男子主义观念一下子就有了回潮，而女性自己则在欲望合法化的名义下不断自我物化。

从以上论述可见，物质欲望和身体欲望在日常叙事中一并被唤醒，并生发出巨大的能量。日常生活的崛起固然为个人生活和世俗欲望打开了一个通道，但也许从我们为日常生活正名开始就走上了另外一条歧途，忽略了主体的精神建构。不过我们更应该反省的是对新写实小说的简单化评价。新写实大潮兴起后，评论界在肯定以池莉为代表的反启蒙反崇高的世俗化书写时，却选择性忽视了另一类具有反思性的日常叙事。同样被归为新写实作家的方方一直坚持知识分子立场，并不认可将新写实小说仅仅视为表达世俗化欲望的意义解读："新写实小说始终关注现实社会最普通的人。它秉持着人道精神，对生活中普通人充满同情和怜惜。同时，它对现世生活也秉持着不合作不苟同的态度。既是近距离的，又是明显疏离着的。它怀有慈悲，同时具有锋芒。"② 这种"不合作不苟同的态度"，是文学中理应存在的那种"古老的敌意"③。北岛在2011年香港书展上的演讲从社会、语言和自我三个层面谈到这种"古老的敌意"："所谓'古老的敌意'，从字面上来看，'古老的'指的是原初的，带有某种宿命色彩，可追

---

① 不少研究者已经注意到这一问题。生于1930年代的资中筠在《黑暗记》中从自己的经历出发发现，近年来传统妇女观在"弘扬传统文化"的名义下沉渣泛起，相对于革命年代是大踏步后退。她认为随着商品大潮、拜金主义之泛滥，在社会观念中妇女回归附属地位，女性的角色实际沦为以色悦人的性对象。生于1970年代的刘剑梅在《彷徨的娜拉》里也谈到同一问题，认为在文化的封建回潮和商品经济的金钱统治下，女性地位大踏步倒退，女性重回男权的新形式统治，而激烈女权者呈现出的暴力化对抗，既幼稚，又陷入僵化的旧模式，当代女性面临重重困境。

② 方方：《文学是照顾人心的》，《文汇报》2014年11月18日。

③ 出自里尔克《安魂曲》："因为生活与伟大的作品之间/总存在古老的敌意。"

溯到文字与书写的源头；'敌意'则是一种诗意的说法，指的是某种内在的紧张与悖论。"① 北岛以诗人的方式表达出来的这种对文学的理解方式，对我们具有重要的警醒作用。在表面的繁荣和进步之下，种种复杂的情态需要作家保持足够的清醒才能穿透它的本质，"必须将对个人利益追求的尊重与当代中国个体的欲望膨胀区别开来——后者恰恰不是'尊重欲望'，而是'克制—追逐欲望'的逆反所致"②。近四十年来，中国社会发生了深刻的转型，尤其是1990年代以来，随着市场经济的全面铺开，先前被意识形态所遮蔽和控制的日常生活，日渐获得了相对的独立性，曾经得不到承认的个人意识也逐渐具有了合法性。日常生活叙事是文学疏离解放政治宏大叙事的重要审美策略。进入新世纪，日常生活叙事更是成为文学常态化的书写方式，但在祛除了新写实小说和新生代小说革命性意义之后，又迅速地被商业主义裹挟，由日常生活中物质的丰富和欲望的解放带来的个人价值陷入新一轮的规训之中。

当我们将日常生活的个人性和私人性凸显出来的时候，并不能因此消泯日常生活本身包含的丰富性。每个人都不可避免要与个人和家庭以外的他人和社会空间打交道，此时个人的日常生活同时就是一种社会的存在。正因为如此，我们必须警醒的是，当1980年代追寻的"个人"进入90年代以来庞大的日常叙事中后，"个人"内蕴的"尊严、自主、隐私和自我发展"③ 却又发生着令人惊讶的巨大裂变：一方面催生了更多的个人，另一方面也扭曲了个人的意义，那个本应强

---

① 北岛于2011年7月20日在香港书展上作的题为"古老的敌意"的讲座。
② 吴炫：《构建当代中国个体观的原创性路径》，《学术月刊》2012年第10期。
③ 在《个人主义》一书中，卢克斯认为"个人主义"应包括四个基本观念，即尊严、自主、隐私和自我发展。此四者有机地构成个人主义的核心观念——平等与自由。个人的尊严是平等思想的核心，后三者是自由思想的关键词。个人尊严意味着每一个人都应得到尊重，自然就包含了平等的观念。同时，要做到尊重个人就要保护每一个人的自由，而自由至少要在做到以下三个层面的基础上才能得以保障：首先，个人行为应该摈除外力的压迫和强制，而是出自个人的自主决断；其次，个人不受强制意味着私人领域受到尊重，隐私不可侵犯；第三，个人有能力实现自身潜能，促进自我发展。参见［英］卢克斯《个人主义》，阎克文译，江苏人民出版社2001年版。

大的个人渐渐消弭于看似绵软松散实则坚硬密实的日常网络中，面目模糊起来。当我们从文学史来考察时，会发现有一个相似的轨迹，曾经激情澎湃引领时代的文学为什么会在短短几十年的时间面目全非？文学中曾经奋力追寻个性解放的昂扬姿态为什么迅即转变为匍匐在无休无止的各种欲望之间？

此时再回到前面讨论的1960年代的"青年应该有什么样的幸福观"、80年代初的"潘晓来信"、80年代末的"蛇口风波"三个事件，就会发现90年代以来个人的结构性残缺。在前文追溯当代社会的青年形象的变迁时，可以发现其中有两个问题直接影响到当代文学中个人的生成与困境：一是个人日常生活和世俗化欲望的逐步合法化；二是主流意识形态的强力介入。从"十七年"对个人及其欲望的漠视甚至遏制到80年代后期以鼓励物质欲望肯定个人价值，主流意识形态都是其中重要的推手；无论将个人泯灭在集体的束缚之中，还是将个人欲望视为国家经济发展的强劲动力，个人真正的内涵都是缺位的。这也直接导致90年代以来解放的个人并无真正"立"起来的能力，反而迅速掉进欲望的陷阱，进入另一向度的规训。

生活政治本身具有的反思性特征为我们整理中国现代化进程中的文学发展提供了重要思路。长期以来我们都有一种乐观的想象，"对进步的信念，对现代化的承诺，民族主义的历史使命，以及自由平等的大同远景，特别是将自身的奋斗和存在的意义与向未来远景过渡的这一当代时刻相联系的现代性态度"[1]，这些认识曾经确信无疑地主导我们对现实和未来的理解。基于这一理解，人们曾经以为现代化建设中经济的高度发达自然可以引领人们消除生活中的一切困境，走向真正的自我实现。然而，一个显而易见的事实是，现代生产力得到巨大的发展，个人生活水平也得到前所未有的改善，但人们却陷入前所未有的焦虑之中。工具理性以绝对的优势压倒价值理性主导人们的日

---

[1] 汪晖：《去政治化的政治：短20世纪的终结与90年代》，生活·读书·新知三联书店2008年版，第72页。

常生活，生存的困境与日俱增。时至今日，当物质的丰富已经到达前所未有的高度，当个人的欲望也得以最大限度的满足，人们却不无失望地发现，此时的问题就在于"富裕所造成的问题无法用更富裕来解决"①。这就迫使我们反思自己所生活的日常生活情境，寻找新的解放之途，按照生活政治理念，取得工具理性和价值理性的协调发展，关注物质生活和精神生活的共同提高，才能实现真正的自我。

---

① [英]吉登斯、皮尔森：《现代性——吉登斯访谈录》，尹宏毅译，新华出版社2001年版，第135页。

第四章

私人生活的转型：情感民主的可能与困境

伴随着个体化程度的不断增强，私的合法性在当下社会逐渐得到正视和承认，私人生活也逐渐从家国一体的宏大叙事中分离出来，成为文学表现的重要领域。正是在这一背景下，私人生活中的亲密关系以及与此相关的家庭关系的变化成为新世纪小说的一个重要主题。亲密关系的变革主要指两性之间在性权力方面发生的变革，是由等级秩序的控制关系趋向平等交往关系的转变，因此亲密关系最初主要指两性之间的一种良好关系，这种关系以民主和平等为主要特征，是现代社会中的新型交往伦理，所以也同样适用于亲属关系和朋友关系。也就是说，亲密关系的变革有关性和性别，但并非局限于此，它关涉个人生活伦理从整体上进行转换的问题。这种新型关系的建立，正是现代人抵御自我认同危机的重要策略，因为关系双方对彼此的信任是其最基本的要素，已经无法从传统中获得庇佑和安全感的现代人可以重新获得认同的源泉，而这种新型情感关系一旦建立起来，就有可能向整个社会渗透，那么一种理想的民主政治就自然产生了。这种自下而上的思路，当然是一种理想化设计，对于中国社会而言，尤其显得复杂。但无论如何，作为一种应对全球共有的自我认同危机和寻找自我实现的途径，亲密关系的设计仍为我们提供了一个很好的思路。因此，新世纪小说在性别关系和代际关系的变化中探讨现代社会中私人生活的转型，既有对情感民主的期待，更有现实中的重重困难。

第一节 亲密关系的变革

当下社会中的性别关系明显出现一些新的趋势，两性关系格局发生重大变化，如单亲家庭的增多、离婚率的上升、契约婚姻的流行、"一系列一夫一妻制（连续不断地从一个伙伴转向另一伙伴）"[1]取代对单一伙伴的终身承诺、择偶标准的改变、同性关系获得更加广泛的接受等。与性别关系的新变化相适应，生育观也发生了许多变化，如推迟生育、人工辅助生育、丁克家庭的出现等。所有这些新的趋势其实都与"性"及与"性"有关的亲密关系的变革相关，是传统伦理与当下人们亲密关系实践相分离的重要表现。这些问题在中国传统文化语境中常常显得尴尬。因为虽然性和生育几乎是每个人在生活中都要经历的事情，但因为受传统道德观念的影响常常避而不谈，更不会去考虑本属于私人领域的亲密关系问题和公共领域中的社会生活的关系。从生活政治的角度来看，这些变化正是情感民主化在私人领域的重要实践，有可能自下而上影响整个社会。从这一角度来讨论新世纪小说，就有可能跳出仅仅关注和评说其日常与私人表象的限制，认识到其背后对整个社会秩序及其转型的重要推动意义。

一 融汇之爱的理想

吉登斯将两性关系的发展分为不同的类型，即激情之爱、浪漫之爱和融汇之爱。激情之爱主要出于欲望本能和反抗意义存在，缺乏指向未来的愿望。浪漫之爱是亲密关系最古老的源头[2]，注重对未来的承诺，却在理想化中暗藏着不平等。浪漫之爱往往远离世俗和欲望，更强调双方心灵的交流和对彼此的精神依恋，因此具有明显的理想化

---

[1] ［英］吉登斯、皮尔森：《现代性——吉登斯访谈录》，尹宏毅译，新华出版社2001年版，第21—22页。

[2] ［英］吉登斯：《亲密关系的变革——现代社会中的性、爱和爱欲》，陈永国、汪民安等译，社会科学文献出版社2001年版，第60页。

色彩，既将所爱的人理想化，也将对未来的允诺理想化。这种理想化投射会导致两方面的后果：一是易将投入感情的双方陷于不平等的关系，因为被理想化的一方总会占据主动，另一方则要不断地暗合对方的需要；二是指向未来的理想化泡沫极易破灭，悲剧常常不可避免，在一个实用主义盛行的年代，浪漫爱情已是难得的体验。融汇之爱则基于纯粹关系的产生，预示着真正的两性平等和情感民主实践。它是女性突破男性控制与征服的结果，而"情感的民主一旦产生，不可避免会进一步影响到正式公共生活的民主。充分了解自身情感的构成，并且能够在个人之间进行有效沟通，这样的个人很可能已经为承担范围广泛的任务和公民责任做好了准备"[①]。正因为如此，私人生活领域的革命才有可能延伸到公共生活中社会层面的革命，亲密关系的变革也才有可能同民主政治联系起来。

（一）纯粹关系：情感民主的实践

相对于浪漫之爱强调的天长地久、独一无二等信念，融汇之爱更强调交往双方基于协商而达成的纯粹关系，其中贯穿着强烈的情感民主观念，这是一种在传统价值观念分崩离析的流动社会里重构亲密关系的理想交往模式。纯粹关系具有如下几个方面的特点：第一，纯粹关系并不标榜性纯洁，也就是说它并非从传统道德观念出发对人的一种性压制要求；第二，纯粹关系并非仅仅为异性婚姻所独有，它也可以在种种非异性关系中产生，甚至后者更加典型；第三，纯粹关系与可塑性性征互为因果，不再受传统生育观影响的可塑性性征更容易催生纯粹关系，而纯粹关系则为可塑性性征提供了重要生存语境；第四，纯粹关系导向最理想的一种社会关系，以此为基础的融汇之爱意味着这种关系的达成无关等级秩序或其他外在因素干扰，直接产生于双方交往过程中彼此都满意的情境，为个人提供一种良性的自我认同情境；第五，正因为它不接受外在于关系双方的任何力量的干扰，当

[①] ［英］吉登斯、皮尔森：《现代性——吉登斯访谈录》，尹宏毅译，新华出版社2001年版，第25页。

关系中的任何一方不能从中获得足够的满意度时，随时可以中止这段关系，而且并不妨碍此后发展另一段关系。①

这种私人领域的相互协商的情感关系，强调的是关系双方的平等和互信。当然这是一种理想中的状态，是以"假设"的方式来讨论的："融汇之爱假设了在情感的予取上的平等性；情感的予取越是平等，特殊的爱的维系也越是接近于纯粹关系的原始样态。"② 在这种关系中，任何一方随时都可以向对方心无芥蒂地表示对彼此的关怀与需要的程度，也随时可以坦诚地提出中断关系，这是一种相互敞开的关系。这种"信任既表现为对另一方的信心，同时也暗示出对双方一起抵抗未来可能出现的创伤的信心"③，人们不必为了以往的陈规扭曲真实的自我。譬如在浪漫想象里冷峻而不可接近的男性在这种融汇之爱面前就可能呈现出情感脆弱的一面，基于纯粹关系的交流，人们对此也越来越认同。这种敞开基于对彼此的信任，是伴侣间亲密关系的根本保障。但也许正因为伴侣彼此之间都十分看重信任而更容易受伤害，尤其是其中一方还沉溺于传统的不平衡的性控制影响时，悲剧更容易产生。

吉登斯曾经仔细分析了朱利安·巴恩斯的小说《邂逅之前》（Before She Met Me），重点探讨其中男女两性因为对关系双方理解的差异而导致的悲剧，这一分析可以帮助我们更容易地了解纯粹关系的框架。历史学家格拉海姆在一次宴会上见到了安妮，这次邂逅激起他久违的兴奋感，他觉得二十年前的自我仿佛回来了，很快就抛妻弃子，和安妮生活到一起了。小说的兴趣显然不在于叙述一个三角婚恋故事，而是主要描写格拉海姆此后逐一发现安妮在与他同居之前的情人的过程。面对格拉海姆的询问，安妮从来都不隐瞒自己的情史和性史，不过要是他不问，她也不会主动讲。对安妮而言，这种交流和沟

---

① ［英］吉登斯：《亲密关系的变革——现代社会中的性、爱和爱欲》，陈永国、汪民安等译，社会科学文献出版社2001年版，第77页。
② 同上书，第82页。
③ 同上书，第170—180页。

第四章　私人生活的转型：情感民主的可能与困境

通是一种基于彼此信任不断敞开自我的行为，但最后的悲剧正源自这种毫无保留的敞开。因为对安妮的过去知道越多，格拉海姆就越固执地去发掘那些他还不知道的过去，甚至完全无法停止对安妮过往情史中性生活细节的溯源。故事的结局极其惨烈。格拉海姆最后发现安妮曾经与自己的好友杰克有过暧昧关系。这是安妮唯一没有主动告知格拉海姆的一次性关系。格拉海姆在与杰克见面时，找机会将尖刀刺进了杰克的身体，然后自杀，安妮也自杀身亡。[①] 这个故事中，格拉海姆执着于安妮的性史其实是基于一种控制的传统思路，而最后格拉海姆走向暴力则是因为控制的失败。格拉海姆虽然为安妮着迷，但他理想中的安妮不应该有那么多与自己期待不一致的地方，他骨子里是希望安妮能够按照自己的期待安排生活——甚至是同居前的生活。但是，安妮的性独立却完全超出了格拉海姆的期待，他自然难以接受这样的现实。

这个故事内在的逻辑是将相当程度的性平等作为两性交往的理想，而且认为女性在进入一段婚姻之前有过多个情史和性史是正常的。对女性来说，这种性多样化甚至是与男性平等的标志之一，因为社会从来就无法要求也没有要求过男性的贞节。安妮已经进入这一认识框架中，而且她也认为自己在婚姻关系中敞开过去是理所当然的。但传统观念对男女两性的性交往史是持有双重标准的。女性被分为贞洁和放荡两种，并强调守贞，男人则可以性多样化而不被谴责。其实安妮和格拉海姆在一起后恪守婚内忠诚，甚至再面对杰克的挑逗时毫不犹豫拒绝了他。而格拉海姆其实根本就不了解安妮的生活态度，他对安妮生活细节不遗余力的追寻只不过是满足自己的控制欲。不同于传统婚姻中控制与被控制相对稳定的秩序，与现代女性安妮的婚姻必须加入协商机制。问题就在于，格拉海姆对这样一个性协商的关系世界完全无法适应，安妮的生活方式已完全超出格拉海姆的理解范围，

---

① ［英］吉登斯：《亲密关系的变革——现代社会中的性、爱和爱欲》，陈永国、汪民安等译，社会科学文献出版社2001年版，第7—12页。

最终导致了暴力毁灭。当男性的性控制对女性完全失效之后，两性都应该重新思考这一变化，否则就会出现错位，产生类似格拉海姆的焦虑和恐惧。

吕志青的长篇小说《黑屋子》可谓中国版的《邂逅之前》。恰如维特根斯坦所发现的那样，所有的悲剧都是这样开头的：本来什么也不会发生的，倘若不是……《黑屋子》就是在这种不经意中揭开了悲剧的序幕。同学聚会中许建平一脸平静的幸福，而齐有生却是他妻子曾经出轨的见证人，这一隐秘真相让齐有生开始怀疑自己的妻子臧小林。臧小林朴素、勤劳、端庄，是一个几乎无可挑剔的贤妻良母，倘若齐有生没有见证许建平的婚姻真相，什么都不会发生，臧小林在齐有生心目中仍旧如同圣母一样洁净，他们的婚姻生活也仍会平静如初。现在，经由许建平这面偶然出现的镜子的反光，齐有生毫不怜悯甚至不无刻毒地逼迫臧小林从她藏身的"小黑屋"一步步走出来。可是"真相即污秽，真相即耻辱"，随着真相的逐步展开，齐有生开始以各种方式惩罚臧小林，近乎偏执地追求存在之真，臧小林也努力地自罚与赎罪，力图洗去污秽和耻辱，所有的合力最终变成一把小钢刀，暴力和死亡成为人物最后的归宿。事实上，齐有生对臧小林的穷追猛打表面上是在惩罚他人，其实质却是要寻找自我认同。对齐有生而言，"真实"虽如"豆芥之微"却是世界存在的根基，是一个人得以生存下去的维系。人们常常是通过外部世界的真实性来确认自我的，但这种真实性只是一种感觉，它往往无法证明。为了得到臧小林出轨的真相，齐有生和臧小林花了整整一天时间去踏勘臧小林曾经的出轨处所。龟山那块大石头，是臧小林记忆中第一次出轨的地点，他们从一大早就开始耐心地寻找，经过不断的细节比对，最终也只是找到了一块疑似的石头。这块"疑似石头"和石头上二人的"情景再现"颇富象征意义：真相无可追寻更无法还原，所有的证明过程必然是徒劳的。齐有生对真相的追问包括两个层面：一是事实的真相，指向臧小林出轨的事实；二是情感的真相，指向臧小林诚实的程度。在齐有生看来，后者才是更深刻的真实，可是臧小林却至死都

第四章 私人生活的转型：情感民主的可能与困境

未承认。在齐有生的步步紧逼中，臧小林逐渐坦白她婚后长达二十三年的出轨，却拒绝承认爱过那人，即使她重写的青春故事不断背叛她，她讲述的那些细节明确反对她，她坚持认为他最多只是她在痛苦中的一根救命稻草。正是这一点，将齐有生逼到最后的墙角。因为在他看来，如果连真实发生过的情感都不肯承认，那臧小林就构成了双重背叛，既背叛了婚姻，又背叛了她最初的情感。对于视真实如空气和水一样不可或缺的齐有生而言，这是他绝对不可容忍的，因为这意味着齐有生过去二十三年存在的虚无与荒诞。

齐有生的恐惧和愤怒均源于此。不仅现实世界已经没有一个绝对标准来裁定是非确认自我的存在，就连最亲密的爱人也意料不到地溢出了他能想象的范畴，这就导致一个巨大的问题：我是真实存在的吗？当齐有生认为臧小林是一个贤妻良母时，他就一直生活在这种自以为是的幸福中。而今这一感觉被彻底颠覆，那么过去的二十三年真实存在过吗？在窥破了臧小林谎言的那一瞬间，他骤然明白过去的二十三年，那曾经以为最好的年华变得毫无意义。他试图借由追问来抵达真相，但追问却只带来荒谬的答案；他试图通过不断的质询重回存在的纯粹状态，却不断陷入虚无之中。因此，惩罚臧小林就成为他的精神支柱，成为他生命的意义所在。"怜悯的残余被埋伏在黑暗中的人心的恐怖所掩盖"，他是以对臧小林的惩罚来确认自我的存在和意义。也正是在这个意义上，才能解释齐有生与臧小林一方面在出轨的问题上彼此折磨，另一方面又不耽误床笫之欢。齐有生试图在性爱关系的专制与极权中再次确认自我，然而被抽空了情感的肉体运动注定徒然无益，反而会使人陷入更大的虚空中。

这是一个悖论。每一个人只能在与他人和世界的关系中认识自我，而现在，世界和他人都已远离真实，陷入无所不在的瞒和骗之中。作为笛卡儿论断中"自然的主人与占有者"，人对外部世界拥有无可置疑的话语权，但是这位"主人与占有者"现在却突然发现他失去了一切，包括自我的存在，他只能在虚空中行走。对齐有生来说，真实是人境与鬼域的区别所在，但对存在之真的追寻却将二人全

· 123 ·

都逼向绝境。对此，老冯认为齐有生的执迷不悟是一种在"呼愁"作用下的迷误，它指的是心灵深处的某种失落感，从心有所属到心无所属，一种近乎绝对的信靠和寄寓的失去，使人一下子跌入巨大的情感和精神的空幻中，由此产生一种难以忍受的心痛和悲伤。自我就这样被放逐，因为没有谁能成为你的寄寓。越是陷在对臧小林的追问中，齐有生便越是抓不住自我。当外部世界和亲密爱人的真实都已不可追寻之后，对存在之真的追问只能指向自身。理解自己是最难的，因为必须跳出自我，将自我作为对象来考察。"黑屋体验"将这种不可能变成了可能。小说中的"黑屋子"既实有所指，也是一个丰富的隐喻。它曾经是大山里使人失去自由的拘禁和惩罚场所，也是臧小林的真实情感藏身的隐秘地带，在黑屋体验活动中，它又成为齐有生和朋友们排除外在纷扰反观自身大彻大悟的理想之境。

齐有生也有过出轨的经历，但他认为自己从未欺骗过臧小林，并且在最近十几年里臧小林频频出轨时，他却过着一种"堪称洁净"的生活。自认为恪守了所谓最重要的真实原则，齐有生便站在道德制高点对臧小林进行审判，近乎残忍地穷追猛打。然而，越是穷追猛打，越是陷入反命题："自从臧小林的事情暴露之后，这场前所未有的人生危机骤然降临之际，他身上的某道暗门突然打开，从前隐藏着的各种令人匪夷所思的无意识力量，各种驱动力，各种由心而生、无法被普遍理性所统一所融合所调和的潜在的可能性，痛苦而暴烈的内部斗争，一齐跑了出来，驱使他去做各种在平时绝对意想不到的事情。这纠缠在一起的各种力量互相促进又互相牵制，使他在极度的变态亢奋中产生出一种撕裂感，从中又迸发出一种魔灵和邪灵的强大力量。"[①] 理性的追问导向的却是非理性对人的全面控制：他不仅逼着臧小林在赎罪的道路上日渐走向非人的生活，还冷眼旁观臧小林去刺杀那人。更不可思议的是，他竟然可以冷静地计划先杀掉亲生儿子再杀掉臧小林。当初老冯也曾经像齐有生一样对前妻小米进行漫长的追

---

① 吕志青：《黑屋子》，《钟山》2016年第3期。

踪、质疑和拷问，如今平静下来的老冯告诫齐有生，那不过是理性和情感知觉的迷误，而让老冯幡然醒悟的是这样一句话："即便是一个卑污的灵魂，也是神圣不可侵犯的。"

直到在小黑屋独处自省，齐有生才意识到老冯的深意。人们往往对理性过度迷信，常常固执地在话语中寻找真相，更不明白语言的界限就是世界的界限。更重要的是，人们常常以为自己真理在握，以正义的名义掩盖了其中的凶残，正如齐有生挥舞着正义之剑，将臧小林逼向生命的尽头。当他自己进入真实的小黑屋，得以彻底审视自我时，心中才升起了久违的怜悯，梦中他对臧小林说：你走吧——恰如耶稣对犯奸淫女人说的：我也不定你的罪，你去吧，从此不要再犯罪了。从小黑屋出来后他径直回家想放臧小林回到从前的自由，却发现她早已服药身亡，拒绝了所有怜悯和宽恕。黑屋体验让一直以为真理在握的齐有生看到了自己内心的幽暗处，他终于明白那幅人与幽灵共处的画作的含义，原来地板下的幽灵"既有可能是一个他者，也可能是他们自己——自我中的另一个自我，藏于地下，藏于黑暗，藏于一间小黑屋，一直为他们所不知"，"藏于光鲜的日常生活底下的灾难和深渊，不仅在身外，也在身内"。齐有生不仅看到了自己内心深处的"幽灵"，而且意识到老冯、老穆、老费、沈慧、小朱等人不过都是他自己的一个侧面，是另一个自我，他们的存在让齐有生终于明白过去将自己置于绝对的审判者是多么愚蠢而可笑，他最后选择在愚人节从三十三层楼坠下身亡，是颇有些自嘲的意味的。

臧小林不止一次提醒齐有生，说他只是"利用基督反基督"，认为他是一个"敌基督"，无奈齐有生一直执迷于挖掘臧小林出轨的真相，根本无意理会什么"敌基督"。鲁迅曾经这样谈论陀思妥耶夫斯基的小说："凡是人的灵魂的伟大的审问者，同时也一定是伟大的犯人。"唯其如此，才能"显示出灵魂的深"[①]。齐有生最后的觉醒也具

---

① 鲁迅：《〈穷人〉小引》，《鲁迅全集》第7卷，人民文学出版社2005年版，第106页。

有了这种品格,小说的深刻,也得益于此。忠勇坚定如彼得,也曾三次不认主,内心仍有晦隐不明的幽暗蒙昧处和一些寻常看不见的罅隙。实际上,人一点都不知道自己,也常常难以对自己的行为做出充分的解释。正因为如此,谦卑就尤为重要。而只有当我们认识到有理性无法抵达和解释的东西时,才能学会敬畏,并由敬畏而生成谦卑。象征最高智慧的阿波罗神谕"认识你自己,凡事勿过度"、孟子所言"仲尼不为已甚者",都是这个意思。小说就这样穿越日常生活的表象潜行至深处,既有对现代社会的清醒认识,又有深入骨髓的思想透视。围绕两性关系中的"忠诚",将真实与谎言、罪与罚、耻感与尊严、复仇与宽恕、理性与非理性、谦卑与放纵、行动与冥想等关于存在的命题杂糅在一起,在事物的模糊状态中寻找存在的本真状态,在纷繁复杂的现实表象下发现存在的种种悖谬情境,呈现出复杂的小说精神。似乎是有意考验读者的耐心和自己的叙事能力,吕志青把两个人都推向极致,齐有生的求真和惩罚、臧小林的自罚和赎罪甚至都有些夸张和变形。当两性关系穿越日常的表象被推至一种极致情境时,常常会有不同寻常的发现。这次的发现在小说结局才得以揭秘,即"在'极限悖谬'的情况下,所有那些存在的范畴怎样突然改变了它们的涵义"[1]。

知识分子的两性关系是吕志青探询存在的一个重要通道。他善于将两性关系,尤其是悖谬的两性关系作为一个考察点,深入现代社会的内部肌理,抵达人性的幽暗地带,其中包含对人与世界、人与他者、人与自我种种存在困境的理解,蕴含着对现代人隐秘内心世界的探寻。他在《黑屋子》中借厉大凯传递了这种认识。厉大凯认为"男女关系是人类其他一切关系的起始点,忠诚观念一旦被摧毁,一旦蔓延到其他关系中,作为一个整体,人类将无法维系",因此他以行动激烈地捍卫忠诚。这种选择无疑是有些悲壮的意味的,因为捍卫

---

[1] [捷克]昆德拉:《被背叛的遗嘱》,孟湄译,上海人民出版社1995年版,第12页。

第四章　私人生活的转型：情感民主的可能与困境

忠诚的潜在意图其实在于捍卫一套正在崩溃的传统价值体系。厉大凯在演讲中宣称，这世上最重要的学问是心灵学，而要把那些被物质和欲望蒙蔽了双眼的人拉回到真正的生活世界里，就要重塑人们的心灵。厉大凯的行动表现在两方面：一是以曲尺咖啡屋及其读书会聚集一批同道讨论现代人的心灵问题和为婚姻的纯洁性而战，二是在自己身上采用光源氏计划①培养忠诚的婚姻。结果是俱乐部作鸟兽散，他的光源氏计划也不断受挫。在老冯所言的"半身不遂的自由主义"横行的这个时代，"汹涌而来的现代观念，大量堆积的现代观念，逐渐淹没了自然之道"，忠诚、真实、勇气、耻感、自省这些传统价值观念都散发出陈腐的气息，像垃圾一样被人抛弃了，厉大凯的理想主义冲动注定在现实中被冲撞得七零八落。

纯粹关系意味着一种新型伦理框架，其中最重要的就是祛除不平等的权力关系，协商与情感民主成为主要的交往方式。情感因此越来越成为生活政治的重要问题，基于信任的情感交流在性领域作为一种关系中的交往和合作手段，则尤为重要，因为"吐露内心的隐秘是可能引发他者信任、从而导致被追求的主要心理标志之一"②，亲密关系中这种自我敞开是协商与情感民主的重要前提，彼此之间的依恋也由此产生。当然，这是一种极为理想化的交往方式，安妮很自然地接受并践行着这种交往方式，还停留在过去的格拉海姆显然没有跟上安妮的节奏，悲剧自然不可避免地发生了。在这个性协商的新世界里，《邂逅之前》中的安妮和《黑屋子》中的臧小林原本是应付自如的，但因为格拉海姆和齐有生的不适应而酿成最后的悲剧，其中安妮和臧小林的角色隐喻了现代社会里女性相较男性更易进入以协商为主的新型两性关系，但却依然无法阻止男性惯性的控制欲，最终付出了生命

---

① 出自日本古典小说《源氏物语》，主人公光源氏将小他九岁的若紫接入府中，从十岁开始培养成为自己心目中完美对象，长大后再成为他的妻子，光源氏计划的重点在于养成的过程。

② ［英］吉登斯：《亲密关系的变革——现代社会中的性、爱和爱欲》，陈永国、汪民安等译，社会科学文献出版社2001年版，第83页。

的代价。

　　纯粹关系建立的一个重要前提是对交往边界的尊重，这是两个彼此独立的个体间保持平衡的重要保障。当格拉海姆逾越边界时不仅伤害了安妮和杰克，其实受伤最深的是他自己，因为"某个关系内部的清楚界限，对融汇之爱和亲密关系的维持显而易见是重要的，亲密并不是被另一方所吸纳，而是知道他（她）的特点并使之与自己的特点相适合"[①]。吕志青的中篇小说《黑暗中的帽子》就注意到这一边界问题，其实质也是现代社会的交往的困境。现实社会中心理疾病的普遍存在，使臧医生和他的心理治疗机构"中立中心"声名远扬，"把自己当他人""把他人当自己""把自己当自己"三条准则构成臧医生心理咨询中的"价值中立"原则。这三条原则意味着既将他人和自己平等相待，也要给他人和自己分别划定安全的疆域，他人和自己在此都是平等的个体。但事实上臧医生的治疗结果却是十分可疑的，臧医生和何莉莉、沈洁、范彬彬三个女患者，毫无例外地陷入各种悖谬，纠缠不清。在臧医生的心理疏导下，何莉莉走出了暴力婚姻和心理恐惧，并与臧医生开始了所谓"新型同居关系"。当医患关系中的价值中立延伸至两性关系后，何莉莉时时感到陷于比前夫小鲁的拳头暴力更甚的冷暴力之中，他们之间只有两性同居的实质，并无心灵的融合。而那项由何莉莉亲手织成的黑色绒线帽戴在臧医生头上后，"请勿打扰"的心理疆域更是明确划定，无论是主动还是被迫，臧医生与何莉莉都无法走入对方的精神世界进行任何正常的心理交流。那么对何莉莉来说，到底什么是理想的两性关系？是与臧医生彼此完全自由同时也完全无法走进对方心里的新型同居关系，还是与前夫小鲁哪怕对打也不失为一种情感交流的彼此融入？而那个曾经在网上和臧医生打打杀杀难解难分的"十步芳草"范彬彬，则是另一个反例。臧医生试图抛开价值中立的立场，打破壁垒，直接进入彼此的

---

① ［英］吉登斯：《亲密关系的变革——现代社会中的性、爱和爱欲》，陈永国、汪民安等译，社会科学文献出版社2001年版，第124页。

第四章 私人生活的转型：情感民主的可能与困境

心灵，从而抵达交流至境。但当一向尊奉价值中立的臧医生对范彬彬"痛下杀手"，过度侵犯了她的心理疆域时，范彬彬最终走向精神失常，为了逃脱所谓外星人的控制开始了永无休止的奔跑。那么对范彬彬来说，到底谁才是有意义的存在？是那个被现实和权力控制，被臧医生称为"牺牲品"的中学校长，还是这个自我意识苏醒后歇斯底里要摆脱外力控制的精神病患者？对臧医生来说，无论是价值中立，还是突破心理疆域进行价值引导，都无法达到他理想的境界。事实证明这只是一种梦想。

女性自身的成长为纯粹关系的出现奠定了重要基础。传统意义的浪漫爱情中，女性更容易对爱情存在浪漫的幻想，这种幻想既将对象理想化，也将未来理想化。唐颖《无性伴侣》中的都市白领薛兰爱上一个艺术家，他留着长发，讨厌穿套装上班的女人，每次吵架都是薛兰去追回他。最终他还是和一个比他年长十岁的德国有钱女人结婚了，因为他从此可以去欧洲接近他向往的所有的大师，这无疑是一条实现艺术家梦想的捷径。艺术家男人的自私和残酷深深地伤害着薛兰，可是薛兰竟然还愿意怀着他的孩子千里迢迢远去新疆为他和别的女人证婚。此后薛兰反省自己的生活才发现，她一直自认为平庸凡俗，依靠艺术家男友找到了另一种生活方式，这种自以为不再平凡的生活其实是以漠视自我内心的需求和自我价值的实现为代价的。问题是即便有了这种清醒的认识，薛兰仍旧认为那个艺术家是她身边出现过的最有光彩的男人。浪漫之爱的理想化投射让薛兰身心俱疲却又甘心深陷其中，历史和现实中很多凄婉的爱情故事都是源自同样的问题。但另一方面，现代女性只要有能力，就完全可以有和男性一样的发展机会和成就，可以自己把握在两性之中的合适位置。《杜拉拉》系列小说里的杜拉拉即是如此，其足够的自信和出色的能力都是现代职场女性的典型特征，也因此深刻改变了杜拉拉对两性亲密关系的理解及把握方式。《杜拉拉》先后改编成电影、话剧和电视连续剧，引起人们的广泛关注，也创造了巨大的商业价值。这一现象本身就说明杜拉拉这一形象已不仅仅是个例，她能够引发社会的强烈共鸣就在于不同于传统女性对男性的亦步亦趋,当下社会的发展已足以使杜拉拉们从容不迫地经营两性亲密关系,尤其是当女性能够获得经济的独立时,纯粹关系的出现就有了可能,从而达到真正的平等。新世纪小说中也有大量的女性能够及时调整两性关系,以避免无法控制的结局。徐坤的《爱你两周半》中,"非典"时期严格的隔离措施,让一向在感情上收放自如的于珊珊和一向踌躇满志的地产商人顾跃进被迫独处两周半,琐碎的日常生活、夜里令人难以忍受的呼噜声等意外到来的真实轻易就击碎了以往的种种默契和互相吸引。解除隔离的瞬间,顾跃进就飞奔而去,连"再见"都懒得说,于珊珊也如释重负独自欢呼。在封闭的空间内,所有的身份和光环褪去后,进入纯粹的两性世界,"非典"这一意外让他们终于看清对方和自己的真实需要。马小淘的《两次别离》中北漂男青年朱洋和北京大龄女青年谢点点,两人之间本无令人心动的爱情,而是经过反复权衡和取舍后就奔着婚姻去了。谢点点慢慢发现,朱洋其实是一个早已失去了爱的能力的乏味之人。就如他的"花生酱瘾"[①],他可以将花生酱和面包、牛肉、西蓝花、带鱼等食物同食,而且日复一日从来都不厌倦。各种食物本身具有的色香味对他而言一点都不重要,重要的是花生酱。与此类似,在两性关系中,他可以和任何女人共度一生不离不弃,但并非这个女人的独特魅力足够激起他的爱情,仅仅因为她作为妻子的身份。谢点点原本是一个对爱情充满了憧憬的人,因为家庭、社会给女性的婚姻压力,她主动放弃了对爱情的追求,竭尽全力满足围绕她的社会期待,以安全感为理由选择了朱洋。两个并不相爱的人就这样结成家庭同盟。这样的婚姻在当下现实社会中几乎每时每刻都在发生,并无新意。马小淘的功夫在于她并不满足于这种对生活表象的描摹,而是制造了一个突然事件,惊醒了梦中人谢点点。她开始反思自己的选择,看清了真相,并采取行动,拒绝与朱洋的复合。须一瓜《淡绿色的月亮》中,芥子和桥北婚姻中的浪漫情感也是因为一个意外事件而

---

① 马小淘:《两次别离》,《创作与评论》2014 年第 2 期。

第四章 私人生活的转型：情感民主的可能与困境

陷入危机，在面临入室抢劫的盗贼时，桥北软弱和缺乏责任感的表现让芥子重新看待自己的婚姻关系。此后芥子近乎偏执地一再责问桥北，都表明她对纯粹之爱的追求要高于一切，警察设身处地现身说法和桥北的各种努力都无法缝合已经撕裂的伤痛。撕开浪漫爱情的面纱后进入对纯粹爱情的理性追问时，往往女性的思考要更深入一些。

对于婚姻中的女性而言，纯粹关系的理想也许更难以实现。林那北的《锦衣玉食》中写到三对中年夫妻的生活。柳静是有经验的中学老师，丈夫唐必仁是体育局副局长；柳静的朋友李荔枝是炙手的妇产科大夫，丈夫贺俭光是房地产商；柳静的邻居余致素的丈夫薛定兵官至副市长。他们都有令人艳羡的家庭，过着锦衣玉食的生活。问题在于表面的"锦衣玉食"并不意味着内心的幸福，冷暖自知，她们总觉得"滋味不对"，都承受着这锦衣玉食掩盖下的千疮百孔。最重要的是，她们与身边最亲密的人都无法沟通。柳静们的困境首先来自和丈夫的隔膜，每一对夫妻之间都有一道不可逾越的墙，这道墙由各自的秘密铸成。柳静一直自信唐必仁不会背叛自己，而且唐必仁也一直是这样做的，这是一般意义上夫妻之间的忠诚，在当下社会里愈显珍贵。但这种忠诚并未使柳静产生安全感，反而在小说结束的时候，做好了"离开这个家，永不再跨进一步"的准备。这里一个重要的问题就是沟通的障碍。因为到最后柳静才发现，唐必仁的仕途是以将女下属奉献给上司换来的。对柳静而言，她宁可真相是唐必仁自己发生了婚外情，至少让有精神洁癖的她觉得不那么脏。余致素一直想要理清薛定兵和前妻的关系，到最后才发现自己的隐秘身世和少女时代的创伤记忆一直都是丈夫和前妻共同的秘密，自己倒成了局外人。在这三对夫妻中都没有所谓"第三者"的介入，但无一例外都陷入危机。除了夫妻关系的紧张之外，柳静和女儿锦衣之间也是一场没有硝烟的战争。锦衣从长相、身材到交的男朋友，柳静没有一样称心，反而一直在心里挂念那个从来就不存在的第二个女儿玉食，她总是想玉食是会符合她所有关于女儿的设想的，以此弥补因对锦衣的失望带来的遗憾。锦衣一直念到研究生毕业，总是和父亲亲近些，甚至在不动声色间帮助父亲做那违背母亲原则的事情，比如带父亲上司的情人去堕胎，母亲和女儿就这样不乏敌意彼此对抗。直到最后，当锦衣发现男朋友陈格竟然颇费心机地利用父母为自己求前程时，毅然和他分手。此时的锦衣分明是柳静精神洁癖的翻版，母女之间的天然联系就是这么不可思议。小说虽然一层层剥开了生活的真相，夫妻之间、母女之间仍然无法真正展开交流，柳静"也许会出走"，但困境仍然存在，因为直到最后，基于平等交流和信任的纯粹关系依然没有建立起来的转机。

囿于传统两性权力关系的强大惯性，建立真正意义上的纯粹关系当然是有难度的，但新世纪小说中关于两性协商关系、边界问题和女性自身成长的认识，都呈现出高度的理性自觉，而这些认识正是社会发展进程中情感民主的重要基础。

(二) 可塑性性征

"可塑性性征"与纯粹关系密切相关，其最大的特点就是性因为与生殖繁衍相分离而成为一种去中心的性，并由此延伸至极具革命性的女性性自由与性快感的主张和各种非异性恋的边缘性别关系。

多样化的两性关系是可塑性性征最普遍的表现。现代科技和人类的性实践已经证明，当避孕和辅助生殖等技术日渐成熟与普及时，性活动就不一定服务于生殖，而生殖也不一定要借助传统的两性性活动和异性婚姻获得[①]。陈染早就认识到这一问题："现代人恋爱，生育已经不是最重要的和唯一的目的了，恋爱就是因为爱。"[②] 一般来讲，当性脱离了阳物统治后，两性关系就会越来越平等；当性从生育和繁

---

① 未婚演员徐静蕾称"冷冻卵子"是"世界上唯一的后悔药"、韩寒声援"生育必须要找个男人结婚捆绑吗？连我这个直男癌都看不下去了"、海归未婚妈妈和已协议分手的孩子爸爸在网上发起众筹为自己非婚生女儿筹集4万元"社会抚养费"等事件，都引发网民的广泛讨论。其实结论不重要，但社会对这类非传统两性关系和生育方式的理性讨论而非一味指责则明确无误地昭示着性观念的新变化。正如吉登斯所言：生育的许多方面过去被认为是由传统以及由自然界的极限所"给定"，现在从原则上讲却是可以任意决定的。见[英]吉登斯、皮尔森《现代性——吉登斯访谈录》，尹宏毅译，新华出版社2001年版，第77页。

② 陈染：《不可言说》，作家出版社2000年版，第114页。

第四章　私人生活的转型：情感民主的可能与困境

衍的功能中独立出来后，性活动与性实践就有可能日益多样化。性与生殖的分离"为复兴爱欲提供了可能性——不是作为不纯洁女人的专业技巧，而是作为性在社会关系中的生成性质的爱欲，这种社会关系是通过相互的而不是通过不平等的权力形成的"①，两性之间的平等与尊重开始取代以往的暴力与虐待。重要的是，这种关系模式会自然传导至社会上的其他关系，个人生活的大规模民主化由此成为可能。基于现代社会性别关系的这种新变化，新世纪小说也敏锐地表现出对这种新型性别关系的关注。当然，现实中往往是以悲剧性的结局从反面让人看到变革的必要。陈希我的《红外线》以偷窥的方式深入一对夫妻的二人世界，发现他们不为人知的隐秘世界。他们天天在楼下散步秀恩爱，被所有人艳羡，但上楼后他们的生活却出乎所有人的意料之外。他们没有孩子，所以她变着花样甚至还买人肾给他补肾，但另一方面这并不能阻止他们享受性的快感，他用手给彼此带来快感。她说："你能理解那是一种怎样的感觉吗？那是快感的捷径。那是一种压缩得像芯片一样的冰冷的快感。"他们的关系就是以这样非常态的方式维持着，甚至她发现自己也正是因此而依恋他。这是完全无关生育的性生活，女性在其中的角色显然已经发生了巨大的变化。邱华栋的小说《代孕人》中也写到至少三种现代生育方式："我"和妻子忙于事业，从福利院领养了一个五岁的聋哑小女孩唐棣；李林和庞丽夫妇请田琳代孕生下一个女孩；"我"的前女友和一个教授未婚先孕生下一个儿子，做了单亲妈妈。从这些情况来看，现代社会中产阶级的生育选择已经多样化。

性快感尤其是女性的性快感是可塑性性征的重要突破。当代文学从无性年代到性观念的革命是显而易见的。李铁的《男女关系》中写革命年代"我"和杜小蕊同居一室却坚守不越雷池的底线，每当在床上"我"欲火难耐时，杜小蕊就和"我"一起背诵技术资料和

---

① ［英］吉登斯、皮尔森：《现代性——吉登斯访谈录》，尹宏毅译，新华出版社2001年版，第201页。

工厂管理规定，对异性的渴求被迫转移到对工作和革命的热情。这种坚持固然需要非同寻常的毅力，更折射出禁欲年代里谈"性"色变的观念。在几乎长达三十年的无性文学之后，1980年代以来的小说中关于性爱的书写不再成为禁忌。王安忆的"三恋一岗"试图从多层面探讨性与爱的问题，其中尤以《小城之恋》对女性欲望的正视开创了性爱小说的新纪元，但是小说的结局仍以母爱的圣洁涤荡了性的罪恶。林白的《一个人的战争》和陈染的《私人生活》则因个人性经验的书写成为90年代最为激进的女性叙事文本，这些被称作"私人化写作"的文本更多呈现出对男性中心社会秩序的抵抗和颠覆，字里行间透出一种紧张感。从卫慧、棉棉开始，关于性爱的描写则不再背负文化的重负，变得和吃饭一样正常，性愉悦与快感也成为小说中人物不可或缺的生命体验。可见，在半个多世纪里，性观念经历了天翻地覆的变化，也促成了可塑性性征的形成。虽然浪漫之爱会涉及性爱，但更强调精神上的依恋，因为它"排除了性满足、纵欲技术与性快乐"[1]，融汇之爱才真正"把纵欲技术导入夫妻关系的核心，夫妻之间的性快感成为关键的要素"[2]。这里彰显的是一种"褒性的道德观"[3]。在这种观念下，性成为给人类身心带来愉悦的一种充满正面意义的获得。也就是说，性快感也是一种符合社会道德的人类行为，而不是堕落、罪恶或者丑陋的行为。当然，性解放的女性在历史上也不乏其人，但这些人"几乎总是要么出现在社会最高层，要么出现在底层，这些妇女由于截然相反的原因，能够摆脱处于支配地位的社会常规"[4]，恰如高高在上的强人武则天和遭千夫所指的性工作者。而一个理想的现代社会，无论什么人都应有可能达成高质量的性生活并不致被非议，因为"融汇之爱是在如下一种社会中才发展为一种理

---

[1] ［英］吉登斯：《亲密关系的变革——现代社会中的性、爱和爱欲》，陈永国、汪民安等译，社会科学文献出版社2001年版，第82页。
[2] 同上。
[3] 李银河：《性学入门》，上海社会科学院出版社2014年版。
[4] ［英］吉登斯、皮尔森：《现代性——吉登斯访谈录》，尹宏毅译，新华出版社2001年版，第120页。

想：在这个社会中几乎每人都有机会达到性活动的最高境界"①。在《糖》中，从英国回来的坏孩子赛宁第一次见"我"（红）时说他一直在等候一个"来自破碎家庭的、拼命吃巧克力的、迷恋雨天的女孩"，正好红正是这样一个女孩。这个细节多像浪漫故事里的一见钟情？可是赛宁和红的交往远远超出常人对浪漫的想象，他们在当晚就发生了性关系。一个多月后，红再次去找赛宁，因为她没搞清楚和他之间是什么感觉，或者是忘了，所以要求："我们再来一次好吗？"当红说饿了的时候，赛宁说："你是想和我做，还是想吃东西？"没有扭扭捏捏，没有欲说还休，性就像和吃饭一样自然。红甚至怀疑自己和男人在一起做爱除了体验高潮的感觉外有没有爱的成分都不一定，小说直接借红之口明确表达出女性对性高潮的要求。在她看来，如果一个男人不关心这个女人的性高潮就是狂妄自大，就是不把自己当人。对红而言，对方忽视自己的性高潮就是不会爱的表现，就是不尊重她。因此他们之间会出现一种离奇的生活方式：在彼此厌倦时，两人每天睡在一张床上，一人一副耳机听着音乐平静地入睡。到周末，他们变成一对默契的打猎伴侣，各自去寻找异性聊天消遣，然后一起回家。

可塑性性征在文学中的另一个重要表现就是对非异性恋的书写。2014年李银河与跨性别认同的伴侣"出柜"，引起很多讨论。虽然带来很多困惑，但因为李银河的学者身份，这一事件也成为社会讨论和思考诸多异性恋之外的边缘性恋关系的重要契机。李银河并未因此事遭遇过多非难，而LGBT（即女同性恋者Lesbian、男同性恋者Gay、双性恋者Bisexual、跨性别恋者Transgender）这些概念第一次如此高频率出现在网络上，都折射出当下社会对这些非主流非异性恋者的宽容和理解。相较社会学界近年来日益引人关注的相关讨论，当代小说关于同性恋、虐恋及其他非主流性恋关系的书写则自1990年代以来

---

① ［英］吉登斯：《亲密关系的变革——现代社会中的性、爱和爱欲》，陈永国、汪民安等译，社会科学文献出版社2001年版，第83页。

就是一个重要主题。而这也正是以异性恋为主要指向的浪漫之爱与融汇之爱重要的区别,融汇之爱与异性恋并没有特殊的关联,在某种意义上,纯粹关系甚至在同性之间更容易生发,因为他们没有既定的规则用来遵循,更多需要以协商民主的方式制定自己的规则以维持关系。陈染曾谈道:"如果没有那么强烈的生育目的性,就不一定非得遵循古老的异性恋模式。"[1] 倪拗拗和禾寡妇(《私人生活》)、黛二和伊堕人(《另一只耳朵的敲击声》)、意萍和二帕(《瓶中之水》)、朱叶和七凉(《回廊之椅》)等这些陈染和林白小说中的人物都是同性恋或者具有同性恋倾向,在当时曾经引起研究者极大的兴趣。不过,相对而言,90年代的同性恋书写仍然相对保守,譬如林白的小说虽然很多都涉及同性恋主题,但林白并未在这一问题上表现出决绝的革命激情,反而是她的犹豫和徘徊引人注意。她在《一个人的战争》中写道,她十分害怕自己是天生的同性恋者,这是她的一个心理痼疾,它像是一道浓重的黑幕,将她与正常的人群永远分开。多米并没有勇气走得更远,面对女同性恋者热烈的爱情,她惊慌撤退,回到"正常的人群",从危险的边缘返回安全地带。作为女性主义思潮在文学中的重要主题,90年代的同性恋书写更多指向对异性恋中男性主导秩序的抵抗意义,也相对脆弱。相比而言,进入新世纪以后的同性恋书写更多作为一种生活方式的选择,更具自我实现的生活政治意味。唐颖的《无性伴侣》中,朋朋办公桌上的一幅画就毫不掩饰地展示对男同性恋群体的认可。画面上是一个流行乐队,乐队成员个个呈现出生气勃勃的精神状态,再加上令人艳羡的肌肉线条美,谁都不会否认他们身上男性的阳刚气质。但事实上,这是一个同性恋乐队,这种形象和异性恋人通常想象的同性恋相去甚远。同时,朋朋和他的同事可以公开欣赏这样的形象,也说明人们观念上的巨大转变。此时同性恋者被视为更加自在的生活方式,叙述人显然也持有认同的态度。事实上,情感的交流在同性恋中有着更为重要的位置,在某种意

---

[1] 陈染:《不可言说》,作家出版社2000年版,第114页。

义上，同性恋被认为比异性恋更能凸显平等与信任。他们当然也会有承诺，但因为没有既定的陈规，所有关系都要基于协商来解决，吉登斯因此将同性恋者视为"现代社会中的情感先驱"①。

现代社会中还存在同性恋之外的一些非异性恋关系，他们的性取向和生活方式也在新世纪小说中得以呈现。《无性伴侣》的男主人公是一个无性恋者，无性恋者既不会对男性也不会对女性产生与之发生关系的欲望，但他（她）的性别认同没有问题。小说中白领女性朋朋、薛兰、阿杜的生活方式在有关上海的书写中其实并无新意——工作在高档写字楼，闲时在颇具情调的酒吧和咖啡厅，但因为"无性伴侣"阿进的加入便颇有些特别。阿进自小由母亲带大，处处有四个姐姐照顾，在女人堆里长大的阿进无论在外形上还是在心理上都更容易和女性亲近。每天早上和三位女同事拼车上班，甚至会被她们差遣以百米冲刺的速度去买卫生巾。他有洁癖，害怕打架，在公司常被男同事取笑不够男人。当然，阿进也并非人们猜测的同性恋。他虽然习惯和女人交往，但和她们在一起时没有性的欲望和冲动，薛兰失恋后阿进去陪宿甚至无需任何设防。正因为如此，薛兰和阿进走进婚姻成为彼此都认为最正确的选择，薛兰解决了未婚先孕的尴尬，阿进也迈入常人眼中的正常生活，实际上，他们的选择不过是受制于世俗社会的惯例。陈家桥的《人妖记》则是一个有关变性人的故事。人妖是常人眼里猎奇消费的对象，小说却以独白的方式坦露他的内心世界的悲喜。虽是变性人，却也有着对爱情的强烈渴求，他也热爱自己的生活，希望能在最好的年华遇见情感的奇迹，就像所有人一样拥有幸福的生活。虽然他依恋的对象不过是一个旅游者身份的过客，却依然让人感怀不已。

二　可望而不可即的爱欲

亲密关系对纯粹关系的设定显然具有理想化色彩，并因此而规避

---

① ［英］吉登斯、皮尔森：《现代性——吉登斯访谈录》，尹宏毅译，新华出版社2001年版，第125页。

了许多现实的障碍。首先一个问题来自对可塑性性征确立之后男女两性平等问题的质疑。性与生殖的分离的确有可能导向两性的平等，但是这一分离的基础是现代避孕技术，而这一技术的可靠性仍是值得怀疑的。只要不是百分之百的可靠，就会存在怀孕的风险。而男女两性对于这一风险的承担是相当不平等的，男性几乎无须承担任何不良后果，而女性可能要付出丧失生育能力甚至生命的代价。其次，一种生成性的、能动的关系本身被吉登斯理解得机械了，他这样做可能是为了最大限度地成全他自成一统的理论模型。关系双方的权力平衡是动态的、危险的，太多的因素随时可以改变关系的走向。事实上，吉登斯本人也意识到这一理想框架的困难："亲密关系的变革提供了两性和解的条件，然而，所涉及的不仅只是更大的经济平等和心理重建，爱欲与性关系中所有情感的工具性相对立。"[1] 爱欲是感情的培养，理论上它会带来生活的理想情境，但"经济平等"与"心理重建"的难度以及商业社会中"情感的工具性"等问题总会在现实生活中使爱欲陷于种种困境。

（一）暗藏的不平等

在人们的想象中，浪漫之爱的两性关系应该是平等的，因为人们一般认为浪漫之爱的产生是基于双方的情感投入。但这不过是一种假象，实际上，大多数向往浪漫之爱的女性发展到底都免不了沦为男性的"严肃附属者"[2]。这种不平等长期影响着女性，甚至内化为她们自己的一种要求："一方面，它有助于将妇女放在'她们的地点'——家中；而另一方面，浪漫之爱可以被看做是一个主动的激进的同'男性化'的现代社会的婚约。"[3]

在被规定的"她们的地点"中，厨房是一个极具象征意义的空

---

[1] ［英］吉登斯、皮尔森：《现代性——吉登斯访谈录》，尹宏毅译，新华出版社2001年版，第201页。

[2] ［英］吉登斯：《亲密关系的变革——现代社会中的性、爱和爱欲》，陈永国、汪民安等译，社会科学文献出版社2001年版，第82页。

[3] 同上书，第83页。

间。女权主义者常常从捍卫女性权利的角度，对厨房进行激烈的抨击。潘向黎的《白水青菜》里，"他"和"她"原本有令人艳羡的家庭生活。他受过高等教育，是当地的风云人物，除了商业上的成功外，他还有一个非常难得的荣誉称号"十佳丈夫"。她辞掉中学教师工作，专心在家相夫教子，当一个"最会煮饭的女人"。这样看起来实在应该是一个幸福的家庭，她曾经也这样看待自己的生活。一份看起来简简单单的瓦罐汤，却是她每天从早上起床就开始忙活一直到晚上才最终做成的。当他每天习惯性地喝着汤的时候，也就是她最有成就感、最幸福的时刻。她每天就是这样守着一份看起来寻常无比的"白水青菜汤"等他回家。可他还是不可避免地遇上了一个叫嘟嘟的年轻女孩，背叛了她的等待。直到嘟嘟好奇到访，白水青菜汤的秘密才解开。原来那份看起来一点油花都没有的清汤，其实是加进了十几味食材精心熬制而成的，加上复杂的工序和小心翼翼的火候控制，需要一整天的时间，最后把里面的食材都捞出来，放进青菜和豆腐。她的耐心和爱心都在这一份汤里，她的存在价值也都浓缩在这一份汤中，她甘愿将自己固定在厨房里守候他。因此他看到的永远只有白水青菜和豆腐，这复杂的食材和工序与她的良苦用心是他永远看不见的。所以当他再次回到家时，她照旧给他端出饭菜和白水青菜汤，当他急急忙忙喝下久违的一口汤时，瞬间就发现了变化：看起来一样的白菜豆腐汤，却完全没有原来的美味，因为是真的只有白水＋青菜＋豆腐。"一碗汤的革命"暗示着她从对他的浪漫幻想苏醒过来。她依然优雅，讲究生活品位，但更坚强，处变不惊。她毅然从家庭和厨房中走出来，要去烹饪学校当老师。

女性从家庭里脱离出来的每一步都是艰难的。走出厨房，成为走向与男性平等的重要象征，但"娜拉走后会怎样"的问题一直都困扰着女性前行的步伐。随着女性不断向外走出，从不平等的两性关系中获得解放的程度也越来越高，然而问题紧随而至："对于被解放的妇女来说，认同便成为更为突出的问题。因为妇女的认同完全是依照家和家庭来界定的，以至于她们在'跨出'家庭走到社会的场景中时发现，这里所能获得的认同是由男人的刻板印象所提供给她们的。"① 早在1990年代，徐坤的《厨房》就谈到女性的这种进退尴尬。走出家庭的枝子获得了通常意义上的极大成功，功成名就之后却始终觉得生活有缺憾。为了留住艺术家松泽的感情，她重新进入厨房，最终她的付出不过就像那被拎了一路的厨房垃圾一样，她不可能再次从传统的厨房生活中获得认同。这就是女性的两难。男性远离厨房被视为理所当然，因为他需要宰制更大的社会空间；对女性而言，留在厨房，就是默许男权秩序的社会结构，逃离厨房则意味着破坏这一传统结构，可以获得和男性一样的社会空间。问题是此时女性的自我同一性会产生分裂，因为整个社会甚至女性自己仍是按照传统模式界定女性的身份认同的，比如一个女人事业上再成功，若是独身或婚姻家庭不美满，仍会被视为生活的失败者。那么回到厨房呢？枝子的悲剧更预示了这种返回的虚妄。那么《白水青菜》里被"厨房"浸润多年的"她"能如期获得全新的自我认同吗？答案或许也是存疑的。倒是那位爱得勇敢提得起放得下的现代女性嘟嘟，非常清楚自己要什么。嘟嘟看过熬汤的全过程后很清楚地告诉她："我不是你。"这是卸下传统重负的年轻一代，对于嘟嘟们来说，她们非常清楚地拒绝向男性的规约主动靠拢。

男性中心的不平等社会秩序不仅对女性同时也对男性的选择和实践产生根本性的影响，但是男人接受影响的方式与女人有很大差异。男人爱上一个女人时，表面上看起来他对女人极其爱护，甚至一切以女人的需要为中心，但事实上这个男人可能并非出于平等理念这样做，而是因为这是为他所属的女人，而且在进一步的相处中，男人总会希望女人温柔体贴、善解人意，甚至回到操持家务、生儿育女的传统身份。因此，在这种关系中，"并没有真正基于纯粹关系的亲密关系诞生"②。《白水

---

① ［英］吉登斯：《现代性与自我认同》，赵旭东、方文译，生活·读书·新知三联书店1998年版，第25页。

② ［英］吉登斯：《亲密关系的变革——现代社会中的性、爱和爱欲》，陈永国、汪民安等译，社会科学文献出版社2001年版，第79页。

青菜》中，他既享受着嘟嘟给他带来的全新生活方式，又在骨子里期待一个传统的女性和家庭带来的稳定感。爱读村上春树的嘟嘟是个时尚、独立的现代女性，他凡事都顺着她的意愿，一切似乎是新生活的开始。但问题还是出现了：他们无法解决吃饭问题。嘟嘟曾经用心地做过一顿"村上春树餐"，他勉强吃完后婉转表示"在家里吃越简单越舒服"，甚至怀念"就是一碗白水青菜汤，吃起来就够好了"。虽然他和极具现代意识的女孩生活在一起，却仍然无法进入真正两性平等的现代生活。他在享受着嘟嘟带给他的全新生活体验时，仍然希望嘟嘟能够成为另一个厨房里的"她"。当嘟嘟满足不了他时，他忍不住要返回过去，所以再次回到有"她"的那个家，那是已经内化到骨子里的习惯，也是男权社会无处不在的陈腐观念。"他"和《邂逅之前》的格拉海姆何其相似，虽然看似不断追求新的生活，实质上他们对女性的认识始终停留在厨房或守贞的传统意识中。

　　人们在现实生活中必然产生对彼此的依赖，这种依赖在吉登斯看来可以分为"相互依赖型"和"强制依赖型"。所谓相互依赖型，指的是"为了保持一种基本的安全感，需要另一个人或另一组人界定他（她）的需求；如果不对他人的需要作奉献，他（她）就无法感到自信"。而所谓"强制依赖型"，指的是"男人们更倾向于进入固定化关系，但是对这种联系性要么不理解，要么主动地否认它；而对于女人们来说，强制的依赖性更经常地与家庭角色联系在一起，后者已经成为一种物恋——仪式性地卷入诸如家务琐事和孩子的需求之中"[①]。对于《白水青菜》里的他和她而言，其实都已经习惯了强制型的依赖关系，正如常言说的"要想拴住男人的心，就要拴住男人的胃"，他对她的依赖仅在于汤最后的美味，却从未了解她为这美味所做的烦琐准备工作和细致入微的每一道工序。所幸的是，她已经有所觉醒，以一钵简单的"白水+青菜"汤取代此前那耗费一整天时间加进几

[①] ［英］吉登斯：《亲密关系的变革——现代社会中的性、爱和爱欲》，陈永国、汪民安等译，社会科学文献出版社2001年版，第118—119页。

十味配料香味四溢的"白水青菜"汤，留下他独自诧异。

男女两性的不平等不仅仅在两性之间亲密关系的建立中构成阻碍，同时也会潜移默化到所有社会关系中困扰女性的发展。一个女性，除了女人这一本质属性外，还有着太多的称谓和身份。女性要想获得社会承认和自我确认，也只能周旋于"无尽关系"中，甚至将这种普遍的社会观念自觉内化为人生意义所在。孙惠芬的《致无尽关系》对此进行了细致的描摹。孙惠芬说她曾经由于不断"往返在婆家和娘家之间，忙碌在由婚姻关系牵扯出来的关系里"而感到"如此孤独"，但是现在变了，她"意外地发现，这繁琐而繁复的关系，其实是人得以活下去的真正养料，没有它，人就是一缕虚无的风"①。原来避之唯恐不及的关系早已内化为她对自己人生意义的追求。

正因为如此，现实中的女性总是要付出加倍的努力和艰辛来获得认可。新世纪小说中大量出现的"女强人"和"剩女"形象敏锐地回应了这一越来越突出的社会问题。徐坤《厨房》中的枝子早就身处这种现实困境无力解脱。女性从厨房走出去后获得事业上的成功并不意味着获得完整的自我，不仅是男性，而且女性自身往往还是把自己的位置定位在厨房。因此枝子再次回到厨房，满怀柔情蜜意地营造气氛，结果只收获了一袋垃圾。徐坤曾解释说，有很多女人"往往会莫名其妙地拎着情感的垃圾上路"②。这是男性视野中女强人一贯的刻板印象，即事业上成功而家庭和感情上失败，这样的女强人往往骨子里是悲剧性的；这也是女性自身的局限所在，一个女性走出家庭后，虽然取得了事业的成功，但她对自己的定位仍然停留在男性视野中的那个只属于家庭的形象。正如吉登斯所言："对于被解放的妇女来说，认同便成了最为突出的问题。因为使她们自己从家庭中以及家庭琐事中解放出来之后，妇女们面对的是一个封闭的社会环境。妇女的认同完全是依照家和家庭来界定的，以致她们在'跨出'家庭走

---

① 孙惠芬：《创作谈：后颈窝的表情》，《小说选刊》2008年第12期。
② 徐坤：《关于厨房》，《北京以北》，昆仑出版社2004年版，第53页。

到社会的场景中时发现，这里所能获得的认同是由男人的刻板印象所提供给她们的。"[1] 新世纪小说中的女强人形象虽然仍旧面临种种问题，但是相对枝子在两性感情上的疲累和无力状态，却逐渐确立起更加独立精彩的自我形象。张抗抗的《作女》中的"作女"们就是如此，她们的"作"其实是追求精神的自由和飞翔，向往经济和人格的双重独立。更重要的是，"作"也是女性自信的一种表现。但是，依传统眼光看来，"作"就是一种贬义，喻指不循规蹈矩不按常理出牌的行为。女强人固然令人羡慕，但如果有了作女的那份洒脱和自由，也许会活得更轻松。而当现在女性自己喊出了"女汉子"、女"爷"等新词，再次来对抗被男性话语言说的女强人时，更是女性对自我的再次自信张扬。

剩女在当下社会中越来越成为一个引人注目的问题。剩女常常就是"胜女"，她们往往拥有"三高"（即高收入、高学历和高智商），能干又漂亮，但恰恰就是这类的优秀女性，在一个男权仍然盛行的社会中无法获取一般意义上的婚姻幸福。李铁《青铜器》中的辛晴被男人视为如青铜器般高贵而又坚硬，落落《剩者为王》中的盛如曦、裘山山《有谁知道我的悲伤》中的"我"和潘馨，都是这类剩女形象。不过较之此前人们对于剩女常常生发的猎奇与偷窥欲望，当下都市"剩女"正在日益增多，人们也逐渐习以为常并且也可以接受了，剩女们也日渐明白"剩"并非那么可怕的事情，从待嫁的焦虑中走出来。孔阳的《剩女米那》中米那博士毕业后，才恍然明白已经变成了剩女。年龄对女人来说实在是太重要了，女人四十"豆腐渣"，男人四十却还可以"一枝花"，这种婚龄观显然对女性极不公平，却是一般人心中已经约定俗成的铁律。米那博士和教授的头衔也让很多男性失去进一步交往的兴趣，因为我们一直都习惯男强女弱的搭配，在两性交往中，常常是女性的最优秀者和男性的最弱者面临无可配搭

---

[1] [英]吉登斯：《现代性与自我认同》，赵旭东、方文译，生活·读书·新知三联书店1998年版，第254页。

的尴尬。因此，虽然米那足够优秀，也难以在常人中觅得知音，要打破这种局面，除非有一个不按常理行事的叛逆者或创新者出现。周坤朗的出现改变了米那的爱情轨迹，他是一个在读美术研究生，富家子弟。米那比周坤朗大十一岁，虽然周坤朗处处表现出对米那的维护，但米那总觉得与周坤朗"过上流生活，享下流情欲"的恋情备感压力，也因此而矛盾不断。其实米那内心还是渴望心动的男生和天崩地裂的爱情的，可就是这一执念毁了虽不完满但原本还有希望长久的与周坤朗的恋情，因为最后发现那唯一一次偶遇的心动对象竟然阴差阳错就是周坤朗的富商老爸。小说结尾处律师姚梅一语点醒陷入失恋中不能自拔的米那，姚梅的格言"可以不嫁，不可错嫁"让米那终于知道，许多难嫁的女人是那样的美丽和睿智。这一发现让米那重新树立了单身生活的自信，过自己的生活，做自己想做的事，享受自己的心情，这种自由的生活并不坏。她终于找到一种适合自己的生活方式：搬进单身公寓，不做另类的剩女，只做独立的单身女人。这种选择虽然在传统观念看来有些另类，但在现代社会却越来越普遍。美国社会学家克里南伯格撰写的社会研究报告《单身社会》，其中分析女性自我意识的提升、通信方式的变革、大规模的城市化和人类寿命的延长等因素为独居提供了很多便利条件，是对当下社会单身问题作出的客观分析，也预示着单身或独居已然成为现代社会的一种日益普遍的生活方式。[1]

事实上，女强人、作女、女汉子、剩女等称谓本身就是对女性极不公平的，这些词汇很难有相对应的男性称谓就是明证。这些流行词一方面彰显出不同于传统的现代女性独立自主的一面，同时也暗示着现实社会中的两性平等还有很长的路要走，或许在这些词汇消失的那一天才能有真正的两性平等。

（二）商业社会爱情的空心化

现代商业社会的功利主义观念对两性关系也产生了种种异化，这

---

[1] ［美］克里南伯格：《单身社会》，沈开喜译，上海文艺出版社2015年版。

第四章 私人生活的转型：情感民主的可能与困境

也是市场经济快速发展以来小说中一个重要的主题。进入新世纪，商业发展更加肆无忌惮地吞噬着人们对美好爱情的向往。徐坤《遭遇爱情》中岛村期待的承诺和民主在与梅小姐的关系中遭遇失败后转向没有承诺的游戏，梅小姐则因其功利性而功亏一篑，原本以为"遭遇"了"爱情"的男女不过只是进入一场游戏而已。李铁的《我们的关系》中，张平凡每一次身份的变化都直接影响同事李丹和他的关系。人与人之间的关系全由利益左右，小说略带幽默的叙述中无不透出深深的悲剧感。李丹认为张平凡作为业务能手极有可能晋升时，差点发展成情人关系。谁知半路杀出个王大可抢占了张平凡思谋已久的职位，李丹很快转变态度，坚定地拒绝张平凡的邀约。等到张平凡阴差阳错再次获得一把手的信任时，李丹又主动邀约他去家里做饭，暗示关系会更近一步。本应纯粹的两性关系在权力、欲望和物质等多重因素的挤压下完全变形了。滕肖澜《小么事》中的顾怡宁是一个洁身自好的女孩，先后对两个男人产生感情。一个是老邻居兼初中同学沈旭，十年未见之后的一次偶遇，让顾怡宁情生微澜。顾怡宁的父亲被天花板砸伤住院，沈旭以其报社编辑的便利，利用房地产商的女儿郑琰琰的单纯在报纸上制造舆论，让作为房地产公司董事长的郑父打掉牙和血吞，为顾父争取公道和赔偿立下汗马功劳。沈旭因此更加深了在顾怡宁心中的白马骑士形象，两人就这样自然而然地走到一起，憧憬着属于他们的未来。此时的郑琰琰也是沈顾浪漫爱情的有力烘托——就算那么惹人怜爱的一个女孩也不能让沈舍弃对顾怡宁的爱。可是偶然间因为一块萧邦表的标价，沈旭那么直接地看到郑琰琰的价值，迅速弃顾向郑。顾怡宁的浪漫爱情在金钱面前不堪一击，想象中超凡脱俗的爱情那么不可企及，关于未来的允诺被迫中止。她将伤害和愤怒深藏于心，一步步向沈旭实施报复。顾怡宁后来嫁给了李东，一个整天在她身边晃荡的小混混，其实是某高官之子。李东坚持不懈的追求让顾怡宁以为终于找到了最后的归宿，到最后才明白，自己不过是高官玩弄权钱的一个道具，而且是以另一块天花板砸断双腿的代价，将原本属于郑父的产业和项目全都合法地转换到李东的公司。此时的顾怡宁除了一丝遗憾,已经没有了愤怒,因为"李东是道护身符,又是张白金卡,额度能让人看花眼,一辈子不愁的"。此时的自己又与当初的沈旭有何不同?在强大的现实面前,爱情是如此微不足道,无论自己怎样坚守,都不过是别人算计中的"小么事"而已。

随着传统婚姻观念的变化,现代社会出现了大量临时性的新型两性关系,这种关系中的双方具有明确的目的性,而爱倒是可有可无的奢侈品。走走的《箱子》中富商汤力水和海狸、太太喜客和阿旦就是各自目的明确的临时性关系,维系他们的要么是钱、要么是性;于晓威的《在淮海路怎样横穿街道》也写到一对都市已婚男女就像违反交规一样相遇交欢,获得临时性满足;孙未的《打火》中两个都市白领同居在一起却从来不曾打算进入对方的心灵,付出越少责任越小就是他们的相处原则……除了这些失去了爱的能力的都市人之外,在农民工题材中这类功利性关系更是比比皆是。李肇正的中篇小说《傻女香香》就写了一个农村姑娘李来香到城里人家里当保姆,却在和雇主发生性关系后,想方设法要嫁给年老力衰的雇主刘德民。这是一场彻底物质化的婚姻,香香图的是城里人的身份和房子,刘德民贪恋的是年轻的肉体。刘德民虽然因为香香怀孕不得不娶了香香,但结婚时还是觉得失落面子的心理呈现的仍是对香香身份的蔑视,而香香在刘德民无法满足自己的生理需要后也会去找以前那个年轻力壮的相好。李肇正的另一篇小说《永不说再见》中也有类似的临时组合。文学青年胡藻英在城市边缘地带为"作家梦"而努力奋斗的过程中,假戏真做和坐台女高玉玲同居。他的心态和刘德民颇为相似,他从心底深处瞧不起高玉玲,却又要借助她坐台的收入来实现作家的文学理想。当轻视而不是尊重主导两个人关系的时候,就注定了这些小人物生活的悲剧。徐锁荣的中篇小说《借种》里讲述农妇阿莲替老婆不孕的老板借腹生子,这是一个现代版的"为奴隶的母亲"的故事,但阿莲这个现代版"奴隶母亲"有了更复杂的意味。老板对阿莲日久生情,阿莲对老板也在心理上从抗拒到接受,其中的生活逻辑显然不仅仅是爱情主导的。这种诞生于当代城市的新型两性交往伦理,不过是工于算计的工具理性在支配他们的思维方式，爱情早已烟消云散，距离理想的亲密关系似乎仍遥遥无期。

没有了价值底线的世界，是无法深究生活的意义的。吕志青在《黑屋子》中借老冯之口说，这个世界的毁坏就源于绝对价值的毁坏。科技神话和进步神话主宰了现代社会的方向和步伐，每个人都无一例外被裹挟进去。绝对真理解体后，可怕的模糊笼罩了一切，人们都在竞相堕落。教堂里的牧师决绝地宣称这是一个"邪恶的时代"，直接放弃了那种"既是最好的时代，又是最坏的时代"的经典描述，因为这种模棱两可的表达根本就不足以警醒世人。男女间忠诚的丧失，其实是现代社会人与人之间丧失诚信的缩影，充气娃娃的出现和热销，更是表明两性之间的鸿沟在扩大，男女间的精神契合正在消失，其中暗含的正是现代社会价值观念的无序导致的混乱不堪的生活现状。到处都在瞒和骗，从三年级的小学生熟练炮制假大空的作文到老头老太太倒地讹人，人与人之间的信任已经降到了冰点，反而是越来越多的人从宠物狗那里获得忠诚的情感。伴随着科技与知识进步的是单面化和原子化的现代性后果，本真的生活世界却被排除在外。比如关于爱情，在生物学家的多巴胺、经济学家的交易成本、心理咨询师的经营技巧这些"科学"的阐释中，无一不在消解其中的心灵和情感因素，"白蚁式破坏性的缩减始终在侵蚀人的生活：即便最伟大的爱情最后也被缩减为一个枯瘦的回忆的骨架"[1]。绝对价值的丧失和精神世界的荒芜，使得现代人失去了心灵的寄寓，堕入虚无中无可自拔。齐有生、臧小林、老冯、老汤、老柴、老费、小朱、沈慧、厉大凯无一不处在悖谬的两性关系中，无一不是老费所说的精神上的"破落户"。

可见，无论是传统浪漫爱情中暗藏的不平等，还是现代商业社会功利的性别关系，都是亲密关系不能不面对的现实，理想的纯粹关系和爱欲因此而可望而不可即，亲密关系的变革也因此面临重重阻力。

---

[1] ［捷克］昆德拉：《小说的艺术》，孟湄译，生活·读书·新知三联书店1995年版，第18页。

第二节 代际关系的重构

家庭是社会的重要组成部分，历史上长期家国同构的社会运转模式对中国家庭中的代际关系影响深远。传统意义上那种上下有序的家庭实际上是一种性别之间与代际严重不平等的政治结构。随着亲密关系的生长，代际关系也日趋平等。对于性别关系而言，长期处于男权秩序压迫下的女性自我意识的成长是亲密关系赖以形成的重要前提，相应地，对于代际关系而言，曾经处于父权束缚中的子一代的自我成长则是代际亲密关系形成的必要前提，新世纪小说从多方面对这一变化进行了探讨。相对于传统家庭中建立在父母权威之上的伦理关系，这种代际亲密关系的变化在于，代际默认彼此应该平等交流，交流的方式从由上至下的单向传播转向双向沟通。"当父母—子女关系越来越接近纯粹关系时，结果是'宽容'会大行其道。"① 这种代际亲密关系与靠命令和服从才得以维系的传统家庭关系不同，也与先锋小说以来对父母权威象征秩序的颠覆和反叛不同，是在父母子女之间基于尊重和理解前提下协商的新型关系。在理想情境下，这种新型关系也会扩散至社会交往中，促成全社会的民主氛围。

一　寻找父亲

经过1980年代的先锋小说和1990年代的新生代小说尤其是女性小说"弑父"的强烈对抗之后，新世纪小说中开始出现一种返身寻父的冲动。这既是人伦亲情回归正常的表现，也是中国社会发展变迁的一种折射。就前者而言，这种回归并非再次回到父权制的家庭，而是强调在父亲已经回到平凡肉身的存在时，曾经作为逆子的一辈随着自己的成长渴望与父亲在理解和尊重的前提下重建亲情的努力；就后

---

① ［英］吉登斯：《亲密关系的变革——现代社会中的性、爱和爱欲》，陈永国、汪民安等译，社会科学文献出版社2001年版，第143页。

者而言，指的是中国社会的快速变迁让从集体和单位中解放出来的个体再次回落到家庭，因为一个社会在快速发展中也不断生产着各种不安全感，寻父也是寻根的一种变体。

朱文的小说和电影对父亲的书写是颇有代表性的。相对于通常将朱文笔下的"父亲"视为掌握话语权而不断被僭越的象征体系，本书更愿意将"父亲"视为一个在尊重前提下试图理解并唤醒的对象，更多的是在现实层面而不是在象征层面与我们发生关联的对象。这也是一种以自我成长为前提的理解，一种回到自我本身的唤醒。

正如韩东所说："朱文是一个心目中有父亲形象的人。"[①] 按韩东的描述，父亲曾是小朱文心中的骄傲。身为校长的父亲不但在学校有威望，还可以在游泳的时候用腿夹住游动的鱼，这些记忆中留下的都是少年时期对父亲的崇拜。当朱文慢慢长大后，自己开始有性欲萌动，于是又有了观察父亲的新视角，开始窥视父亲的性欲。他不明白一辈子都和妈妈生活在一起的父亲，难道他就没有想过和别的女人在一起？他甚至怀疑父亲是否假正经和伪君子。了解了朱文这一成长轨迹，就会发现，他其实只是把自己在生活中的这种疑惑挪用到了小说《我爱美元》，但当人们看到小说中儿子以介绍性服务的方式款待来访的父亲时就震惊了，因为长久以来我们在文学作品中看到的要么是高高在上的精神之父，要么是作为传统权威被僭越的象征，那都是抽象意义上的父亲。再加上女人和性本来就是禁忌话语，何况此时是儿子以此来引导父亲？在有关性的认识逐渐正常化的今天回头看这篇小说，就会发现，当初过于关注其性话语的反抗意义而忽略了其中真诚的理解。儿子从人性和本能的角度理解父亲，父亲回归为一个有着世俗欲望的普通人，其中贯穿的正是一种渴望平等交流的愿望和基于理解的尊重。韩东是懂朱文的。他曾经谈道，对于一个小说家而言，最

[①] 韩东：《从〈我爱美元〉到〈云的南方〉》，《夜行人》，重庆大学出版社2011年版，第156页。

重要的是"同情心"①，这种"同情心"并非指居高临下的俯瞰或爱心的泛滥，而是一种从理解和尊重出发，对所有对象包括讨厌的对象的一种包容。由此来看，朱文对父亲或父辈的感知和讲述方式是有一个前提的，就是试图以自我的成长为前提理解父亲。"父亲"不再是那个高高在上的不容置疑的形象，而是和你我一样的凡俗肉身。这是一种"成熟"，也是一种高度。

朱文后来在他的电影实践中进一步强化了这种对父亲的理解，他将电影《云的南方》视为向父辈的致敬之作。影片中的父亲崔大林退休后一直坚持锻炼身体，以做远赴云南的身体准备，哪怕卧床生病时他还在喃喃自语"我要去云南"。女儿出于父亲身体的考虑坚决反对他去云南，直到发现父亲陷入他的云南梦不可自拔才不得不同意，并暗中托朋友在云南给予照应。此时女儿更多是出于一种传统的孝心照顾父亲，完全无法理解父亲想去云南的心曲。其实父亲并不是像女儿想象的那样要去旅游，而是要完成多年来心中那个夙愿。原来父亲年轻时错过了一次调到云南一家工厂工作的机会，留在北方，多年来按部就班上班、成家、养育子女直到退休。父亲一直将那次机会视为可能改变人生的契机，日子越久越是想念云南，另一种可能的生活成为一个解不开的心结。谁知当父亲到云南后迫不及待奔向当年那家工厂时，连门都没让进，只能在家属区找个借口上了个卫生间，算是到此一游。父亲心中的梦无法告诉女儿，到了云南又无法找到想象中的生活，父亲只能继续沉默。在影片静静的叙述中，面对一个素不相识的云南姑娘，父亲终于一吐为快，之前女儿的不解在此终于有了答案。说完之后他如释重负，每一个作为儿女的观众也就此理解了父亲的近乎偏执的想法。然而，故事还没有完结。晚上崔大林在宾馆遇到一个声称父亲患不治之症急缺钱的姑娘，崔大林为姑娘的"孝心"感动，正准备施以援手时，却意外被警察当嫖客抓了起来。心地善良的崔大林怎么都没有料到，父亲和孝道也可以被利用作为骗钱的捷

---

① 韩东：《自己的故事·后记》，作家出版社1995年版。

径。从一个美好的梦到最后戏剧性的偏离，讲述的是一代人的生存境遇。影片结束时崔大林张大口"啊"的定格便似一个巨大惊叹号和问号的复合变体，于无声中传递出的是崔大林的困惑和导演朱文对父辈的致敬。父亲的信念及其坚守就像堂吉诃德一般不合潮流，却暗藏着当下这个时代所匮乏的一种力量。朱文这样表达对父母的理解过程："自己在更年轻的时候并不真正理解父母那辈人，不理解他们的生活，不理解他们的价值观……我把拍摄这部电影当作一种沟通的努力，希望自己能够更好地理解和欣赏父母那代人。"① 当然，在从《我爱美元》到《云的南方》的转换中，变换的不仅是从小说到电影的表达方式，而且对父亲的理解和情感也发生了很大的变化，其中贯串的是一种厚重而持久的力量，表达他对父亲的一贯思考。《我爱美元》中，"我"是不容分辩地从个人化立场让父亲现形为一个和"我"一样也有七情六欲的人，《云的南方》则试图理解从集体化时代走过来的父亲那一代人的心路历程，并为在个人化时代集体沉默的父亲这一代人塑形。影片中崔大林被误当嫖客抓起来后，警察、女儿的朋友都不相信他是无辜的，崔大林极力辩白却无人相信，最后只有一个厨师相信他，他顿时就觉得遇到了知音；崔大林几十年的云南梦只能在泸沽湖边面对一个陌生姑娘倾诉，而今自身的清白又只有一个不相干的厨师信任他，父亲对另一种生活的诗意想象被现实无情地碾碎，父亲的孤独和无奈贯穿影片始终。这正是朱文竭力想要表达的主题，即理解父亲的重要性，由理解而来的致敬更有力量。由《云的南方》再回到《我爱美元》，我们就会发现曾经的批评是多么粗暴和简单。

"五四"以来文学中的父亲更多是超出了单纯对父亲的描写而作为一种文化符号存在，要么是高踞于现实生活之上的具有指引意义的神圣的精神之父，要么是作为传统文化秩序的象征，成为被抛弃和背叛的对象并不断被解构和超越。1980年代关于现代化的乐观语境中，

---

① 朱文：《关于〈云的南方〉》，《电影新作》2004年第4期。

似乎有一个可以预期的现代性美好前景，而要实现这一前景，就要打破传统的锁链。"父亲"则作为一个文化符码成为被解构的对象，先锋小说在这一层面所显示的反叛力量前所未有地集中和强大，紧随其后的新写实小说和新生代小说也不遗余力地致力于解构父亲的书写。随着1990年代以来经济的高速发展，社会现实的急剧变化甚至远远超出了我们的想象，达到我们曾经觉得难以企及的高度。基于理想主义生成的个人瞬间迷失了方向，曾经以反抗父亲对抗传统秩序的意义已经完全被消解，碎片化的现实和虚无化的心境成为普遍的生存状态。当曾经能够确信的那个自我也被放逐之后，焦虑和不确定萦绕着我们的生活，在这个背景下寻找自我的冲动不断涌动，而父亲作为一种源头性的存在就成为一种自然而然的文学想象。当然，新世纪将父亲再次象征化的努力，也并非再次回到作为精神之父的抽象符码。这里的父亲首先是回归到平凡肉身的存在，唯其如此，才能摒弃过去那种仰视的目光，与父亲平视，进行对等的交流，在看似庸常的人生中寻找生命的意义和存在的价值。以往被讴歌缅怀的父亲形象大都是伟岸的英雄形象，但现在我们看到的是沉默的、脆弱的、卑微的老父亲，这就是我们的血脉亲情之源，是每一个体自我确认之根。这种平等交流的父子关系趋近于纯粹关系，是自我生成的重要渠道，是情感民主理想的又一现实实践。

  新世纪以来从伦理层面对父亲的宽容和理解更为直接。当下比较密集地出现了有关父亲的主题，迥异于此前诸多有关父亲的想象，更多是从子女一代的视野重新审视与父亲的关系，而且大多是在父亲缺席的情况才更清晰地呈现出父亲的意义。东西《我们的父亲》、须一瓜《海瓜子，薄壳儿的海瓜子》、艾伟和魏微的同题小说《寻父记》、鲁敏《墙上的父亲》、范小青《父亲还在鱼隐街》，这一批小说里的父亲形象既不是寻父题材中高高在上的精神之父，也不是先锋小说中被放逐和僭越的象征符码，而是具体感性的人，是平凡的肉身，更是可以映照我们自身的一面镜子，是我们的来处。

  东西的短篇小说《我们的父亲》中，父亲高挽着裤脚，挎一个绣着"一不怕苦,二不怕死"的军用挎包来到我城里的家,可是因为妻子怀孕,父亲不能抽烟,在三天后离去。父亲在那个傍晚去了姐姐家,可在吃晚饭时姐姐用酒精给自己一家三口的筷子消毒,唯独给父亲一双不消毒的筷子,父亲当即离开又去了大哥家。父亲在大哥家仅仅去了一下卫生间而且并未停留,当晚就去向不明了。"我"四处寻找,终于从一个远房亲戚那儿得知一个疑似父亲的老人在街上摔死,裹着一床席子被埋到了一个土坑里,可诡异的是等我们找到那个土坑时发现里面一无所有。小说最后发出一个疑问:"我们似乎都在想同一个问题,我们的父亲到哪里去了呢?"① 这个问题提醒我们注意两个问题:一是"父亲到底去哪里了"这一问题本身,二是小说一再使用"我们的父亲"这个短语而不是"父亲"或"我的父亲"这一更常用的称谓,到底有何用意?显然并不仅仅因为父亲生养了我和哥哥姐姐三个子女那么简单。小说开头父亲敲响"我"的家门时,妻子正因为怀孕而呕吐不已,这里很自然地将生命的延续和父亲的出现并置。此外,父亲一直背着那个军用挎包,小时候我们经常掏出零钱、文具和糖果,现在我又情不自禁地把手伸进去,掏出来的是烟斗和烟丝。这一下意识的动作暗示出父亲与我们之间的血脉亲情并未因父亲老去而中断。但是接下来我接到领导 A 跟随出差的电话不得不离开,事实上所谓"出差"不过是在酒店包厢里唱歌跳舞和到处游山玩水。当 A 说"我"提拔的事在"出差"结束后就可以解决时,"我突然觉得 A 像我们的父亲"。抛下刚到家的曾经养育自己的亲生父亲,转而将一个可以给予现实利益的人视为"父亲",这正是残酷现实和黑暗人性的双重写照。父亲在身边时所有儿女都那么不经意地忽略甚至嫌弃他的存在,等到父亲消失后才猛然警醒"我们的父亲"到底去了哪儿。东西在此提醒每一个人扪心自问。此时的父亲既是一个给予我们生命的具体的人,同时也是我们文化之根的象征,却被我们无情地漠视甚至丢失了。

---

① 东西:《我们的父亲》,《作家》1996 年第 5 期。

须一瓜的《海瓜子，薄壳儿的海瓜子》以儿媳妇晚娥的视角写公公的故事，明显已由"背对"父亲的紧张转为"面对"父亲的理解。从表层看，小说讲的是情欲。小说开头就以晚娥悔恨的语气写道"没有那天就好了"，"那天"公公从坏掉的门把手留下的洞眼偷看晚娥洗澡，结果被老公阿青发现狠揍一顿。从深层看，小说其实讲的是亲情。这里又有两个方面的探索：一是以晚娥的视角看到父子之间相依为命、相爱至深又相互怨恨的复杂情感，二是父亲潜在的欲望和绝望之后的愧疚。通过晚娥的叙述我们看到在事发后阿青极端鄙视甚至虐待父亲，但也看到阿青在父亲突然消失的那天疯狂寻找父亲的举动透出的父子情深。无论如何，父亲在心中的位置是任何人都无法替代的。其实在被阿青发现之前，晚娥已经知道公公偷看的事情，只不过一直没有声张。晚娥基于对亲情的理解，一方面想方设法保护自己，另一方面也没有向阿青告发公公的偷窥行为。公公偷窥儿媳妇洗澡无论如何都不是什么光彩的事情，但小说给人更多的感觉却是理解。也就是说，小说的叙述角度和态度直接改变了这一不伦事件的性质。阿青的母亲早已去世，直到晚娥结婚进门前都是公公照顾阿青的饮食起居，料理这个家。公公是一个勤劳而沉默的父亲，在儿子的暴力面前的理屈和软弱，让我们从心底最柔软处消解了对他的敌意。另一方面，正视父亲的欲望也是晚娥理解公公的重要理由。从这个意义上讲，相比朱文《我爱美元》里父亲面对欲望时的扭扭捏捏而言，此处的父亲更接地气，他以最简单、最粗陋的方式呈现出真实的欲望，也以最质朴、最直接的方式表达着绝望。

艾伟的《寻父记》和魏微的《寻父记》不约而同以"父亲出走"为题材，"父亲"因为"消失"让我们终于意识到他的意义。艾伟的《寻父记》中，同样以儿媳妇的视角叙述。在两年的共同生活里，这个从乡下来的父亲沉默寡言，"我"和丈夫很少在意他的感受，可"父亲突然在生活中消失了，这世界变得奇怪起来"[①]。丈夫开始近乎

[①] 艾伟：《寻父记》，《山花》2004年第1期。

疯狂地寻找父亲，言行举止也变得奇怪起来，焦虑充斥着我们的生活，丈夫甚至捡了个老头在家里当父亲供养着。这显然并非生活的常态，却以一种极端的想象表达出一种在琐碎世俗的日常生活表象深处的真相。我们总是忽略父亲的存在，甚至总是因为自己的不如意而怨恨父亲（"我"和丈夫因为父亲的存在影响了两人的亲昵而在心里巴不得他早日回到乡下去，而乡下的小叔子因为父亲供养哥哥上大学进了城而自己只能在乡下继续当农民对父亲心怀恨意），但与父亲的血缘亲情正是我们赖以存在的基础，无论是身体还是心灵。父亲的意义在他消失后猛烈地拷问着我们的心灵。正因为如此，"我泪流不止，我感到呼吸困难。我在心里一遍一遍叫喊：公公啊，你在哪里？"王祥夫《金色琉璃》同样也写到这种"子欲养而亲不待"的遗憾。母亲离世后，金麦一下子失去了生活的节奏和重心，言行举止都变得失常，就连熟悉的家也变得陌生。与艾伟《寻父记》捡个老人当父亲异曲同工的是，金麦在网上征集"临时母亲"一起过年，以缓解自己的情绪。魏微的《寻父记》中，父亲也是没有任何征兆就消失了，父亲的意义在他消失之后重重地呈现出来，因为直到此时，"我"才意识到，"我"和家人生活中是不能没有父亲的。于是，"我"在十六岁带着父亲的照片从 H 城出发寻找父亲，直到在 N 城停留结婚生子。八年来"我"以"像父亲那样生活"的方式继续寻父，直到八岁的儿子认真地问"我"："可是为什么一定要去寻找父亲？"面对这个很难回答的问题，"我"终于明白这么多年执着寻父的心灵奥秘所在："在这个世界上，我们终归要信任一些东西……而对于绝大部分人来说，它有可能是父亲"[①]。在一个传统崩坏又快速发展的世界中，每个人都有随时被时代的车轮甩出去的危险，这种孤独和提心吊胆的生活让每个人的心灵都无所皈依。此时，父亲的意义就在于可以为每一个孤独的个体提供一点安宁的可能。归根结底，寻父不过是寻己的另一面。现代社会里人大都生活在自私和孤独的境遇里，这是无法摆

---

① 魏微：《寻父记》，《大家》2000 年第 3 期。

脱的精神困境，解脱的方法就是"我们终归要信任一些东西"，否则个人、自我便会失却存在的意义。显然，这是对1980年代先锋小说以来以拆解一切意义和价值表达反叛立场的再次悖反。当初的反叛是将个人从既定秩序中解放出来的一种方式，如今的寻父则是在曾经的先锋已经成为常识之后个人的理性回归，是在一个碎片化的世界里寻己的努力，是在自我认同面临前所未有危机的时代里重建自我同一性的可能。"我"从血缘亲情的追思去寻找父亲，但在寻找途中却发现父亲作为一个具体可感的目标渐渐变得虚幻起来，甚至都不能确认父亲是否真的存在过，但寻找仍在继续，最终在现实生活的模仿和精神层面的不断追问中，"我成为他"，父亲既在现实层面为我们提供生命的物质存在，也在抽象意义上确立了我们的存在。

鲁敏的《白围脖》《墙上的父亲》《逝者的恩泽》《跟陌生人说话》等小说都设置有一个不在场的父亲，他们有大致相同的特点：具有艺术家气质、沉默少言、曾经有过对母亲和自己的伤害等。这些不在场的父亲影响着女儿的生活，决定着故事的走向，被批评家视为结构上的"模式化定势"[1]，虽不无道理，却也不免失之简单。当这些缺席而又无处不在的父亲一再出现时，是否隐藏了某些更隐秘的内心诉求？从某种意义上说，父亲更像是一处隐藏的风景，是叙事中盘旋不去的支撑，是进入鲁敏小说的一个秘密通道。"从没真正生活在一起"的父亲去世二十年后，鲁敏写过一篇散文《以父之名》，可以与她的这些小说进行互文阅读。散文中写幼时对父亲的"生疏"和"紧张与不适应"，写父亲的出轨和粗暴带给"我"和母亲的很多伤害，"然而，到我明晓男女事的年纪，到了这男女之事不再是事情的年代，我替父亲沉痛了。他的悲剧性清晰地浮现出来"[2]。在鲁敏的成名作《白围脖》的结尾，以忆宁对父亲的呼唤"爸爸，我想你"结束全篇，女儿在面对与当年父亲相似境遇时，终于懂得爱的复杂意

---

[1] 孟繁华：《历史、主体性与局限的魅力——评鲁敏的小说创作》，《扬子江评论》2008年第1期。
[2] 鲁敏：《以父之名》，《人民文学》2010年第3期。

味。当年的憎恨和隔膜源于只能看到父亲的错,而今的宽容和理解则来自终于明白了父亲内心那些看不见的隐痛;当年的代际隔膜建立在父亲的绝对权力之上,而今的以己度人来自敞开的内心。只有敞开的交流才能建立真正意义上的父女情感,哪怕此时父亲已经不在了。就在这种转变的过程中,女儿得以成长和成熟。缺席的父亲总是伴随着记忆,通过记忆来修复历史的隔膜,进入人性的深处。

范小青《父亲还在渔隐街》中,寻找父亲是一条主线。父亲很早就去城里的渔隐街做剃头匠,娟子和父亲的联系就是手机和每月的汇款单,直到父亲的手机从关机到停机再也联系不上,但每月的汇款却准时汇到。已经上大学的娟子决定到城里寻找父亲,可是娟子唯一的信息"渔隐街"已经改建成"现代大道"。在传统与现代之间的寻找中,娟子发现不仅自己找不到父亲,许多人的父亲也都消失了,生活陷入种种不确定中。如此来看,"寻找父亲"不过是现代人在迷惘中寻找自己的努力,当父亲只以"汇款单"这一物质形式存在时,父亲所代表的传统伦理和精神支撑都随之消亡了。在现代生活的迷宫中,每个人都陷入一张巨大的不可知的黑暗中,要独自去寻找突围的方向。小说的标题将一个消失的"父亲"和消失的地名"渔隐街"联系起来,却又强调"还在",透出一种内心的坚持,这些许明亮的色彩也是范小青超越现实与精神困境的一种努力,但认同的困境却是无法回避的难题。

毕飞宇的短篇小说《虚拟》以孙子"我"的视角写与祖父、父亲之间的关系。面对祖父的癌症和来日无多的生活,父亲一直是一种事不关己的冷漠,甚至在祖父的遗体旁,都拒绝瞻仰祖父的遗容,"一秒钟都没有,他紧抿着双唇,头有些昂"[1],实在令人匪夷所思。当年祖父每天早上六点出门,夜里十一点回家,他所有的时间和精力都用在学生身上,最终班上的 57 个学生有 31 个考上了大学,而父亲却在另一所中学落榜了。这曾经是一个英雄或名人诞生的规定情节:

---

[1] 毕飞宇:《虚拟》,《钟山》2014 年第 1 期。

为了社会和别人的大幸福，牺牲自己和家人的小幸福。然而毕飞宇在这里分明揭示出在"殊荣"背后的问题，因为虽然在那个年代"31个"已经作为天文数字让祖父成为传奇，但父亲的落榜则更成就了祖父的新闻价值。自此，父亲成为祖父一辈子的痛，父亲与祖父的隔膜也成为一道永远无法逾越的墙。在以后多年的共同生活中，祖父和父亲彼此都无法释怀，他们似乎都拒绝进入对方的情感世界，只是过自己的生活。而"我"和祖父隔代亲，父亲一直像多余的人。"我"在祖父弥留之际，由衷地称赞祖父"君子坦荡荡"，可是祖父在那么轻易就放下对父亲的愧疚的同时，却对当年荣校长去世时的182个花圈的极尽哀荣不能释怀，原来这个数字已经成为祖父生活的全部理想，他以此来诠释自己在这个世界上的全部生活意义和价值。祖父这一生看重的不过是一连串抽象的数字，甚至对学生也是以可以量化的智商决定好恶。"君子坦荡荡"的祖父其实从来都没有与他人甚至包括自己的儿子有过真正的心灵上的交流，不能不说是他一生真正的遗憾。宏大的社会理想内里不过是巨大的空洞。理解了祖父，也就理解了父亲，在祖父的葬礼上，"我"和父亲的拥抱源自心底深处的释然。

从以上分析可以看出，在流动的现代社会里，家庭将会持续发挥作用，因为它将源源不断地为那些时时可能深陷孤独的现代人提供安全感[1]。家庭的代际关系因此也产生了传统中不受鼓励甚至遭到压抑的亲密性，这种在各自独立互相尊重前提下的亲密关系，可能正是一种理想的代际关系的源泉。

二 "有毒的父母"

当然，代际亲密关系的生长意味着个体从传统父权等级秩序中的脱嵌，开启了现代意义上的代际平等关系，但并不意味着就已经达到理想的状态。与前述大多从子一辈角度对父亲的理解和尊重不同，大量从父辈角度出发的代际关系却充满了紧张。"豆瓣"有一个名为

---

[1] 张璐诗：《吉登斯：我已不再提"第三条道路"》，《新京报》2007年12月4日。

第四章 私人生活的转型：情感民主的可能与困境

"父母皆祸害"小组，听名称颇有些大逆不道，有很多父母觉得自己为孩子呕心沥血不但换不来回报，还要遭受这样的伤害，情理不容，但这个创建于2008年运行多年的小组曾经非常活跃。看看它的宣言，或许会对此有更多了解：

> 反对不是目的，而是一种积极手段，
> 为的是向社会化进一步发展，达到自身素质的完善；
> 我们不是不尽孝道，我们只想生活得更好。
> 在尊重遵守社会伦理的前提下，抵御腐朽、无知、无理取闹父母的束缚和戕害。
> 这一点需要技巧，我们共同探讨。①

这个小组的成员自称为"小白菜"，大多是饱受父母家暴或其他伤害的年轻人。小组里既有小白菜的倾诉，也有救助和安慰小白菜的言行，此外还有很多虽不发言却也是潜藏的被畸形的父母和文化体制戕害的孩子；既有不免粗暴的戾气，更有基于个性发展的深刻反思。从其中的讨论来看，"父母皆祸害"②情绪的滋生，是有一定普遍性的。正因为如此，反思这种亲子关系中潜藏着的巨大危害并行动起来就是必要的。苏珊·福沃德在《中毒的父母》（*Toxic Parents*）一书中认为这一类父母常常看似为了孩子，不过是在强化孩子的依赖性并借以保护他们自己，他们并非在促进孩子的健康成长，反而是不断在暗中破坏这种发展，他们对孩子的帮助常常是以否定孩子自己的选择为牺牲的，因此也是对孩子敏感的自尊心和萌芽状态的独立性的巨大伤

---

① 见豆瓣小组"Anti-Parents 父母皆祸害"，http://www.douban.com/guoup/Anti-Parents。

② 2010年新星出版社出版《父母皆祸害？——豆瓣网"父母皆祸害"小组深度揭秘》一书，引发侵权争议。编著者和出版社之所以推出此书，原因之一就是这一话题在现实社会中的广泛讨论，因为每个人的身份总会在父母或子女中找到一个相应位置，这一亲密关系的变化关乎每个人的成长，无论是父母还是子女。

害。① 从个人伦理而不是从传统孝道伦理重新审视父母，这是生活政治视野中的重要转换。吉登斯借用心理治疗的经验谈道："有一种普遍的说法，认为不管父母对其子女的影响表现得如何，父母都会是错误的；没有一个父母能觉察到或能完全答应子女的所有需要。然而，有许多父母总是以伤害孩子个人价值感的方式对待子女，这可能导致孩子一生中很长一段时间要与自己的童年记忆和形象进行斗争。"②

韩东常把亲情关系放在一些特别的境遇中加以表现，以小说的方式书写那些"有毒的父母"。《父亲的奖章》中的小皮是一名小学三年级学生，因"偷看父母行房事，被父亲毒打一顿后喝敌敌畏自杀了"。但父亲并没有什么自责的表示，反而听信邻居们虚伪的安慰，对死去的孩子仍不依不饶，在殡仪馆里对着孩子的尸体打耳光。终于使事情的目击者、小皮的同伴高欢在恐惧中晕厥过去。而他的行为又被大人们视为对同伴的忠诚意外地获得了父亲的奖励。这里不仅没有父子间的信赖和关爱，连起码的沟通也不存在了。母亲在家庭中常常扮演温情的角色，但是现在也流行这样一句话，叫"有一种暴力叫'我是你妈'"，说的就是"温情"有时候是与无力改变甚至内在认同传统家庭"父权制"紧密相关的。两桩"丑闻"就是明证。其一，乡村教师郜艳敏，多年前在被拐卖后曾有机会回家向父母求救，曾经因女儿失踪一夜白头的母亲却说："希望你首先考虑公公婆婆他们一家人，如果你不回去，他们就人财两空了……"其二，年仅十六岁的女孩在生母的默许下遭受生父多年来的猥亵和家暴。两位母亲匪夷所思的行为只基于一个认识：我是你妈，你就要按妈的观念和需要生活。但"妈的观念"背后站着的其实是"父亲"的形象，是无孔不入的"父权"。

在亲情的名义下，在孝顺的名义下，一个个活生生的人——尤其是女人——就这样沦为牺牲品。一个人无法成功建立自我的边界，哪

---

① ［美］苏珊·福沃德等：《中毒的父母》，许效礼译，辽宁教育出版社2003年版。
② ［英］吉登斯：《亲密关系的变革——现代社会中的性、爱和爱欲》，陈永国、汪民安等译，社会科学文献出版社2001年版，第137页。

第四章 私人生活的转型：情感民主的可能与困境

怕是亲人都会来占便宜。新世纪小说也对这种基于父权制而造成的悲剧有着深切关怀。对于底层女性而言，她们所遭遇的不公平更应引起人们的关注。"传统的父权制家庭在中国社会既有解构，同时也有重建过程在发生，在解构和重建的交错过程中，父权制家庭在变动中得以延续。"① 当下底层叙事中的女性形象常常就是在这种"流动的父权"下中断了关于自我的追求。方方《奔跑的火光》写的是一个农村女性的悲剧。英芝一直以为可以走出一条属于自己的人生之路，不上大学她毫无沮丧，跟着村里的三伙班唱堂会挣钱，刚走出校门的英芝就成为家中唯一有存折的人，她为自己感到无比骄傲。此时的英芝被欢乐的情绪包围着，开心地享受着美好的青春，憧憬着可能同样美好的未来。此时的英芝以其高度个体化的生活方式脱离了家庭的控制，但她绝没料到自己的命运最后会滑向监狱和死刑。转折出现在英芝和贵清结婚成家，原本应该是人生的幸福时刻却成为噩梦的开始。当英芝通过婚姻重新嵌入家庭关系时，家庭中的父权制却处处掣肘她的生活。贵清游手好闲，吃喝嫖赌样样全，还动不动就用皮带拳头暴力对待英芝。而在公公婆婆看来，"媳妇嫁进来，就得垂眉低眼伺候他们，就得烧火做饭挑水劈柴喂猪喂鸡，就得屋里屋外忙进忙出做事做得身影像旋风，就得隔三岔五向公婆请安递茶倒洗脚水"②；家里堂屋墙上公公题写的"天地君亲师"五个大字赋予贵清打英芝的天然合法性，婆婆则在一边冷冷地看着英芝在地上滚动和哀号。作为控制者的父母在中国是一种普遍存在。"在父母与子女的相互关系中，有一种明显的权力不均"③，他们"将孩子束缚于传统，束缚于对过去的阐释"④，是对传统家庭秩序的维护。不仅公公婆婆，甚至自己的母亲也是认可这一套法则的。回到娘家，就连一向疼惜女儿的英芝

---

① 金一虹：《流动的父权》，《中国社会科学》2010年第4期。
② 方方：《奔跑的火光》，《收获》2001年第5期。
③ ［英］吉登斯：《亲密关系的变革——现代社会中的性、爱和爱欲》，陈永国、汪民安等译，社会科学文献出版社2001年版，第127页。
④ 同上书，第141页。

妈也说"嫁出去的女，泼出去的水"，无论是精神上还是物质上，英芝都找不到丝毫依靠。事实上，婚后的女人大多就像英芝妈一样忍气吞声，慢慢就习惯了。可英芝偏不，她要盖一栋属于自己的房子，执着于要过自己的生活，为此不惜出借自己的身体筹集本钱。筹钱虽然艰难，但英芝仍对未来的生活充满希望。英芝所不知道的是，她的悲剧其实已经注定。首先她借以改变自己命运的唯一方式就是出借自己的身体，与那些心怀不轨的男人进行十元二十元的交易，哪怕她的目标是要建"一间自己的房间"，却仍在无意识中暗合了男权社会中女性的物化属性；同时，她要抗衡的绝不仅仅是贵清、公公婆婆这些单个不友好的人，她要抗衡的是无所不在的父权观念。在这种观念的笼罩下，英芝再要强都无法逃脱悲剧的命运。也正因为如此，想要到南方打工摆脱当前悲剧的英芝遇到贵清的蛮横阻拦后，另一个悲剧不可避免地发生了，英芝一怒之下点燃浇上汽油的贵清沦为罪犯。从英芝的经历可以看出，在这个处于不断流变之中的父权制下，遭受不幸的总是那些原本就处于弱势的人，他们常常要承担种种意外的风险，其中的艰辛不言而喻。英芝的悲剧正是在这一背景下酿成的。

在一个传统逐步消隐的全球化世界中，"情感的沟通对维持婚姻内外的关系变得至关重要"[1]。吉登斯基于纯粹关系的亲密关系理想模型，是实现个人生活民主化的重要构想，也是个体在分崩离析的后传统社会化解认同危机的重要途径，因为纯粹关系意味着外界标准消解之后关系内部的互相信任和依赖[2]，这样他人不再是地狱，反而可能成为自我安全感的最大来源。1990年代以来中国个体化社会的出现直接推动了私人生活的转型，其中亲密关系的变革对性别关系和代际关系都产生了重要的影响。随着亲密关系的建立，男女两性之间的关系主要不是以经济等外在资源而是依靠开诚布公的交流和彼此信任

---

[1] ［英］吉登斯、皮尔森：《现代性——吉登斯访谈录》，尹宏毅译，新华出版社2001年版，第96页。

[2] ［英］吉登斯：《现代性与自我认同》，赵旭东、方文译，生活·读书·新知三联书店1998年版，第6—7页。

来维持；父母子女之间也由传统的父权主导的等级制转向基于信任的平等关系。但是，现实生活中理想爱欲的重重困境和传统父权体制的持续影响说明现代社会中的平等观念并未完全实现，亲密关系也未完全摆脱权力关系。令人期待的是，这种新型的亲密关系已经在现实生活的实践中得以展开，情感的民主和协商正在形成之中。这也正是小说中那些私人生活的意义所在。陶东风对此有过深入阐释："我们不能简单认定那些描写私人经验的小说必然缺乏公共性"，"私人经验的描写丰富了读者对于人性的认识，培育了他们的主体性，因此也为这些人进入公共领域准备了条件"。"文学所描写的经验虽然是私人的，但是读者是公众，讨论是公开的，讨论的机构——报纸杂志——是公共媒体。这种小说所表现的个性意识的觉醒对于培养公共领域的合格公众具有重要意义。"① 正因为如此，对这些复杂情状不同程度的涉猎和思考，构成新世纪小说中生活政治的重要主题。

---

① 陶东风：《论文学公共领域与文学理论的公共性》，《文艺争鸣》2009 年第 5 期。

第五章

公共生活的拓殖：反思与重构

　　现代人生活在一个"既没有他者又有他者的世界"①。"他者的世界"指的是个体为追求与他人不同的生活而互为他者，"没有他者的世界"指的是"当我们面对共同的风险时，所有的人有共同的利益"②，他者的存在不过是为了表示我们和外在世界的联系。这里的他者包括那些所有在自我之外的世界和那些曾经被视为压抑的因素，它们其实正是自我存在的意义所在，因为没有一个人可以成为一个彻底与外界绝缘的存在，个人的社会化存在是无可逃避的命运。不可能存在什么纯粹个人的解放，那充其量只能说是暂时的解脱，在此就有必要特别重视个人与公共生活的联系。过去相当长的时间里，文学在与政治的缠绕中将公共生活完全意识形态化，这种公共生活"缺乏政治实践所需要的复数性和以个体差异性为基础的那种创新性，更缺乏公共性所需要的多元性和异质性"③。如今"全球化给我们带来的是一个正在逐渐形成的、涉及全人类的公共生活"④，这种公共生活的意义在于，"它不仅是一个可见的领域，而且是一个焦点关注的领域，

---

① 许丽萍：《吉登斯生活政治范式研究》，人民出版社 2008 年版，第 201 页。
② ［英］吉登斯：《超越左与右——激进政治的未来》，李惠斌、杨雪冬译，社会科学文献出版社 2000 年版，第 266 页。
③ 陶东风：《文学理论的公共性——重建政治批评》，福建教育出版社 2008 年版，第 8 页。
④ 徐贲：《通往尊严的公共生活：全球正义和公民认同》，新星出版社 2010 年版，前言第 2 页。

发生在那里的事情都会被'昭显在亮处',成为公共关心的问题"①。因此,走向他者,敞开心扉,是在现代社会里获得自我救赎,进而走向自我认同和自我实现的重要策略。对每一个个体而言,面对世界的开放性和无限可能性,需要促进联合与协商来化解纷争和矛盾,并获得自我认同。基于上述反思,新世纪小说在底层叙事的异军突起、个人经验与中国故事的融合、让诗性正义重回文学想象等层面重构文学世界,在走向他者的视域中重回公共生活,开启了文学新的可能性。

第一节 底层叙事与现实主义的复兴

相比 1990 年代以来盛行的私人化叙事,重新介入现实是新世纪小说的一个重要转向,底层叙事热潮正是在这一新起点上重新出发。但另一个问题紧随而至,当作家们转身获得一种更开阔的社会视野,面对与自己生活境遇大不相同的底层生活时,能否发出真正属于底层的声音仍是十分可疑的。

一 底层叙事的勃兴与困境

大约在 2004 年以后,底层叙事成为迄今为止仍旧方兴未艾的一股文学热潮,其中尤以书写进城农民工和城市贫民最是热门。曹征路 2004 年发表的中篇小说《那儿》聚焦国企改革的问题,从国企职工的抗争和无奈窥见中国社会转型的时代大问题,引发了广泛讨论,将底层叙事逐渐推向高潮,一大批中青年作家在这股热潮中崛起,已经成名的作家也拿出不少力作。受到广泛关注的有贾平凹的《高兴》《秦腔》,铁凝的《谁能让我害羞》《春风夜》,迟子建的《踏着月光的行板》《世界上所有的夜晚》,王安忆的《骄傲的皮匠》《民工刘建华》《富萍》,方方的《万箭穿心》《奔跑的火光》,阎连科的《黑猪

---

① 徐贲:《通往尊严的公共生活:全球正义和公民认同》,新星出版社 2010 年版,绪论第 1 页。

毛白猪毛》，莫言的《师傅越来越幽默》，林白的《妇女闲聊录》，陈应松的《马嘶岭血案》《太平狗》，孙惠芬的《民工》《歇马山庄》，刘庆邦的《卧底》《神木》，胡学文的《飞翔的女人》《麦子的盖头》《奔跑的月光》，尤凤伟的《泥鳅》，罗伟章的《大嫂谣》，王祥夫的《寻死无门》，等等。事实上，底层叙事从来不是一个新鲜的题材，从"五四"以来，关于城乡贫民的书写已经产生了诸如《祝福》《阿Q正传》《骆驼祥子》等经典作品，大多从启蒙主义和人道主义视角对当时的现实生活进行批判性书写，虽然也是基于现代性视角的现实观照，但大多以现代性的实现作为理想和目标，因此底层集中呈现出国民性弱点，更多被视为现代性的阻碍力量。当下这股底层叙事热潮的意义在于，虽然它也与中国持续城市化的现代化进程密切相关，但更多是以对现代性的反思作为思考的起点，对现代性的后果进行辨析。新的时代催生了新的阶层，增加了新的生产活力，也产生了新的社会问题。虽然从整体上来说，物质生产水平不断提高，人们生活水平普遍提高，但是社会阶层日益固化，两极分化日益严重，暗藏着严峻的社会危机，这些崭新的现实问题吸引作家关注底层，并对中国独特的现实发言。

（一）弱者的抗争

底层作为沉默的大多数，在政治、经济和文化上处于明显的弱势，大量底层叙事不断渲染这种弱势下的苦难，这样的底层书写当然也有一定的现实意义，能够揭示出一些问题并引起疗救的注意。但底层叙事的一个更重要的意义在于对社会分层中权力结构的审视，以及对底层如何面对这一权力结构的探讨。底层作为弱者的抗争常常是悲剧性结局，但其内蕴的力量却是不可忽视的，因为底层同时也是整个社会金字塔结构的基层，事关整个结构的稳定性。莫言、曹征路、陈应松、胡学文等作家的小说对这一问题有着敏锐的认识。

在斯科特看来，"相对的弱势群体的日常武器有：偷懒、装糊涂、开小差、假装顺从、偷盗、装傻卖呆、诽谤、纵火、暗中破坏等等"，这些"低姿态的反抗技术"① 在底层日常生活中随处可见。莫言《师傅越来越幽默》中，师傅老丁还差一个月退休的时候被迫下岗了，偏偏祸不单行，骑自行车又摔折了腿，医药费、生活费一下就全无着落。老丁也曾揣着报销单去厂里，偌大一个厂只剩一个隔着铁门打招呼的门卫，他也曾去政府讨过说法，因为副市长曾经握着他的手说"有事到市里去找我"，不料却成了被人围观滥施同情的乞讨者。至此，老丁明白他作为国有大厂的元老、省级劳模的身份已经彻底失效，更重要的是，因为不能挣钱，他在家里的地位也一落千丈，连对老婆发火的资格都没有了。偶然间，老丁在农机厂背后的山包下发现了一辆废弃的公共汽车外壳，师傅的技术在下岗后就毫无用武之地了，现在却用来将这辆废弃的车改造成了"林间休闲小屋"，成为一个供人幽会的付费场所。老丁告诉老婆说新找的工作是给郊区一家农民企业当顾问，其实就是每天搬着小板凳到林间守候有需要的客人。当老丁以这样的方式接受下岗的事实时，看似顺应了时代和市场的潮流，却完全背离了自己几十年的声名和处事原则，也放弃了对领导的信任，是对现实一种看似顺应的反抗。曹征路的《那儿》中的抗争方式是多样的，小舅为了下岗工人的利益四处奔走，走的是一条个人的直接抗争之路，杜月梅这样的下岗女工以做暗娼赚钱谋生，众人不但装糊涂不以为耻，反倒多生出些同情，是集体无声的抗议。最有深意的是，外婆得了老年痴呆症，别人对她说什么，她都只说"好"，把国际歌唱成了"英特纳雄那儿"，还直说"那儿，那儿好"，其中的反讽不言而喻，是一种谐谑的抗争。

陈应松的《马嘶岭血案》以极端化方式写出了底层的非常规抗争，生活在偏远山村里的山民对物质的渴望及其残忍的获取方式都是常人难以想象的。为了那一个月能挣到的三百块钱，"我"想都没想就答应跟随九财叔来到"很远很高的马嘶岭"，为祝队长带领的金矿

---

① [美]斯科特：《弱者的武器》，郑广怀、张敏、何江穗译，译林出版社2007年版，第2—3页。

踏勘队当挑夫。可是很快，他们以劳动换取报酬的朴素观念就土崩瓦解了，那"黄灿灿的让人想到荣华富贵的'金'字"开始撩拨他们不安分的心，看到自己和祝队长这些城里来的人生活的巨大差异，他们以体力付出获得的那点收入和没有尊严感的生活激起心中的巨大不平衡感。就在不动声色间，两支原本应该相互支持的队伍演变为大山里的血腥屠杀。暴力是底层最粗暴的抗争方式，这场争斗中没有胜利者，人性的幽暗和现实的欲望纠缠在一起，所有人都是牺牲品。

与陈应松笔下的暴力抗争不同，胡学文致力于发现底层在极其糟糕的生存环境中的精神世界，麦子（《麦子的盖头》）、荷子（《飞翔的女人》）、吴响（《命案高悬》）这些近乎偏执的人物，共同构织出一个"寻找者"群像，以执拗的寻找打破底层的沉默，是在行动和精神两个层面上的抗争。

在小说《麦子的盖头》中，丈夫马豆根、老于、村长、强奸犯和人贩子，都是麦子不幸命运的制造者，但麦子却始终坚守自己的底线，并因此而不断打破常规。麦子这样一个在别人看来一无所有更没有任何社会资源的底层女性，却不断告诉我们她也有自己的选择和拒绝。麦子跟着老于去寻找丈夫，不管老于对她有多好，她还是选择等待丈夫的归来，尽管是丈夫在赌博中把自己输给了老于；她终于决心和老于安稳过日子时，丈夫忽然出现了，她又选择了丈夫；不料回家后她发现丈夫竟然顺手偷了老于的钱包，不仅理直气壮，还遗憾包里钱太少，她又选择了离开丈夫而回到老于的身边。老于和丈夫鲜明的对比终于使麦子做出了最后的选择，选择老于即是选择她向往的生活。在胡学文的另一部中篇小说《飞翔的女人》中，荷子到镇上赶交流会的时候，弄丢了九岁的女儿小红，从此就开始了她执拗的寻找。当她发现通过派出所寻找女儿无效的时候，毅然选择亲自寻找。在继续对女儿的渺茫寻找和维持婚姻家庭之间，她又决绝地选择了前者，尽管她对丈夫石二杆有很多不舍；对于人贩子、权势机构的卑劣与威胁，在明哲保身与继续斗争之间，她选择了后者；最后犯罪团伙落入法网，但当她意识到石二杆已经另立家室与她再无任何关系的时候，她选择了悄声离开。这种种选择，实则是一种"神"的层面的共同选择，即选择了自己的信念，并为了这个信念而一路追求下去，无论如何也不放弃。就像两棵在暴风雨中的小树，她们不要无言地枯萎零落成泥，也不要任人践踏，在苦苦抗争与自生自灭中选择了前者。《命案高悬》中，相对护林员吴响而言，留守农妇尹小梅是一个弱者，但她始终没有让心怀不轨的吴响得逞。当尹小梅不明不白地死去后，吴响坚持追查她的死亡真相，此时的吴响又成为一个弱者。吴响并非善茬，但在副乡长、派出所所长、卫生院院长等结成的强大联盟面前，又成为一个求告无门的弱者。在强制性力量的软硬兼施、打击报复下，吴响倾其所有历经艰难，不料最后的结局是尹小梅的丈夫被逼跳水身亡，而尹小梅死亡的真相却迟迟未到。吴响们所面临的生存环境的恶劣，不仅仅是来自自然，更是来自社会，来自人。

　　胡学文笔下的寻找似乎注定是失败的，是与初衷不符合的。他的主人公找来找去找到最后，发现手里捏住的是一个虚空，或者找到的远不是意料之中的东西。这样一来，他的小说就蒙上了一层浓重的寻求而不得的悲剧意蕴。寻求而不得，看似是孤单而无力的个体在面对强大的现实时的一种无奈，但实际上却是一种更高的肯定。沉默的底层内蕴着改变现实的巨大焦渴，这是一种对精神贫瘠的拒绝，尽管没有希望，但"要仍然忠诚于那些不抱希望，已经并还在献身于大拒绝的人们"[①]。由此，胡学文的小说创作体现了一种真挚而深沉的底层情怀。韩少功说："我主张作家眼观四路耳听八方，但最重要的一点是从底层看，看最多数人的基本生存状态。"[②] 胡学文通过笔下人物的"寻找"去寻找底层人群的生存状态，寻找他们的存在价值和生命价值，他们也因此而成为精神意义上"飞翔的人"。

　　底层叙事一直是文学关注的一个重要层面。底层文学要表现苦难，要有苦难意识，但我们在书写苦难、书写底层的时候不能仅仅是

[①] [美]马尔库塞：《单向度的人》，刘继译，上海译文出版社1989年版，第231页。
[②] 俞小石：《文学要改革，眼睛须向下》，《文学报》2001年8月30日第1版。

以居高临下的姿态对处于底层的群体以及他们的苦难进行平面的描述，也不能仅仅是对这些底层弱势群体滥施同情。在讲述底层的烦恼与困境时，也要思考和探究底层对生命的渴求与企望，以及内蕴的强大力量，这种力量既是对现有秩序的一种破坏和反叛，也深刻影响着社会变革与前行的方向。

（二）代言的困境

当下社会中消费主义思潮大行其道，强化了文学的市场化、大众化、娱乐化、快餐化。新世纪的底层叙事便在这一语境下展开，在传递出作家的使命感和人道主义情怀的同时，底层也常常在某种程度上成为被消费的对象，为现代人几近麻木的视觉神经注入新的看点。在文学日益边缘化的时代，当底层题材可以制造新的生长点，当底层写作成为政治正确的捷径时，一时间几乎所有作品都在写凄惨的底层，所有媒体都在讲述农民工的故事，却普遍缺乏真正的底层经验和底层关怀，而是在苦难的堆积中透出某种道德上的优越感。真正融入底层之中，把底层切切实实内化为自己生命体验的作家却很少见，所谓的底层意识更多是通过作家的想象以代言的方式呈现出来，而"代言常常异化，甚至在某种程度上脱离被代言者"[①]。马秋芬的《朱大琴，请与本台联系》和李约热的《涂满油漆的村庄》都是对底层叙事的反思之作。

马秋芬的中篇小说《朱大琴，请与本台联系》[②]在故事覆盖下的隐含结构——关于底层叙事的叙事，暗含对近年来蔚为壮观的底层叙事本身的理性反思，折射出在当今浮躁喧嚣的消费时代，知识分子为底层代言的异化和底层群体失语的精神之痛。小说开篇，某市少年宫编导楚丹彤突然接到一个任务，电视台黄金档娱乐栏目急需一首"正面一些、阳光一些"的儿童朗诵诗，以配合这一期的农民工维权节目，为苦难偏多的访谈节目增加点暖色。楚丹彤必须连夜交出作品，

[①] 南帆：《底层经验的文学表述如何可能？》，《上海文学》2005年第11期。
[②] 见《人民文学》2008年第2期，下文中相关引用均出于此，不再注明。

她绞尽脑汁却写不出只言片语，最终在她家里做保洁的农民工朱大琴及其口中的女儿小朵子给了她灵感。楚丹彤将朱大琴（包括小朵子）内心深处对家乡的记忆转换成诗歌中的意象，当那些枣树柿树豆角架、传了几代的石磨、破马车以儿童视角次第登场时，变得尤其质朴，也愈加感人，楚丹彤就这样成功地完成了一篇好评如潮的"命题作文"。但她没料到的是，因为节目反响热烈，电视台随后趁机进行了一轮炒作，从而演出一场"寻找农民工朱大琴"的闹剧。在少年宫转型后经济杠杆为主的分配制度下，在电视台唯收视率马首是瞻的节目体制下，楚丹彤和翁小淳这对同学兼好友进行了一次又一次的完美合作，并各取所需。"两人成了流水作业的上下家，你传我递，组装完活儿就拉倒，没了一句多余的话。"楚丹彤总会完美地为翁小淳的节目救场，而翁小淳的《娱乐跑马场》也给了少年宫不少演出机会，两者互利双赢。《娱乐跑马场》为观众策划了三期反映农民工生活的专场节目：《农民工，我的兄弟姐妹》《农民工，新市民》《农民工，好样的》。在翁小淳的设想中，三场递进式的节目，连成一个大系列，表面上看起来是电视传媒对农民工的高度关注，事实上不过是一个既赚取观众眼泪和收视率，又换来领导赞许和高额费用的常态节目制作过程。翁小淳拿朱大琴这个道具，一步步扩大宣传。电视节目主持人在直播现场读完朱大琴的那封观众来信并宣称赠送其一台20英寸的液晶彩电后，对朱大琴来了一番真切查找，弄得悬念迭出，一波三折，令人动容。最后，楚丹彤责问翁小淳为什么失信没送彩电给朱大琴时，翁小淳的反应却像是一个搞笑小品的抖料包袱："谁？谁是朱大琴？什么牛大琴、马大琴！"当朱大琴失望而归回到民工屯住地后，那些同乡很纳闷："公家的电视，还兴跟老百姓逗闷子？"这种疑问来自农民代代因袭的对"公家"的信任。"大伙都不明白个中蹊跷，好在乡下人也都不较真。"但是，就在这种"不较真"背后，底层百姓对"公家"的信任也在无形中大打折扣。朱大琴们秉持传统社会的诚信观念，却遭遇现代社会的娱乐化方式，导致自我认同受阻。市场经济和现代传媒以巨大力量摧毁着农民世代以来的价值观，农民对这个世界最朴素、最本真的认识被宣布为不合时宜的，他们已经远离了乡土，以极大的热情投入城市的建设中，却又无法在城市中获得真正的认可。

小说中楚丹彤两次为底层的农民工代言。首先是那首描写乡村生活的儿童诗《在爱的阳光下长大》，这个朗诵诗节目在电视中播出后，打动了包括楚丹彤自己在内的所有观众，似乎这些充满真切感受的诗句字字都写到了农民工的心坎儿里。但我们梳理一下这首儿童诗的来龙去脉便会发现，朱大琴只是被利用的道具和摆设，没有人真正关心那些真正的主角——农民工和他们的孩子。"从家政公司第一次将大琴领进家门的时候，楚丹彤本能地排斥她身上泛出的味道"，"自从她走进楚丹彤家后，这个浑身热气腾腾的乡下女人，不仅将一股酸不酸、甜不甜的气腥味儿带进她的家，还把她远在四百多公里以外的田野、草房、菜园、牛羊、猪狗，都一股脑儿地带进了她的家……从那一刻开始，楚丹彤就体会到这个女人不是一个人走进她的家，而是带着身后鸡鸭猪狗，啰里巴嗦一大群"，这些让楚丹彤迸发灵感并大获成功的乡村物事其实是她从内心深处排斥和厌烦的。第二次代言是楚丹彤炮制的那封"观众来信"。在整个过程中，朱大琴不过是一只"风筝鸟"，那线绳却是攥在翁小淳和楚丹彤手里。翁小淳需要观众来信衬托她的节目，本来没有看过节目的半文盲朱大琴在楚丹彤的口授下，给有关农民工维权专场节目的一位"大干部"写了一封署名"农民工朱大琴"的观众来信。就是这封满篇错别字的观众来信引发了翁小淳"寻找农民工朱大琴"的闹剧。懵懂中，朱大琴成为翁小淳电视炒作的一个道具。小说结尾朱大琴从楚丹彤家失望而归的路上有两处细节尤其令人深思。看着日新月异的江湾大道，朱大琴想起三年前进城时，丈夫旺田"每天一大早就上班，晚上落了黑才进家……没用两个月，这江湾老道，就扩建成一马平川的金光大道了"。朱大琴的第一份工作是清扫这条街道，"她每天天不亮，就跟在洒水车后边，开着清扫车走一遍，再用抹布将沿路的摆设逐一擦出光亮。江湾路打那时起，一下就成了江湾市的脸面"。她现在每天到

第五章 公共生活的拓殖：反思与重构

楚丹彤家上班，来去都走江湾路，"自行车一路高歌猛进，观光看景，顺风顺水"。虽然辛苦，但可以感受到她内心曾是那样自豪和踏实，其中暗含着朱大琴对她自己和民工屯那些同乡城市生活的主体性认知：农民工为城市现代化进程做出了巨大贡献并为之自豪。但这种价值认同却只能来自作为底层生存者的内心，外部世界对此漠不关心，无论是楚丹彤的儿童诗还是翁小淳的"寻找农民工朱大琴"都无关于此。另一个极具意味的细节是，路边练歌房的素面女人理所当然地视朱大琴为做皮肉生意的女人，当朱大琴辩解自己只是想看看电视里是否在找她时，素面女人再次断定她是因被公安袭击才会有电视里的寻人，其中暗含的是欲望化的消费社会对朱大琴的欲望化客体化曲解。看似不经意的描写，却构成了极大的反讽，底层农民工的真实生活和情感诉求在消费社会的随意曲解中就这样被遮蔽了，底层的自主性意识就这样被话语强权者摒弃了。

李约热的《涂满油漆的村庄》① 同样颇富象征意味。从加广村走出去的韦虎终于实现儿时的梦想，成为一名电影导演，而且还要带人回村里来拍电影。村民们一直守着这大山里的红薯地玉米地守着猪鸡羊狗生活，对他们而言，面无表情地日复一日重复他们这"破烂的生活"就是生活的全部内容，偶有外出打工的，也是受尽屈辱和伤害重新回到村里继续他们的沉默而单调的生活。但韦虎要回来拍电影的这一消息瞬时让所有不知道拍电影是怎么回事的村民骚动不安起来。村民们面带久违的笑容，"像奔丧一样朝我家涌来"，为的是争取在镜头前表演的机会。在爸妈的安排下，每天都有人来到我家，他们对着韦虎的照片练习在镜头前的表现，尽情哭诉生活的不易，祈求微弱的希望。韦虎的外景队来到村庄，半个月内就要在玉米地里重新建设一个村庄。村民都来帮忙，只用了十天就新建起了一座"涂满油漆的村庄"，他们热切地盼望韦虎来拍他们。可是，等韦虎真的回来，他连离开了十年的家都没回就开工拍电影了。看到韦虎他们在新建的村庄里拍着比加

---

① 见《作家杂志》2005 年第 5 期，下文中相关引用均出于此，不再注明。

广村二十场婚礼加起来都隆重的婚礼，家人和村民才明白韦虎根本就不是要拍加广村，更不是要拍加广村的村民，村民们早就准备的烂熟的台词完全派不上用场。那"涂满油漆的村庄"，就像现代的美丽幻景，村民们强烈的自我表达的诉求始终是被遮蔽的自说自话，而自以为是的代言人韦虎则将"村庄"变成了一个永远不及物的空洞能指。

在刘心武的长篇小说《飘窗》中，更能发现这种现实书写的不及物。小说标题"飘窗"其实就已经表明了叙事的视角，小说的主人公薛去疾常常可以透过高档社区的住房飘窗观察小区墙外的生活百态，这一飘窗视角是当下底层写作中颇有隐喻色彩的，在高档小区的玻璃窗内观看芸芸众生，不过是在一个保持足够距离的安全空间里，从经验外部想象百姓生活。从这一观察视角和逻辑出发，薛去疾以西方古典小说的人道主义感化黑社会打手的设计，不过是刘心武用在80年代曾经得心应手的资源来解决当下的问题，自然不免尴尬。飘窗内的视角总是只能看到一点生活的表象，然后按照自己习惯的观念推演故事，这其实是当下底层写作的一个通病。

近来热门的底层叙事关注的是新的时代发展催生的新问题，并且隐约呈现出两种流行模式：要么以居高临下的精英姿态表现底层的苦难，呈现出一种道德优越感；要么以传奇色彩渲染底层的传统美德或个人奋斗，呈现出一种底层崇拜。事实上，这两种模式都很难进入底层的真实世界，本质上与传统的启蒙主义和人道主义精英立场并无二致，甚至因为对改变现状的无能为力常常滋生出一种对现实近乎绝望的无力感。现实太过纷繁复杂，作家一旦想要寻找药方就有可能陷入混乱之中。此时文字的无力感就先出来了，时代不可能倒退，所以作家的愿望是美好的，但药方却是可疑的。李运抟认为"底层叙事大都显示了观念的强势表达"，他要强调的"恰恰是要让观念隐退而让生活经验说话"[①]，将新世纪文学的一个重要趋势视为"观念退隐"，其

---

① 李运抟：《新世纪文学：经验呈现与观念退隐——论底层叙事女性形象塑造的非观念化》，《文艺争鸣》2008年第10期。

识见是一针见血的。

二 现实如何重新"主义"

当底层叙事在新世纪成为一股热潮时，人们不无惊喜地发现曾经被摒弃的现实主义焕发出新力量，让文学在介入现实表达公共关怀的书写中获得了新的生命力。但是，大量堆积苦难的同质化写作和代言的困境又让人不能不怀疑，在这个变化快得像子弹在飞的时代里，在这个现实世界的故事远比作家的想象丰富的世界里，文学到底还有没有能力对当下生活发言？是否还能对现实保持足够的敏感？是否有能力回应时代难题？这些问题其实都是对当下作家的极大挑战。当下对现实生活的写作中，阎连科迂回曲折的"神实主义"和余华"正面强攻"的现实主义应为两种颇具代表性的写作策略。

阎连科所谓的"神实"，相对于传统现实主义而言，强调的是"内因果"的真实，也就是说，看起来根本不可能发生的事情，从"内因果"的角度看也许反而是最真实的。譬如《风雅颂》里的"诗经古国"，又如《炸裂志》里一个村庄"炸裂"成一个超级大都市，看起来都不无荒诞，其实都是由这种"内真实"主导的。因此，阎连科的"神实主义"最关键的地方即在于作家有没有能力发现这种"内真实"。《炸裂志》就是作家将对中国在近年来爆炸式发展的思考内化为小说"内真实"的产物，他从一个村庄的裂变和发展中表达的是整个历史和现实。在阎连科看来，"炸"与"裂"最恰如其分地描述了社会的巨大变化，人们在各种欲望的推动下取得了社会经济建设的巨大成就，与此同时，人性和社会也发生了巨大裂变，催生出强大的"恶望"。一个村庄的隐喻里埋藏着阎连科的野心，也是他对现实社会迂回曲折的一种表达策略。但同时，当阎连科将所有的问题都简化为对金钱的恶望时，现实中的复杂性不免被简单化粗暴化缩减了。也正因为如此，小说中类似女秘书的衣服扣子在权力面前自动解开的情节不免有臆想之嫌，阎连科将其作为"内真实"的解释多少有些无力。另外，阎连科还将余华《兄弟》中的"偷窥事件"和

"处美人大赛"、《秦腔》中的"子宫"、《河岸》中的"人头漂流"都视为"神实主义的雏形"①，也未免牵强。

在对当下现实的表达方式上，余华选择"正面强攻"当代的症结，书写当代的危机与痛感。对很多作家而言，日新月异的当下生活已远远超出他们的想象，甚至现实远比文学更精彩。面对如此驳杂的现实生活，余华的《第七天》显示出直面当下的勇气。屡屡发生的暴力强拆、小贩杀警、黑市卖肾等现实中的新闻事件都成为小说的情节，极大地增强了小说的真实性。余华自1980年代以来就非常重视小说的真实性问题。在80年代的《现实一种》《一九八六年》等先锋小说中，余华重视的是虚构的真实和暴力的美学。到90年代的《活着》《许三观卖血记》等现实主义小说中，他强调的是生活的真实和人性的温暖。到了《第七天》，则直接以新闻的真实性进入小说，因此被戏称为"新闻串烧"。以新闻入小说的方式，其实并不新鲜，《包法利夫人》就是经典案例。问题在于，如果文学仅仅提供了新闻的真实性，那么文学何为？因此，如何透过纷繁复杂的现实生活，以文学的方式创造更深刻的真实才是最重要的。更重要的是，一方面要能洞察历史及人性的幽暗处和复杂性，另一方面也要重新引进关于正义、光明、纯洁、崇高等正面主题，尤其是在人们的自我认同普遍陷于危机之中的当下，这也是文学发展"之"字路上新的难度和高度。

如此来看，无论是阎连科的"神实主义"，还是余华的"正面强攻"，都不太尽如人意。文学如何对现实发言，如何建构公共话语，也还需要不断地探索。在这个意义上，或许陈忠实的创作可以提供更多的思路。

1982年早春的一个深夜，在渭河边清冷的乡村土路上，陈忠实想到柳青和《创业史》，无限感慨，因为他正遭遇着"必须回答却回

---

① 阎连科：《发现小说》，《当代作家评论》2011年第2期。

答不了的一个重大现实生活命题"①。此时的陈忠实是渭河边一个公社的派驻干部,任务是协助落实"中共中央1982年一号文件"分田到户的精神。当他看到农民在分到的土地上栽界石刨隔梁或用抓阄的方式各自牵走耕畜时,"一个太大的惊叹号"②横在了心里,因为他现在所做的事,正好和柳青当年所做的事构成一个反动。作为一个干部,他赞成开放农村市场和按劳分配的包工包产,但是作为一个农民,他的理念和情感都还倾注在集体经济上,而作为一个作家,他的乡村还停留在其精神导师柳青及其《创业史》描绘的蓝图中。怎样面对三十年前合作三十年后又分开的中国乡村的历史和现实?陈忠实找不到令自己信服的答案。

"现实"早已不是那个现实,"主义"却依旧是那个主义,这是时下不少现实主义创作面临的尴尬。追溯陈忠实这段刻骨铭心的记忆可以发现,当下作家面临的并非完全崭新的问题。面对翻天覆地的现实生活,陈忠实已很难像三十年前的柳青那样建立清晰的未来指向,《创业史》的知识框架也已经无法解释三十年后的现实,他曾经奉为圭臬的话语体系已经过时。从一定意义上来说,当下的现实主义写作面临着相似的困境。如何在写作中呼应"现实",如何达成自己的"主义"?这些问题是我们重新讨论现实主义时必须面对的问题。陈忠实当年的心路历程,或许可以给我们一些启示。

陈忠实能够走出困境,找到通向《白鹿原》的阳关大道,首先得益于他丰厚的生活经验。几十年的乡村生活,是陈忠实小说构思的丰沛资源,而陈忠实的创作,也恰如其名始终忠实于乡村生活。正是这样一种对现实生活的真诚融入和体验,那个一直困扰他的"重大的现实生活命题"才得以在不经意中迎刃而解。这一年秋收,陈忠实自种自收了"抵得上生产队三年或四年分配"的新麦后,看着打麦场上令人难以置信的粮袋,听着乡党们欣悦的说笑声,脑海中根深蒂固的

---

① 陈忠实:《寻找属于自己的句子》,北京大学出版社2011年版,第148—149页。
② 同上书,第143页。

由柳青和《创业史》打造的农村集体化生产方式自然而然地瓦解掉了。这几乎是在生活的驱使下自动冒出的答案，给予陈忠实此后观照现实生活的全新视角。

当下文学最大的问题就是面对现实的无力和苍白。没有对现实生活的真诚信仰，就很难击中现实的内核。最典型的莫过于以重返现实主义为旗帜的底层叙事。多年来有意无意逃离现实的写作削弱了文学对社会和现实的关注，也成为文学走向边缘的根本原因。现在，觉醒过来的作家们试图转身获得一种更开阔的社会视野，面对与自己生活境遇大不相同的底层生活时，发出的声音却不断受到质疑。对很多作家而言，底层题材不过是一个有利可图的新鲜资源，是一条吸引眼球的捷径，而底层经验的匮乏和人文关怀的缺失，导致底层常常沦为被消费的对象，成为作家自身道德优越感的参照物。也许当下作家面对的是远比陈忠实当时复杂的现实，也许陈忠实那样体验生活和把握现实的方式也已不合时宜，因为作为现实主义写作的重要土壤，社会生活的整体性和典型性，日渐消弭在碎片化和平面化的日常生活中，现实变得不可捉摸起来；也许当下作家发现事物的才能并不弱于甚至可能远胜于前，但常常不得不只是停留在局部和散点上，穿透现实的难度与日俱增。但是，这些事实并不能成为作家滑行在现实表面的借口，只能说是现实给作家提出了更加严峻的要求。作家要把灵魂和情感真正融入现实生活，这是现实主义创作最朴素也最根本的一个原则。离开了对现实生活真切的体验和钻研，就不可能产生优秀的现实主义作品，在任何时候这都应该是一种共识。

如果说陈忠实对现实生活的熟悉程度令当下作家们难以企及，是因其得天独厚的农村生活优势，那么，如何赋予熟悉的生活思想的高度则源于陈忠实对思想性的理性追求。作家的思想高度决定了对现实和历史开掘的深度，陈忠实在精神和思想上近乎残酷的"剥离"就是在寻找这个高度。1982年那个深夜，陈忠实深切感受到"思想的软弱和轻"。为了解决这一致命的问题，陈忠实不断返回历史与柳青及其《创业史》对话。卡尔维诺说过，经典帮助你在与它的关系中甚至在反对它的过程中确立你自己。陈忠实这一不断折返并反省的过程，正是以挑战经典的勇气，迫使自己重新面对更为复杂的现实。因为既有的"本本"影响太深，这种"剥离"的残酷性无异于脱胎换骨。按陈忠实的说法，整个1980年代，他都在不断地进行自我"剥离"。"剥离"的实质性意义在于更新思想，对陈忠实而言，这种思考逐渐经由现实生活的命题进入历史的深层，正是这种不断追问的理性精神和近乎严苛的自我反思，最终指向地理上的白鹿原和小说《白鹿原》。

只有深刻地洞察和透析了现实与历史，才能通达真正的现实主义，而要超越与战胜自己作为个体的有限性，进入历史与现实的纵深处，作家必须拥有深厚的思想资源。这种思想资源并非与生俱来，而是来自强烈的理性精神和反思意识。面对现实社会的重大转型，当下很多小说不过是社会新闻的升级版或者世俗生活的浓缩版，缺乏对现实的反思与超越，缺乏应对层出不穷的新事物的内在资源，无论是表现内容还是价值取向都和现实保持平行。作家们这种普遍的思想贫乏既源于无力洞察时代的复杂性，更源于对思想的漠视。而思想性的获得，往往是在不断的反思中成就。一个优秀的作家，往往具有自觉的反思精神，既要反思个人固有的思想和精神，也要反思整个的社会生活，更重要的是，还要反思某些热门的流行话语。正是在这种不断的反思中，陈忠实渐渐克服了"思想的软弱和轻"。有了思想的烛照，传统与现代、历史与现实、文化与革命等大命题才能在字里行间自然生长，举重若轻，小说才有了"垫棺作枕"的分量。显然，这种反思是一个"慢"的过程。对很多作家而言，如何透过纷繁复杂的现实生活，以文学的方式创造更深刻的真实是亟须解决的问题。问题在于，有些作家已经不愿付出足够的耐心和时间，在这个物欲横流、实用主义盛行的时代去执着地探究生活的真相与历史的本质。

既能沉潜到生活的深处，又能攀升到思想的高度，二者合力促成了陈忠实艰难的蜕变。王国维曾言："入乎其内，故有生气。出乎其外，故有高致。"文学与现实的关系也不出此理。这一现实主义的核心议题，很容易被当成老生常谈，但正是这一论题的不断出场本身说明了当下创作的某些问题。目前关于现实主义的讨论，既说明了作为一个理论话题，现实主义还有广阔的讨论空间，也从一个侧面说明当下创作与人们的期待之间出现了偏差，现实主义文学的探索仍是未完成状态。韦勒克在《文学研究中的现实主义概念》中说，现实主义问题的重新出现顺应了历史上一个"强有力的传统"，这个传统就是无论世界怎样变化，人们一直以来最关心的还是现实问题。韦勒克警告人们不要低估这股传统的力量，因为某些简单的真理站在维护它的一边，这个"简单的真理"就是读者始终对现实主义作品保持着较高的认同感，这也是现实主义之所以一再被提起的根本原因。无论是《平凡的世界》始终高居阅读热门榜单，还是《白鹿原》成为迄今为止不可逾越的当代经典，都证明了韦勒克所言不虚。1980年代，真正的现实主义还没有来得及充分展开，就在一浪高过一浪的现代主义思潮中"过时"了。在当初逃离政治的文学自主性追求中，现实主义也被当作脏水里的孩子一起泼掉。如今现实主义又成为频频谈论的时髦话题，我们要警惕新一轮的庸俗化和简单化，就要冷静地回到现实主义的核心问题上深入讨论，而不是在眼花缭乱的各种表述中宣示话语权。

第二节　个人经验与中国故事

中国故事的书写，是新世纪小说关注中国历史和现实的一个重要内涵。无论是漫长的中国革命历史，还是长达七十年的共和国历史与现实，都曾经在碎片化、欲望化的文字中变得支离破碎。艾伟的《风和日丽》、吕志青的《1937年的情节剧》、刘诗伟的《南方的秘密》都在不失个人化视角的叙述中，以现实与历史的交错叙事，为理解复杂的历史和纷繁的现实提供了某种整体性视野和理性思考，提醒我们务必在对历史的思考中理解当下中国的诸多问题。

一 再历史化与后革命叙事

当代小说的革命叙事经历了两种极端：一是1950年代至1970年代红色经典神化革命的过度历史化，二是1980年代中后期开始的解构革命。在瓦解革命的叙述狂欢中，先锋小说率先祛除了革命叙事的象征意义，新历史小说更是将一切崇高与神圣祛魅。80年代中期以来的文学中弥漫着一股强烈的去历史化意识，尤其着力于解构革命历史，形成背离革命话语的个人化叙事，在对革命伦理的破坏中张扬个人世俗化欲望的合法性。这当然是个人摆脱长久以来僵化的革命话语和历史重负的一个重要胜利。革命祛魅之后，社会整体性的象征秩序走向崩塌，文学叙述似乎获得了前所未有的自由度。但当一切借以安身立命的价值和意义系统都变得飘移不定后，尤其是在历史叙述的过度欲望化的流行趋势中，文学叙述又似堕入历史虚无的空洞无所归依；当曾经神圣的革命千篇一律被归于个人欲望和日常生活逻辑时，文学也失去了与现实和历史的有效联系，变成自说自话，在碎片化的革命历史缝隙是同样破碎的意义的碎片。的确，人类总想摆脱历史的重负而轻松前行，但是当摆脱一切历史记忆之后，"人变得比大气还轻"。重新以文学的方式与历史这个大他者所引发的复杂性探索贯通起来，是当下文学中"再历史化"的努力。艾伟的《风和日丽》以一个私生女的成长反顾父亲的革命年代，吕志青《一九三七年的情节剧》以不同时代的青年形象叠加反思历史与现实，都是从这一角度呼唤和重建历史总体性的尝试。

（一）《风和日丽》：一个私生女的历史反顾

《风和日丽》以一个将军私生女的视角，从日常生活和普遍人性的角度切入历史，反思20世纪中国革命和政治。值得注意的是，小说虽然从私人化视角来聚焦革命，但它无意加入解构革命的叙述狂欢，而是将个人化立场与总体性视野相融合，尝试重建革命的努力。艾伟认为："革命作为主导中国二十世纪最为关键的一种思潮，它的影响今天依旧复杂幽深地隐藏在我们的血液里，作用在我们生命的深处，联系着我们的情感反应。"① 他试图穿透种种诡秘的历史文化表象，探寻革命语境中人性的复杂性，在人性中许多难以触摸的幽暗深处呈现生命的悲凉感。小说关涉20世纪40年代以来直至世纪之交中国社会的深刻变革，但如此宏大的主题却是通过一个被遗漏在边缘处的私生女的成长和日常生活肌理展示出来，通过一个女性的成长将伟大与平凡、国事与家事、历史意义与生活流程融为一体。小说生动表现出革命与爱欲交织的复杂情感，洞悉了人在某种历史意志下无法逾越的生命处境。作为一个生命个体，杨小翼遭遇的每一次命运和情感变迁、人性的张扬与沉沦都和历史的风云变化息息相关。小说重建革命叙事的努力开拓了后革命时代革命叙事的新向度，对解放政治和生活政治的双重关怀使意识形态视野下的人性探寻更具多重意蕴，而个体生命经由历史的重负最终获得自我救赎和成长则彰显出对历史的理性反思和对自我的全新认同。

将军尹泽桂除了有限的几次出场，基本都隐藏在背后。然而，他却无处不在，游走在革命边缘的私生女杨小翼的一生都与他相关。艾伟并不为了彻底地反叛宏大叙事，故意消解将军的英雄本质，而是通过宏大叙事与日常生活叙事的融合，为我们提供了观照历史的另一种方式。在这种叙事中，历史向我们展现出另一番景象，它既不是粗暴地对过去进行颠覆，也不是对过去的简单重复。将军40年代初在上海杨家医院养伤时，与杨家女儿杨泸坠入爱河，此后多年杳无音讯。1949年后，杨泸热切地盼望着与将军重逢的那一天，却不料将军早在返回延安后就在组织的安排下与周楠结婚了。以革命的名义，将军始终将与杨泸的私生女杨小翼拒之门外，直到最后一次见面仍固执地称呼已成历史学者的亲生女儿"同志"，冻结杨小翼的认父冲动。然而，在他去世后，却在遗物中发现杨小翼八岁那年的照片，背面写着："我的女儿。刘云石从永城带来。一九四九年十二月二十日。"不苟言笑的将军心灵深处那份柔情显

---

① 艾伟：《〈风和日丽〉写作札记》，《当代作家评论》2010年第2期。

露无遗。将军对杨小翼的儿子伍天安的情感更是难以言传。因声称将军是他外公被派出所带走后,是将军领走并安顿了他;他遇车祸身亡后,是将军派人找到他的遗骸并带回北京安葬,是将军在天安的墓碑上题写道:"余愿意汝永远天真,愿意汝是屋顶上之明月。"这是将军当年在法兰西留学时写给异域恋人的诗句,在饱受自我与他人的生命之痛后,将军最终把这涵盖了恒常的人性之美的诗句镌刻在死去外孙的墓碑上。这是将军内心深处隐秘的渴望,也是历史和革命中的个体自我拯救的精神方式。

从这个意义上说,因为祛除了历史记忆的个人偏见和极端情绪,艾伟《风和日丽》关于革命历史的审视和人性的思考无疑具有巨大意义。小说基于同情之理解,对革命的叙述体现的是一种建构的力量。他力图从不同的视角揭示那些被忽略但极为重要的内心事件,用文学的方式揭开了革命内部的隐秘,同时用理性的方式处理了对革命历史的态度。革命并不因为私生女的介入而被肢解得七零八碎、面目模糊,虽说将军内心深处的温情会引发对人在历史情境中不可更改的悲剧宿命的感叹,但另一方面,正是将军这种近乎偏执的固守而透出革命本身某种坚硬的力量,而这种力量是在全民狂欢的当下无法企及的。忘记就意味着背叛,曾经艰苦卓绝改写中国历史的革命和革命者更不能被简单粗暴地排除在历史叙述之外。一部有血有肉、鲜活有力的革命历史因此而被建构起来。对于革命不断重述抑或重构,不过是在用变化的方式来说明我们的历史与现实的关系而已。后革命时代的革命叙事都面临一个意识形态定位问题,这包括如何把握与接近自己所认为的革命,如何在表述策略上找到一个政治与审美的平衡点,以及如何表达自己的意识形态诉求。艾伟写作伊始便已经建立起自己的写作视野和话语方式:"我的小说一般有一个指向,就是考察意识形态下人性的状况和人的复杂处境。"[1] 被称为"英雄和圣女故事"的长篇小说《爱人同志》曾是艾伟所关注的意识形态与人性主题的集

---

[1] 艾伟、姜广平:《关系:小说成立的基本常识》,《西湖》2007 年第 7 期。

中体现，《风和日丽》则再次将他那敏感的笔触伸向人性深处，呈现出极富包容性的多重政治观，萦绕着挥之不去的政治情怀和悲悯意味。《风和日丽》是一个解放政治和生活政治相互缠绕的意识形态文本。我们在这同一个文本里读到了两种不同的政治情怀，艾伟力求谨慎做到充分尊重历史原貌，并不因时间的流逝而随意诋毁消解任何一方，因为它们既是历史的真实存在，也是现实的真切反映。

在将军身上，艾伟投射的是解放政治观。小说中有关将军的文字并不多，却极省俭地画出了特定时代革命者的面貌。小说最后杨小翼和将军有一段极为艰难的对话，杨小翼试图进入将军坚硬的内心去寻找那可能的柔情时，他坚决反驳道："历史和个人情感没有任何关系。"在杨小翼言辞咄咄逼问法兰西姑娘和母亲杨泸在他心中的分量时，他漠然道："对一个革命者而言，个人情感不值一提。"临终前，周楠问他一生经历的女人中最爱谁时，将军给出的却是堂吉诃德式的回答。汉娜·阿伦特在《极权主义的起源》一书中指出："极权主义之成功中令人不安的因素必定是他的信奉者的无私……令人惊异的事实是，如果他遭到厄运，甚至自己变成迫害的牺牲品……极权主义的魔鬼开始吞噬他自己的孩子，他也不会动摇。"[1] 由此可见，虽然将军内心确实曾有过异域之恋的浪漫和儿孙膝下承欢的可能，但作为极权时代解放政治观坚定不移的信奉者，将军表现出的冥顽不化和冷漠严厉是可信的。正如汉娜·阿伦特指出的，极权统治的心理基础就是"完全的忠诚"。"这类忠诚只能产生自完全孤立的人，他们没有其他的社会联系，例如家庭、朋友、同志，或者只是熟人。忠诚使他们感觉到，只有当他属于一个运动，他在政党中是一个成员，他在世界上才能有一个位置。"[2] 艾伟在叙述中对此寄了深切的同情之理解，并因此而巧妙回避了偏激的二元对立的简单判断。

如果说将军的一生都在恪守对革命和政治的信仰的话，杨小翼则

---

[1] [德] 汉娜·阿伦特：《极权主义的起源》，林骧华译，生活·读书·新知三联书店2008年版，第402页。

[2] 同上书，第21页。

是在不断的人生选择中调整她的生活方式。对杨小翼而言，将军私生女的身份已注定她的一生要与革命和政治纠结在一起，但艾伟在杨小翼身上投射的却是不同于将军的生活政治观。吉登斯用来说明生活政治议程的一个例子就是关于家庭的争论。传统的家庭开始走向现代家庭，单亲家庭、同性恋家庭等逐渐增多，许多问题是与生活决定的伦理有关的，很多家庭模式都是家庭成员选择的产物。杨小翼自有记忆起就纠结于这种家庭伦理中。母亲杨泸选择了从上海来到将军故里永城独自生下杨小翼的生活，但没有父亲的单亲家庭让杨小翼一直没有安全感和归宿感，甚至会因此而一厢情愿地认定将军的老部下刘云石就是自己的生父。杨小翼就在这种近乎执拗的寻父情结支配下一步步滑向悲剧人生。历经同父异母弟弟尹南方高位截瘫的灾难、丈夫和儿子的相继离世的悲剧后，杨小翼孑然一身，半生追寻的结果反而背离了她儿时简单的梦想，完整家庭对杨小翼来说成为永远的隐痛。当然，艾伟并没有基于当下盛行的生活政治观对将军所代表的解放政治观妄加菲薄，而是在尊重历史的同时构建反思的力量，无论是杨小翼还是将军，或许都只是历史长河中的一粒砂，无法逾越某种历史意志下的生命处境。

  生活政治也是一种认同的政治。在高度现代性的社会背景下，人们越来越失去自主性。"我是谁"的问题不断困扰着人们。这是反思社会和历史的必然结果，每个个体自我认同问题的或隐或显地存在。这个问题属于生活政治的范畴，不是解放政治以革命的力量或权力的等级秩序能够解决得了的，因为个体的自我认同，最终取决于他自己对生活方式所作出的选择，而这个选择在一定程度上不仅是自主的，而且是与集体和社会相关联的，它不仅是个人生活的政治，而且涉及社会生活的方方面面。当人们在进行日常生活的自我设计和规划的过程中，必然要受到现实生活中各种力量的阻止，人们在生活中将会和各种力量发生或抗争或妥协的各种关系，来逐步达到自己认同的生活方式。杨小翼所有的努力都在试图确认我是谁、我从哪里来的问题。将军尽管在孙子的墓碑上刻着诗句"余愿意汝永远天真，愿意汝是屋顶上之明月",但这种情感始终不能整合到他的政治信仰中,这注定了杨小翼的身份认同会在不断的调整中发生变异。她曾经是那样迫切地需要将军的接纳和承认,但在经历了一场灾难般的认父仪式和丧子失夫的接连悲剧后,她获得了一种对于人生境界的彻悟。在她逐步走向坦然与从容的人生思索之下,艾伟最终所要表现的意义也由此显露,那便是当命运的悲剧不断奔袭而来,左冲右突却无法摆脱后,最理想的生命状态应该是将其转化成一种顽强、豁达、充实的生命体验,种种对名利和欲望的追求都会幻化在这样从容的情怀之中,种种血缘和情爱的纠缠不清也如释重负了。正因为如此,革命历史和家庭苦难也从另一方面成全了杨小翼的人生,以革命(者)私生子的调查研究为主的研究方向让她成长为一个海内外知名的历史学者,进而获取了观照革命和历史更具理性的姿态。由此,杨小翼在屡经人生的磨难后获得自我救赎,将历史的重负化为云淡风轻,迎来内心的风和日丽。世纪之交,回顾自五岁以来的记忆和人生,杨小翼"恍若见到从前的自己,见到一个人和这个纹丝不动的世界对抗"。在不断的追寻和调整中,杨小翼最终彻悟人生,完成了自我实现和成长。随着杨小翼的内心由从前的"对抗"走向现在的"释然",叙事人对过往复杂革命和历史的认识也逐渐凸显出来,即只有理性正视并不断反思历史(而不是盲目追随或颠覆),才能获得个体在历史长河中的位置。

  艾伟就这样不断演绎人性深处的奥秘,并因此而获得一种可贵的精神厚度。他似乎总能想方设法敲开历史和现实那些看似坚硬的外壳,找到某种生存真相以及人性本质;他常常选择一些看似单纯的事件作为叙事通道,但又能巧妙地避开在生活经验的表面滑行,一步步直抵广袤的历史文化深处,不无尖锐地揭示出存在的复杂状态及其尴尬境遇。表面上看,《风和日丽》中"私生女"+"寻父"是一个非常引人入胜的故事外壳,但事实上,这个故事的背后弥漫着浓重的思想气息,亦即对革命和历史的思考。正如艾伟所说:"在某种程度上私生子这样的身份是一把锋利的匕首,它虽然在革命之外,但有可能刺入革命的核心地带，刺探出革命的真相。"① 正是在这样充满悖谬的历史情境中，艾伟写出了对革命和历史的独特理解，在历史和现实并置的语境中，重新建构历史的总体性。

（二）《一九三七年的情节剧》：20世纪中国青年的叠影

相比《风和日丽》的现实主义写作，吕志青的《一九三七年的情节剧》②更具先锋色彩。小说聚焦不同时代的青年形象，贯穿了将近一个世纪的中国历史，其中1937年青年学生奔赴延安、1966年红卫兵北上和当下大学生的校园生活交错上演，历史时空和现实世界并置在一起，在三代人的青春岁月中隐喻了作者对历史和现实的深入思考，在历史和现实的缝隙里，探寻在历史意志与个人意志的博弈中个体的命运变迁。

1937年，燕大青年不满足于坐而论道，奔赴革命圣地延安，以行动追随心中火热的理想。"虽然，镣铐锁住两脚/心还是奔驰的呵！"《野性的呼唤》中这样的诗句是燕大青年义无反顾以个人之躯投入革命洪流的真实写照。阙静的外祖母虽然在临行前改了主意，可她此后的一生全都奔波在去延安的路上。在那个年代，延安代表着民主、自由和新的中国，延安就是他们的理想和全部生活的意义。因此，错过延安之行的外祖母只能在禹斌大伯的讲述中追寻自己曾经的梦想，或许她晚年的意外走失也是在她自以为是的追梦途中。

1966年，禹斌大伯和阙静养母（姨妈）奔赴北京接受领袖检阅，那是一个狂热的年代。只是到了紧要关头，养母却因为生病未能参加检阅，留下无尽遗憾。有意味的是，此后面对阙静外祖母，从未到过延安的禹斌大伯，从讲述大串联的经历慢慢转变成延安的代言人，他对延安的讲述事无巨细，具体生动到就像是他在那里生活和战斗过多年似的，直到被养母告发。在阙静看来，虽然他们曾经是共过患难拥有共同秘密的战友，但养母的告密却是出于某种更高的原则，在革命

---

① 艾伟：《〈风和日丽〉写作札记》，《当代作家评论》2010年第2期。
② 吕志青：《一九三七年的情节剧》，《钟山》2009年第5期。

和路线高于一切的年代，她牺牲自己的爱所产生的崇高感足以让她自豪，那时她会认为她所做的一切是光明磊落的。时过境迁，如今的禹斌大伯和阙静养母却都对往事表现出令人吃惊的冷漠和麻木，当两个人终于走到一起外出旅游时，目的地既不是延安，也不是北京，而是充满娱乐气息的泰国游，他们终于卸下心头重负，回到实实在在的生活中来。

吕志青对描写历史本身并无兴趣，他抓住的是那些能给人物创造存在境况的历史背景。革命的狂热年代过去了，现在的大学校园里，最炙手的是章彦应用自如的成功学，崇尚自由的怀疑论者何磊被视为异端，而禹斌和阙静则在历史与现实的夹缝中不断被挤压变形。毕业时，同学大志和大鸟演唱《好吧，再见！》："转眼四年已经过完，糊里糊涂好聚好散，想想还有什么梦没做完，隔壁哥们儿欠钱没还。"大志和大鸟这两个只出现过一次的名字和歌声中透出的玩世不恭与精神虚无，分明与当年的燕大青年和那首令人热血沸腾的《野性的呼唤》构成鲜明的对比：虽然是同样的青春年华，他们却是失去了信仰和理想的一代人，现实就是他们最大的理想主义。

毫无疑问，青春和理想是这篇小说的关键词，但值得注意的是，小说并未停留在关于青春与理想的怀旧情绪中，而是深入历史深处，试图寻找问题的根源所在。何磊在信中关于中西戏剧的分析或许可以帮助我们理解这个问题。何磊认为，西方戏剧的情节总是表现为人物的自由意志的展现，是人物支配事件，而中国戏剧则正好反过来，人物被事件所支配，他们的意志往往显得比较被动。戏如人生，何磊认为可能正是这种本质上的抒情性阻碍了中国人自我意识和自由意志的发展。在这种传统中，每一个人都成了"煮熟的鸭子"，服从于外部力量的召唤，变成非我而远离了本真的自我。当初的燕大青年和红卫兵都是在外部力量的感召下去寻找个人的意义，然而却在历史中留下不同色彩的印记，燕大青年因其选择符合历史前行的方向而成为后辈景仰的光明正义的代表，同样热血的禹斌大伯和阙静养母却因历史的错误掏空了自我的意义而显得暗淡无光。在历史意志的强大力量面前，个人是那么不堪一击，自由更是不可企及。正是在这样的历史底色中，当下青年才在看似拥有多样选择的表象下呈现出令人担忧的生存现实。

在当下的大学校园里，章彦与何磊、禹斌与阙静分别形成两组颇有意味的人物对照。章彦和何磊同为"行动者"，然而章彦是一个钱理群所言的"精致的利己主义者"，何磊则是一个规则和秩序的怀疑者。章彦信奉"如无必要，勿增实体"，她懂得如何运用"奥卡姆剃刀"化繁为简，以达最大实际效用。从上学的第一天起，章彦就对自己的大学生活做了详尽而周密的规划和安排。她与每一个老师和同学甚至传达室的师傅、做卫生的阿姨都相处融洽，她懂得如何提前为就业打造良好的交际圈。她在校园网上用"过来人"为笔名发表的各类文章中，"成功"是出现频率最高的一个词语。果然，大学四年她拿到各种奖学金和荣誉称号，受到领导特别关注，毕业后顺利签到一家著名外企，在校园之外的社会继续践行她的成功学。在她看来，每个人都应该把自己看成宇宙伟大思维的一个细胞，并以自身体内细胞依靠大脑的方式，来依靠宇宙思维其涌流力。这其实就是一种顺应外部现实并充分运用规则的处世哲学，是当下世俗社会中最受追捧的一套成功学，章彦因此成为"小老乡"口中的"人尖子"，作为成功的典范被无数人膜拜。

与章彦顺应规则获得人人艳羡的成功不同，何磊的行动哲学强调要从被殖民的生活世界中挣脱出来，他的所有努力就是要让那只"煮熟的鸭子"飞起来，因为这意味着一个自主的思想者和行动人的生成。他认为一个自主的思想者和行动者必须认识到自身的思维与涌流力所具有的重要性，这里包含的是对现行规则的怀疑精神和独立自由的行动能力。何磊将辩论协会改名为"宰我"，最大的理由就是"宰我"是一个怀疑论者，是一个存在意义上的自由人，甚至因其"独立之精神，自由之思想"被他称为"中国历史上头一个合格的学生"。何磊"不想按照某种固定的程序被编码，不想被安排在某种预设的坐标中，不想被某种力量抛来掷去"，他紧紧跟随自己的思维和涌流力,在大学校园里特立独行,甚至引起领导"大学还是大学吗"的质问。事实上,恰恰在关于大学的理解上何磊和这位领导所代表的立场是完全南辕北辙的,在领导眼中,学生目无规则便会导致"大学不像大学",而何磊却认为大学里最大的学问应该是"如何学会怀疑",一味循规蹈矩才是"大学不像大学"的核心问题所在。因此,何磊毅然"开除"了学校,来到一个偏僻的乡村学校做志愿者。他想用行动来成就属于自己的人生,甚至在他不断受到外界关注时,他也一直警惕将自己和贫穷封闭的乡村学校变成别人眼中的"象征"。然而事与愿违,当何磊在接收捐赠书籍的路上被山洪冲走后,他仍被塑造为一个供人膜拜的榜样,成为他付出生命的代价想要逃离的那个世界里的英雄,成为他曾经竭力要回避的那个"象征"。在追悼会上,何磊这个最不想成功和背离宇宙思维与宇宙涌流力的人,这个唱着《宰我》把学校开除(而不是被学校开除)了的人,成为校领导大力倡导的"成功者"。在一个体制化的世界里,人们本质上都生活在无所不在的牢狱之中,因此,何磊"对自我的寻找始终并将永远以一个悖论式的结果而告结束"[①]。他试图用行动冲出这个人人循规蹈矩的世界,成为与他人相区别的个体,然而他能做的,只是尽最大可能暂时越狱,而不可能彻底地逃离,总有一天他仍旧要归来,哪怕是被动地归来。这正是现代人本身巨大的悲剧性所在,选择和行动本身就充满了风险,更何况个体抵制象征的能力始终无法逾越体制的力量。

如果说章彦和何磊分属两种不同的行动者却殊途同归,而禹斌和阙静两个看似相同的孤独冥想者却在最后关头选择了不同的人生道路。在章彦看来,禹斌内心的成功愿望尚处在沉睡之中,应该唤醒那个沉睡的巨人,认清世界,然后行动。在何磊看来,禹斌内心同样有个小人儿(或者是巨人)被囚禁,那是被囚禁的自我,但这个小人

[①] [捷克]昆德拉:《小说的艺术》,孟湄译,生活·读书·新知三联书店1995年版,第23页。

儿一旦苏醒，就会不受宇宙涌流的控制而张扬属于自己的个性，从自我的思维中涌出行动力，做一个自主的思想者和行动人。禹斌冷峻旁观章彦和何磊两种截然不同的青春观念和人生哲学，他的内心是抗拒实用主义的章彦的，但在行动上又无法做到何磊的自由果决，于是他既无法获得章彦式的世俗成功，也无力成为何磊式的理想践行者。他曾经试图在为纪念"一二·九"运动创作的舞台剧中表达自己关于历史、现实与个体的独特思考，但他的努力却因为不符合校方的意图以失败而告终。最终，禹斌在失败的现实与章彦炮轰式的拯救声中放弃了内心的追求和渴望，在所谓宇宙涌流力的裹挟下，他毕业后穿上绿色工作服，就像"一只生活在钢筋水泥中，或者，生活在那个宇宙涌流里的大青蛙"。这一形象与卡夫卡笔下那只甲虫有异曲同工之妙，禹斌的选择使自己成为一个异化的存在，变成他以前嘲讽和讥笑的那一类人。可以预见的是，他从此必须学会忽略自己内心的真正需要，他将永远在一套呆板的体系中一点点耗尽生命。他也许可以收获世俗的名誉和地位，然而前提是他将成为某种外部意志的忠诚执行者，而这些意志与他的个人灵魂无关。事实上，这也是当下社会许多青年的人生写照，只是他们不曾自觉。

阙静一直生活在外祖母和母亲一再行动受挫的阴影中。为了改变现状，她试图以打破规则的方式寻找自我，她想尝试被包养，甚至还想尝试吸毒和同性恋，都只是想要尝试一下规则的禁区。然而，她终究没有行动的能力，离开了别人指明的方向，就不知道该往哪里走了。她孤独的内心有着何磊一样冲破牢笼的冲动，却没有何磊那样的勇气。她最后选择了延续何磊的道路，成为一名志愿者，用行动改写了外祖母和母亲行动受挫的历史。但小说同时借禹斌之口表示，那个小山村和生活方式已经是何磊所不满意的了，而阙静却一头栽进去，因此很难说阙静的行动不会坠入与外祖母和母亲同样受挫的结局。

章彦、何磊、禹斌、阙静，甚至还包括章彦那个"小老乡"，其实都是何磊所言的"煮熟的鸭子"。章彦和"小老乡"正乐享其成，何磊曾经"飞"起来却最终还是掉落原地，禹斌是思想的巨人却是行动的矮子，阙静虽还有某种改变的可能但也困难重重。要做到像何磊所言的"在自身的思想中行动，在自身的行动中探险"何其难也，这也是人们的普遍困境所在。

　　小说表面是写实的，但却充满了反讽意味和荒诞感，蕴含着超越故事的思考。然而，这种思考并未影响阅读的快感，因为小说严肃的主题常常是用游戏的形式表现出来。譬如 toss 游戏，又譬如性爱游戏。性爱在小说中体现出一种游戏精神和幽默意味，巧妙地将严肃题材喜剧化，让人在哑然失笑之余陷入沉思。正如昆德拉的小说那样，"一切都以巨大的情欲场景告终"。"情欲场景是一个焦点，其中凝聚着故事所有的主题，置下它最深奥的秘密。"① 禹斌和阙静曾经重访先辈们错过的革命征途，现实的巨大力量彻底颠覆了他们的浪漫遐想。革命圣地延安正在富裕的喧嚣声中快速奔向现代化，白羊肚子手巾和红腰带成了道具和纪念品，延安精神则变成旅游指南上的印刷体，"延安牌香烟融合了'延安精神'所蕴含的不惧艰险、把握成功的必胜信念"……或许正是作为旅游城市的延安未能给禹斌和阙静提供他们内心渴念的某种精神和力量，他们转而寻访燕大旧址，然而被北大收编重组后的燕大旧址多处已无人知晓，闻名在外的博雅塔和未名湖边则仅见俊俏的小男生和几个女生眉飞色舞地聊着天，他们依然无法窥见当年燕大青年在野性召唤下的青春。当精神的力量彻底消解后，二人当晚疯狂做爱，在施虐和受虐中获得快感，也许只有在近乎变态的性爱的饥渴中才能感觉到自己正当青春好年华。燕大青年的热血和红卫兵的迷狂就这样叠映在当下青年的性爱游戏中，折射出对历史的清醒认识和理性反省，更呈现出对现实的批判精神和忧患意识。小说最后，禹斌放弃内心飞翔的一面成为现代企业里一个标准件后，与朱晶晶在床上不断重复着那个梦中的秋裤游戏，看似滑稽，其实是在不断重复的性爱游戏中寻找存在的意义。在幽默和反讽的笔调中，这些性爱场景充满了荒唐与可笑，映现出现代人极端空虚的灵魂和分

---

　　① 艾晓明编译：《小说的智慧》，时代文艺出版社 1992 年版，第 145 页。

裂的人格。

　　经典话剧《等待戈多》在小说中反复出现，人物各种不同的理解折射出的是不同的人生观和价值观。譬如实用主义的章彦关注的是故事梗概和人物的动作，她永远具备一种抓住要点的禀赋。在孤独和寂寞中冥想的禹斌念念不忘的则是四个"沙沙响"，然而当他的注意力转向幸运儿被绳子磨破的脖子时，事情起了变化，思想的脖子被欲望套上了绳子，只能永远与痛苦相伴。禹斌选择了妥协，欲望和奴役从此成为永远无法摆脱的梦魇。以出世的哲学做着入世的事情的何磊则瞩目于囚禁自我的"藏骸所"，它无所不在，既指向人们所置身的这个世界，又指向我们自身，要解放这个被囚禁的自我，只能靠思想和行动，因此他信奉"自由就在行动之中"。经典常常拥有无穷尽的解释的可能，在这部小说中，人物对《等待戈多》的理解则与人物的人生选择构成一种绝妙的互文。禹斌创作的舞台剧《一九三七年的情节剧》，想要表达的是一般历史叙述中被遗漏的个人的青春与选择，但章彦和学校需要的是火热的革命激情，是更积极向上的时代精神，并以此引导大学生学习先辈的革命精神，使他们将青春和热情倾注到振兴中华的伟大使命中去。按照这个标准，禹斌的剧本被毙掉就是情理之中的事情了。这一现实也意味着，要跳出"藏骸所"和背离"宇宙涌流力"的艰难，个人的自由终究只在冥想和纸张上跳跃，无力与外部世界的巨大力量相抗衡。小说中书信的使用主要集中在禹斌与何磊和阙静的交流中。这种第一人称的书信体为小说营造了一种个人化的讨论氛围，有利于在一个更隐秘的纵深地带展开复杂的内心世界，表达深邃的理性思考。这些书信可以说是小说的点睛之笔。譬如关于历史的认识，何磊提醒禹斌要"对于这个叫历史的东西，始终保持警惕，尤其是，不要害怕被甩到历史的缝隙中"。何磊将这一思考付诸行动中，禹斌却止步于纸上的文字，然而，二人都成为这个社会的象征，只不过一个被动塑造为时代的英雄，一个主动沉入机器的缝隙中，二者其实都是体制的需要。在历史的洪流中，每一个人都逃无可逃。通过书信的讨论，历史不再是教科书上线索清晰的简单描述，而是充满了悖论的复杂命题,具有多种阐释的可能性。

小说的形式已不仅仅是形式本身,它与小说内容相辅相成,相得益彰。《一九三七年的情节剧》充分利用各种文体的长处,在故事和情节之外延伸出另一个空间,多种声音产生的复调效果使有限的文本包蕴了更多的内涵,在多声部的合奏中实现了对历史和现实的双重隐喻。

二 当代生活的个人化演绎

时代日新月异,经验不断贬值。如何理解当下社会,是作家必须面对但又前所未有的巨大挑战,如何反思当代历史,以及基于反思介入现实并虑及未来,对一个作家而言更是至关重要的。改革开放四十年丰富的中国经验和独特的中国道路亟须总结,面对这一重大课题,如何以文学的方式进行有效的发言,无疑是对作家的严峻考验。

刘诗伟《南方的秘密》[1]以改革开放以来的中国社会变迁为主要书写对象,同时加入了对改革开放前史和未来的思考,知识容量和信息容量极大。刘诗伟在自序中明确表示了以小说的方式抵近真相的写作立场,这无疑是一种有难度的写作,既要有清醒的现实认识,又要有足够的想象力。当然,他是有这个底气的。因为就对当代生活的感受而言,与很多作家以温度计了解气温的写法不同,刘诗伟是以皮肤感知冷暖的。前者常常以媒体或道听途说的资讯演绎生活,面对千变万化的现实总有隔靴搔痒之感,"观念通常比事实轻浮";刘诗伟则一直"在生活之中",坚实的文学功底和多年的从商经历赋予他对当代生活鲜活饱满的切肤体验,得以更"准确"地讲述"被曲解或低估"的当代故事。主人公顺哥是刘诗伟熟悉的江汉平原上的乡党,也是他在商海弄潮时经常打交道的企业家,小说由此设定了叙述的可靠性。作为共和国的同龄人,顺哥的成长自然映现出共和国六十多年的

---

[1] 刘诗伟:《南方的秘密》,作家出版社2016年版。本章中涉及该小说的引文均出于此,不再注明。

发展与变迁史，小说也由此透出一丝为当代历史尤其是新时期以来的历史树碑立传的雄心。顺哥是一个奇迹，映现出改革开放的巨大成就，顺哥也是一面镜子，折射出中国社会的诸多病根，而小说的深意正在于"顺哥现象"隐现的秘密之中。

顺哥的传奇人生起源于禁欲年代里的一个尴尬瞬间，这个瞬间暗含着顺哥财富神话的内在动因，也是顺哥心中不足为外人道的一个秘密。妹妹三美惊慌失措挂在柳树枝上只能任由胸部被围观的那个尴尬瞬间，促使顺哥自学裁缝做胸兜，以保护自己的亲人不再遭受类似的屈辱，这种源于本能的自我保护正是顺哥事业最重要的起点。小说借叶苏之口说，"自私是人类文明的原动力""幸福说到底是自私的满意"，而顺哥的成功之路恰如顺哥的妻子秋收说的那样"一直朝向他认为必定存在的快乐与幸福奔跑着"。其实不独顺哥，顺哥的同乡们，那些中国大地上饱经苦难的人，莫不如此。"即使在求生存的年月，人们对体面生活的念想也从来没有死掉，那念想就像天上的一块云团，一旦落下雨来便是无比汹涌"，而个人对美好生活的向往正是社会进步最广泛的社会基础。同时，这个被顺哥视为耻辱和不幸的瞬间也是一个看与被看的狂欢场景，缠绕着禁欲的法则与欲望的魔力，荒野里那群"野人"肆无忌惮的围观，是以变态的方式发泄被压抑的欲望。此后不久，也正是欲望的解放成就了顺哥胸罩事业的康庄大道。无论是三美小美和她们的同学，还是泼辣粗鄙的村妇，爱美之心人皆有之，甚至1976年这悲痛的年份也阻挡不住人们为了守护胸上那片"自留地"越来越汹涌地涌向顺哥家的南拖宅。毫无疑问，人们苏醒的自我和欲望激发了改革的内在动力，释放出巨大的可能性，顺哥的成功不过是顺应了时代的呼唤。顺哥靠挖树蔸这种旁门左道掘到第一桶金，换来一台缝纫机开始做胸兜，地下生意一直长盛不衰。随着改革的全面启动和社会观念的转变，胸兜生意的支付方式由羞赧的以物易物变为理直气壮的现金交易，经营方式由秘密的地下生产到公开办厂开门店。几乎就在顺哥的胸罩事业腾飞的同时，乡下开始分田到户，顺哥得以在分到的禾场上开创了"二十八个半跛子"的明星企业，成立"大顺服装厂"生产干部服。1980年代初顺哥不以个人意志为转移一夜扬名。1990年代初，大顺任村支书兼村长的"华中第一春"大顺村也应时诞生，甚至可与大邱庄和华西村齐名。大顺成为更加炙手的明星人物，在那个"没有明确目标却也常常可以获得赫然惊喜的草莽年代"，顺哥的财富帝国不可遏止地迅速壮大，涉足金融、房地产、矿产开发等多个领域。就这样，"一个乡巴佬、跛子、盘小生意的个体户；一个男做女工的裁缝，一心钻中国的空子，干全国人民都不干的活"，却奇迹般地走向气势恢宏的企业家之路。

但问题也正如叶苏所指出的那样，一个健全的社会要保护的是每个个体的自私与尊严，而不是赋予某些人特权，社会制度的根本价值是最大公约数地呵护每个人的利益；另一方面，个人的欲望也不能无限制地膨胀，因为地球供养不起人类的欲望，所有的资源之和已然小于人类的物欲之需。遗憾的是，在改革推进的过程中，欲望已然成为脱缰的野马，成为牵制改革正常进程的一股蛮力。小说写千禧年到来的时候，人们"无头无脑地欢腾，以为极乐时代真的来临"，而"女人的放纵通常体现在身体的表面，新时代的本钱是胸脯"，欲望的战车将人们带入另一种疯狂。"可怜的三美在这个喜庆的年头率先疯了"，每天戴着墨镜解开衣扣在街上走一趟展览自己的身体。接着是秋芳"疯"了，曾经清纯可人的秋芳放肆地在洋老板面前以"事业线"图谋"事业"。顺哥曾经嘲笑半文有关胸罩起源的论文，因为这篇让半文年少成名的论文在他看来不过说出了一个赤裸简明的真理，即人欲的自然天成；如今面对世上始料未及的变化，顺哥"无法判断是'秋收牌'胸罩诱发或加剧了世风的突变，还是世风的趋势引导或推动了'秋收牌'胸罩的开发"，而问题"或许在于世上的女人和男人缺乏小葱拌豆腐似的头脑，不知道如何照应或者看守自己的喜欢和欲望；而人心如风，极容易动荡，只要有人动了，不管朝哪个方向动，就有人附和，就群而众之"。改革开放的巨大成就显著提高了人们的生活水平，改变了人们的生活方式，但当欲望的泛滥和信仰的缺失同行时，极易造成某种混乱。顺哥的困惑和思考正是这种理性反思的体现。从胸兜到各式胸罩的开发，从禁欲年代的遮羞物到身体解放后对美的追求，再到欲望泛滥时代的疯狂，映现的是当代社会的巨大变化。过去压制人欲是不道德的，如今以开放的名义随处蔓延的不受控制的欲望更是可怕的。三美和秋芳如今的疯狂彻底颠覆了当年那个尴尬瞬间，但顺哥却忍不住骂三美"蠢！过去蠢，现在又蠢！"是因为两个看似截然不同的年代其实潜伏着一样的逻辑，一样的疯狂，不过是从一个极端走向另一个极端。

如果说欲望的激发是顺哥发家的内部动力，那么政治作为外部助力，则将顺哥推向人生最辉煌的顶点。在这一点上，刘诗伟显出非一般的睿智和勇气，敢于直面中国社会的现实。顺哥习惯于吃政治饭走政治路线，秋收则专注于市场经济，这正是两种不同的经济发展模式。顺哥认为政治始终是经济的润滑剂，坚守汉江牌干部服，致力打造政府项目，他将中央洪副主席的恩泽、省委冯书记的关怀、县委从唯尚书记的厚爱、跛区长（薄县长）的护佑集于一身，成为各级政府合力打造的一面旗帜，也是在各种力量的博弈中任由无形的权力之手支配的一枚棋子，更是在规则尚未形成的混沌时期一块被摸的石头。虽然他也遭遇过信贷危机和"三大项目"的挫折，但顺哥的胆子和步子总能敏锐地跟上面的精神合辙，借风扬帆，一路飞黄腾达。秋收则远离政治，在市场上纵横捭阖，将秋收牌胸罩的生意做得风生水起，但颇有意味的是，在秋收陷入突如其来的市场困境时，仍是顺哥以政治的方式悄悄解了围。与此相应，小说设置了刘半文和别不立的一个赌局。最初，别不立赌顺哥走政治路线必败，认为顺哥的辉煌最多持续二十年，紧跟顺哥的半文却并不认同。眼看顺哥一路顺风顺水，别不立提前主动认输并再赌顺哥必成，半文却与顺哥渐行渐远，站到秋收那边去了。无论是顺哥和秋收的两条道路，还是半文和不立戏剧性的赌局，都蕴含着对改革深层次问题的反思。这显然是一个重大而严峻的主题，但小说却别趣横生，这秘密就在于残疾隐喻的巧妙运用。

虽然苏珊·桑塔格在《疾病的隐喻》中呼吁要祛除疾病的黑色隐

喻,然而文学总是赋予疾病更多的隐喻,《南方的秘密》正是将残疾作为影射人性和社会顽疾的一种表征。关于顺哥的"顺溜",顺哥坚信是跛腿带来的幸运:"我的底子是跛子,路子是什么呢?是跛!"秋收说得更明确:"社会是歪斜的一块大板子,只有两腿一长一短的跛子才走得正走得顺。"顺哥从小因为脊髓灰质炎后遗症跛了左腿,但此处的"跛"显然已经不仅是一种身体残疾,而是小说借以探问和反诘人性与社会的一个入口。顺哥小时候做过两个梦:"一个是世人全是跛子,他却跛得最为出色,做了所有跛子的大队长;另一个是大地突然变成斜面,所有两腿齐长的人一下子都跛了,只有他一人走得正走得帅气。"这听起来荒诞不经的美梦却在现实中一一应验。在绿安黄山的斜坡上,包括冯书记在内的百姓和官员两腿一般齐,但在斜地上全都曲着右腿,像一群跛子,而挂着藤杖的顺哥则显得特别高大,这一颇富反讽意味的画面正是对顺哥梦境的现实回应。跛子站在斜坡上就顺溜了,固有的缺陷与畸形的环境天然契合,也掩盖了问题的实质。顺哥正是在一个不完美甚至缺陷至深的社会斜面上找到了让自己平衡的法宝,让政治成为自己的藤杖,"行走得一板一眼",甚至显出"几分从容和优雅"。小说在此触及改革发展道路上的一些问题,深重的忧患意识和明确的社会使命感不言自明。

残疾除了作为人性和社会顽疾的隐喻,还常常是异于常人的得道者和智者的标志。譬如在庄子看来,残疾者理所当然可以免除劳役之苦,享受常人不可企及的好处,就像《人间世》里的奇人支离疏。更重要的是,残疾者虽然形体不健全,但常常有超乎常人的德行和悟性,《德充符》里写到六位残疾者莫不如此。再看顺哥,虽然自小跛足,但他并未因此而沦为生活的弱者,反而一路因"跛"而"顺",尽享社会主义集体经济的优越性,做过小学老师、放牛娃、记工员、赤脚医生、照禾场、看西瓜地各种轻松活计,不必像那些手脚全乎的人们每天面朝黄土背朝天。顺哥曾经十分忌讳自己身体的缺陷,他不动声色地纠正冯书记的小孙女要叫自己 bebe 而不是 bobo,要说"再见"而不是 bye-bye,其实是忌讳 bo 和 bai 这两个指向他跛腿的字音,

第五章　公共生活的拓殖：反思与重构

是回避而非正视自身的缺陷。但顺哥在缔造了一个庞大的商业帝国后却暗自喟叹，拥有悠悠五千年文明史的中国竟然像自己年轻时一样忌讳一个"跛"字。"为什么一个并不深奥的意思会这么难懂？莫非人人装作不懂或人人都懒得搞懂？"小说以隐喻的方式揭示出社会的顽疾，但于谐谑中仍透出对生活的热爱和执着，这种热爱必然化为积极寻找药方的实践。顺哥为构建一个健康的社会身体力行，投资生物质能源项目这样收益慢的领域，在可持续发展理念中寻找人生的真意。他还成立了一个"跛学研究会"，并明确表示"跛学的跛不是指我这样的跛。是指世上的跛事，因跛事太多、跛因复杂、跛行诡异、治理艰难"，在研究会开幕式上，顺哥更直接阐明"脑跛、心跛才是导致人跛、事跛、国跛、社会跛的大跛"。从正视自身缺陷到反思社会顽疾，他试图以得道者的身份揭开那些人所共知却又视而不见的秘密，以自己的影响力和财力去矫正社会的斜面。

中国的改革开放所走的是一条没有经验可循的创新之路，成就有目共睹，但问题也是有的，如今正是进一步深化改革的关键转折点，重新面对和反思走过的道路当然是必要的。但反思并非粗暴的否定，而是要看到问题的复杂性。事实上，中国的改革开放没有可资借鉴的既有经验，在这个庞大的面向未来无限开放的系统中，存在着太多变数和矛盾。悖论并非谬论，而是进步的阶梯。正是在这个阶梯上，《南方的秘密》进入哲思的层面。

残疾的隐喻意在批判，但《南方的秘密》并未止步于此，信仰的投射与哲学的沉思使得小说超越了普通的愤世嫉俗，散发出思想的气息，而这正是数学常数 π 和顺哥家训"传下去"暗藏的另一重秘密。从"π 诗"到"π 事"，π 贯穿了顺哥的人生。一方面，π 细脚伶仃又两腿不一的形状与顺哥跛腿的形象神似（也与小说不对称的结构相呼应）；另一方面，π 作为一个无限不循环小数，又与顺哥"传下去"的信念相映衬。

顺哥小时候编出小数点后 100 位的 π 诗，其"文字和意思是俗常"的，却包孕了顺哥"儿时的生之窘状生之念想生之机敏和生之欢悦"，

· 199 ·

映现的是生命的活力和单纯的美好。正如当年数学老师断言,"π 诗一个伟大的象征,象征真理是无穷无尽的,而意义就在无穷无尽的探寻之中";功成名就后投身于生物质能源的 π 事业,正是顺哥追问人生意义的产物,是他灵魂和身体的安放之所。"传下去"并非"空洞的传宗接代","而是历代先辈终生艰辛无乐而唯有寄望后人的生之念想,是他们还愿意浸泡在苦难中活着的最后一点力气",这是周家人生命中的奔头,也是顺哥"一生的咒语",更是他拼搏前行的内在动力。当顺哥在连白赚钱都觉得无趣之后,是 π 事业对"传下去"这一信念的践行,重新燃起了顺哥对生活的热情和对未来的期待。对顺哥而言,π 是"最初的永远",也是"终极的美好",正是这种信仰之美支撑起顺哥的人生。"丑弱的人和圆满的神之间,是信者永远的路。"[①] 从此岸渡到彼岸,意义就在于那无尽的探索过程之中。

π 虽然是无穷无尽的,却没有规律可循,"传下去"虽然指向无限的未来,却也时常遭遇现实的危机。这是又一个悖论。如果没有对这个悖论的清醒认识,就很容易放弃或坠入虚无。事实上,顺哥在自我反思中也发现了矛盾的不可避免。他的顿悟来自两个细节。一是杰克逊·波洛克的滴画《1948 年第 5 号》。正如画作所暗示的那样,现实如一团乱麻难以理清线索,这其实正是顺哥当时心境的真实写照,他要寻找一桩可以永续存在的 π 事业,却毫无头绪。但这混乱的万象诸色又分明骚动着、奔突着、喧嚣着,寻找出口就成为必然,所以画作看似杂乱无章,却暗含了反对束缚、崇尚自由的精神。二是顺哥八岁的儿子小收的单纯之美。在岳父、父亲和母亲密集离世的打击与刺激下,顺哥深深感动于小收带来的一道光亮,因为"这个干净美好的小子居然是从前那桩'强奸'往事的意外收获",难道这不意味着更多的美好也可以从当前这个一团乱麻的现状中脱颖而出?

解读"秘密"是危险的,但更是愉悦的,危险在于对秘密的解读可能是自说自话甚至远离真相,但这也正是阅读的快感所在。一个有

[①] 史铁生:《庙的回忆》,见《记忆与印象》,北京出版社 2004 年版,第 53 页。

趣的发现是,"南方的秘密"这个小说标题恰好暗含了博尔赫斯《杜撰集》里两个短篇的题名,即《南方》和《秘密的奇迹》。这两篇小说都打破了通常意义上的时空观念,心理时空对物理时空的突破使有限也能生出无限来,而顺哥对"有限"与"无限"的感慨恰在无意中暗合了博尔赫斯对世界的哲学认识。顺哥面对地球终将消亡这一越来越现实的终极恐惧,在日复一日的揣摩中明白了看似永续不辍的 π 的悲哀,因为"永远居然存在于不能永生之中,而无限居然活在有限里"。或许这也是一种"秘密的奇迹",无论是有意还是无意,《南方的秘密》在切近中国现实问题的同时,也触及哲学层面的沉思。改革是最大的善,也是人们通向最终的美好的必然途径,虽然它脱胎于并不理想的现实。悖论常常就是这样,在混沌不明的模糊中显现不可言说的真性。王国维在《人间词话》中指出:"政治家之眼,域于一人一事;诗人之眼,则通古今而观之。"这里的"诗人之眼"强调的正是文学介入现实的超越性。皮肤的感知虽然鲜活,但总是受到时空限制的,诗人之眼则提供了一种超越的可能,将读者带入一个全新的视角。

"小说不建构中国,小说虚构中国。而这中国如何虚构,却与中国现实的如何实践,息息相关。"[①] 一个毋庸置疑的事实是,与当代中国社会的丰富性和可能性相比,对当下现实的文学书写是相形见绌的。很多作家停留在当下的生活表象,在繁复喧嚣的细节铺展中满足于对现实的媚俗化书写或道德化批判,在充满荒诞和虚无的碎片化故事中失去了对生活的热情和敏感,在对历史理性和总体性的普遍怀疑中忽略了对社会发展的整体性和规律性的揭示。《南方的秘密》既有抵近真相的现实书写,也有诗人之眼的审美观照和理性反思,呈现出直面现实的勇气、阐释经验的智慧、介入现实的使命感和对未来真诚的期待。

---

① 王德威:《序:小说中国》,见《想象中国的方法:历史·小说·叙事》,读书·生活·新知三联书店1998年版,第2页。

第三节 文学想象与诗性正义

在一个实用主义占据主流地位的社会中,小说何为?文学想象是否有能力促进正义的公共话语,进而引导更加正义的公共决策?在努斯鲍姆看来,文学想象"是一种伦理立场的必需要素,一种要求我们关注自身的同时也要关注那些过着完全不同生活的人们的善的伦理立场",这种伦理立场"包含了一种即便不完整但却强大的社会公正观念,并且为正义行为提供了驱动力"[①]。因此,文学尤其小说是公共生活的重要媒介,它促使人们突破自身,感受他人生活,培育同情和宽容的能力,建构一种更加人性的判断标准,从而推动人与人、群体与群体的沟通与协商民主,促成诗性正义的形成。新世纪小说在关注中国现实和个人生活的层面上也试图建立这样一种诗性正义,增加文学的厚度和力量。一个颇为显著的现象就是先锋小说的转型。1980年代中期兴起的先锋小说,以激进的叙事革命实现了文学从"写什么"到"怎么写"的重大转型。但自1990年代起,继续写作的余华、格非等先锋作家都先后再次转型,在对现实生活的关注中实现诗性正义,湖北作家吕志青和曹军庆早期也追随先锋小说的叙事革命。进入新世纪后的创作虽仍保持先锋的观念,但普遍更贴近现实生活,吕志青的小说致力于对存在的诗性沉思,曹军庆的小说努力穿越现实的雾霾,都在以文字建构一种诗性正义,参与对现实的发言。

一 贫乏时代的"思"与"诗"

"在一贫乏的时代里,诗人何为?"这是荷尔德林的问题,是海德格尔的问题,也是我们的问题。当下的中国社会,现代技术日益精进,物质生活日益丰富,精神生活却有时迷茫以至荒芜,恰如海德格

[①] [美]努斯鲍姆:《诗性正义:文学想象与公共生活》,丁晓东译,北京大学出版社2010年版,第7页。

尔数十年前就提到的技术的白昼、世界的黑夜。诗人的天职就是要在这个贫乏时代寻找远逝的诸神,在黑夜里坚守神圣,作为一个思想型作家,吕志青以其智性写作观照历史与现实,勘探存在的可能性与人性的暗疾,以其神奇的想象穿透日常生活的表象,在精神荒芜的贫乏时代表达智者的诗性沉思。吕志青的小说之"思",致力于对存在的勘探。他深知昆德拉的小说要义"小说家发现人们这种或那种可能性,画出'存在的图'"[1],在晦暗的现实中超越时代的局限和流行的写作,逼近人性深处的暗疾,击中现实的内核。

那些在自明意识以外涌动的潜在领域和人性的幽暗地带,是吕志青的兴趣所在,因为那里有最真实的存在之图。《黑影》《黑暗中的帽子》《黑屋子》仅以标题就明确标示着对"黑暗"的兴趣,而《爱智者的晚年》《长脖子老等》等小说里的人物也常常是在黑夜里才看清真实的自我。他笔下的人物大多是执着于精神探寻的知识者,他们的思考与言行更真切地表现出存在的悖谬与世界的荒诞,他们身体的沦陷和灵魂的空虚更深入地于存在困境中彰显人性的可能性与复杂性。

《黑影》中的爱智者庄佑试图探寻一种在理性之外把握对象的方法,当他能够"看见"视线之外发生的事情时,自以为已经掌握了苏格拉底在此岸都不曾获得的智慧,却依然在酒后像老虎一样扑向苏格拉底所说的"毒蜘蛛",在暗夜里显影为一个凶残且让人恐惧的怪物。《黑暗中的帽子》里,臧医生以"价值中立"治疗别人的心理疾患,却不曾意识到他自己正如诊所里挂着的那幅心理学经典图:那是两个男人头像,表面上看起来是两个,一个明朗,一个阴森,一个和蔼如春,一个却狰狞可怖,其实只是同一个人,每一个里面都藏着另一个,彼此包藏。长篇小说《黑屋子》里,齐有生既是正义的化身,也是非理性的象征。正如那幅人与幽灵共处的画作,地板下的幽灵

---

[1] [捷克]昆德拉:《小说的艺术》,孟湄译,生活·读书·新知三联书店1992年版,第42页。

"既有可能是一个他者,也可能是他们自己——自我中的另一个自我,藏于地下,藏于黑暗,藏于一间小黑屋,一直为他们所不知","藏于光鲜的日常生活底下的灾难和深渊,不仅在身外,也在身内"。齐有生信奉绝对真实,因此他最不能容忍的不是妻子臧小林的婚内出轨这一事件本身,而是她的谎言。对他来说,真实是人境与鬼域的区别所在,因此他近乎偏执地追求存在之真,但道德上的正义并未带来结果的正义,理性的追求却导向非理性的迷失。吕志青称齐有生这类人为"现代撒旦",就是因为"它不是绝对的恶,它甚至有着相当充分的正当性"。问题在于"僭越","他误以为理性可以解决一切。殊不知理性不仅有其限度,而且在力量更为强大的黑暗本能的驱使下,理性还会变形"[1]。

《长脖子老等》同样聚焦知识者的存在困境。离婚后的戚一凡,生活完全停顿下来了,"他还是活着,却没有生存",所谓生活只是"茅坑里的石头",又臭又硬,黑暗中无名的情绪日复一日集聚在内心噬啮他。他等待着转机,呼唤"主啊,是时候了",暗含着对生命实现的恳求和祈愿。可是这一时刻从未降临,或许永远不会到来,因为"谁此时没有房子,就不必建造/谁此时孤独,就永远孤独"。北岛在《时间的玫瑰》里称里尔克为20世纪最伟大的诗人,就是因为这首《秋日》。里尔克一生漂泊,视孤独为自由的保证,在幽暗中抵达自由之境。反讽的是,戚一凡刻意保持孤独的状态,却未能抵达里尔克的孤独体验。里尔克在"永远的孤独"中"就醒来,读书,写长长的信",这样的"孤独"也是一种生命的完成,戚一凡的内心虽然也横亘着永远孤独的深渊,但他既无法享受孤独,也无力走出孤独。前妻公寓里的室友们,在世俗的烦恼与欢喜中腾挪跌宕,她们并不富足,却生气勃勃地活着,烟火气十足。戚一凡在电话里听着她们活色生香的人生故事,却称之为"无聊",反问:"从未经过内心审视,这样的生活也叫生活?"他永远和生活唱着反调,在弃绝现实的

---

[1] 吕志青:《〈黑屋子〉赘语》,《长江丛刊》2017年第3期。

孤独中陷于百无聊赖，堕入彻底的虚空，专于"鸟事"，成为暗夜里的"鸟人"。上帝缺席，诸神隐退，夜半是最大的贫困时代。他在黑夜里模仿鸟的蹿跳，用嘴巴叼起《里尔克诗选》，戴上各种鸟面具，搭配成各种不同类型的鸬鹚，凝视穿衣镜里的自我镜像。而越是投入地模仿，虚空和孤独越是弥漫开来，暗夜无边。有意味的是，福克纳也擅写黑暗之境，他的《八月之光》最初就名为"黑屋子"。题名的改变，据说是源自家乡每年八月中旬会突然出现几天像秋天一样凉爽的好天气，天空中弥漫着透明柔和的光，仿佛从远古而来的神示，让人生发出一种辽阔感。虽然书中的黑暗依然多于光明，但对福克纳来说，还能以这一令人遐想的标题唤醒神圣之光，救赎就还有可能。戚一凡的救赎来自偏远乡村的孩子。前妻公寓里那些租客对生活的热情一点点渗透到他的暗夜里，前妻要去支教的乡村里那些孩子的眼神和期待最终给他指明了方向，只有投入生活中去，投入有意义的生活中去，才是摆脱暗夜的良方。

隐喻写作是吕志青的自觉追求。这种隐喻不仅是一种表达策略，更是一种诗性智慧，映照的是他对人类生存境遇的哲性思考，借以更深入地探寻存在的可能性，也创造性地拓宽了小说的可能性。因为当文本通过创造性的隐喻建立与外部世界的关联时，就不再是一个孤立的文本，而是一个与历史和现实融为一体的审美形态。《南京在哪里》《一九三七年的情节剧》《穿银色旗袍的女人》《老五》等小说都以隐喻的方式表达了对存在的诗性沉思。《南京在哪里》中，因为地理代课老师的提问"南京在哪里"，引发了一场围绕"南京"的词语狂欢。照侯老师的说法："一个词就是一个活的神秘的发酵体，它会一而二、二而三地生发和裂变出一些令人意想不到的东西来，每一个词乃至每一个知识群落自身都是一个系统，此系统与彼系统相联系，一个连着另一个，另一个又连着另一个以致无穷无尽。"词语的裂变是抽象的，同学们发现的却是大量具体的历史细节，它们以迥异于教科书的碎片化面貌呈现出来，逼近历史被遮蔽的真相，大一统的历史叙事被打乱。反叛从暗流涌动终至无法控制，面对愈演愈烈的局面，侯老师以合并同类项的方法将所有问题合并打包，一切迅速回到原点，学校恢复正常秩序。这一"偏离"教学轨道、"扰乱"教学秩序的非正常事件，隐喻的是打破常规的冲动和困境，是历史真相从被遮蔽到被发现到再次被遮蔽的荒诞与无奈。这一隐喻结构与电影《死亡诗社》有异曲同工之妙。《死亡诗社》中，新来的基廷老师搅动了精英男子高中的死板教育模式，引导学生追逐自己真实的内心。学生成立"死亡诗社"，表达对自由和梦想的渴望，反抗刻板化和同质化的教学模式。但最后的结局却是学生付出生命的代价，老师被开除，统一的经典教材重新回到课堂。一切看似归于平静，但余波未了。就像《死亡诗社》里被撕掉的课本不可能复原，学生以站到课桌上的方式向基廷老师致敬，《南京在哪里》中的孩子们常常会故意当着始作俑者李小红和民康的面大叫一声"啊"，这个象声词没有实在意义，可也包容了所有意义，它隐喻的是话语被阉割后的困境。提前退休的陶校长家里，则实实在在挂上了一幅字"南京在哪里"，隐喻着历史的真相必将引起人们持久的兴趣。在整体的结构隐喻之外，吕志青小说中的意象也具有隐喻意义，《黑暗中的帽子》中藏医生头上宣示疆界的帽子（后来被范彬彬罩在下体上抵御外星人的控制），《爱智者的晚年》中阳台上的牵牛花，《闯入者》里的不速之客小七子，《穿银色旗袍的女人》照片上的女人，《长脖子老等》中永远在等待的捕鱼鸟鸬鹚，都会出其不意引发对存在困境的思考。疾病意象尤其是失眠症也是吕志青笔下反复书写的，这是何为、戚一凡等知识者的共同困扰，面对悖谬的现实和失语的困境，他们陷入普遍的焦虑之中，失眠者就是被心灵放逐的流浪汉。

"在一个外在世界的规定性已经变得过于沉重从而使人的内在动力无济于事的世界里，人的可能性是什么？"[①] 这是昆德拉谈到卡夫卡时提出的问题，也是吕志青的思考所在。这种对存在的诗性沉思显

---

① ［捷］米兰·昆德拉：《小说的艺术》，孟湄译，生活·读书·新知三联书店1992年版，第23—24页。

第五章 公共生活的拓殖：反思与重构

然并非流于表面的诗意或廉价的温情，而是以一种内敛的反抒情的非诗面孔触及现实、发现存在。他对存在的追问并不故作玄奥，反而极具现实性。《蛇踪》里乡村选举、进城打工、强行拆迁、时尚宠物、环境污染、三农问题，《黑暗中的帽子》里婚姻暴力、新型同居、网聊、应试教育体制，都是当下的敏感问题。要在人们习焉不察的日常生活中发现存在，必须恢复对生活的感觉，"使石头显出石头的质感"，吕志青笔下的重复叙事常常能产生这种陌生化效果。《黑暗中的帽子》中反复写臧医生和何莉莉床上的翻滚运动："两人洗漱一番，走进卧室，在床上翻滚、折腾。翻滚折腾到十二点左右，然后带着甜蜜过后的疲劳，或者是疲劳过后的甜蜜进入梦乡。"每周三次毫无激情的例行公事，完全脱离灵与肉的机械运动，是人与人之间永久的隔膜。《老五》中，老黄牛的死亡时间被拉长，被反复叙述多次："老五快死了，或者正在慢慢死。从下面开始，一点一点地往上死，一层一层地往上死——就像是水潭里的情形：随着雨量的不断增加，随着溪水的不断注入，潭水一点一点地往上漫，一层一层地往上漫。"最后传坤待在椅子上不食不眠时，小说也用了几乎相同的文字。当动物与人濒死的感觉反复呈现出来时，就以陌生化的方式凸显了它的象征意义。照顾老五的宗保相信"法律是会变的，有些老道理却不会变，到什么时候也不会变"，可是"老道理"随着老五的逝去慢慢消逝了。在传统观念中，哪怕是一头牛的死，也能引起人们的怜悯，但现在的人们在物欲横流的世界里丧失了所有底线，无论是婚姻还是生命，都是可以用金钱计算甚至算计的。"这种计算在最不需要数字的地方，统治得最为顽强"[①]，人的内心情感和思维方式就这样被数字简单化到可怕的程度。

作家对存在的追问是一个漫长的过程。1990 年代中期以来转型中喧嚣的社会现实并未让吕志青迷失方向，反而给他提供了更加丰富

[①] ［德］海德格尔：《诗·语言·思》，彭富春译，文化艺术出版社1991年版，第104页。

多元的语境，得以更加深入地探寻人类的复杂处境，建立更具深度和广度的小说品格。从先锋的形式到先锋的精神，意味着革新和创造，吕志青的创作找到了属于他的写作。"这类作品来自作者的心灵与现实的充分化合。它所描绘的既是现实图景和存在图景，更是心灵图景"，这种写作超越人们的日常经验，穿透现实的表面，"不大容易被生活拉下水，甚至永远都不可能被生活拉下水。"①《失去楚国的人》隐喻当下丧失信仰支撑的知识人无聊的精神状态，《老五》以一头牛慢慢的逝去隐喻现代社会价值体系的崩溃与人性的堕落，《爱智者的晚年》探寻诗意栖居的可能，却发现人们深陷语言的牢笼，在非思和非诗的生活里沉沦。《蛇踪》里小冯本来是拼凑明星花边新闻的娱乐版记者，阴差阳错顶替要闻版记者报道了不安分的青年农民董大奎的"参政史"，最后董大奎却只能远走他乡打工解决自己的吃饭问题，而此时总编也有意调小冯回娱乐版。从这个角度看，董大奎的"参政沉浮录"不过是一场"闹剧"，更像是小冯采写的另一版本的娱乐新闻。《黑屋子》在普遍失真的现代社会中讨论"真实"和"忠诚"，似乎不合时宜，但正是这种不合时宜敏锐触及时代的痛点。正如卡夫卡在他熟悉的官僚机构中看到神奇一样，吕志青在人们熟视无睹的婚姻乱象和婚内出轨的老套故事背后，发现了卡夫卡式的神奇。这样的写作是结结实实置于现实问题的思考之上，具有鲜明的当下性。但是，在越来越贴近现实的写作中，吕志青显然并不追求对现实的复刻，因为单就场景和细节的逼真性而言，新闻和电影显然远胜于小说。什么是小说的真实性？小说的可能性何在？这些才是吕志青的小说意趣所在。他以其"无中生有"的"神奇性想象"实现了虚构与现实的关联，表面是写实的，但却充满了反讽意味和荒诞感，蕴含着超越故事之外的思考。这种"无中生有"是作家的魔法，是创造力和想象力的体现，小说的精神高度就此建立起来。

　　吕志青的小说常常是从一开始就带有某种游戏的或实验的探询，

---

① 吕志青：《两种想象及其它》，《长江文艺》2017年第4期。

如《南京在哪里》代课老师的提问、《爱智者的晚年》阳台上执拗的牵牛花,还有《失去楚国的人》老康热衷的民间雕虫小技、《闯入者》里的小七子等,都具有这种穿透表象的效果。《闯入者》里的胡祥与小孟,一个是牙科主任,一个是大学教师,他们持续多年的二人世界生活单调无聊,规矩到近乎刻板。但流浪儿小七子莫名闯入后,被遮蔽的种种情态便显露无遗:小孟唤醒了与生俱来的母性,生活骤然有了另一种意义,而胡祥被压抑多年的性欲则以一种变态的方式得以发泄,以超出常态的方式发生恶性膨胀。不速之客小七子,莫名地来又莫名地离去,而胡祥与小孟却再也回不到原来的生活了。小七子的突然出现彻底打乱了生活的秩序和表面的平静,人性的复杂性就这样浮现出来。事实上,吕志青的小说中经常会设置一些偶然性事件,它们常常以不同的面目出现。《失去楚国的人》中康小宁在同事看来,"如果不是后来一连串的偶然,那么康小宁的一生是不难想象的:日复一日、月复一月、年复一年地趴在那里,直到有人走到他的身边,告诉他已经退休,以后再也用不着到这里来了……所有的事情都是偶然的情况下发生的。"他偶然从游医那里学到用倒立治疗颈椎病,偶然因小尤的魅惑成为杂志社的反贪污活动的中心人物,又偶然因火车上捡到的一本书成为楚文化研究的专家……一个一个的偶然结束了他刻板看稿的生活,促使他一步一步走向人生的彻底失败。小说的结尾却往往是一种开放式的。比如《南京在哪里》最后老校长房里挂着的匾额"南京在哪里"就很耐人寻味,它暗示着一场风波的表面平息并不代表人们心里的风平浪静。《穿银色旗袍的女人》和《闯入者》结尾的幻象都使小说引发的思考不止于文字的结束。这些偶然性事件起笔不惊却使人物关系和故事情节迅速发生逆转或是裂变,牵引出种种出人意料的发现。

小说中狂欢化场景的一再出现则更增强了其反讽效果。这种场景首先在《南京在哪里》中出现,几乎通篇就是一个狂欢化场景。小说开头代课的侯老师不经意间关于"南京在哪里"的提问,一石激起千层浪,引发了学生、学生家长乃至学校老师的极大兴趣,学生们从秦淮河与金陵两个层面出发寻找"南京"——搜寻一切有关南京的知识。一个偶然的问题,牵引出那些沉埋于地表之下的历史事件与历史人物,并逐一显露出迥异于我们历史记忆的本来面目,班主任黄老师、各科任老师、副校长、校长、教育局长,还有家长如邮电局长、影楼老板、茶楼老板、发廊女老板……各色人等滚雪球似的裹挟进来,这无疑是一场没有舞台的集体大狂欢。而吕志青似乎对这种场景情有独钟,继《南京在哪里》之后,《失去楚国的人》《黑暗中的帽子》等小说一再出现类似的集体狂欢。《失去楚国的人》中康小宁听信一个游医的建议以倒立治疗颈椎病,在办公室带动了同事以集体倒立代替工间操(甚至因为人人参与倒立活动而改善了同楼层杂志社与保密局的关系,并且为单位赢得奖励出游的机会)。失去工作后,康小宁倒立水平更是日益精进,并且把倒立从室内移到公园,追随者和模仿者不断增加,直至在广场形成一个蔚为壮观的倒立表演队。《黑暗中的帽子》中的"口罩"事件,先是学生马小博与老师何莉莉就是否要遵循"统一"答案发生争执,何莉莉作为老师在课堂上的权威受到挑战,气急之下让马小博戴上口罩。不甘示弱的马小博就此不断变着花样戴上不同的口罩,直至全班同学都被马小博带动通通戴上口罩,这是一场表面无声实则内心涌动的集体大狂欢。而小说中沈洁再婚的酒宴,更是一场社恐症患者的大狂欢。在这些狂欢化场景中,无论是严肃的学校和办公室,还是大众娱乐休闲的酒店、公园和广场,都成为表演的场地。无论是热衷于追问"南京在哪里"的人们,还是"倒立表演队",抑或戴口罩的同学们,所有人都是这场狂欢的积极参与者。而李小红和民康、马小博、康小宁则分别成为这场狂欢的无冕之王,隐藏在文字背后的是人们巨大的狂欢热情。正如巴赫金所发现的,人们在常规状态下的生活被森严的等级和僵化的体制所遮盖,人人被要求循规蹈矩,服从既有的社会等级秩序,服从权力和权威,而狂欢式的生活则是脱离了常轨的生活,在某种程度上是"翻了个的生活",是"反面的生活",是对日常生活的等级、权力和禁令的颠覆,倒立、戴口罩等这些狂欢化场景就试图打破日常生活中的社会壁垒，消除人与人之间的等级差异，表现出强烈的反权威意识。

吕志青曾用捷克诗人詹·斯卡塞尔的诗句来阐明他理解的"存在"。"'诗人们并不发明诗/诗在那后面某个地方/它在那里已经很久很久/诗人只是将它发现。'存在，即是在'那后面某个地方'的东西。"① 当一个作家能够发现那些我们司空见惯却又视而不见的东西的时候，他的创作灵性便显现出来了。既要紧贴现实，又要发现那些被忽略的可能性和被遮蔽的存在，写作的难度不言而喻，这种挑战从本质上提升了吕志青小说的思想力度。

二 穿越现实的"雾霾"

曹军庆曾经在《何以穿透雾霾》中说："雾霾就是现实的写照。"② 将现实和雾霾并举，实在不是什么令人愉快的联想，但曹军庆敏锐地以"雾霾"这一热词抓住了他想要表达的庞杂现实。正是基于这种对现实复杂性的清醒认识，他拒绝将现实当作一块棱角分明的石头去临摹，而是试图透过纷繁芜杂的现实表象不断切近人性的幽暗地带，寻找抵达真相的可能性。曹军庆近期的中短篇小说更加清晰地呈现出这一的艺术追求，他热衷于描绘暧昧不明的现实图景，痴迷于探索暗黑地带的人性秘密，在这个日趋娱乐化和表象化的时代，以其异质性写作表达他对现实的深度思考。

现实是如此丰富驳杂，无疑对作家的想象力和创造力构成巨大挑战。作为一个坚定的现实主义者，曹军庆对此有自己的认识："现实由两部分构成：一部分是我们所能看到的世界，另一部分是看不到的。能看到的多半是通俗故事……当我们习以为常地看着那些通俗故事的时候，事实上我们也正在凝视那些看不到的事物。"③ 发现那些

---

① 吕志青：《创作谈：触及现实和发现存在》，《北京文学·中篇小说月报》2009年第2期。
② 曹军庆：《何以穿透雾霾》，《湖北日报》2013年6月12日第4版。
③ 曹军庆：《我们看到的多半是通俗故事——〈我们曾经山盟海誓〉创作谈》，《中篇小说选刊》2015年第3期。

通俗故事背后的真相，洞察生活背面的另一种生活，文学就具有重建另一种现实的可能，这也是小说家大有可为的空间。因此，曹军庆并不回避侦探悬疑、婚恋纠葛、官场险恶、底层苦难、教育弊端等常见的通俗故事，但他真正的旨趣却在于剥离了八卦和猎奇趣味后的秘密生活。或许是为了更好地实现这一旨趣，曹军庆常常在小说中设置一个"别处"作为现实的镜像。"生活在别处"，原本是人们逃脱现实的一种诗意想象，曹军庆却不无残酷地变"别处"为"此处"，成了现实世界的倒影。

《云端之上》中，焦之叶运用网络创造了一个云中之城，第027城正对应着地面的城市武汉，如鱼得水的云端生活使他彻底从父母日复一日的单调生活解脱出来，也把自己现实生活中的恐惧与不堪化为乌有。他在云中之城妻妾成群，在琴、棋、书、画、梅、竹、兰七位妻子那里，他拥有厅官、海员、国际医生、黑帮老大、房产大佬、高利贷掮客、教授等各种身份，他"活得像个贪官，甚至像个皇帝"。在父母看来，他生活的那间屋子包裹着焦之叶许多年，对焦之叶这个套中人而言，那二十二三个平方的空间则是一座尽享"通透的自由"的乌托邦城堡，一叶可能渡他到彼岸的扁舟，因此，无论父母如何痛心疾首，无论外面的诱惑有多大，他都坚守着这一座孤岛，直到最后被人遗忘变成干尸和废墟。乌托邦原本是一种可以照亮现实的未来想象，是充满了希望的理想境界，是人类不断努力改造现实的强劲动力，然而焦之叶的乌托邦却不再续写这种想象，反而映现出沉重的现实问题。云中之城不过是焦之叶逃避现实的一个虚拟空间，更重要的是，他在这个云中之城实现的不过是在现实中不可能满足的欲望。现实已经如此乏味了，当焦之叶决绝地逃离他不堪忍受的现实世界时，所能想象到的幸福生活仍然还是由现实的欲望逻辑所支配。乌托邦本应是一种对现实的批判和反抗，却依然在复制现实社会的权力秩序和成功学，乌托邦作为异在力量的存在也就丧失了意义，看似自由的焦之叶依旧没有逃脱现实的法则。与其说这座云中之城是焦之叶的乌托邦，不如说它正是有毒的现实衍化而来的恶托邦，这个完全丧失了想象力的、与人类的未来期许毫无关系的云中之城，注定不能成为焦之叶的救赎之道。在一个并不完美的世界，我们如何寻求乌托邦？人的自由如何可能？这也许是每一个人都面临的难题。没有未来照亮的现实是如此令人绝望，又是如此强大，缺少反思的焦之叶最终只能沦为现实秩序的牺牲品。云中之城通灵师的生意异常火爆，意味着人们依然没有获得他们想要的幸福感，需要通灵师摆渡灵魂，然而这些以通灵的名义敛财的江湖骗子不过是在营造一种虚假的救赎表象，人们漂浮的灵魂依旧无处安放。云端之上，一切皆有可能，但与灵魂无关，人的精神依然是被放逐的。

如果说《云端之上》以虚拟的乌托邦隐喻现实，《落雁岛》则把现实移植到一个世外桃源，继续编织权力与欲望伴生的现实秩序。1978级的同学们在生命的暮年接到神秘的邀约，进入与世隔绝的落雁岛参加同学会，邀请者建议所有人无论贫富贵贱，在落雁岛入口就扔掉现实中的身份，唯一剩下的身份就是"同学"。聚会的程序从表面上看很符合同学聚会的游戏性质，但事实上，所谓基于"同学"这唯一身份的平等不过是一种幻象，一切不过是打乱原有的权力秩序之后的重构。而重构秩序的原则一如岛外的现实，人们心中潜伏的欲望重新被激发，人人处心积虑觊觎着岛主的位置。一个不出场的"老大哥"无处不在，看似随意的岛主任命是它的特权，而特权常常以其神秘性形成一种威慑性的力量，让人们心甘情愿地被统治。在落雁岛这个封闭空间里，同学会宣称给所有人提供自由的空间，却将所有人都纳入规训之中，在全景敞视中，每个人都无所遁形。在这个看似远离人间是非的世外桃源，规训无处不在，权力无孔不入，作为现代社会的隐喻，落雁岛不过是福柯勾画的监狱群岛中的一个。

人们总想跳出单调刻板的日常生活，挣脱污浊不堪的现实处境，于是常常向往着"生活在别处"，希望"别处"可以调剂"此处"的乏味。然而，无论是云端之上的乌托邦，还是落雁岛上的世外桃源，这些"别处"都和现实一样充满了令人厌恶的污浊之气。当然，曹军庆对"别处"的想象并未停留于复刻现实，而是以"别处"重新解放小说的想象空间和书写方式。"别处"将现实陌生化，通过这一镜像，淹没在现实中的人们可以更清晰地看到自己的真实处境，正如卡夫卡所发现的那样，"这世界是我们的迷误"，我们既无力摧毁它，也逃无可逃。

曹军庆笔下的县城连接着乡村和城市，具有极大的包容性，潜藏着无数写作的可能性，而难度可能也正在于此。面对雾霾般面目不清的中国现实，所有试图对现实穷形极相的写作都可能力不从心。如何穿越雾霾？曹军庆以精神探险触及人们心灵的幽暗处，在多义而模糊的小说世界里构建人物的精神世界。幽暗显然不是"善"，但也并非"恶"。它是人性中根深蒂固的缺陷，每个人都可以从中发现自己的影子，那是我们不得不正视的人性暗疾。

幽暗蛰伏在人性深处，常常在一个人最脆弱的时候降临，甚至会在瞬间转换成一种毁灭性的力量。《月亮的颜色》中，高中生胡立宇自出生起就生活在堪称完美的哥哥的阴影下，而他自己作为一个人的存在从未有人真正在乎过。他以不合作表达他的抗议，不做父母期待的好孩子和老师欣赏的好学生，他用网络和一个女人的身体来对抗他的父母和死去的哥哥，却无法救赎不断下坠的自己。这个女人叫肖丽霞，马坊街和肖丽霞的身体，是他少年时代即将结束时的避风港，也是他唯一的安慰。但是，肖丽霞只是以游戏男人的方式寻找少女时代失去的尊严，她不可能成为胡立宇真正的救赎者。廖玉雪多年来一直用孤傲冷淡为幼时被轮奸的心理创伤披上厚厚的盔甲，她以为中学老师吴永福会打开她封闭的心灵和身体，不料吴永福却在措手不及间放手了。痛苦中的吴永福阴差阳错和肖丽霞上床后，将自己打入了不可饶恕的心灵炼狱，而当他高举木凳砸向闯入者胡立宇时，也失掉了他自己所有回头的机会。胡立宇一直想象自己能以杀人的方式证明自己的存在，惨案发生的那一刻，肖丽霞也本能地以为吴永福会是受害者，却眼睁睁地看着胡立宇倒下去。在这孤单世界，谁能救得了谁？在这陌生人社会，哪怕肌肤相亲，却仍是咫尺天涯。小说里"黑洞"是一个网吧的名字，也是肉欲的泥沼，更是人性深不可测的模糊地

第五章 公共生活的拓殖：反思与重构

带。马丁·瓦尔泽说这世上所有的灾难都源自爱的匮乏，罗素说知识、爱和同情心是他生活的动力。对照来看，或许每个人都有难以愈合的心理暗疾，他们努力想将自己从令人窒息的生活中拯救出来，却不但找不到出口，反而坠入更大的"黑洞"，连同他人和自己一起毁灭了。

　　对人性幽暗地带的暴露往往是残酷的，因为对人性的明察秋毫，常常会在震惊中撕裂自我的灵魂。《请你去钓鱼》中，官员瞿光辉理所当然地认为风尘女子方小惠会为他的柔情蜜意和周全安排感恩戴德，不料方小惠却因为骄傲和自尊不辞而别。鱼老板对前来钓鱼的瞿光辉竭尽阿谀逢迎之能事，甚至连狗也学会了察言观色，然而酒后吐真言，原来鱼老板对官员们恨之入骨。《胆小如鼠的那个人》中，"动不动就脸红"的杨光标小时候常常被恶作剧捉弄，长大后也"活得就像是一挂鼻涕"。可谁都没想到，胆小如鼠的杨光标却训练出强悍跋扈称霸一方的儿子光头良，而曾经风光无限的官员顾维军如今却每天都过得胆战心惊，人性的深不可测和命运的起伏跌宕如此富有戏剧性。这两篇小说都设置有一个旁观者"我"。方小惠的尊严和哥哥鱼老板的真言，折射出"我"骨子里对底层的傲慢和轻视；杨光标隐藏至深的野心和胆识，则刷新了"我"对整个世界的认知。当鱼老板和杨光标这些最弱势的小人物对尊严的诉求被残酷的现实漠视，当他们向善的本能被不合理的现实改变了方向，剩下的就是疯狂的报复。而"我"见证了这一切真相之后，无不被深深的恐惧所笼罩。在卑微和屈辱的人生中，人性的幽暗地带最具发酵的可能，它可能是暗藏在每一个人身边的危险，表面上波澜不惊，却随时可能爆发并且威力无比。

　　当然，直面幽暗并非肯定幽暗，而是警醒人们正视现代人的精神困境。《云端之上》中，面对有毒的现实，焦之叶坚信只有囚禁才是安全的，但他对意外之事的严防死守最终敌不过来自内部的瓦解。从卡夫卡开始的焦虑和恐惧，在曹军庆笔下的人物身上不断回旋。人与社会关系的异化导致了荒诞的生活方式，焦之叶对外部世界的恐惧是所有个体的人在强大的异己力量面前所体验到的孤独和绝望，他像格里高尔·萨姆沙一样在现实中感受陌生与拒斥，而从这个世界上消失则是他们最后共同的结局，这也是渺小的现代人生存境遇的象征。《一桩时过境迁的强奸案》涉及人物内心深处的自我拷问，小城里的人们对刘晓英的态度也折射出芸芸众生幽深的暗疾。和《罪与罚》中贫穷的大学生拉斯柯尔尼科夫以杀人证明自己的不平凡一样，准大学生张亚东以强奸发泄长期被压抑的情绪。但不同的是，拉斯柯尔尼科夫最初有关乎正义的革命诉求，最终有宗教将其导向善与救赎，而张亚东最初只是盲目地发泄，此后也一直找不到救赎的通道，只能陷入无休止的自我惩罚中。《我们在深夜里长谈》中，欧阳劲松白天里作为官员的英武形象一到深夜就变成电话里重度抑郁症患者疲惫的声音，他渴望在战争或瘟疫的极端环境中建功立业，有着诗人般不合时宜的孤独，恐惧和焦虑日益加重。丈夫陈修身明知欧阳深夜对"我"的倾诉不是寻找安慰而是想抓住最后一线生机，明知"我"是唯一可以拯救欧阳的那根稻草，却任由"我"以倾听的名义任其滑向死亡的深渊。陈修身一直不动声色，直到欧阳死后才道出他早已洞察的秘密。"我"一直以为陈修身在以他最大的善意给"我"深夜与其他男人长谈的自由，却没料到因为嫉妒而隐藏在一个人内心深处的暗黑如此令人不寒而栗。

　　奥康纳说过，短篇小说最适合书写边缘的孤立的个人，曹军庆的中短篇小说写作正与此不谋而合。这种探索需要作家摒弃对现实浮光掠影的观照，具有深邃的人文情怀和敏锐的洞察力，因为在一个价值迷误的世界里，人性的暗黑极易扩散，而作家的立场却要足够坚定。正因为如此，曹军庆以文字洞穿人性的秘密，并非为了猎奇，而是要照亮黑暗，透出一丝心灵的光亮，寻找走出困局的可能。

　　曹军庆的小说有很强的虚构意识。有些小说看起来很"假"，譬如《云端之上》《落雁岛》《风水宝地》《向影子射击》等，这些故事更像是编出来的而不是真实存在的，但读完之后并不会觉得"假"，反而会发现这就是我们生活的现实。有些小说看起来非常写实,譬如《声名狼藉的秋天》《时光证言》《请你去钓鱼》等,但读完之后却又发现小说的容量明显超出了写实的框架,具有某种反讽性和象征意味。这正是虚构的力量,它从真实的日常逻辑演变而来,以同构但不重合的方式创造了一个内在于我们自身却又陌生的新世界。

  在这个新世界里,曹军庆不断挑战人们认识世界的常识,因为常识往往掩盖了真相。《一桩时过境迁的强奸案》颠覆了眼见为实这一认识世界的普遍方式。五十三岁的刘晓英把十八岁的张亚东给强奸了,他们一个是公认的好女人,一个是公认的好孩子,马坊街谁都不相信会发生这样不合常理的事情。但是,马进谷推开刘晓英大门的一瞬间,亲眼看到刘晓英和张亚东都光着身体,两个人的身体姿势和表情神态尽收眼底。有了马进谷的眼见为实,再加上刘晓英当场主动招供和张亚东母亲作为受害人的控诉,一桩匪夷所思的强奸案就这样成立了,人们共同合谋指认了一个坚硬无比的事实。但是,这里的事实并非真相。唯一有可能接近真相的警察老沈在人们的哄笑声中放弃了追问,一直保持沉默的另一个当事人张亚东被忽略了,真相就在他心里,那是一个长期被压抑的青年试图以强力确认自我存在的疯狂之举。然而,"真相在某一个叙事结构里是真相,而在另一个叙事结构里则可能是另一种面貌","当伪造完成之后一旦被保存下来,那种伪造出来的东西很有可能被当作真实传承下去"[①],刘晓英就这样被一个伪造的事实定了罪,潦倒余生。《我们在深夜里长谈》中,我们赖以认识世界的数据和影像都变得不可靠了。"我"在基层调研时搜集的"第一手的很翔实的数据"原本应该是最重要的基础研究资料,却被地方官欧阳警告不要信任数据,因为它们都是被修改过的。直播镜头里的影像记录的是欧阳在抗洪第一线作为一个英雄牺牲的崇高形象,殊不知这正是他一直寻求的最完美的死亡方式,但真相却被汹涌而来的洪水和英雄赞歌所掩盖。《和平之夜》将真实性变成了讲述的可信度问题。林之前长期沉溺于幻想其实是想要一

[①] 曹军庆:《奶奶的故事和文学的可能》,《长江文艺评论》2016年第2期。

种体面和尊严，传说中的江湖成为激起少年生活热情的源泉。无聊是这个无信仰时代的精神常态，或许每个人心中都有一个英雄辈出的江湖，驰骋其间的则是在现实中卑微渺小的自己。杂货铺老板津津乐道于黑道故事的讲述正好契合了县城里无聊庸众的内心渴望，羞怯少年在黑道英雄梦碎之后沮丧地将刀子插进王老板家的门板，恰恰成为老板讲述的可信度的有力证明，少年孤独而澎湃的内心渴望却在误解中被放逐。《风水宝地》则完全打破了真实与虚幻的界限，聚焦于城镇化过程中乡村的空心化。"我"的写作和身体都得益于柳林村这块风水宝地，但现实却是农民远离了土地，丈夫远离了妻子，孩子远离了未来，乡村远离了自然，这实在是一幅让人忧心忡忡的图景。小说在一种似幻实真的氛围中展开叙述，在混沌不明的现实中，城市吞噬了乡村，但善恶的界限晦暗不清，每一个人都是无辜的受害者，也是积极的参与者。

在人们习以为常的现实秩序中，真相常被熟视无睹，但往往在极端的悖反情境中会加倍显影出来。《声名狼藉的秋天》中，向本田的尊严和价值全由权力决定，一旦离开了权力的庇佑，向本田的人生就完全颠倒过来了，权力的优越性在它失去之后更清楚地呈现出来。从人上人到人人避之唯恐不及，所谓清廉与能力，所谓爱情与责任，所有良好的品行全都变得不堪，现实就是这么残酷和冷血。《向影子射击》中，不可逾越的阶级鸿沟在一个《为奴隶的母亲》的当代版故事中愈发刺眼。云嫂以上好的奶水换来老家气派的三层楼和儿子的奶粉，过上了锦衣玉食的贵族生活，返乡探亲时也有达官显贵衣锦还乡的感觉。但一年合约期满回到自己的家才真正意识到东湖边的秘密花园和自家处境的天壤之别。上层社会的奢华与冷血，底层社会的贫困与幻想，在壁垒森严的等级秩序中显示出社会的病态和人性的复杂。《时光证言》中，只有在死亡之神降临之后，权力人物何思凡的真实生活才浮出水面。两个被包养的女人围绕这个亡故男人的谈话折射出的畸形时代病已经足够触目惊心了，不料到最后才发现连他的妻子和女儿也都卷入其中，混乱的两性关系正是这个混乱时代的写照。

在对真相的掘进过程中,曹军庆分明延续了先锋小说的理念,但他并非一个纯粹的形式主义者,而是在先锋精神的烛照下贴近现实;虽有浓重的悲剧意识,但那是他深知阳光普照的澄明之境一定要在穿越了重重雾霾之后才能出现。纳博科夫说"我是作家,不是邮递员",强调的是作家的创造性。面对眼花缭乱的现实世界,如果基于简单的反映论,每天都有讲不完的新鲜故事,看似真实,实则皮相。曹军庆对现实的清醒认识和对文学的深刻反思直接影响到他的真实观。他曾经在一篇创作谈里谈道:"你所试图揭示的真相其实是无法企及的,你对这世界的表达其实是言不及义的","当我们相信作家无法穷尽这个世界的时候,实际上也为作家指出了另外一条出路:那就是作家可以建立他自己的可能性"[1],而他发现的"可能性"就是以文学的虚构挖掘生活背面的真相和人性深处的秘密。维特根斯坦说,一种说话方式(或语言方式)代表了一种生活方式,对曹军庆的写作而言,也许讲故事的方式就代表了他对现实生活的理解方式。

三 走出历史的迷失

记忆的黑洞无处不在,历史的迷失深刻影响着人们的自我认同。虽然遗忘也可能是被迫或无意的,但一个不能忽略的事实是,对过去的遗忘和对历史的淡漠已成为这个时代的真实境况,正如李欧梵所言:"我们现在处于一片后现代全球化浪潮影响下,人们早已失去了历史和记忆,甚至有人认为历史已经终结,记忆更是毫无意义。"[2]在滚滚向前的时代潮流中,遗忘或许可以有利于轻装前行,却从根本上抽离了人们自我认同的连续性。

胡发云的小说常常隐含着记忆与遗忘的双重变奏。林子/肖(《处

---

[1] 曹军庆:《奶奶的故事和文学的可能》,《长江文艺评论》2016年第2期。
[2] 李欧梵:《历史与记忆——在一次学术会议上的开幕词》,见《墨痕深处——文学·历史·记忆论集》,樊善标、危令敦、黄念欣编,牛津大学出版社2008年版,第1页。

决》)、老海/老朝和老阳(《老海失踪》)、思想/孟凡和师总(《思想最后的飞跃》)、吉为民/张小娜等(《隐匿者》)……他们构成记忆/遗忘的基本模式。尽管故事发生的背景各异,但有一个普遍的共同点,就是坚守记忆者总显得那么不合时宜,并最终走向或失踪或死亡或虚无的结局。记忆,对于坚守者而言,不仅是一段经历或生活,更是一种精神和心灵的依托,是抵达真相的重要途径。然而遗忘的现实力量是如此强大,在与遗忘的抗争中,记忆成为坚守者的墓志铭,遗忘则成为健忘者的通行证,当代知识分子的精神分化也在这种记忆与遗忘的双重变奏中彰显出来。人们总是习惯性地对历史进行选择性遗忘。书写遗忘,是一种独特的进入历史的通道,因为记忆的消失恰恰证明其曾经的在场。记忆是自我存在的根基,没有记忆就没有自我。昆德拉在《笑忘录》里说:"只需要有一点儿风吹草动、一丁点儿的东西,我们就会落到边界的另一端,在那里,没有什么东西是有意义的:爱情、信念、信仰、历史等等。人的生命的所有的秘密就在于,一切都发生在离这条边界非常之近甚至有直接接触的地方,它们之间的距离不是以公里计,而是以毫米计的。"① 边界的两端分布着记忆与遗忘。一旦越过边界,就会堕入遗忘的深渊,没有了记忆,也就没有了历史,自我的存在也就失去了意义。像《处决》中的林子、《驼子要当红军》中的老红军、《麻道》中的老李,无不是在边界上行走,只是林子因为普遍的遗忘最终堕入虚无,老红军和老李却因为敞开了记忆的黑洞而获得全面的救赎。

《处决》中的林子在异国的清晨突然产生返乡的冲动,可是当她踏上故土之后却发现,自己念念不忘的苦与乐、爱与恨永远只能存在自己的记忆中了。在1960年代,林子、肖和钟曾经是革命而又浪漫的三驾马车,他们曾经是如此坚定自己的革命信念,结果却无一例外成为牺牲品。三十年前,以革命的名义,林子和钟在一号的指令下对肖执行了一次处决行动。三十年后,林子是怀着偿还孽债的心情去寻

---

① [捷克]昆德拉:《笑忘录》,王东亮译,上海译文出版社2004年版,第323页。

第五章 公共生活的拓殖：反思与重构

肖的，见面后才发现他早已不是记忆中的那个肖。林子很想和肖谈往事，谈谈那次处决和处决之后各自的遭遇。但身为小学副校长的肖却一直在谈他的校办工厂，对往事显得十分淡漠。"身边这个头发花白满脸沧桑的瘸腿男人，是三十年前那个睿智沉着正直厚道的风华少年演变而来的，但他已经不是那个肖了"，那个维系自己少女懵懂情怀的男子肖已全然变得陌生。林子满怀憧憬的回归充满了遗忘和不能沟通的暗礁，原来怀乡不过是不能忘却的记忆错觉的可怜外衣。"一切都被很快地遮盖，一切都被很快地替代，一切都被很快地遗忘。"过去已经不可逆转，故乡也没有心灵的栖息地。因为遗忘而无法沟通，不可避免会产生痛苦和虚无感；因为遗忘而难以回到过去，更勿用奢谈未来。"我们孤零零地活在现在，活在眼前。"遗忘的普遍存在让林子感慨不已。但问题是，"现在"不断在变成流逝的瞬间，只有凭借过去的经验和回忆，这些既往的瞬间才能确定"存在"，所以在小说结尾林子心中一种虚无感油然而生。或许正如昆德拉所言："这暴露了一个世界道德上深刻的堕落。这个世界赖以立足的基本点，是回归的不存在。"[1] 在强大的遗忘面前，林子无论是怀念还是忏悔抑或期待都在瞬间变得轻飘起来，她的回归突然变得毫无意义，她的自我认同也因此出现巨大裂隙，当所有的记忆与心情都找不到着陆地的时候，她便也只是一个叫小岛林子的日本女人。林子和肖都曾经生活在那个特殊年代，他们既是革命者，又是受害者。他们作为亲历者选择记忆或遗忘的态度以及他们如何做出承担是问题的一方面，问题的另一个更加重要的方面则是，作为后来者是否还有机会或者是否还有兴趣思考他们的先辈及其那个时代，并反思今天的现实世界。作为亲历者的肖对往事已失去谈论的兴趣，作为后来者的儿子移居日本后已经不关心关于故乡的所有人事，甚至连母语也不愿说了，无情的遗忘法则让试图坚持记忆的林子显得那么无能为力。只有认识了历史，才能

---

[1] [捷克]昆德拉：《生命中不能承受之轻》，马洪涛译，时代文艺出版社2000年版，第2页。

认识自我；只有知道自己曾经做过什么，才能知道自己是谁。否则，便只能像林子一样站在故乡的土地上，却无法找到自己的身份认同。林子以过去的记忆来抗拒遗忘，却以失败而告终；在普遍遗忘中试图保存自我记忆，最终却陷入虚无。三十年后回到故乡的林子遭遇到的只有尴尬，她对过去的寻找得不到现实的认同，站在街头失去方向的林子已失去了自我存在的同一性。这是在现代社会中因为遗忘失去家园找不到归宿的普遍悲剧。林子就在这边界上背负着记忆的重担，身边就是遗忘的深渊，而正是在边界上的生存状态，使意义呈现出来。在此，作家以对遗忘状态的书写来抗拒遗忘，以文学的形态来抵抗历史的黑洞。遗忘用空白的方式遮蔽了历史不愿示人的一面，小说家则以对遗忘的写作来抵达历史缺失的真相。

与《处决》中林子因为普遍遗忘而陷入虚无不同，《驼子要当红军》里的个人记忆却在抵达历史真相的同时使老红军获得了最后的救赎和重生。小说的背景是和平年代，但故事却不断回溯到战争年代，解构我们关于战争和英雄的认识，瓦解我们的历史偏见。可可的岳父爬过两次雪山，过了三次草地，是一个"货真价实的老红军"。功勋卓著的老红军在子女面前享有绝对的权威，在他们心中是威严又神圣的天王，"远远听见他皮鞋的踏踏声，汗毛都会立正的"，但"这个古怪的老人像一座神秘的古堡，所有向内的门窗都紧闭着，不让你看见里面的任何东西"。可可和岳父谈中国革命史时，岳父给他讲的那些大多也是教科书上的、电影中的，而不是他自己的。这里老红军的讲述明显经过了某种修正，抹去历史中的瑕疵和尴尬，只留下符合规范的历史记忆。这种记忆其实是遗忘的变体，是另一种形式的遗忘。人们总是以一种记忆反对另一种记忆，"人从来就想重写自己的传记，改变过去，抹去旧痕，抹去自己的，也抹去别人的，想遗忘远不是一种简单的想要作弊的企图……遗忘，既是绝对的不公正，也是绝对的安慰"[1]。

---

[1] [捷克]昆德拉：《小说的艺术》，孟湄译，生活·读书·新知三联书店1992年版，第141页。

第五章　公共生活的拓殖：反思与重构

老红军有选择的讲述与千篇一律的教科书和电影一起不断强化了人们关于红军的符号化理解：高大伟岸的形象和崇高的思想境界。小说里作为老红军革命引路人的赵部长却提供了不同的历史记忆。原来有的革命者当年参加革命，就像现在农村青年外出打工一样，在家里看不到前途，只想出去闯世界有口饭吃，至于到哪里去、打什么工，是啥也不懂的，是在走出去以后才真正理解革命的。赵部长因为老红军家孤儿寡母的，不同意他参军，吓唬他说要参军就先把你家房子烧了。老红军竟然真去烧了自家房子，还连带邻居们的房子也变成一片火海，寡母也从此没有了音讯。这样的故事对被神化的红军形象无疑有巨大的杀伤力，但从另一方面来说，这才是鲜活的历史真相，更能看出一个战争英雄最真实的成长历程，其中老红军作为普通人的生存困境也更能增强普通读者的认同感。老红军自从参军离家后再也没回过家，也只字不提叶落归根的老话。直到他和孙子一起在网上寻找恩施农妇邢桂花时，终于不再避讳过去的历史，哪怕有瑕疵，却是记忆与人性的双重复归，老红军终于得以表达愧疚，解开心结，从神坛上走下来的老红军更加可亲可敬。那首童谣（"驼子要当红军/红军不要驼子/因为驼子的背太高/容易暴露目标"）曾经让老红军恼羞成怒，到小说结尾却能引发自嘲与会心一笑。此时，赵部长讲述的那些历史分明在老红军心中复活了，这复活的记忆使老红军在暮年得到一次心灵的救赎，他终于可以坦然地交代后事，可以回到故乡，重回母亲的怀抱，孩子们则真正感到了老红军以往身上的那种自信、豪迈、一往无前的精神，还在他苍老虚弱的身体深处潜伏着。从某种意义上讲，这是一种重生，因记忆的复活而随之复活的另一个自我，让老红军还原成一个真实的人，获得真正的新生。

《麻道》则以颇有趣味的方式写出个人记忆的复活具有更加不可思议的功能。小说开篇写哲学研究员老李"在五十而知天命的这年，遇到了两桩事，一是查出了癌症，二是迷上了麻将"。哲学、麻将和癌症就这样奇异地组合在一起。老李在体检中查出肝癌，一度悲痛绝望，却在麻将声中得到拯救，小说以谐谑的方式写"老李便这样一天

· 223 ·

一天地打牌,一天一天地滋养着自己的哲学智慧,竟将对那肝的恐惧减轻了许多",最后那肿瘤竟然减小了三分之一,创造了癌症奇迹。麻将的神力无边实在让人咋舌,但细读小说会发现麻将真正的神奇之处在于连通了老李与父亲的亲情,再现了早已消失的历史记忆,是这记忆拯救了老李的身与心:"老李的手一触到那一章章冰凉圆润的小方块,便有一种异样的感觉。他想起了父亲。他甚至觉得不是他,而是父亲坐在这张牌桌前。许多年来已非常遥远非常模糊了的父亲,此刻突然变得清晰起来。"父亲除了做生意,唯一钟爱的就是麻将,半个世纪之后,这个曾被他深恶痛绝的东西,成为他与父亲之间唯一的联结。老李曾经很坚决地拒绝麻将,"为了'老板'这两个字,他半辈子都郁郁寡欢如鲠在喉。他省事后,痛恶一切与'老板'有关联的事,包括五金店,当然还有麻将声"。因为一种沉重的罪恶感和耻辱感,很长时间以来,他很憎恶很鄙薄他父亲,他要努力成为与他上辈人完全不同的一代新人。他入党、当国家干部,还升到副处级,研究着一门最高尚最科学最先进的学问。一切都显示老李与"罪恶"的五金店小老板完全隔断的新生活。然而现在"如同癌症摧毁着他的肉体一样,麻将摧毁着他的内心的一种什么东西"。哲学研究的一个基本命题就是:我是谁?从哪里来?到哪里去?可以说,正是麻将的出现让老李从根本上解决了这些问题。在为散乱于荒野中的父母立碑后,老李"脱口而出:朝闻道,夕死可也",这是老李对历史和生命的全新感悟,也是老李在绝处逢生后获取的全新自我认同。

胡发云是新中国的同龄人,鲜活的个人记忆也构成当代历史最有力的见证。在小说中揭开历史的真相,并在反思中获得前行的力量,也是他一贯的追求。作为亲历者,胡发云一直致力于在小说中建构真实的当代历史,《晕血》《处决》《如焉@sars.come》《隐匿者》《葛麻的1976—1978》《媒鸟5》,直至长篇小说《迷冬》,那些被遮蔽的人和事共同构成胡发云小说中独特的历史记忆。小说常常会参与形成和建构人们对历史的认识和想象,正因为如此,胡发云的历史叙事呈现出巨大意义。当下流行的模式大多是将政治从日常生活中掏空,呈现出被过滤的日常生活，更常见的则是各种各样的私人生活，而这种私人生活的细节越真实，或许当时的社会生活就会被遮蔽得更甚。拒绝忘却历史造成的创伤，敞开遮蔽，澄清真相，反思历史，避免重蹈覆辙，构成胡发云历史叙事的主要追求。

小人物的生存状态是胡发云进入历史记忆的重要通道。《葛麻的1976—1978》和《媒鸟5》中的葛麻和齐齐都是极为普通的人物，或者说他们都是"群众"中的一员。"葛麻是一个渺小的人，一个卑微的人，一个对人民没有多大作用的人，有时还是个低级趣味的人。用他自己的话说，是个菜，就是让人下饭喝酒的小菜。"结果就是这样一盘"小菜"，为了一两级工资的现实利益不断抗争，在擅用权术的许科长和杨主任那里竟然变成了"四人帮"在工厂里的"代理人""帮派骨干分子"。小说以后来成为知识分子的"我"的回忆，写出了这样一件令人啼笑皆非的往事。当"我"被一个又一个宏大话题和宏大事件所包围时，葛麻的生活让"我"再次正视历史的荒诞。葛麻有一席话让"我"内心前所未有地震动："葛麻后来又说，我后来想明白了，那几年，他们把我弄出来搞，把大家都闹糊涂了，他们自己就躲了过去。葛麻说，下次再搞文化大革命，就不会是以前那个样子了。我问会是个什么样子，葛麻说，我们那些踩麻木的都说，那还不把他们往死里搞？就像当年打土豪，分田地。""我"之所以会"震动"，或许是因为葛麻顿悟到了权力被异化的本质，或许更因为这一席话警醒我们注意那些重蹈历史覆辙的可能性。《媒鸟5》则以老齐齐回忆的方式写出了"一个说话人的传记"。"语言"是人的另一种存在形式，谁会说谁就控制了群众。在齐齐看来，那就是一场说话的革命，齐齐凭借能说会道的本事参与到这场革命，并一度享有令人艳羡的某种权力。问题是齐齐说的话是以泯灭个人独立思考为前提的，在权力的游戏中，他不过是一枚棋子而已，最后又在更高权力的控制下成为"媒鸟5"，变成连名字也没有的关在权力笼中的无数只鸟中的一只。被裹挟进群众中的个体首先失去的就是独立的思考，权力具有绝对的权威，巨大的社会遵从和行为依附心态也影响着他的行为取向和价值观念。小说揭示的告密文化在人类历史中源远流长，在"文化大革命"中则被发挥到极致。一方面是因为更强大的权力的驱策，另一方面是因为每个人对权力不自觉的追逐，那些蠢蠢欲动的群众相互践踏与攻讦，人与人之间就这样丧失了最基本的信任，人人自危。齐齐引以为傲的事业原来不过就是一个失去自我的"告密者"（《葛麻》中那个当众告发葛麻的青工不也扮演着同样的角色？），在身边朝夕相处的最接近的告密是最致命的，"让我们每个人汗毛都竖起来，背脊发寒"。葛麻和齐齐的历史遭际从一个侧面揭示了一个令人触目惊心的事实：以革命的名义，每个从那段历史中走出的个体有意无意都参与了悲剧的制造，如果没有足够的清理与反思，悲剧的重演也是极有可能的，无数的葛麻们、齐齐们都将是积极参与者，最终也会再次成为悲剧的牺牲者。既然如此，我们怎么能够用一个简单化的政治定性将一段历史束之高阁，而众多参与者却心安理得？

这样深度的反思是极具力量的。怎样在文学中重启记忆，在反思中前行，是当代作家重要的历史使命。《隐匿者》中的吉为民选择了公开为自己曾经犯下的暴力行为忏悔。暴力以及因暴力而造成的精神创伤是当代极其惨痛的记忆。"以'革命'的名义，暴力和残害由一种'必要的恶'冠冕堂皇地变成了'正义事业'。"[①] 副市长吉为民，因为偶然在报上读到题为"隐匿者"的文章，三十二年前早已遗忘的一幕再次出现在记忆中。在1966年8月的一天，吉为民和另外两个同学张小娜、何延辉一起对母校文博中学的校长索一夫进行审问，并率先打了索校长一个耳光，索校长夜里用派克钢笔戳喉而亡。当这段被有意遗忘的记忆在那篇文章中复活时，一种沮丧到近乎绝望的情绪猛然升腾起来。因为这三十多年来从未忆起的往事，吉为民其实是记得清清楚楚的，就连那时的声音、色彩、光及各种细节都记得清清楚楚，"他只是但求遗忘而已，以逃避这永远无可逃避的罪过"。曾

[①] 徐贲：《人以什么理由来记忆·前言》，吉林出版集团有限责任公司2008年版，第4页。

第五章　公共生活的拓殖：反思与重构

经的"隐匿者"吉为民决定为记忆中的深重罪孽忏悔，他找到索校长的女儿索咪咪，让自己当年的恶行袒露在阳光下。吉为民的行为是一种充满责任感与道德意识的历史承担精神。然而人们总是希望能够忘却人生中的某些尴尬，隐藏生命中的某些瑕疵，更何况"在这个世界里，一切都预先被原谅了，一切皆可笑地被允许了"①。当初的参与者张小娜、何延辉而今都是政商界的要人，通过各种方式掩盖当初的真相，钱老师、老市长貌似公允，实则也各有心机，他们何尝不是各种"隐匿者"？最后吉为民的仕途因他坚持忏悔而断送，小说在此表现出深切的现实关怀精神和忧患意识。"走出历史灾难的阴影、实现社会和解，是'不计'前嫌，不是'不记'前嫌。记住过去的灾难和创伤不是要算账还债，更不是要以牙还牙，而是为了厘清历史的是非对错，实现和解与和谐，帮助建立正义的新社会关系。对历史的过错道歉，目的不是追溯施害者的罪行责任，而是以全社会的名义承诺，永远不再犯以前的过错。"②忏悔和反思本是一种非常个人化的反遗忘方式，然而吉为民的现实遭遇却令人不得不再次正视遗忘的强大力量。

长篇小说《迷冬》里的一个细节再次延续了这种思考，小说里林老师的自杀与《隐匿者》中索一夫的自杀何其相似。多多在事后多次反躬自省，虽然因为对林老师的批判大会意外中断，多多侥幸躲过了对林老师"刺出最后一刀"，但多多不无清醒地意识到，作为林老师最得意的门生，知道林老师的所谓"罪行"必然更多更致命，自己很可能没有足够的勇气扛下去，无论是"竹筒倒豆子甚至添油加醋"，还是"顾左右言它避重就轻"，都是不可原谅的。这种自我反省和批判意识是难能可贵的。当然，《迷冬》的出现也预示了作者更为宏大的企图，它是总题为"青春的狂欢与炼狱"三部曲之一。胡

---

①　[捷克]昆德拉：《生命中不能承受之轻》，马洪涛译，时代文艺出版社2000年版，第2页。
②　徐贲：《人以什么理由来记忆·序》，吉林出版集团有限责任公司2008年版，第1页。

发云在《迷冬》后记里说，他的目的是要写一个有别于三十多年来形形色色的"文化大革命"故事的："当我再次面对这个遥远又切近的话题时，我对自己只有一个最高要求：我的经历，我的见闻，我的感受，我的思考，让我笔下的一切，经受历史的检验。"① 显然，这种写作是有难度的，而一个作家能背负起来的或许也只有他自己的个人记忆，但正是这样的个人记忆有整个历史的折光效果，它会隐约透露出时代的复杂性。小说采用了回溯性叙事的策略，以多多的视角回望自己的残酷而又难忘的青春年代，历史的纵深感和沧桑感行走在字里行间。这种"回溯"式的叙事形式在胡发云的小说叙事中并不少见，追忆是联结往昔与当下的有力途径，对往事的追忆是为了抵达对身处其中的当下的言说。主人公多多孤独、多愁善感的性格和那个火热的革命时代格格不入。但正因为多多与时代的疏离，《迷冬》获取了观照时代的更为客观的视角，在三十多年后回望那段历史时空下人的生命历程与精神境遇使得小说具有独特况味。小说真正追问的是历史中的个体命运，也正是这样的追问将笔触从个体引向全体，从内部视野自觉地延伸到了外在视野，青春的迷茫与狂欢、人性的善与恶、权力的翻云覆雨、命运的波谲云诡都会引发人们不断去反思这场劫难的深层原因。

萨义德曾经谈到，知识分子的职责就是"挖掘出遗忘的事情，连接起被切断的事件"②。在社会高速发展的当下，遗忘变成一种常态，记忆则是一种奢侈，而文学则是拒绝遗忘的重要防线。或许是因为意识到所有的记忆终究抵不过时间的销蚀，胡发云用文字抵抗着历史即将被抹去，抵抗着记忆即将被遗忘。遗忘与记忆，认同与回归，清理与反思，是亘古长存的文学母题，也反复萦绕在作家的艺术思维中。"记住过去并非要睚眦必报，而是为了更好地面对未来；一个'失忆'的人将行为错乱，根本无法面对未来，一个失忆的民族将陷入

---

① 胡发云：《迷冬·后记》，人民文学出版社 2013 年版，第 464 页。
② ［美］萨义德：《知识分子论》，单德兴译，生活·读书·新知三联书店 2002 年版，第 25 页。

'集体无意识'中同样行为错乱，同样无法面对未来。"[1]

　　面对曾经饱受的劫难是正视还是忽略，是记忆还是遗忘，不仅是个人艺术良心的问题，也是一个民族自我反省与自我救赎能力的反映。胡发云是一个与遗忘做抗争的人，他拒绝忘却历史造成的创伤以及由这创伤而来的经验与教训，他希望将毫无意义的残酷变成一种意义。"遗忘与记忆"的主题既包含对个体生存境遇的剖析，也包含对整个民族历史与现实的思考，进而引导人们免于历史的淡漠或无知，这种具有历史承担意识的写作在当下实属难能可贵。胡发云用小说不断提醒我们忘记过去就意味着背叛，告诉我们"没有历史的当代人是可疑的"。人记忆什么？又遗忘什么？为什么会选择这样的记忆和那样的遗忘？这些问题始终回旋在小说中，并在记忆和遗忘的缠绕中越来越清晰地传递着一种立场：拒绝遗忘。在此，小说是一种抵抗遗忘的方式，"从不堪回首到勇于回首不堪，是一个人、也是一个民族必须跨过的一道坎"[2]。

　　以小说的方式叙述历史，当然不仅是为了重构历史，更是为了面对当下和走向未来。或许作为记忆的渗透，文学可能是一种私人的行为，而作为一种抵抗遗忘的方式，文学便被潜在地赋予了某种历史的担当和责任，也是拯救现代人自我认同的重要通道。

　　吕志青和曹军庆的小说既在语言表达、结构方式等审美层面不断创新，更以其对人性深处的掘进和现实问题的敏锐而实现了诗性正义，胡发云则在记忆的深处钩沉认同的源泉，在历史反思中寻找诗性正义。这样的诗性正义不是简单的教化，而是在充分同情和理解人物的内心挣扎的同时，拷问人性，质疑常识。正如努斯鲍姆所说："这个文学裁判是亲密的和公正的，她的爱没有偏见；她以一种顾全大局的方式去思考，而不是像某些特殊群体或派系拥趸那样去思考；她的'畅想'中了解每一个公民的内心世界的丰富性和复杂性；这个文学

---

[1] 雷颐：《历史的裂缝：近代中国与幽暗人性》，广西师范大学出版社2007年版，第200页。
[2] 胡发云：《谁来回首不堪（代序）》，《隐匿者》，中国戏剧出版社2009年版。

裁判就像惠特曼的诗人，在草叶中看到了所有公民的平等尊严——以及在更为神秘的图景中，看到了情欲的渴望和个人的自由。"①

一个显而易见的事实是，1990年代以来，伴随着个人生活合法性的确立，公共话语却不断萎缩。曾经的政治高压和此后无节制的个人欲望，都在无形中制约着人们关注公共生活的热忱。当历史进入主要由资本和欲望控制着社会和个人生活的新世纪后，这一趋向引发的问题已越来越明显。不少理论家和作家都注意到这一问题，"重建文学理论的政治维度"②"重申'清醒的现实主义'""重建文学的政治维度"③"重建宏大叙事的美学路径"④ 等都是基于这一反思性视野提出的主张，从各个角度探讨文学在"祛政治"后如何返回"政治"、在"现代主义"之后如何返回"现实主义"、在"私人生活"之后如何返回"公共生活"的问题。因此，"当我们重新讨论现实主义时，从'私人生活''自我经验'出发，走向更开阔的世界，重建对'公共生活'新的理解，应该是一个起点"⑤。

---

① [美]努斯鲍姆：《诗性正义：文学想象与公共生活》，丁晓东译，北京大学出版社2010年版，第170—171页。
② 陶东风：《重审文学理论的政治维度》，《文艺争鸣》2008年第1期。
③ 刘锋杰：《"为文艺再正名"——新世纪"重建文学的政治维度"策略探析》，《文艺理论研究》2014年第2期。
④ 孙伟科：《重建宏大叙事的美学路径》，《文艺报》2014年3月3日。
⑤ 李云雷：《重申"清醒的现实主义"》，《人民日报》2015年2月6日。

第六章

重新道德化:"返魅"与自我实现

1990年代以来中国社会已经获得突飞猛进的进步,而那个一直在欲望列车上飞驰的"个人"猛然发现已经不知在何时丢掉了"自我",因为自我从来就是在与他者的道德关联中存在的,一个忽略了传统、自然、历史的自我注定是不完满的。在以经济建设为最高目标的简单现代性阶段,人们以掠夺和征服自然换来经济的高速发展和物质的极大丰裕,在剧变的社会现实和环境问题面前,人们不得不重新思考与自然的关系,"对这场斗争,吉登斯称之为社会生活的'重新道德化'"[1]。"重新道德化"的主要目的是重新整合后传统秩序下的道德秩序,以期达到自我实现的目标,"生活政治重新给那些受现代性的核心制度所压制的道德和存在问题赋予重要性"[2]。因此重新道德化的对象远不止自然,包括传统、历史等曾经被视为个人压抑物的大他者,在面临种种现代道德困境时,也应该加以重新整理。当然,在正视个人的前提下,才能真正启动道德转型,而建成新的道德世界,则需要个人与传统、历史、自然以及他人之间进行长期的沟通、协商和努力,这样才能在多元化的价值观与道德观共存的世界里真正得到自我实现。新世纪小说中传统的回归、生态小说的兴起正是对这些生活政治问题的回应。

---

① [英]马丁·奥布赖恩:《导论:安东尼·吉登斯的社会学》,载[英]吉登斯、皮尔森《现代性:吉登斯访谈录》,尹宏毅译,新华出版社2000年版,第20页。
② [英]吉登斯:《现代性与自我认同》,赵旭东、方文等译,生活·读书·新知三联书店1998年版,第262页。

第一节 "返"传统:"压抑的回潮"

在"传统/现代"二元对立的解放政治思维框架里,传统在现代化进程中是一种阻碍性的存在,必须打破传统的束缚才能拓殖前行的空间,传统的伦理秩序和社会规范就在人们追求进步的同时理所当然被颠覆和反叛。然而人们发现,在这条路上越走越陷入各种道德危机,物欲和消费主义的逻辑越是强烈,人们越是在这种裹挟中产生各种自我认同的困境。因此,"在传统的碎片进一步被抛弃之后,自我的反思性投射越是开放和越是一般化,那么,压抑的回潮便越有可能在现代制度的核心中发生"[①]。这里所谓"压抑的回潮"是指在后传统社会重新考虑那些曾经被视为压抑的因素中的道德稳固性资源,比如复兴仪式和宗教、重构传统等,是超越"传统/现代"这种简单现代性阶段认知框架后的重新选择。

一 作为道德资源的传统

"压抑的回潮"并不意味着回到原点,而是现代人基于反思的重新选择,这是一个重新道德化的过程。在反思性选择中,传统并非还原的传统,而是从一种固定的结构转换成一种可资利用的道德源泉。"传统具有控制力,因为传统的道德性为坚持传统者提供了一定的本体性安全"[②],传统的"约束性特征"[③]可以缓解现代人的精神危机,帮助现代人重获身份意义。

那么,什么是传统?传统其实是一个很难精确界定的概念。吉登斯曾经这样理解:"我认为传统与记忆——特别是阿尔布瓦克斯所谓

---

① [英]吉登斯:《现代性与自我认同》,赵旭东、方文等译,生活·读书·新知三联书店1998年版,第237页。
② [德]贝克、[英]吉登斯、[英]拉什:《自反性现代化:现代社会秩序中的政治、传统和美学》,赵文书译,商务印书馆2001年版,第84页。
③ 同上书,第83页。

第六章 重新道德化："返魅"与自我实现

的'集体记忆'——联系在一起；传统包含仪式；传统与我称之为真理的程式概念（formulaic notion of truth）的东西相联系；传统有'守护者'；传统有别于风俗，具有含有道德和情感内容的约束力。"[①] 吉登斯的这个理解包含五个方面的含义，具体说来就是：人们通过对集体记忆持续不断的阐释延续传统；仪式作为这种阐释的实用手段连接过去和现在，并因此而保持传统的完整性；作为传统的灵魂核心，程式真理意味着一种神秘理念的存在；这一神秘理念为传统的守护者所拥有，普通大众无法共享，守护者因此以其在传统秩序中不可替代的地位而不是其能力作为主要特征；传统以其道德和情感内容具有约束性，传统社会人们的行为选择都能从传统中获得道德源泉的支持性力量。

在追求个性解放和科学发展的理念指引下，启蒙运动以来的解放政治模式视以上传统的特征为压抑性力量存在，常常以科学的发展和知识的进步反证传统的保守、教条和落后，认为与传统相关的神秘事物和冗繁仪式妨碍人们运用现代科学知识解释世界，进而妨碍个性解放和现代社会的形成。人们只有将自己从传统的控制中解放出来才能获得真正的自由和解放，人类科学精神的确立和人类的解放都必须以消灭传统为前提。因此，现代社会的发展与传统的冲突就是不可避免的，而正是这一解传统化的解放政治发展思路将人们带入后传统社会。但后传统社会人们的生活状况则是解放政治模式的意外后果，因为解传统化在使人们免受传统束缚的同时也产生了一些更令人困扰的后果："其后果既是解放又是困扰，对作为一个整体的文化而言也是如此。说它是解放，因为对某个唯一的权威之源俯首帖耳是很压抑的；说它令人不安，因为脚下的根基被抽掉了。"[②] 被抽掉根基的现代人同时也失去了传统的庇护和道德的源泉，个人本体性安全因此成为现代生活中挥之不去的阴影。在这一背景下，在后传统社会呼唤传

---

① ［德］贝克、［英］吉登斯、［英］拉什：《自反性现代化：现代社会秩序中的政治、传统和美学》，赵文书译，商务印书馆2001年版，第80—81页。
② ［英］吉登斯：《现代性的后果》，田禾译，译林出版社2000年版，第34页。

统的回归就表现为压抑的回潮，也可视其为人们寻求本体安全的必然结果，对仪式、程式真理及其守护人、传统道德和人格力量等传统要素的书写也成为新世纪小说的重要内容。

日常生活中的仪式一直都是文学关注的内容，尤其在乡土小说中有大量仪式描写，具有丰富的意蕴。1980年代的寻根文学是一次在现代化进程中集体回望传统的盛大思潮，关于仪式和民俗等传统的书写也大量出现，但那主要是为建构现代民族国家寻找解决方案。此处强调的是，陷于碎片化时代的现代人通过仪式和传统的回归重新获得一种道德的源泉，促进自我实现的努力。仪式不仅仅是其样式各异的形式本身，其重要性在于它的社会和人文内涵。"传统的仪式及宗教信仰，把个体的行动与道德的框架及与有关人类存在的基本问题联系起来，仪式的丧失也是一种对这种框架的参与的丧失。"[①] 在这种形式中，孤独的个体有可能得以重新与传统和世界对话，获得一种意义感。在这方面，少数民族作家尤其自觉。回族作家石舒清在总结他的写作经验时强调，他最受关注的就是那些有关宗教信仰和民间习俗的小说，这也反过来成为他自己的一种自觉追求[②]。石舒清的《清洁的日子》《清水里的刀子》就是在回族人民日常生活中的宗教仪式和民俗中追寻生活的意义，一种"清洁"的精神在当下社会中显得弥足珍贵。人在成长中的某些重要时刻总有一种仪式感。温亚军的《成人礼》是一个有关成人仪式的故事。小说以为儿子割成人礼为中心的故事，显示出一对普通农民夫妻之间、父母与孩子之间的亲情伦理，淳朴温馨，在看似平淡的日常生活中再现了传统意义下的人间温情。迟子建的《清水洗尘》中，十三岁的男孩天灶暗自下决心今年一定要用清水给自己洗一次澡。当地的习俗是每逢年前腊月二十七，所有人都要给自己大洗一次澡，叫"放水"，以迎接春节的到来，这是一件极其隆重的事情。以前每年天灶都是就着别人剩下的水洗澡，今年之

---

① [英]吉登斯：《现代性与自我认同》，赵旭东、方文译，生活·读书·新知三联书店1998年版，第239页。
② 石舒清：《自问自答》，《文友》2002年第4期。

第六章 重新道德化:"返魅"与自我实现

所以坚持要用清水洗澡,是因为天灶认为自己已经长大了。"没有程序化的仪式和集体的卷入,个体就没有应付由此而带来的焦虑的结构性的方式。"① 天灶在这一决定中融注了他刚刚萌发的自我意识和性别意识,因此这个"洗澡"就不仅仅是洗去身体上的尘垢,而具有了一个男孩成人的仪式感,成长的意义和关于未来人生的美好设想都在这一刻呈现出来。

现代社会中,人们向往个性化和多样化的生活方式,追逐经济和权力的实用主义观念盛行,传统的道德权威逐渐被消解,作为道德权威的守护者也常常沦为无奈的失语者,失去了崇高的地位和原有的神圣意味。在全球化语境中,传统的消解是不可避免的。迟子建当然也会意识到这个变化,她在小说《额尔古纳河右岸》中,就写到在现代化进程的强力推进下,鄂温克人原本的平静被彻底打乱的生活。山外的世界在欢呼现代化带来的物质文明进步时,也要求他们改变自己的生活方式。小说在一位历经沧桑的鄂温克女人的讲述中,分明透露出不无哀婉的气息,这也是现代人对精神家园的寻觅和重构的途径之一。这个九十岁的鄂温克女人就是传统的守护者,"他们被认为是因果力量的代表或不可或缺的中介人,他们是奥秘的掮客"②。她信奉与自然中的雨雪、麋鹿在一起的生活具有某种神示的意味,其中暗含着外人难以参透的"程式真理",在鄂温克人的生老病死中都能显示出其强大的心灵力量。然而,随着现代化的发展,鄂温克人的生活信念不断被打破,这种生活方式只能在讲述中呈现出挽歌的味道。

贾平凹的《秦腔》也表达出对传统消逝的复杂情绪,一方面他非常清楚在现代化进程中传统伦理的丧失已成定局,另一方面他内心始终念兹在兹的仍在于此,小说中的"秦腔"则成为传统伦理道德的一个象征物,秦腔的衰微也就是传统的衰微。《秦腔》字里行间都散

---

① [英]吉登斯:《现代性与自我认同》,赵旭东、方文译,生活·读书·新知三联书店1998年版,第239页。
② [德]贝克、[英]吉登斯、[英]拉什:《自反性现代化:现代社会秩序中的政治、传统和美学》,赵文书译,商务印书馆2001年版,第108页。

发着对"秦腔"的痴情,这里的秦腔不仅仅是作为一种民间艺术存在,更是在历史传承中形成的一种乡土文化精神。伴随着清风街人们生活的变化,秦腔也走向没落。小说中夏家四兄弟分别以"仁""义""礼""智"取名,承载的是老一辈的传统伦理道德观念,也是传统守护人的象征。夏天智痴迷秦腔,小说一开场就写到他儿子夏风和白雪的婚礼,这是清风街上两个大户人家的联姻,也是当地人人看重的风光大事,这种大事最隆重的莫过于请县剧团的演员来唱秦腔。然而此时秦腔的命运已现颓势,白雪是县剧团的演员,但在省城工作的夏风一心想让白雪离开剧团随他去省城。夏风是清风街最大的荣耀,他对秦腔的不屑一顾也代表了现代文明对待乡土文化及其伦理道德的歧视。白雪最终和夏风离了婚,回到清风街,被夏天智收为义女,夏天智和夏风两父子因此水火不容,至死也不曾见上一面。但在商业大潮的侵蚀下,无论是夏天智还是白雪,都已无法挽回秦腔的颓势。等到夏天智去世的时候,那些曾经光鲜亮丽的秦腔演员都成了葬礼上的乐手,夏天智一生对秦腔的热爱也就只剩下他下葬时高音喇叭里让人生厌的不断重复的秦腔曲牌。夏天义对土地有着天然的情感,作为老村主任,带领大家从农业合作化运动一直走到改革开放。但他丢掉村主任的位置也是因为土地,他带头阻止新修的国道经过清风街,派村民设路障,结果是不但他丢了村主任职务,修路还毁了四十亩耕地和十多亩苹果林。夏天义坚持认为"当农民的不务弄土地,离饿死不远了",但他也无力阻止村里的年轻人外出挣钱。他对土地的痴迷在生命的最后时光集中表现出来,一是他抠着墙上的土疙瘩吃,就像炒黄豆一样香,二是在连续的大雨后,夏天义被七里沟东崖的滑坡埋在深沟里,长眠于他一辈子钟情的土地之下。讽刺的是,原本是想把他从土里刨出来的,可是清风街连来刨土石的青壮年都没有,只能将计就计,权当是夏天义得到了厚葬。几千年农民与土地的情感联系就这样彻底崩塌了。当一种经久绵长的传统精神趋于消散时,人们没有一种将过去、现在和将来维系起来的内在力量,精神上的巨大空洞也渐渐形成,缺乏信仰的引领和道德的规范后,人们便以活在当下的态度放弃了对社会和他人应尽的责任。正因为如此,在传统中寻找精神家园,就成为现代人缓解认同危机的重要选择。现代化浪潮使农民不仅无法守住土地,而且也无法守住那些根扎在土地上的乡土文化。他们一批又一批到城市中去漂泊,不仅丧失了曾经山清水秀的生活家园,而且也丧失了千百年来抚慰自己心灵的精神家园。贾平凹并非要返回过去的年代。虽然贾平凹在后记中自述"本性依旧是农民,如乌鸡一样,那是乌在了骨头里的",但他知道现代文明的侵入是每个人每个地方都无法逃离的宿命。老家棣花街在80年代总是传来让他振奋的消息,因为他看到了农民生活水平真正的提高,然而在进入新世纪的那一年,父亲去世了,他清楚地看到了农村的溃败,农民一步步从土地上出走,以良知和身体为代价跟着现代文明跟跟跄跄地向前奔。他是以清风街的故事为故乡立碑,在"一堆鸡零狗碎的泼烦日子"中回忆故乡,也告别故乡。虽为告别,但在那声声秦腔的余韵中,人们才能找到自己的根。

《额尔古纳河右岸》《秦腔》这些小说并非从正面书写传统的复归,而更多着眼于传统不可扭转的消逝而带来的问题,是从反面探讨传统的意义和价值。在单一的经济发展逻辑中,现代人总是以最大限度获得利益满足和物质欲望为目标,安放精神和心灵的传统文化和传统伦理则往往在发展中被解构和牺牲掉。如今人们已然意识到这一问题的存在,虽然无法力挽狂澜,但这种反思本身就已经表达出对简单现代化发展途径的质疑,为当下社会人们的精神困境寻找了一条可能性的解决途径。

不过,虽然传统的消逝令人扼腕痛心,还是有一批作家在小说中正面书写了在商业化社会里坚守传统道德的立场,刘醒龙的《蟠虺》、刘庆邦的《黄泥地》和格非的《春尽江南》等小说都关涉这一文学实践。

《黄泥地》聚焦当下乡村生活,在县城教书的房国春卷入家乡村支书选举的风波,以房守现为代表的村民在房国春的帮助下,终于如愿告倒了老支书房守本的儿子,但房国春没料到,接任村支书的变成了房守现的儿子，他的一腔正义原来是被阴谋所利用了。此后他又不断遭遇房守本家族的打击报复，不得不走上漫漫上访路，家破人亡。刘庆邦将小说命名为"黄泥地"，是因为人在黄泥地里脚只要踏上去就会陷进去被黏住，他以此比喻国民性中的一种"泥性"，它在人们的生活中广泛存在，常常在不经意中就将人陷进去拔不出来。与深入乡村精神深处的"泥性"抗争，无疑具有强烈的现实主义精神和深沉的忧患意识，而他用以抗争的资源就是以房国春为代表的一种传统知识分子情怀。

《春尽江南》中谭端午身处欲望都市，却坚守那个在家玉眼中"一天天烂下去"的地方志编撰工作，过着缓慢而安静的读书写字的生活，而家玉在不断挣钱的时候也在不断忍受内心的煎熬，作为律师应该始终秉持理性的态度，可她却常常对着卷宗流泪。小说最后家玉罹患癌症，悄然消失，回归到那个招隐寺的纯情秀蓉时代。在作为物质存在的身体一天天逼近死亡的时候，家玉却在返回秀蓉的过程中涤荡被欲望和世俗污染多年的心灵，获得最后的解脱。

如果说《黄泥地》中房国春的抗争更多的是一幕幕悲剧，而《春尽江南》以家玉返回过去的方式实现端午对纯洁年代的缅怀，那么刘醒龙的《蟠虺》则更直接地写出了在一个由权力和欲望浸透的现实社会中传统人格的力量。《蟠虺》将青铜重器曾侯乙尊盘的文化意蕴与知识分子的传统人格相融合，在"青铜重器只与君子相伴"的坚守中凸显传统文化人格的力量，在"与青铜重器打交道的人，心里一定要留下足够的地方安放良知"的认知中寻求诗性正义的力量。小说极尽笔力描写了曾侯乙尊盘的精致与奢华，尤其是其"蟠虺"纹饰更是一绝。刘醒龙在此当然不仅仅是呈现这件青铜重器本身的价值，其中折射的是人们难以企及的高贵品格，这种超凡脱俗的君子风范，正好与现代社会一批坚守传统人格的知识分子相呼应，包括曾本之、郝嘉、郝文章、马跃之等人都属于这一群体，其中尤以曾本之最有代表性。曾本之对曾侯乙尊盘几近痴迷，不为权力和欲望的诱惑所动，心无旁骛做研究，偶有动摇也迅速回归正道。曾本之面对的既有

"老省长"的权势,也有女婿兼弟子郑雄的处心积虑,还有神通广大官商黑白通吃的文物贩子熊达世。老省长宣称"任何文物,如果不能转化为生产力,成为意识形态,就不能成为真正的国宝",这正是长期以来主导人们的功利主义发展观,是"识时务者为俊杰"的世俗伦理,他利用权势成立"青铜重器研究学会",获批几千万元的资金,其真实目的不过是要仿制曾侯乙尊盘获取私利。郑雄研究楚文化不过是一个跳板,他的目的是以此打通从楚学院到水果湖再到新华门的仕途,从楚学院升任省文化厅副厅长之后,郑雄更是成为一个"强权在握的明火执仗者"。这些看起来冠冕堂皇的人正是当下社会乌烟瘴气的源泉所在,可曾本之偏偏认为"不识时务者为圣贤",坚守知识分子的良知,不但有勇气否定奠定自己学术地位的失蜡法铸造工艺,更有冲破重重迷雾寻回曾侯乙尊盘的实际行动。从曾本之这些知识分子的坚守中,小说"呼唤的是对真的坚守,是对良心的忠诚,是对欲望、利益的抵抗,是人对自身的超越"[①]。在欲望横流的当下社会中,这种知识分子坚守尤其难能可贵。

二 本土化意识的兴起

当全球化日益渗透到人们的生活中时,本土性生活的意义就日益凸显出来。虽然在当今的语境中,已无法有一种可以完全回避全球化的地方性存在,但正是在这种冲突中,本土化意识被激发出来。生活在传统社会中的人们不会有这种自觉,仅以经济现代化为目标的工业化社会也只会简单地唾弃这种本土性的存在,唯有在一个后传统社会中,人们在反思中寻找自己和民族的身份时,它才会得到正面的注视,成为人们自我认同的重要依据。金耀基说"没有'没有地方'的全球化"[②]正是这个道理。新世纪以来表现中西文化冲突的小说尤其关注这一现象。

[①] 汪政:《刘醒龙长篇小说〈蟠虺〉:价值、知识与话语》,《文艺报》2014年6月9日。

[②] 金耀基:《中国现代化的终极愿景是"文明"》,《时代周报》2013年11月14日。

2000年，王小平的《刮痧》较早将中西文化冲突作为有意突出的一个主题彰显出来。中国传统中医在现代医学的发展和扩张中一直处于比较尴尬的地位，一方面民间医术传承不断，而且高手辈出，另一方面在信奉现代科技发展的前进方向上被视为雕虫小技，无法媲美现代西医的科学性。因此，许毅祥为孙子以刮痧的方式排毒治病时，其必然留下的瘀青和伤痕就成为美国视其为"虐待儿童罪"的重要罪证。最后的结局表明在这场较量中胜出的是中国文化，并以这种胜利来证明中国文化的优势。现在看来，这种文化优劣的比较是欠妥的，因为这种一定要判定高下的方式或许也透出某种自我身份的焦虑和偏狭的民族主义情绪。但我们不能不注意到，其中折射出对此前被视为阻碍中国现代化进程的传统文化的自信，是一个全新的视角。这一视角经过近些年的打磨后，在袁劲梅的小说中以一种更为从容的姿态呈现出来。

面对中西文化的差异，袁劲梅曾经有过"拆墙"的理想。在《月过女墙》的《自序》中袁劲梅曾坦言她"最终想做的是：拆了横在东西文化之间的墙，把那共同的人性之美当作一片红叶"[1]。她也曾创作寓言般的短篇小说《拆墙》，结尾告诉读者："人们发现世界原本就该是这样参差多样，不能相容的不是多样的世界，只是人造的墙。"这里的"拆墙"显然是为了世界的多样共存，而不是一边压倒另一边的二元对立，所以小说中"挨千刀的"和"Honey"两种不同的爱称虽然寓意着两种不同的文化，最后却能共生共荣，不同文化背景的两位老人幸福地生活在一起。到了《罗坎村》和《老康的哲学》，这种"拆墙"的理想似乎不再是她叙述的重点，"差异"被更多地置于前台，但"差异"的呈现则可以促使更多理性的思考和在彼此尊重前提下的差异共存，这与当初的"拆墙"理想仍是一脉相承的，试图在反省自己和尊重对方的前提下推动双方的对话交流。她一方面在幽默的文字中调侃中国传统文化中的封建

---

[1] 袁劲梅：《月过女墙·自序》，中国工人出版社2004年版。

家长制和等级秩序，另一方面也不无冷静地指出西方文化的正义和公平中暗含的机械和呆板；她既看到中国传统文化中僵化的部分，更忧心现代中国学习西方时的东施效颦。正因为如此，袁劲梅在小说中呈现出来的是一种冷静而客观的叙事立场，这当然也是一种自信的表现。

事实上，百年来，"看"与"被看"的角度问题在中外文化比较中一直存在。20世纪初郁达夫在《沉沦》里"祖国呀祖国，我的死是你害的！"作为弱国子民绝望的呼声曾经振聋发聩；20世纪80年代至90年代初的《到美国去，到美国去》《丛林下的冰河》《曼哈顿的中国女人》《北京人在纽约》等"留学生文学"中，虽然郁达夫式的苦闷和绝望已经褪色，但仍然充满了焦虑和不安，充满了华人融入美国社会的艰难经历和他们因文化身份的异质性而产生的痛苦。同时，这些作品更多的是将西方世界想象为理想的生活。虽然以美国为代表的西方文化也有种种不令人满意的地方，但他们大多对西方的价值观念和生活方式持理想化态度，甚至无条件地认同和苦苦追求。

"事情正在起变化"，袁劲梅不是从这种观念化的视角上"看"中西文化的，她不再一味抱怨诉苦，言说海外生存的不易和苦难，而是在更大范围内，怀着新的民族和文化自信开拓新的领域。袁劲梅以一种颇为从容的眼光打量着中西两种文化，轻松自如地讲述着"鱼儿"在另一池水中的适应与不适应。袁劲梅是美国大学的哲学教授，已经融入美国社会，因此可以更从容和理性地深入美国日常生活的深处，讲述一些真切的体验。去除了极端化的爱与恨之后，尽管袁劲梅仍然沿用中西文化比较的模式，但这里中西文化的冲突，不再是"文明与愚昧的冲突"，而是两种价值观念与生活方式的矛盾。其间的变化除了个人性格因素外，更多应源自百年来中国地位的变化，与中国的崛起和在世界格局中位置的变化有着密切的关系。饶芃子曾指出："海外华文作家在本土以外从事汉语写作，他们是处在居住国主流文化的'他者'，面对两种文化的接触，既有一个自身群体文化归属问题,也希冀能建立同主流文化交流的平等对话模式,但这在现实生活中的主流与非主流文化沟通中是很难实现的。因为在权力结构中主流文化的话语权远远超过了非主流话语权。"① 如今的中国不仅在经济上,而且在政治与文化上也更加自信,过去"看"与"被看"之间的权力结构已然发生变化。这是近年来新移民文学不断受到关注的重要背景,袁劲梅的《罗坎村》《老康的哲学》等小说正是在这一背景下呈现出与此前留学生文学不一样的意义,预示了在权力结构发生变化后新的可能。无论《老康的哲学》中的老康还是《罗坎村》中的老邵,都近乎固执地要在异域文化中移植中国生活方式,老康的等级制观念和老邵的家长制作风都是典型的传统中国观念深入人心的产物,一旦遭遇异域的平等观念和公平正义思想,便出现了小说的戏剧性。摈除了一味仰视和狂热崇拜的视角,超越了激愤和焦虑的心态,袁劲梅在轻松的调侃和揶揄中进行中西文化观照,她的文字透着一种机智和幽默,一种轻松和俏皮,妙趣横生而又睿智深刻。

袁劲梅的"看"不仅仅着眼中西文化比较的当下视野,她还在其中融进了中国内部不同时代、不同人群在价值观念上的冲突,看到当代中国内部出现的新的社会问题及其复杂性。事实上,海外知识分子如何观察中国社会的变迁是一个非常有趣的现象:"他们认为西方文化不是万能的,西方社会同样地面临着很多社会难题,中国全盘照搬西方文化模式更是不切实际的,会导致文化价值冲突和文化秩序的崩解。中国的知识分子如果能够在自身的文化传统中间,寻找到可以为现代中国的发展服务的精神资源,并同时融合西方价值的可取之处,这是海外华人社会乐意看到的前景和局面。"② 正是在这个意义上,袁劲梅以其丰赡的哲学思维能力与素养,深刻触及中国自身传统与现代转换的命题。《老康的哲学》中戴博士眼

---

① 饶芃子:《世界华文文学的新视野》,中国社会科学出版社2005年版,第103页。
② 王赓武:《海外华人眼中的中国变迁》,见许纪霖、刘擎编《丽娃河畔论思想——华东师范大学思与文讲座演讲录》,华东师范大学出版社2004年版,第347页。

中老康与戴小观的较量颇有意味。身居美国的老康固守自小在故土养成的思维方式和行为方式，但是老康曾经根深蒂固的等级制观念、好面子的陋习、僵化的教育思想却逐一被小学生戴小观瓦解了。戴小观自小接受西式教育，常常与这个想要在他面前树立威信的"爸爸"产生冲突。正是这样的冲突逼使老康反省自身，再加上中国式离婚大战的打磨，在小说结尾恢复自由身的老康回到戴博士家里，思想观念和行为方式大变，这当然不能视为一种简单的妥协，而是在中西文化的不断冲突中寻找自身现代化的有效资源。《罗坎村》中的"罗坎村"有明显的象征意味，传统的罗坎村固然有很多荒唐之处，但袁劲梅批判的着眼点在于"现代罗坎式"生活。作为市场经济中被改造后颇具商业意义的现代化罗坎村、洋派的罗坎二代罗洋、老康的儿子康劲草的成长历程都寄寓了作者面对中国突飞猛进的现代化改革进程的忧虑。袁劲梅用一个小小的罗坎村把中国的传统与现代缩微其中，具有宽阔的视野和尖锐的问题意识。她曾在《九九归原》的开头写道，我们"在人家的文化里四处看，各个角度都有人家的镜子，我们这才看清了自己……咱们学来的样子，就像哈哈镜里的人影儿，一副东施效颦的样子，也就只有逗乐子的份儿。不过，乐过之后，要是大家伙儿还能在哈哈镜里发现一些我们自己的遗传缺陷，那就真有点儿学问可做了……"[①] 于轻松幽默中，袁劲梅道出了她"看"的角度和深度。

袁劲梅在批判本土的文化传统以及建立于其上的权力结构时固然不遗余力，但对以美国为代表的西方文化也并非全面认同。"正义是社会制度的最高美德，就好像真理是思想体系的最高美德"，"正义是灵魂的需要和要求"——袁劲梅在《罗坎村》开头摘用罗尔斯名著《正义论》中的格言作引言，明确表示社会正义与公平是衡量理想社会的标尺，在这把标尺的衡量下，以罗坎村为代表的宗法制文化传统里，普泛的正义与公平无从落实；而在崇尚法制的彼岸美国，日

---

① 袁劲梅：《九九归原》，《中国作家》2007 年第 8 期。

常生活中也存在形式不一的压迫，比如老邵曾被爱情"挟持"接受宗教"洗脑"。袁劲梅清醒地意识到，这个世界上没有哪种既有的文化类型是称心如意的"理想国"。《罗坎村》里"我"已然适应美国文化，但又并非完全认同和接受。当"我"作为陪审员以故国文化体系和价值标准为参照体系时，美国文化中的不足甚至荒诞就凸显出来。华裔移民老邵按照家乡邵坷村（与罗坎村同质）的方式以耳光管教贪玩的儿子，却反遭儿子狠揍，还被警察抓起来受审获罪，罪名竟然是"虐待儿童"罪。儿子小邵的律师拒绝了罗坎式的感性十足的伦理亲情，以确凿证据理性证实老邵有罪。老邵因为"恨铁不成钢""老子管教儿子"这种在故国天经地义的做法被判入罪，而小邵不仅荒废学业还大逆不道打了老邵，却能赢得理解和支持。侨居他乡的"我"对罗坎村式的亲情始终念念不忘，她基于同情和理解为老邵仗义执言。这种立足于故土文化的叙事姿态表明"我"虽然侨居异国，其文化身份却并非完全西式的。在批判中国传统文化劣根性的同时，袁劲梅也对以旧时罗坎村为代表的中国文化领悟于心，作为久居海外的知识分子，袁劲梅在中西两种文化体系内来回比较时，并没有绝对地表现出"一边倒"的态度。

当"看"与"被看"的角度发生了变化之后，叙事人的身份建构也在一种全新的视野中展开了。作为新移民，"我们解释自身的唯一方法，就是讲述我们自己的故事"，"从外部、从别的故事，尤其是通过与别的人物融为一体的过程进行自我叙述"[1]。这种以差异为前提的自我叙述是身份建构的重要途径。海外华人文学既深深植根于中华民族漫长的历史文化积淀之中共同的文化心理和文化性格，又聚焦于华人离散的独特命运和异质文化。作为后崛起的少数族裔，海外华人通过这种差异的族性叙事，在以白人为中心的权力话语结构中，以其强烈的族性文化为自己在这个多元世界中定位。陈瑞琳曾提炼出

---

[1] ［英］马克·柯里：《后现代叙事理论》，宁一中译，北京大学出版社2003年版，第21页。

北美海外新移民文学创作的精神轨迹:"先是由'移植'的痛苦,演绎出'回归'的渴望,再由'离散'的凌绝,走向'反思'的'超越'。"① 袁劲梅有着基于真实经验的细致的观察与比较,在"走向'反思'的'超越'"中建构着自己的文化身份,在超越乡愁和反思美国梦的高度上寻找自己新的创作理想。

显然,袁劲梅小说中叙述者的立场并不是非此即彼的。叙述者位置的选择,同时也是情感与思想倾向的选择。《老康的哲学》中,她大体认同戴小观的美国文化,不过她又试图去理解老康,既冷静批评了中国文化的病根,也指出了美国文化的弊端,二者都非其文化归属之地,似乎戴博士的文化认同很难明确归属。那么这是否暗示袁劲梅陷入了一种身份认同的混乱而尴尬的困境呢?斯图亚特·霍尔在《文化身份与族裔散居》中说:"我们先不要把身份看作已经完成的、然后由新的文化实践加以再现的事实,而应该把身份视作一种'生产',它永不完结,永远处于过程之中,而且总是在内部而非在外部构成的再现。"② 按照这样的思路,戴博士的文化身份便是仍处于变化状态中的一种"生产"。文化身份的漂浮使得叙述人能够自如地游离于中西两种文化,在边缘处冷静审视进而寻求其文化归属,这种宽阔的视野无疑大大增强了小说的文化张力。正如陈瑞琳所说,新移民小说"最突出的特点就是对东西方文化传统的突破,这一方面表现在他们对自身母文化的重新审视和清算,另一方面则体现在从文化多元主义的语境中寻找新的文化认同,从而确立新的移民文化的特殊身份"③。

正如"人民文学奖"授奖辞所言,《罗坎村》"显然不以故事取胜,其震撼力来自它的思想视野、格局和深度。袁劲梅的文思大开大

---

① 陈瑞琳:《"离散"后的"超越"——论北美新移民作家的文化心态》,《华文文学》2007年第5期。
② [英]霍尔:《文化身份与族裔散居》,见罗刚、刘象愚编《文化研究读本》,中国社会科学出版社2000年版,第208页。
③ 陈瑞琳:《横看成岭侧成峰——北美新移民文学散论》,成都时代出版社2006年版,第111页。

阔，在跨文化冲突中生动自然地展开文化与生活的思考和争辩……这篇作品的确证明了文学在公共生活的前沿上激发思想的能力。"或许身为哲学学者的袁劲梅有着得天独厚的优势，她的哲学素养给小说的感性观察增加了更多有趣味的思想启示，并对中国的当下现实有着更深刻的认识，以其丰厚的学识、深刻的思辨以及高屋建瓴的抽象能力，展示了她对置身于全球化世界中的中国问题的思考。

第二节 回到自然：生态意识的凸显

在解构传统之外，解放政治追求的另一重要向度就是将人类从对自然的依附状态下解放出来，在以科学知识不断改造自然和征服自然的过程中，自然逐渐成为"人化自然"①，这是解放政治模式所带来的又一重悖论性后果。人们曾经长期受益于自然的馈赠，也承受了自然的灾难，作为人类的外在生存环境，自然也促成人类形成尊重自然规律的思想和行为模式。但是，进入现代社会以来，这种人与自然相互依赖的关系在人类在追求解放的过程中被改写了。为了消除自然可能带来的不确定性和外在风险，人类不断改造和征服自然。作为结果，"人化自然"的确顺应人类意志改变了自然的面貌和规律，但是，与人类期待的稳定生存环境相反，大量新的不确定性因素即"人为不确定性"因素也随之不断产生，甚至成为随时威胁人类自身存在的风险。相对于传统社会里表现为外部风险的自然灾害，这种在后传统社会中由人类改造自然而产生的人为风险越来越严峻。2015年，一部名为《穹顶之下》的纪录片在媒体上迅速传播。此处暂且不论这部片子的得失，单以人们对片中呈现的生态问题表现出的空前热情，已足以凸显当下生态意识的普遍觉醒。在以经济利益为主要诉求

---

① "人化自然"是马克思论述人与自然的关系时首先使用的术语，强调人类主体性及其实践活动。吉登斯等人主要讨论"人化自然"的后果及其风险。[德] 贝克、[英] 吉登斯、[英] 拉什：《自反性现代化：现代社会秩序中的政治、传统与美学》，赵文华译，商务印书馆2001年版，前言第2页。

的现代化建设中,自然理所当然要被人类剥夺转化成GDP,而现在一种新型的生态伦理正蔓延开来。一般人认为,生态危机不过是自然本身在社会发展过程中引发的变化甚至灾难,是在人类以经济发展为目的的生活方式中制造的自然危机,但事实上,"仅仅视其为'自然危机'是远远不够的,其本质就会被遮蔽"①。人类的生活方式和生态问题息息相关,彼此渗透,生态问题的形成与人们的日常生活方式已经密不可分。生态危机的实质是人与世界的关系问题,在一个共生共荣的世界中,人类的选择就是"我们将怎样生活"的问题,直接关涉到个人的生活伦理问题。

一 反思人类中心主义价值观

现代社会中,人们曾经以为可以凭借自己的能力和不断获得的科学知识控制自然,并因此可以实现人类自身的自主,可以获得理想的生活方式;人们在经济发展主义的推动下,为了最大限度获得利润,不断改造自然,破坏自然规律,甚至使人类的自然生理规律也发生明显变化。人类生活的世界几乎都不是"自然"的了,它无一不受到人类的干预和改造,它不仅包括人们生活于其中的物质世界,而且包括内在于人们的生理世界。这种人造世界的形成正是人类追求解放的结果。

1980年代中期的寻根文学大潮中,已然出现一些关注自然问题的小说。像李杭育的《最后一个渔佬儿》、孔捷生的《大林莽》等小说都涉及由于发展经济导致环境恶化与大自然反过来对人类的威胁,已经开始关注人与自然的关系,但严格来说都还不属于生态小说,因为这些小说大都还是站在人类中心主义立场讨论自然问题。

新世纪以来的生态小说则从整体性出发建立生态意识,在对现代性的反思中,不断探讨人与自然的和谐发展之路。反思人类中心主义

---

① [英]吉登斯:《超越左与右——激进政治的未来》,李惠斌、杨雪冬译,社会科学文献出版社2000年版,第217页。

价值观是生态文学的重要内涵，把人和自然作为一个整体来思考，呈现为对人之外的生命的关注和万物平等的观念。红柯的《四棵树》将人与熊同列为英雄，张学东《跪乳时期的羊》将婴儿与羊羔的命运并列，贾平凹的《怀念狼》、温亚军的《寻找太阳》、姜戎的《狼图腾》、沈石溪的《斑羚飞渡》、李传锋的《最后一只白虎》、郭雪波以《大漠狼孩》《银狐》为代表的"科尔沁沙地生态小说系列"、陈应松以《松鸦为什么鸣叫》《豹子最后的舞蹈》为代表的"神农架系列"、叶广芩以《狗熊淑娟》《老虎大福》为代表的"秦岭山地动物小说系列"，都呈现出崭新的生态伦理。同时，这也是在一个碎片化时代克服身份焦虑、寻找自我和集体认同的一种方式，在人与自然的整体协调发展中获得自我存在价值的内心需要。其中陈应松的神农架系列尤其引人注意。早在2003年他的《松鸦为什么鸣叫》获得全国首届环境文学奖时，他还对被冠以"环境文学"有些懵懂，也就是说陈应松当时的写作是不自觉的，但当他后来更深入思考人与世界的关系时，自然就会聚焦生态问题，形成"神农架系列"小说的生态意识。《豹子最后的舞蹈》以"最后一只豹子"的口吻讲述了神农架人与动物的生存状态，豹子家族里每一位成员的逝去都伴随着环境的进一步恶化，其中充溢着挥之不去的忧患意识和对自然的诗意呼唤。《喊树》写一种山间"喊树"的习俗，认为树是有灵魂的，在砍倒他之前要先"喊树"，告知大树它的命运。这是棵百年老树，枝繁叶茂，一直以来，树上住着苦哇鸟，树下水洼里游着小红蛇和鱼虱，是一个自足的自然世界。苦哇鸟衔来的鱼虱还可以治喉疾，救了不少山民的命。这次王世堂为了给儿子打家具，不得不砍掉它。大树变成城里儿子家的一整套新家具，可是王世堂却得了喉癌，再也寻不到那个偏方鱼虱了，因为没有了大树和树上的苦哇鸟，这就是自然对人的惩罚。《滚钩》里写长江上的渔民从以打鱼为生自给自足的生活状态被迫转向以捞尸为生助纣为虐的无奈。因为持续的污染以及前些年"断子绝孙的炸鱼和电鱼"，"长江上已无鱼可打"的现实逼迫渔民们改行，比如捞尸。"挟尸要价"的新闻曾经引发无数网民的口诛笔伐，

第六章 重新道德化："返魅"与自我实现

陈应松却以一个作家的敏锐和良知看到了新闻背后的残酷现实。小说最后以老渔民成骑麻"我该怎样回家"的疑问戛然而止，这疑问是因为渔船被烧毁，良心被谴责，导致成骑麻个人无法"回家"，更是因为人在面对自然、面对他人时因为过度的私欲而终于失去家园的悲剧。

新世纪小说呈现出来的生态意识是文学主题的重要拓展，但另一方面生态意识在社会现代化进程中因为现实利益的推动而处于尴尬状态，还未能与社会现实发生深刻的内在关联。因此，小说中的生态观念往往以问题的方式被图解，人物形象往往呈现出相似性，很多作品都在写人怎样蛮横、霸道地摧残自然生态，自然又反过来报复人类导致悲剧。这种相似性的表达方式会不断削弱文学作品的内在力量，也会导致对生态问题的简单化想象。在此意义上，胡发云的《老海失踪》将自然生态和人的精神生态结合起来思考的方式为我们提供了更加丰富的生态意识，呈现出更为复杂的现实，彰显更为深层的精神图景。胡发云的《老海失踪》里的生态思想早已从许多角度被谈论，而我更好奇的是哪些因素促使曾经是对越自卫反击战英雄和省电视台名记的老海选择了皈依山林的不归路。在得到老海失踪的消息后，多位好友前往寻找。正是在寻找的过程中，老海的丰富的过去经由多人的回忆得以呈现。随着记忆的碎片一个一个被拼接还原，一个又一个谜团不断解开。应该说，在老海的所有经历中，推动老海走向原始森林鸟啸边有两个重要因素：一是有关战争刻骨铭心的记忆，二是一次新闻的乌龙事件。

老海以营级干部的身份进入大学，但在同学老阳眼里看来"他更像一个哈姆雷特，总有一种隐藏得很深的忧郁"，这种印象已经传递出老海并不是人们通常理解的"英雄"形象，暗含了某种悲剧的宿命。思思在大学里组织了一次关于理想情操的系列讲座，第一讲就安排老海谈谈他在对越自卫反击战中的经历与感受，老海却坚决不讲。老海说："我厌恶那一场战争。"作为恋人的思思和作为朋友的老阳老朝都不明白，一个从战争中走出来的军功荣立者，何以会说出这样

· 249 ·

的话来。那时，全国正沉浸在战争的兴奋与胜利的豪迈中，那是一曲新时期英雄主义与浪漫主义的宏大序幕。但老海的反常恰恰体现出他作为亲历者对战争的记忆从本质上是和思思们不一样的，因为"营造单一的记忆神话和压制不同记忆必然是同时进行的"①。战争的本质是暴力，而战争的基本形式是杀戮，胜利则是其最高目的。战争就是如此残酷，它必须完全取消对人性、生命和死亡的关怀。老海说他一直没有弄清楚这场战争的意义，为他亲自杀死的那些人悔痛到"五脏六腑都疼起来"。最后让他对那场战争彻底改变了看法的是一头水牛："老海握住冲锋枪，一边扫射一边就冲了上去。跑到跟前一看，那黑色掩体竟是一头壮硕的大水牛，它静静地侧卧着，背对着他们。腹窝里，蜷缩着三个越南孩子……那只美丽善良的大眼睛里泛着一层泪光，静静地看着天空。"老海说，他从此再不能忘记那只眼睛。那温暖善良又充满疑惑的眼光，让他看见了人类的罪恶，看见了自己的罪恶。所有关于战争辉煌人类伟大的说教都被这一只眼睛的光芒摧毁了。小说结尾时老阳在老海留下的影像中追寻着老海最后的行踪，那些关于乌啸边的生命怎样被人类野蛮残忍地驱逐和猎杀的情形，无疑是多年前老海在战场上关于那头老水牛的记忆的延续。这段记忆里闪现的是当代文学尤其是战争文学中长期以来缺乏的某些因素：恐惧和震惊。我们习惯了战争文学里死亡经过阶级意识和民族意识的再定义后成为充满道德色彩的牺牲或罪有应得，习惯了战争作为末日审判式的仪式以敌方在垂死挣扎后被击毙宣判正义的胜利。在这种惯性思维里，暴力的诗意遮蔽了战争对生命的摧残和凌辱，遗忘了战争对人性尊严的践踏。胡发云却通过一头老水牛写出了对血腥暴力的恐惧，对生命毁灭的震惊。这里"没有一种虚假的英雄主义的坏趣味"②，老海关于战争的记忆与参加远征军的穆旦如出一辙，那头作为掩体的牛是记忆中无法抹去的绝望。老海拒绝思思安排的演讲，事实上拒绝的

---

① 徐贲：《人以什么理由来记忆·序》，吉林出版集团有限责任公司2008年版，第8页。
② 王佐良：《一个中国新诗人》，《文学杂志》1947年第2期。

是集体塑造的记忆假象,真相是他的个人记忆里只有死亡、暴力和残缺。他选择以沉默抵抗集体的无知。这一次老海拒绝演讲就已经暗示了他不可能告别过去、告别历史,也断绝了走向一种新的生活的可能。

也正因为这种内在的坚持,老海在进入电视台工作后才那么格格不入。作为新闻组组长的老海执意不按上司的授意更改新闻通稿,致使"名记"老海从此踏上一条不归路。小说里的一种拼词游戏颇有意味。每个人写四张纸条,第一张写"某某",第二张写"和某某",第三张写在什么地方,第四张写做什么事情。大多数人认认真真地写上一些非常正经的话,如小明——和妹妹——在家里——做作业;工人——和农民——在祖国大地——干四化;孙悟空——和猪八戒——到西天——去取经,等等。结果经过重新排列组合后大家听到的每一句话,都变成了荒诞派的杰作:如"李新民和严芬在男厕所里捉蛐蛐""老阳和叶欣欣在美国白宫卖甘蔗"……在这种拼接中,任何正经词汇都会在不经意间变得离题万里或恶俗不堪,而写作者却可以不负任何责任,编辑者也可以不负任何责任。这个拼词游戏,真是意味无穷,每一个词语都绝对正确,但它会让所有的语言突然转弯,让意义变得面目全非,任何严肃认真的文字在此都会被解构。历史的讲述不也常常以这样的面貌出现?老海偏偏无视这虽不无荒诞却普遍存在的现实法则,他要坚持的是历史和现实的本来面目。小说里老海对那位北京要员新闻的处理方式正透出他的那份坚持。老海最终选择在乌啸边与自然融为一体的生存方式,此时主导的已不是记忆本身,而是一种混合着遥远的过去气息的当下行动。乌啸边与梅丫、跛足熊的生活,充满的是生命的和谐状态与质朴的真情。那是老海从血腥战场和虚假新闻最匮乏的地方出发寻找到的栖息地。

人类对自然的破坏直接影响到人的精神存在和物质存在。在欲望社会里,人们总是奉行极多主义的生存法则,毫无顾忌地向自然索取资源,却不料这一追求常常将人异化为"非人"的存在。邱华栋的小说《塑料男》,开篇写到一家幽雅的餐厅卫生间里小便池中游动的

· 251 ·

锦鲤，那么漂亮的鱼儿却能在小便池里生活得悠然自得，看似不可思议，其实隐喻的正是现代人的生活。在物质高度发达的当下社会里，人们的吃穿用度越来越讲究，但环境却越来越糟。就算是如此，人们照样生活得活色生香，焚琴煮鹤，乐得其中，不正是像极了那些小便池中优哉游哉的锦鲤？看起来光鲜无边，其实已无药可救。"我"当年也曾经义愤填膺，可是随着身体变得僵硬，精神也麻木了。后来饮食习惯也发生了变化，纸、油墨、玻璃、铁钉、木头等都成了他的食物，彻底被现代化的生活异化了，心灵也随之塑料化了，原来的同情心和正义感都消失了，不再对现实问题敏感，在适应了这个被污染的世界之后，完全变成了一个塑料人。当然，面对这种完全被异化的生活状态和生存环境，也有人发出抗议。小说在童大林和那个住在盒子里的男人身上明确表达了对现实的强烈不满，不过两人的反抗方式截然相反。童大林是一个报社记者，因为报道某市搞假喷渗灌项目做面子工程以骗政绩，被当地政商权要联手设立了一个圈套，送进监狱关了九年。童大林出狱后仍然不屈不挠坚持举报煤老板破坏环境，造成土地沉降，楼房开裂受损，却一再受到打击报复。他并未善罢甘休，甚至改变策略，不再针对具体的人和事，他要想办法改变制度，于是收集了很多环境污染的材料，不幸又一次被人罗织罪名，最后被关到精神病院里了。现实社会中复杂的利益和权力关系，恰如一重重无形的影子蛛网，就这样消解了抵抗的声音和行动。如果说童大林是与权力和利益集团正面交锋以示反抗的话，那个住在盒子里的男人就是以一种逃离的方式表达抗议。他本是公司白领，因裁员失业，房子也被银行拍卖，被逼得无家可归。后来，他白天到中央商务区上班，晚上就住到一个可移动的盒子里，彻底逃离现代城市生活。这让一般人觉得落魄的生活，反而让他感到前所未有的自由和安全，连疾病也远离他，甚至还收获了爱情。他觉得自己就像一棵会移动的树，又或者是一片自由漂浮的云，当别人视其为"现代病人"时，他却认为那些城里人才是灵魂和肉体都有病的病人。在另一种极端体验中，他明白了一个道理，那就是在极多主义的生活中人们总是烦扰不断，不如多做减法，在远离物质的另外一种生活中获取新的生存经验。不过，无论是童大林对破坏生态环境的经济发展模式和政绩观义无反顾的反抗，还是盒子里的男人对现代都市物质生活的逃离，他们的反抗力量都是有限的。事实上，童大林在小说中从来不曾出场，他总是在"我"的回忆和梦中出现，这也让童大林的抗争增添了几分虚幻的色彩，而那个住在盒子里的男人则意味着要与盒子外的世界永远隔绝，这种隔绝的生活状态在当下人与人繁复的关系中显然过于理想化。因此，现代人于进步和繁荣的同时在其反面制造出的一切后果仍要由自己承担。小说结尾，妻子生下一个不会哭闹的塑料儿子，"我"则把自己变成一个住在盒子里的塑料人，最后在垃圾填埋场挖了一个坑，自己给自己送了葬。

二 构建和谐社会生态

自然生态与个人生活方式的相互作用，直接关涉到精神生态和社会生态。在全球化背景下，所有人都处在同一个社会系统中，利益未必均沾，然而危机必然共同承担。面对日益恶化的生态环境，每个人都会缺乏安全感，进而产生对未来的担忧，而这种担忧和焦虑又会反过来促进在现实中唯恐落后的心态。

陈应松的《滚钩》、阿来的《三只虫草》都触及这一严重扭曲的社会生态，即"随着人类愈益控制自然，个人却似乎愈益成为别人的奴隶或自身卑鄙行为的奴隶"[1]。《滚钩》以轰动全国的"挟尸要价"新闻为素材进行创作，选取一个长江上的老渔民成骑麻的视角，一条船一具滚钩就是他的生活来源，这个老渔民从未预料过，这场风波竟是"如此湍急凶险"[2]。在那张广为传播的新闻图片中，一位白发老者站在船头叉腰挥手做指挥状，用绳子牵着水下死去大学生，在距离

---

① ［美］伯曼：《一切坚固的东西都烟消云散了》，徐大建、张辑译，商务印书馆2013年版，第21页。
② 陈应松：《〈滚钩〉创作谈：君看一叶舟》，《北京文学·中篇小说月报》2014年第11期。

岸边数米距离停下来"挟尸要价"。所有人都以此为证据讨伐白发老者，却没有人想到他不过是一个"在自己船上替史壳子挡沙子的老倌子"。在长江生态恶化、社会黑恶势力当道、官员不作为、学校将事故责任人的身份迅速通过宣传转换成英雄母校的种种现实面前，他成骑麻不过是江上任风吹雨打的"一叶舟"而已。他有良知却无力伸张正义，他有技术却只能受制于人，日深月久便陷于麻木之中了。陈应松正是以这个渔民的现实生活以及向历史纵深处的怀想相映照写出新闻照片背后的真实，表达了对当下社会生态的愤懑之情。阿来的《三只虫草》里的藏族男孩桑吉在那个虫草季满怀憧憬和希望，他打算用虫草卖得的钱为奶奶治病，为姐姐、表哥、老师买礼物，同时也充满了对自然和神明的敬畏，在找到这一季的第一株虫草时，"纠结"着"是该把这株虫草看成一个美丽的生命，还是看成30元人民币"[①]。单纯善良的孩子对亲人和大自然都充满了爱，而被收购的虫草的去向则暗示着外面世界的种种欲望。原本桑吉寄予"三只虫草"的那些单纯善良的美好愿望，被现实残酷地置换成腐败、贪婪和自私等种种猥琐的丑态，虫草在交易结束后的流向当然已经和桑吉没有关系了，而阿来正是在这一异于惯常思维的视角中，将桑吉与"三只虫草"充满爱与温情的世界与对虫草的粗暴消费形成鲜明的对比，一方面映衬出整个社会生态的病态，另一方面又以桑吉的爱与宽恕中看到一丝希望。

在一个理想的社会中，应该容许多元化的生存方式共存，但在现代化的号角声中，人们常常会将那些传统的生活方式视为落后而加以摒弃或改造。《额尔古纳河右岸》中，在九十岁老人的回忆中，鄂温克人与驯鹿、黑熊、山鹰甚至山里的一切自然相生相长，那是一个人与自然平等对话的亲和世界，自然不是背景，而是与人们生命融合在一起甚至不分彼此的存在。小说开头说"我是雨和雪的老熟人了"，"雨雪看老了我，我也把它们给看老了"。故事就这么自然而然展开，

---

① 阿来：《三只虫草》，《人民文学》2015年第2期。

在一种与自然平等友善的讲述中，我们看到，尊重生命、敬畏自然、坚持信仰，这就是他们的生存方式。可是，鄂温克人的生活状态还是被山外的力量改变了，大兴安岭大规模开发时，更多的林业工人进驻山里，松树减少，灰鼠自然减少，鄂温克人面临着严峻的生存危机，于是只能响应山外的号召，放弃传承多年的游牧生活，下山定居。唯一投了反对票的就是"我"，"我"坚持留在山里继续在万物有灵的世界里度过余生，可是"我等来的不是那些竖着美丽犄角的鹿，而是裹挟着沙尘的狂风"，生态破坏和信仰流失是同步进行的。这里其实暗含着两种不同的生存方式的较量。到世纪之交的时候，山下激流乡的书记劝鄂温克族人下山生活时，说"一个放下猎枪的民族，才是一个文明的民族，一个有前途和出路的民族"，可是"我"想说的却是："我们和我们的驯鹿，从来都是亲吻着森林的。""我们与数以万计的伐木人比起来，就是轻轻掠过水面的几只蜻蜓，如果森林之河遭受了污染，怎么可能是因为几只蜻蜓掠过的缘故呢？"这正是现代人生活中的盲点所在，人们自以为优越的现代生活其实是以破坏人类自身生存环境为代价换来的，更以这种生活方式为唯一标准鄙弃那些传统的生活方式。如果多一些尊重、多一些理解，也许那个九十岁的鄂温克女人就不会那么失落。小说中写山里的世界渐渐为外面的欲望打开大门之后，山中的路越来越多了。"没有路的时候，我们会迷路；路多了的时候，我们也会迷路，因为我们不知道该到哪里去"，恰似一道谶语，只不过以前没有路的时候因为有自然的庇佑，偶尔的迷路反而会带来爱情和食物等惊喜，而现代人则在交错纵横的各种道路选择中迷茫，焦虑路在何方。

在当前城市化快速推进的大背景中，乡村生态的变异尤其令人触目惊心。无论是农民工进城还是城市资本进入乡村，对乡村而言都是一种被动的改变，乡村原有的一整套秩序和规范在城市化的强力推进中迅速土崩瓦解，在以经济增长为主要指标的现代化过程中，乡村迅速溃败，与之相伴的就是生态环境的破坏。中国在高速推进社会发展时，城乡之间的不平衡状态对乡村具有巨大的摧毁力，乡村表面上是拥有无限可能的发展机会，实际上却呈现出倒退与进步杂糅的复杂局面。高速推进的时代，相对应的必然是急速的摧毁，城镇化本质上应是人的城镇化，亦即人的现代化，但现实中粗鄙化、物质化、指标式的发展，无可避免地导致了时代精神的粗鄙化和个体存在的粗鄙化。周大新的《湖光山色》描绘的是城市化进程中的乡村图景，乡村现代经济发展改变了传统的生产经营方式，引发了新旧价值观念冲突，农民与土地的关系也发生了改变。五洲旅游公司以"拯救者"的姿态进入楚王庄，以保护乡村生态的名义快速发展现代化旅游业，但是暖暖没有料到，由城市资本新建起来的"赏心苑"和她当初自发经营的"楚地居"是截然不同的商业理念。"楚地居"靠乡村传统人伦情理经营，而"赏心苑"则以钱权合谋推动无边的欲望。"赏心苑"带给楚王庄的，表面看来是招商引资的成功案例和乡村致富的热闹场景，内里却是千疮百孔的伤害：女孩的身体成为商品，淳朴的乡民染上性病，房屋遭到强拆，曾经那么单纯懦弱的旷开田，在当上村主任后，比原主任詹石磴变本加厉地滥用权力，更可怕的是此时还加上了五洲旅游公司薛传薪所代表的外来城市资本的配合，在权力和金钱的双重诱惑下蜕变为一个毫无良知的暴君。在情景剧中扮演楚王赟的旷开田在现实生活中也将自己变成了楚王庄的王，忘乎所以，为所欲为。虽然因为暖暖坚持不懈的举报，薛传薪和旷开田被绳之以法，但是乡村生态已然发生内核的裂变，谁能保证没有另一个薛传薪和另一个旷开田卷土重来？小说最后，暖暖望着丹湖上空的神秘的烟雾中现出的楚王赟影像，在内心深处发出深深的祈祷，让这代表权力的楚王远去，然而，乡村社会在现代转型中出现的种种畸形社会生态远不会如这烟雾般迅速消散。当然，阻止这种转型的到来也是不明智的，暖暖和村民们先前的生存困境也呼唤着转变的到来。最初唤醒旷开田和村民欲望的恰恰是暖暖，只是她没料到打开的是一个潘多拉盒子。因此，关键的问题是在这转型过程中，如何控制人们的欲望。正如凌岩寺的天心师父告诫暖暖的那样，"欲无底，望无边"，像先前那样一味压抑人的欲望固然不妥，可是被唤醒的欲望如果不加节制，则会带

第六章 重新道德化:"返魅"与自我实现

来更大的灾难。

改革开放以来,中国社会发生了巨大变化,近年来城市化的进一步推进,又产生了许多新的矛盾和新的问题。面对在经济发展的同时滋生出来的生态危机、贫富不均等一系列严峻的问题,人们不约而同地开始反思,单一的发展理念开始转向和谐共生的协调发展,虽然解决问题不可能一蹴而就,现实生活中也许还会有更多的冲突和矛盾,但首先从观念上和思想上谋求共识是必要的,传统的复兴和生态的重建正是当下社会努力的方向。正如贝克所言:"全球化的另一方面是祛除传统。你自己的生活也是一种被祛除了传统的生活。这并不意味着传统不再起任何作用——情况通常正好相反。"[①] 当然传统与现代的并存,并不意味着可以照搬传统和完全复原原有的道德秩序,而是在反思现代性的基础上将传统视为可资利用的道德资源,在充分肯定现代人开放和多元的生活方式的同时提供自我认同的源泉。生态问题促使人们反思自己的现代化之路,以经济增长为目标的生产方式并不能将人带往幸福的终点,当人们不加节制地掠夺自然时,其实是在给自己制造相应的生存困境。也就是说,我们的生活方式、消费观念、消费习惯已远远不是纯粹个人性的选择,可能与世界上的任何人及其生活状态密切相关。因此,生态危机绝不仅仅是一个自然危机,归根到底是一个"道德意义危机"[②],因为其中关涉的是人类生活伦理的深层次问题:"对生态的日益关注主要表现在人们已经认识到对环境退化的改善,有赖于采取新的生活方式的模式。现在,来自生活方式中的最大数量的生态破坏,已经在世界上现代化的社会中出现。生态问题启发了新的以及日益增加的全球化系统的相互依赖,并且也要求

[①] [德]贝克:《在一个失控的世界中过属于自己的生活:个人化、全球化与政治》,见[英]赫顿、吉登斯编《在边缘:全球资本主义生活》,生活·读书·新知三联书店2003年版,第231页。

[②] [英]吉登斯:《超越左与右——激进政治的未来》,李惠斌、杨雪冬译,社会科学文献出版社2000年版,第260页。

每一个人都回过头来考虑到个人活动与地球问题之间的深层联结问题。"① 正因为如此，就有必要在道德的框架下重新思考我们的现代化进程。将经济增长作为最高目标其实是将目的和手段混淆了，因为我们的最高目标应该是每个人都能获得幸福的生活，经济增长不过是其中一种重要的手段。从这个角度上来说，生态思想就成为自我实现的一个重要契机，因为生态思想意味着人在自身发展时也会从道德上关心自然的发展，甚至敬畏自然的存在。在这个过程中，自我获得一种新的道德源泉，从而有可能达到自我实现。这也是吉登斯将生态问题作为生活政治重要议题的重要原因："正如'深度生态'保护者所主张的，力图摆脱经济累加的运动，可能应该用个人成长，即培养个人的自我表现与创造潜力的过程，来取代自由的经济增长过程。"②

---

① ［英］吉登斯：《现代性与自我认同》，赵旭东、方文译，生活·读书·新知三联书店1998年版，第260页。
② 同上书，第261页。

结　　语

　　当代文学有关"生活"的书写在不断发生变化。从前三十年着重书写政治生活到 1980 年代以来逐渐转向日常生活乃至私人生活，以及近年来公共生活的拓殖，文学的观念和面貌发生了巨大的变化，亦即从政治生活到生活政治的转变。生活政治以个人的自我实现为核心议题，以后传统社会和全球化扩张为现实语境，它所提供的超越个人/集体这一结构的理论，有助于我们在个人观念泛滥的当下反思 80 年代以来的个人主义话语，并进一步解读个人主义话语确立后的文学现实。

　　在一个相当长的时间内，文学虽然敏锐地捕捉到一些生活政治问题，却又受制于意识形态的惯性回避了这些问题，这可从 1960 年代《中国青年》围绕"胡东渊来信"讨论前后的相关文学文本中看出来。80 年代的"潘晓来信"及其相关的文学作品更多表达的是一种困惑，即当原有价值观念坍塌之后，个人却无法融入一个可靠的共同体。个人诞生了，却陷入无尽的困惑中。1988 年的"蛇口风波"则是在改革开放前沿地带直面生活政治问题的重要标记，预示了 90 年代以来中国社会的基本走向。抛弃了原有的集体主义价值观，也连带抛弃了"潘晓"式的困惑和焦虑，在为"淘金者"正名的呼声中，在"一切皆有可能"的乐观想象中，"蛇口青年"在开启一种崭新的个人主义观念时，也将个人导向单一。这种在中国一直被压抑的个人主义一旦获得正名，便以令人难以想象的速度一路高歌猛进。个人欲望不断膨胀，而个人话语原本具有的丰富性日益萎缩，因为当 80 年代不断追寻的个人进入90年代庞大的日常叙事网络中后,个人内蕴的"尊严、自主、隐私和自我发展"发生了令人惊讶的巨大裂变,在这一变化过程中,"国家政策一直是推动家庭与当代道德观变化的主要动力"①。80年代非集体化之后,私人生活有了更大的自主空间。但是,这并不表明国家在这个自主空间无所作为,个人发展的动力与国家经济发展的目标不谋而合。

在由政治中心转向经济中心的过程中,社会结构不断发生变化。当文学终于摆脱过去政治话语的束缚时,我们曾经十分乐观地想象这种变化将给文学和个人带来的解放与自由。但问题的复杂性远远超过了我们的预想,面对新世纪全球化和市场经济高速发展的社会现实时,我们才发现当初的想法多么简单和幼稚。一个明显的事实是,个人收获了少受束缚的自由,也承担了无从排解的焦虑,并没有真正觅得自我实现的有效途径。文学在极大地拓展表现领域的同时,也难免沉溺于"一地鸡毛"的日常生活,意蕴深厚的生活常常被官能化而流于平淡琐碎,原本丰富立体的人物常常被简单化而成为"单向度的人",理想和正义的话语受到嘲讽,个人自由被欲望裹挟,期待中的理想的个人不仅没有站立起来,而且产生了前所未有的认同危机。一个始料未及的后果是,个人欲望一旦被激发,众多棘手的新问题便如打开的潘多拉的盒子,接二连三地冒了出来。欲望的战车既已启动便无法停歇,而无尽的欲望必将导致整个社会的心理浮泛和躁动。因为先天不足,解放的个人又宿命般地陷入欲望的巨大陷阱中,新的"压抑"正源自那些包含着无限可能性的解放时刻,因而自我实现仍是未完成状态。

这些问题在新世纪小说中得到多层面关注。无论是日常生活叙事对物质和世俗生活的肯定,还是为欲望正名,都注意到个人缺乏对他人及社会的关怀,总体来看,大都表现为一种结构性残缺的个人。这

---

① 阎云翔:《私人生活的变革:一个中国村庄里的爱情、家庭和亲密关系》,上海书店出版社2006年版,第21页。

结　语

种个人在高度全球化的时代和由抽象系统控制的高度同质化社会里，极易迷失自我，最终滑向无意义的深渊，导致自我认同的困境。因此，走向他者就成为个人自我实现的必然途径，它既包括将私人生活中基于平等和信任的亲密关系扩大至社会生活中的每一个他人，也包括重新审视自我与传统、自然和历史的关系，从冲突对立走向协调发展。因此，主张亲密关系的变革和公共生活的拓殖，分别涉及个人微观层面的自我实现和个人在与社会的关联中的自我实现，而传统的复兴和生态意识的兴起则让个人重新获得道德源泉，以便在高度全球化时代获取自我认同。

亲密关系的变革主要强调人际关系从以前的权力等级秩序中解放出来，在个人层面——不仅仅指性别关系，也包括家庭关系和朋友关系等——实现情感的民主。它以不受外在条件干扰的纯粹关系为主要特征，以敞开心灵的彼此信任为基础，是现代社会中失去了传统精神家园庇佑的人们获取自我认同的重要源泉。当然，这主要是一种理想化的模式，因为外在的经济条件、传统观念、商业主义等问题随时都有可能打破这一理想模型。也正因为如此，新世纪小说中常常是以"破"而不是"立"的方式表达了对亲密关系的理解。

公共生活的拓殖是在否定之否定的螺旋中显示其重要意义的。前三十年高度政治化的社会现实让公共生活名存实亡，1990年代以来，以崛起的个人的名义，日常生活和私人生活的意义凸显，放逐了对公共生活的关怀。但是，在全球化的世界中，所有的个体共享一个风险社会，每一个体都需要与他者共同抵御所有可能产生的风险，自我的意义正是在他者的映照下呈现出来，这也是一个"与他者共存的世界"。"自我实现，通过个人和社会的交往来实现自己，这是现代社会生活的基本状况，这样做恰恰是因为传统和习俗不再保障我们的身份和地位。"[1] 在一个破解中心的时代里，每个个体都要面对互为他

---

[1] ［英］吉登斯、皮尔森：《现代性——吉登斯访谈录》，尹宏毅译，新华出版社2000年版，第23页。

者却你中有我、我中有你的生存现实,尊重多样化个体前提下的公共关怀也就成为社会对文学的深情召唤,新世纪小说则在底层叙事、讲述中国故事和构建诗性正义等层面予以回应。

重新道德化主要处理的是在一个传统道德崩坏的现代社会里,人们如何在与社会的关系重组中重新获得道德源泉的问题。现代社会中,人们从传统和政治的束缚中解放出来,在欲望的驱使下创造了一个个生活的奇迹,然而这一过程也在另一向度的规训中弱化了道德意识的存在,增加了各种风险的可能,并引起自我认同受阻。此时,现代个体自然进入反思系统:"我们的生活环境日益成为我们自己行动的产物;我们的行动也反过来越来越注重应付我们自己所造成的风险和机遇,或对其提出挑战。"① 关注现实生活,实现社会生活的重新道德化,追求在道德上无可厚非的个人实现是生活政治的最终目标,而"对社会生活予以再道德化而又不至于落入偏见",则要求"对解放政治的重大重构以及对生活政治事业的不懈追求"②。因此,在解放政治主导下以打破传统、征服自然的方式获得人类物质文明进步的方式,作为以人类自我为中心控制外部世界的生产模式应该得到反思。正是在这一背景下,新世纪小说对传统与自然、历史与现实的重新审视和关怀具有重要意义,这种努力也使文学冲出日益狭隘的个人话语,重回公共话语空间。

"在今天,任何真正的解放,它需要的是更多而不是更少的公共领域(public sphere)和公共权力,为了增强而不是削弱个体的自由,现在正是公共领域非常需要得到保护,以免受私人的入侵,虽然这似乎自相矛盾。"③ 正是从这个意义上说,文学亟须从日常生活和私人经验中走出来,重新拓展公共生活空间,迈往走向他者的自我实现,

---

① [英]马丁·奥布赖恩:《导论:安东尼·吉登斯的社会学》,见[英]吉登斯、皮尔森《现代性:吉登斯访谈录》,尹宏毅译,新华出版社2000年版,第17页。
② [英]吉登斯:《现代性与自我认同》,赵旭东、方文等译,生活·读书·新知三联书店1998年版,第270页。
③ [美]鲍曼:《流动的现代性》,欧阳景根译,上海三联书店2002年版,第78页。

这正是生活政治的理想目标。显然，这种关切并非简单回到过去，而是要面对全新的世界，回到丰富的现实生活，回到这个现代性与晚期现代性并置的复杂社会，开拓更为阔大的文学版图，参与公共话语的构建，探讨自我实现的可能性途径。

参考文献

［德］汉娜·阿伦特：《极权主义的起源》，林骧华译，生活·读书·新知三联书店2008年版。

［德］乌尔里希·贝克、［英］安东尼·吉登斯、［英］斯科特·拉什：《自反性现代化——现代社会秩序中的政治、传统与美学》，赵文书译，商务印书馆2001年版。

［德］乌尔里希·贝克：《风险社会》，何博闻译，译林出版社2004年版。

［德］乌尔里希·贝克等：《个体化》，李荣山译，北京大学出版社2011年版。

［法］鲍德里亚：《消费社会》，刘成富、全志钢译，南京大学出版社2008年版。

［法］米歇尔·福柯：《规训与惩罚》，刘北成、杨远婴译，生活·读书·新知三联书店2007年版。

［加］查尔斯·泰勒：《自我的根源：现代认同的形成》，韩震等译，译林出版社2001年版。

［捷］米兰·昆德拉：《小说的艺术》，孟湄译，生活·读书·新知三联书店1992年版。

［美］安·兰德：《自私的德性》，焦小菊译，华夏出版社2014年版。

［美］丹尼尔·贝尔：《资本主义文化矛盾》，生活·读书·新知三联书店1989年版。

［美］赫伯特·马尔库塞：《爱欲与文明》，黄勇、薛民译，上海译文出版社2005年版。

［美］赫伯特·马尔库塞：《单向度的人：发达工业社会意识形态研究》，刘继译，上海译文出版社2008年版。

［美］马尔科姆·考利：《流放者归来：二十年代的文学流浪生涯》，张承谟译，重庆出版社2006年版。

［美］马泰·卡森内斯库：《现代性的五副面孔》，顾爱彬、李瑞华译，商务印书馆2002年版。

［美］马歇尔·伯曼：《一切坚固的东西都烟消云散了：现代性体验》，徐大建等译，商务印书馆2003年版。

［美］玛莎·努斯鲍姆：《诗性正义：文学想象与公共生活》，丁晓东译，北京大学出版社2010年版。

［美］伊恩·P. 瓦特：《小说的兴起——笛福、理查逊、菲尔丁研究》，高原、董红钧译，生活·读书·新知三联书店1992年版。

［匈］阿格妮丝·赫勒：《日常生活》，衣俊卿译，重庆出版社1990年版。

［英］安东尼·吉登斯、克里斯多弗·皮尔森：《现代性——吉登斯访谈录》，尹宏毅译，新华出版社2001年版。

［英］安东尼·吉登斯：《亲密关系的变革——现代社会中的性、爱和爱欲》，陈永国、汪民安等译，社会科学文献出版社2001年版。

［英］安东尼·吉登斯：《失控的世界》，周红云译，江西人民出版社2001年版。

［英］安东尼·吉登斯：《现代性的后果》，田禾译，译林出版社2000年版。

［英］安东尼·吉登斯：《现代性与自我认同》，赵旭东译，生活·读书·新知三联书店1998年版。

［英］安东尼·吉登斯著，郭忠华编：《全球时代的民族国家：吉登斯讲演录》，江苏人民出版社2010年版。

［英］保罗·霍普：《个人主义时代之共同体重建》，沈毅译，浙江大

学出版社2010年版。

[英]马克·费瑟斯通:《消费文化与后现代主义》,刘精明译,译林出版社2000年版。

[英]齐格蒙特·鲍曼:《被围困的社会》,郇建立译,江苏人民出版社2005年版。

[英]齐格蒙特·鲍曼:《个体化社会》,欧阳景根译,上海三联书店2002年版。

[英]齐格蒙特·鲍曼:《流动的现代性》,欧阳景根译,上海三联书店2002年版。

[英]齐格蒙特·鲍曼:《寻找政治》,洪涛等译,上海人民出版社2006年版。

[英]史蒂芬·卢克斯:《个人主义》,阎克文译,江苏人民出版社2001年版。

[英]斯图尔特·霍尔:《表征:文化表征与意指实践》,徐亮、陆兴华译,商务印书馆2013年版。

蔡翔:《革命/叙述:中国社会主义文学—文化想象(1949—1966)》,北京大学出版社2010年版。

蔡翔:《日常生活的诗情消解》,学林出版社1994年版。

昌切:《世纪桥头凝思——文化走势与文学趋向》,湖北人民出版社2000年版。

昌切:《众声喧哗与对话批评》,武汉大学出版社2011年版。

陈瑞琳:《横看成岭侧成峰——北美新移民文学散论》,成都时代出版社2006年版。

陈思和:《中国当代文学关键词十讲》,复旦大学出版社2002年版。

陈小碧:《回到事物本身——重读"新写实"小说兼论1990年代文学转型》,复旦大学出版社2016年版。

陈晓明:《表意的焦虑》,中央编译出版社2002年版。

陈晓明:《现代性与中国当代文学转型》,云南人民出版社2003年版。

陈学明：《让日常生活成为艺术品——列菲伏尔、赫勒论日常生活》，云南人民出版社1998年版。

陈映芳：《"青年"与中国社会的变迁》，社会科学文献出版社2007年版。

程光炜：《文学讲稿："八十年代"作为方法》，北京大学出版社2009年版。

程光炜：《重返八十年代》，北京大学出版社2009年版。

程文超：《欲望的重新叙述：20世纪中国文艺与文学精神》，广西师范大学出版社2005年版。

戴锦华：《隐形书写——90年代中国文化研究》，江苏人民出版社1999年版。

樊星：《当代文学与多维文化》，武汉大学出版社2005年版。

樊星：《新生代作家与中国传统文化》，中国社会科学出版社2015年版。

甘阳：《八十年代文化意识》，上海人民出版社2006年版。

郭忠华：《解放政治的反思与未来：吉登斯现代性思想研究》，中央编译出版社2006年版。

何博传：《山坳上的中国》，贵州人民出版社1988年版。

何清涟：《现代化的陷阱》，今日中国出版社1998年版。

贺桂梅：《"新启蒙"知识档案——80年代中国文化研究》，北京大学出版社2010年版。

雷达：《新世纪小说概观》，北岳文艺出版社2014年版。

雷颐：《历史的裂缝：近代中国与幽暗人性》，广西师范大学出版社2007年版。

李俊国：《在绝望中涅槃：方方论》，湖北人民出版社2000年版。

李银河：《性学入门》，上海社会科学院出版社2014年版。

李遇春：《中国文学传统的复兴》，商务印书馆2016年版。

刘川鄂：《小市民名作家：池莉论》，湖北人民出版社2000年版。

刘怀玉：《现代性的平庸与神奇：列斐伏尔日常生活批判哲学的文本

学解读》，中央编译出版社 2006 年版。

吕永林：《个人化及其反动》，东方出版中心 2010 年版。

马立诚：《蛇口风波》，中国新闻出版社 1989 年版。

孟繁华：《坚韧的叙事：新世纪文学真相》，福建教育出版社 2008 年版。

孟繁华：《文学革命终结之后：新世纪文学论稿》，现代出版社 2012 年版。

孟繁华：《众神狂欢》，中央编译出版社 2003 年版。

孟悦、罗钢编：《物质文化读本》，北大出版社 2008 年版。

彭波主编，《中国青年》编辑部编：《潘晓讨论——一代中国青年的思想初恋》，南开大学出版社 2000 年版。

任剑涛：《伦理政治研究——从早期儒学视角的理论透视》，中山大学出版社 1999 年版。

孙立平：《断裂：20 世纪 90 年代以来的中国社会》，社会科学文献出版社 2003 年版。

唐小兵：《再解读：大众文艺与意识形态》，北京大学出版社 2007 年版。

陶东风：《社会转型期审美文化研究》，北京出版社 2002 年版。

陶东风：《文学理论的公共性——重建政治批评》，福建教育出版社 2008 年版。

汪晖：《去政治化的政治：短 20 世纪的终结与 90 年代》，生活·读书·新知三联书店 2008 年版。

汪晖、陈燕谷：《文化与公共性》，生活·读书·新知三联书店 2005 年版。

汪继芳：《"断裂"：世纪末的文学事故——自由作家访谈录》，江苏文艺出版社 2000 年版。

汪树东：《生态意识与中国当代文学》，中国社会科学出版社 2008 年版。

王安忆：《重建象牙塔》，上海远东出版社 1997 年版。

王先霈、王又平：《文学批评术语词典》，上海文艺出版社1999年版。

王晓明：《在新意识形态的笼罩下——90年代的文化和文学分析》，江苏人民出版社2000年版。

王又平：《新时期文学转型中的小说创作潮流》，华中师范大学出版社2001年版。

吴宁：《日常生活批判——列斐伏尔哲学思想研究》，人民出版社2007年版。

吴义勤：《自由与局限：中国新生代小说家论》，人民文学出版社2010年版。

徐贲：《人以什么理由来记忆》，吉林出版集团有限责任公司2008年版。

徐贲：《什么是好的公共生活》，吉林出版集团有限责任公司2011年版。

徐贲：《通往尊严的公共生活》，新星出版社2010年版。

许丽萍：《吉登斯生活政治范式研究》，人民出版社2008年版。

阎云翔：《私人生活的变革：一个中国村庄里的爱情、家庭与亲密关系（1949—1999）》，龚小夏译，上海书店出版社2006年版。

阎云翔：《中国社会的个体化》，陆洋等译，上海译文出版社2012年版。

杨志今、刘新风：《新时期文坛风云录》（上、下），吉林人民出版社1999年版。

衣俊卿：《现代化与日常生活批判》，黑龙江教育出版社1994年版。

於可训：《当代文学：建构与阐释》，武汉大学出版社2005年版。

於可训：《新世纪文学论集》，中国社会科学出版社2013年版。

查建英：《八十年代访谈录》，生活·读书·新知三联书店2006年版。

翟文铖：《生活世界的喧嚣——新生代小说研究》，人民文学出版社2008年版。

翟学伟:《面子、人情和关系》,河南人民出版社1994年版。

翟学伟:《中国社会中的日常权威——关系与权力的历史社会学研究》,社会科学文献出版社2004年版。

赵树勤、龙其林:《当代中国生态文学景观》,湖南人民出版社2015年版。

周宪:《从文学规训到文化批判》,译林出版社2014年版。

周宪:《文化表征与文化研究》(修订本),上海人民出版社2015年版。

周彦文:《改革20年焦点论争(1978—1998)》,广州出版社1998年版。

朱杰:《人生意义的重建及其限制:"潘晓难题"的文学展现(1980—1985)》,社会科学文献出版社2014年版。

后　　记

　　新世纪小说历经二十年的发展，呈现出前所未有的丰富与驳杂面貌。在生活政治的框架中解读新世纪小说的现代性新质，原本是一项浩大无比的工程，不仅涉及对当代文学七十年历史的反思和梳理，更要洞察小说故事背后的社会暗流与文化底色。本书主要考察新世纪小说对当下生活的书写，讨论后传统社会里的自我实现这一生活政治的核心议题，重点解析个人在解放之后如何生活的问题，多少有些删繁就简的意味，期望能在将来日臻完善。

　　谁料就在书稿即将付印之际，新冠疫情迅速在全球蔓延肆虐，个人生活方式与世界的关联第一次以如此严峻而残酷的方式大规模呈现出来。疫情将生产出怎样的文学，文学又将如何叙述这一场猝不及防的灾难？隔离在家的日子里，再一次强烈意识到，身处全球化时代和后传统社会，文学中的生活政治将是一个值得持续关注的问题。

　　本书是在博士论文的基础上修改完成的。感谢我的导师昌切教授，老师精益求精和严谨扎实的学术态度常常令浅陋的我汗颜，而老师的宽容和鼓励又给我不断前行的动力；感谢於可训、陈国恩、樊星、方长安、金宏宇、叶立文各位教授，诸位老师的指点和帮助令我受益无穷；感谢王又平教授，老师的专业精神多年来一直影响着我的教师生涯。从桂子山到珞珈山，感谢所有的遇见。

2020年4月6日

湖北宜昌